O tempo e o vento [parte II]

2005
CENTENÁRIO DE

Erico
Verissimo

Erico Verissimo

O tempo e o vento [parte II]
O Retrato vol. 1

Ilustrações
Paulo von Poser

Prefácio
Marco Antonio Villa

12ª reimpressão

10 Prefácio — O Retrato de Erico Verissimo
16 Árvore genealógica da família Terra Cambará

18 *Rosa-dos-Ventos*
68 Chantecler

345 Cronologia
352 Crônica biográfica

Prefácio

O Retrato de Erico Verissimo

Em *O Retrato*, segunda parte da trilogia *O tempo e o vento*, temos a continuidade da saga da família Terra Cambará, sempre envolvida com a luta política no Rio Grande do Sul, ora palco sangrento de guerras civis, ora tendo ativa participação nas guerras do Prata. O pano de fundo central desta parte são os anos finais do século XIX e as duas primeiras décadas do século XX, do governo do paulista Campos Sales à presidência do mineiro Venceslau Brás. A presença de um paulista e de um mineiro não foi acidental, mas produto do domínio exercido pelos dois estados na cena política nacional: era a chamada "política café com leite". A República já tinha se consolidado — não se falava ou especulava sobre uma possível restauração monárquica. Agora, no horizonte político estavam presentes as divergências sobre a forma de gerir a coisa pública e o espaço reservado à oposição.

Rodrigo Terra Cambará é um republicano insatisfeito, um desiludido do novo regime. Porém, não tem clareza sobre a forma de agir politicamente em defesa de seus princípios liberais. Simpatiza com algumas figuras dominantes — como é o caso do senador Pinheiro Machado, o condestável da República —, mas não consegue dissociá--las do grupo que domina o Rio Grande do Sul desde 1889, os castilhistas. Depois da morte de seu líder, Júlio de Castilhos, em 1903, Borges de Medeiros assumiu o governo e o manteve até 1928, eliminando qualquer espaço para manifestação da oposição por via legal, sempre lançando mão da Constituição gaúcha de 1891, eivada de positivismo do começo ao fim.

As eleições, como vemos em *O Retrato*, eram uma farsa, não havia voto secreto e os eleitores eram coagidos a sufragar sempre o candidato da situação. Quando isso não ocorria, a urna da seção eleitoral era considerada nula e a manifestação do eleitorado, solenemente ignorada. Dessa forma, os caudilhos locais se perpetuaram no poder e não deram à oposição outro espaço de manifestação a não ser a revolta aberta, armada, a rebelião, como a ocorrida entre 1893 e 1895, na chamada Revolução Federalista, brevemente mencionada por alguns personagens do romance.

Santa Fé é um microcosmo do Rio Grande. Titi Trindade é a versão local de Borges de Medeiros: despoticamente inibe as manifestações de seus opositores e mantém com mão de ferro seu poder, espalhando terror por onde passa. O funcionalismo municipal, o jornal local e a polícia são instrumentos usados pelo tiranete para se perpetuar no poder. Nem as famílias economicamente poderosas do lugar, como os Terra Cambará, escapam de seu arbítrio. Mesmo estes, quando se posicionam, por qualquer motivo, contra seus caprichos, também sofrem perseguições. Não há adversários políticos mas inimigos, e com inimigos não se convive; eliminam-se.

Em meio à violência e ao despotismo político estão os imigrantes italianos e alemães. Muitos deles vivem isolados em colônias, distantes da sede do município, onde mantêm seus costumes (língua, festas e hábitos), mas também são vítimas do coronelismo, obrigados a obedecer ao que é imposto por Trindade, especialmente no momento das eleições — caso contrário, também seriam perseguidos, sem ter a quem recorrer.

No desenho das classes sociais, temos os pequeno-burgueses de Santa Fé, que necessitam para sobreviver da proteção de algum potentado local — e terão de servi-lo docilmente —, sem nenhuma perspectiva de autonomia econômica ou política. Já os pobres e miseráveis não fazem parte da sociedade, não são considerados cidadãos: vivem em bairros imundos — desprovidos de quaisquer benefícios —, nas eleições são obrigados a votar nos candidatos do coronel e são úteis somente para serem explorados e terem suas filhas defloradas pelos filhos dos latifundiários. Um corpo estranho — porque não constituem habitantes permanentes da cidade — são os oficiais militares, provenientes de diversos estados do Brasil. Não podiam se envolver na política local, mas acabam participando dos embates no campo das ideias. Ou defendem a ditadura positivista, tal qual o coronel Jairo — e a referência é Augusto Comte —, ou a ditadura militar — tendo raízes no pensamento de extrema direita da França e da Alemanha —, como o capitão Rubim. Esses oficiais divergem, polemizam com ardor não sobre as vantagens da democracia, mas sobre qual tipo de ditadura seria mais adequada ao Brasil.

Santa Fé, como qualquer cidade gaúcha da época, é uma sociedade machista. Às mulheres, desde o nascimento, está reservado um lugar preciso na comunidade: devem obrigatoriamente se casar, parir filhos, cuidar dos afazeres domésticos e obedecer a seus maridos. Não há nenhum espaço de independência para elas: devem ser uma pálida sombra de seus maridos e viver em função deles.

O Retrato tem como personagem principal Rodrigo Terra Cambará, um reformador, que deseja ardentemente modernizar Santa Fé, sempre da perspectiva da classe dominante: as propostas são suas, não foram produto de uma consulta à comunidade ou de alguma forma de diálogo mesmo que com seus amigos. Sua visão de mundo encontra campo fértil quando da vitória dos gaúchos na Revolução de 1930 e da ascensão de Getulio Vargas à presidência da República — o que, como informa o autor no início e no final do volume, acaba levando Rodrigo para a capital federal, o Rio de Janeiro, onde, simbolicamente, amarra seus cavalos no obelisco da avenida Rio Branco.

Erico Verissimo contrapôs a vida na cidade — centrada na residência da família Cambará, o Sobrado — ao Angico, a estância da família. Licurgo, o pai, e Toríbio, o irmão, são felizes quando permanecem no campo, onde mantêm o modo tradicional de vida gaúcho. Rodrigo, não. Sempre foi o homem da modernidade, da grande cidade, que estava sintonizado com a última moda europeia no vestir e no comer. Mas não só: defendia enfaticamente a instalação da energia elétrica na cidade, símbolo de progresso no início do século XX.

O progresso traz consigo as relações capitalistas de produção e estabelece um novo padrão de relações sociais: confronta-se a modernidade com o paternalismo dos estancieiros. E os três filhos homens de Rodrigo representam essa virada, em 1945: Eduardo, o filho mais velho, é o porta-voz incômodo da luta de classes; Jango está ligado à terra — mantendo a tradição da família —, e Floriano é um intelectual que compreende a crise do velho modelo de dominação mas não tem nenhum entusiasmo pelo marxismo, tal qual Eduardo, ou pela pecuária, como Jango. Representa a indefinição do novo, que não era só dele, mas de uma sociedade que estava em declínio e de outra que estava sendo gestada.

A doença terminal de Rodrigo Cambará não passa de uma metáfora. Com ele morria a Santa Fé que esteve com o civilismo de Rui Barbosa, em 1910, e vinte anos depois com Getulio Vargas, na Aliança Liberal. Paradoxalmente, foram dos pampas à capital federal, do interior para o litoral, e de lá lançaram as bases do moderno Estado brasileiro. Mas na caminhada do Rio Grande para o Rio de Janeiro, acabaram perdendo suas raízes. Maria Valéria, que sempre permaneceu no Sobrado, desde os duros tempos da Revolução Federalista até a queda de Getulio Vargas, resume o dilema dos Cambará, em 1945, ao acender uma vela e fazer uma promessa para o Negrinho do Pastoreio: "É pr'aquela gente achar o que perdeu".

Em *O Retrato*, Erico Verissimo realiza algo raro na literatura brasileira: o romance histórico. Combina com maestria a história do Rio

Grande do Sul com o gênero romance, sem que nenhuma das construções fique prejudicada. Quando apresenta um personagem histórico, o faz de tal forma que sua entrada no livro é absorvida naturalmente na estrutura do romance: assim, para o leitor nada distingue Rodrigo Cambará do senador Pinheiro Machado. Além da incorporação da história, Verissimo insere a geografia da região dos pampas como parte do livro. Como fala um personagem: "A culpa é do vento. A gente fica meio fora de si. É essa maldita ventania". E o leitor, de tal forma integrado com o livro, sente o minuano soprando...

A literatura de Erico Verissimo, e isto está presente em *O Retrato*, não faz concessão ao romance engajado, ao panfletarismo estéril. Deixa que o leitor tire suas próprias conclusões, julgue os personagens — a maioria deles absolutamente distinta do herói da literatura do realismo socialista, tão em moda na época. Seus personagens têm dúvidas, são contraditórios, heróis e bandidos ao mesmo tempo. Não são criações de tipos ideais, distantes do concreto real, mas filhos e produtos do seu tempo e de suas contradições.

Depois de lermos a última página de *O Retrato*, ficamos com saudades dos personagens e de Santa Fé: de Rodrigo Terra Cambará e seu voluntarismo, do realismo trágico de Maria Valéria, do positivismo ingênuo do coronel Jairo, do anarquismo inconsequente do pintor espanhol Pepe García, de Toríbio e sua relação de amor com a vida e o trabalho no Angico. Esta é uma das qualidades da literatura de Erico Verissimo: desenha personagens, descreve cenas, cria situações que não só prendem a atenção do leitor como vão paulatinamente transformando o leitor em partícipe da história, em cúmplice do escritor.

Marco Antonio Villa
Doutor em história social pela Universidade de São Paulo e professor do Departamento de Ciências Sociais da Universidade Federal de São Carlos

Árvore genealógica da família Terra Cambará

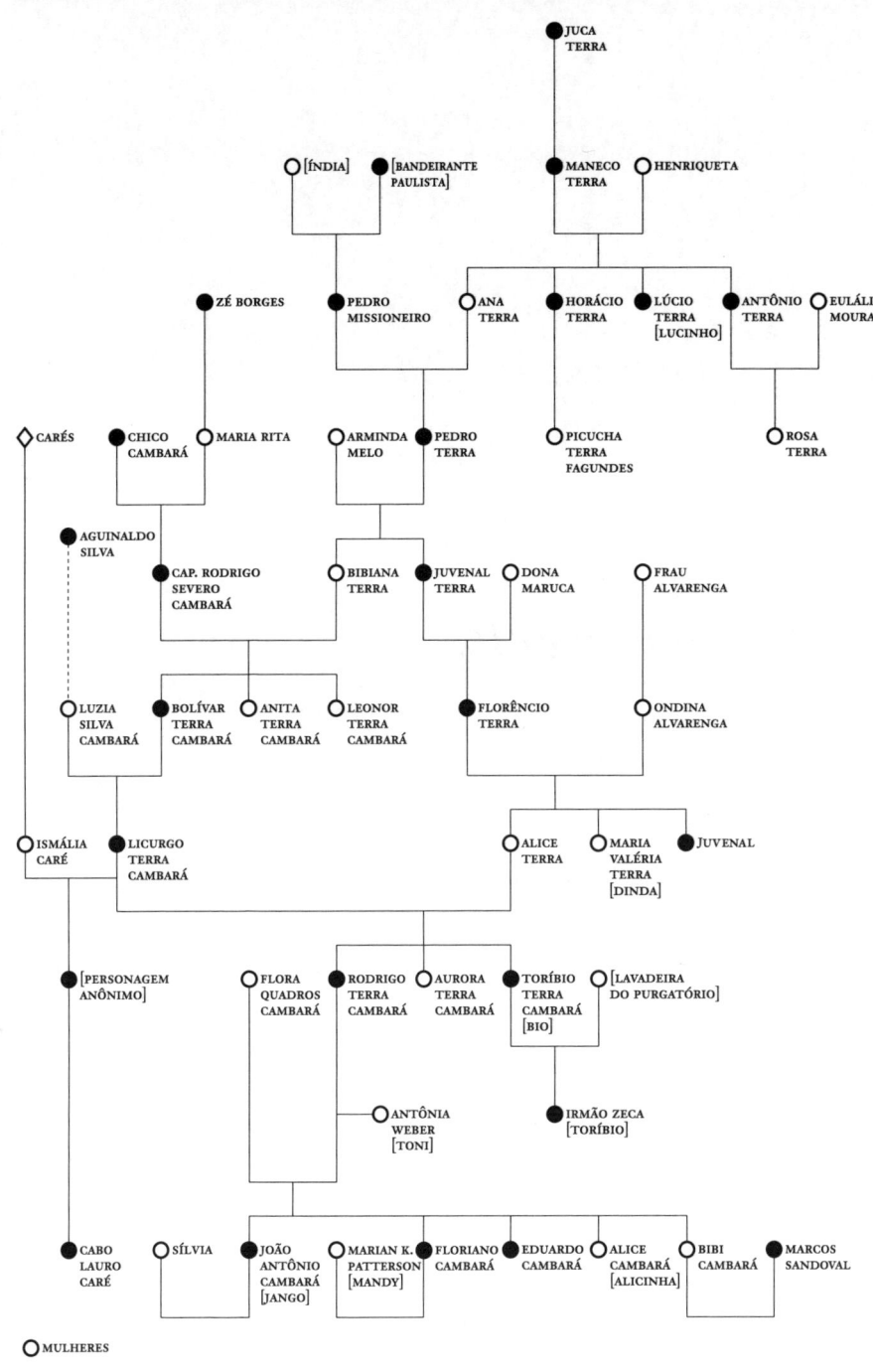

Rosa-dos-Ventos

Naquela tarde de princípios de novembro, o sueste que soprava sob os céus de Santa Fé punha inquietos os cata-ventos, as pandorgas, as nuvens e as gentes; fazia bater portas e janelas; arrebatava de cordas e cercas as roupas postas a secar nos quintais; erguia as saias das mulheres, desmanchava-lhes os cabelos; arremessava no ar o cisco e a poeira das ruas, dando à atmosfera uma certa aspereza e um agourento arrepio de fim de mundo.

Por volta das três horas, um funcionário da Prefeitura assomou à janela da repartição e olhou por um instante para as árvores agitadas da praça, exclamando: "Ooô tempinho brabo!".

Num quintal próximo, recolhendo às tontas as roupas que o vento arrancara do coradouro e espalhara pelo chão, uma dona de casa resmungava: "É pr'um vivente ficar fora do juízo!".

Na sua meia-água caiada como um túmulo, a "Gioconda" sentou-se ao piano e, em meio de seus sete gatos, começou a tocar a marcha fúnebre de Chopin.

O proprietário da Farmácia Humanidade, dirigindo-se ao prático que, debruçado sobre o balcão, mascava ainda o palito do almoço, resmungou: "Dia de vender colírio e aspirina".

Por trás das vidraças duma das casas da praça da Matriz, um menino de cara tristonha olhava, fascinado, ora para o cata-vento da torre da igreja, cujo galo de ferro rodopiava, ora para as pandorgas coloridas que, entre a torre e as nuvens, davam bruscas rabanadas no ar.

Um trem apitou tremulamente na curva do cemitério, e de repente, como se tivesse surgido do bojo duma nuvem, um pequeno aparelho do aeroclube de Santa Fé começou a sobrevoar a cidade a uns mil metros do solo. Era um teco-teco amarelo, cujo nome — *Rosa-dos--Ventos* — estava pintado em letras negras nos costados da nacela. Alguns santa-fezenses ergueram os olhos para o céu e acharam que era loucura voar num dia daqueles. E por algum tempo, acima do uivar do vento, ouviu-se o fosco matraquear do motor do avião. De súbito, os alto-falantes da Rádio Anunciadora Serrana, presos aos postos telefônicos ao longo da rua do Comércio, começaram a funcionar, e o ar se encheu de sons que pareciam sair da boca de enormes robôs. O vento varria as vozes metálicas que apregoavam a excelência de dentifrícios, inseticidas, sabonetes, e pediam ao público que só comprasse na "tradicional Loja Caramês, onde um cruzeiro vale três". Quando as vozes se calaram, romperam dos alto-falantes os acordes lânguidos dum velho tango argentino, e o choro das cordeonas abafou a lamúria do vento.

Naquele minuto o Veiguinha saiu da Casa Sol, caminhou até a beira da calçada, trazendo debaixo do braço um quadro que durante sete anos tivera pendurado na parede do escritório, e, olhando para um mulato que passava, exclamou:

— Este é o dia mais feliz da minha vida!

Dito isso, agarrou o quadro com ambas as mãos e bateu com ele violentamente contra a quina da calçada, partindo a moldura e o vidro. Depois, numa fúria que o deixava apopléctico, arrancou dentre os destroços do quadro o retrato do ex-presidente e rasgou-o em muitos pedaços, lançando-os ao vento num gesto dramático:

— Este é o fim de todos os tiranos!

O mulato parou, olhou para o proprietário da Casa Sol e disse:

— Deixe estar, um dia esse retrato volta pra parede. Os milicos derrubaram o Velho, mas ele caiu de pé nos braços do povo!

Isso foi o princípio duma discussão de caráter político, que atraiu a atenção de alguns passantes, os quais mais tarde, ao tentarem reconstituir o áspero diálogo que terminara numa troca de bofetadas, lamentavam não terem podido ouvir tudo quanto os contendores diziam, pois na hora do bate-boca a voz de Carlito Gardel enchia poderosamente a rua, abafando todas as outras.

Afirmava-se, entretanto, com unanimidade, que em dado momento o Veiguinha, quase a tocar com a ponta do indicador o nariz do mulato, bradara: "Teve a sorte que merecia, era um traidor!", ao que o outro retrucara: "Traidor é você, cachorro!".

Como que impelido pelo vento, o braço do negociante projetou-se no ar como uma catapulta, e ouviu-se o estalo duma bofetada. Ao receber o golpe inesperado, o mulato quase caiu, mas, recuperando logo o equilíbrio, desferiu um soco no ouvido do Veiguinha, atirando-o contra a parede da casa. Foi nesse momento que os circunstantes intervieram, separando-os a custo. O Veiguinha voltou para a loja, vociferando bravatas, ao passo que o mulato, arrastado rua abaixo por dois desconhecidos, berrava a plenos pulmões:

— Viva o nosso presidente! Viva o Estado Novo!

Do outro lado da rua, à frente da Casa Sol, lia-se no muro caiado, em largas letras de piche: *Queremos Getulio*. Logo abaixo, em garranchos brancos: VIVA PRESTES! MORRA O FASCISMO! E, entre a foice e o martelo, um moleque gravara no reboco, a ponta de prego, um nome feio.

Gardel silenciara: agora os violinos cantavam em melosa surdina, e

a voz do sueste parecia também fazer parte da orquestra, bem como o rufar do motor do *Rosa-dos-Ventos*.
A notícia do conflito espalhou-se rápida por toda a rua.
À porta duma engraxataria, um negrão de cara lustrosa, o torso musculoso modelado por uma camiseta amarela, comentou a briga com um freguês e concluiu:
— A culpa é do vento. A gente fica meio fora de si. É essa maldita ventania...

O vento, porém, não tinha a menor influência irritante sobre os nervos de Aderbal Quadros — o velho Babalo. Acocorado no pomar de sua chácara, nos arredores de Santa Fé, estava ele, havia alguns minutos, a arrancar guanxumas do chão, e naquele momento fazia uma pausa para reacender o cigarrão de palha que tinha preso entre os dentes. Com as mãos sujas de terra, tomou do isqueiro, bateu a pederneira e, voltando as costas para o vento, a fim de proteger a chama do pavio, acendeu o cigarro e deu-lhe um longo e gostoso chupão, ao mesmo tempo que lançava para sua horta um olhar morno de ternura, como se os repolhos e as alfaces fossem membros de sua família. Depois espraiou o olhar pelo campo e tornou a sentir saudade de suas estâncias — uma saudade que lhe apertava o peito, quase como uma dor. Era bem triste uma pessoa depois de madura perder tudo que tinha: casa, terras, gado, dinheiro; e era até ridículo um estancieiro que já possuíra dezenas de quadras de campo e milhares de cabeças de gado, ficar reduzido a uma chacrinha de seis hectares, e ainda por cima arrendada! Xô égua! Mas um homem não se entrega nunca, o que passou passou, e águas passadas não movem moinho...
Tirou por alguns segundos o cigarro da boca, cuspiu no chão, como para espantar os maus pensamentos, e acariciou com a ponta do indicador a verruga que tinha na face esquerda, da qual saíam três fios de cabelo crespo. Contemplando o campo dum verde vivo, respingado aqui e ali pelo amarelo das marias-moles, de novo pensou em aumentar a plantação de trigo. O diabo era que dispunha de pouca terra, de pouco dinheiro e talvez de pouco tempo de vida. Depois dos oitenta, um homem nunca sabe se vai ver o sol do dia seguinte. Para falar bem a verdade — refletiu ele, soltando um fundo suspiro —, nos dias que correm ninguém sabe o que vai acontecer no minuto seguinte...

Passara a manhã inteira a trabalhar na chácara, distraído, compondo cercas, dando de comer aos porcos e às galinhas, procurando, enfim, não pensar em certas coisas. Mas essas coisas acabavam sempre por voltar-lhe aos pensamentos, piores que mutuca quando inventa de azucrinar um pobre matungo. E agora de novo Babalo estava às voltas com elas. O melhor que tinha a fazer era ir o quanto antes ao Sobrado, falar com Rodrigo e tirar tudo a limpo. Quando chegara a Santa Fé a notícia de que os generais haviam apeado Getulio Vargas do governo, seu primeiro pensamento fora para o genro: "Que será que vai acontecer agora pro Rodrigo?". A resposta lá estava. Rodrigo Cambará saíra do Rio precipitadamente com toda a família e chegara a Santa Fé havia pouco mais de vinte e quatro horas. A situação estava confusa, a cidade cheia de boatos.

Babalo limpou as mãos nas bombachas de riscado e ficou a olhar pensativo para o chão. Rodrigo nunca devia ter deixado Santa Fé, o Sobrado e o Angico. Uma pessoa deve ficar no lugar onde nasceu, onde tem seus parentes, seus amigos, as coisas que lhe pertencem. Cidade grande é o diabo: tem muita falsidade, muita perdição, muita máquina, muito modernismo, e essas coisas todas acabam mudando o caráter e os costumes duma pessoa. Que era que o Rodrigo tinha arranjado com todos aqueles anos de estadia no Rio, metido na política, amigo do peito de figurões, sempre envolvido em negócios, comitês, festas e entrevistas de jornal? Fizera inimigos, fora caluniado e — pior que tudo — criara mal os filhos. Depois, há pessoas invejosas que não podem ver ninguém subir. Babalo sabia das coisas horríveis que ali em Santa Fé se diziam do genro: que fora um dos príncipes do câmbio negro, que andara metido em grossas patifarias de advocacia administrativa...

Ele positivamente não acreditava naquelas maledicências. Mas calúnia é calúnia, sempre deixa sua marca.

Ergueu a cabeça e ficou a contemplar as nuvens que o vento tangia como a uma ponta de enormes baios brancos. No Sobrado já deviam estar estranhando o fato de ele não ter ainda aparecido. Mas não era fácil aquela visita. Fazia muito que ele e o genro não se entendiam em matéria de política. Para falar a verdade, ultimamente havia entre ambos um desentendimento em quase todos os outros assuntos... Mas ele estimava Rodrigo e era por isso que o encontro ia ser difícil. Fosse como fosse, tinha de ir. Desejava ver a filha, os netos, desejava também ver o genro, a quem queria como a um filho...

Por um instante o velho Babalo ficou a olhar para as nuvens, as falripas de cabelos brancos agitadas pelo vento, o sol a bater-lhe em cheio no rosto tostado e ossudo. Foi então que avistou uma mancha amarela contra o horizonte e ficou imediatamente numa atitude de defesa. Pôs a mão em pala sobre os olhos e procurou ver melhor. A mancha movia-se na direção da chácara: era um avião que vinha da cidade, em voo muito baixo. Babalo ainda não se habituara à vizinhança do aeroporto. O ruído dos motores não o incomodava, pois ele era surdo, mas não se sentia bem quando via aquelas engenhocas passarem por cima de sua cabeça. Ninguém lhe tirava da ideia que aeroplano era uma coisa contra a natureza. Depois, estava vendo o dia em que um daqueles aparelhos ia cair-lhe no quintal ou em cima da casa. Nos primeiros tempos, sempre que os teco-tecos cruzavam seu território, Babalo erguia os punhos e bradava: "Vagabundos! Isto não é serviço pra homem! Venham pegar no cabo duma enxada, seus lorpas!". E os rapazes do aeroplano, sabedores da aversão do velho às máquinas em geral e aos aeroplanos em particular, mangavam com ele, passavam pela chácara em voo baixo, fazendo às vezes as rodas dos aviões tocarem a copa das árvores. Não raro atiravam coisas: bolas de trapos, laranjas, sapatos velhos ou então, enrolados em pedras, papéis com versos pornográficos... A princípio, Aderbal Quadros ficava indignado, pois tudo aquilo lhe parecia uma grandessíssima falta de respeito. Aos poucos, porém, começou a achar uma certa graça na coisa toda e foi tratando de pagar aos rapazes na mesma moeda. Quando um teco-teco passava a poucos metros acima de sua cabeça, o velho arremessava contra ele torrões de terra, pedaços de pau ou frutas podres, juntamente com uma rajada de impropérios, os quais nunca iam além de: nulidades! filhos da mãe! índios vadios!, pois era sabido que Aderbal Quadros não costumava dizer nomes feios.

Agora lá vinha aquela coisa amarela na direção da chácara. Na certa o piloto ia fazer uma molecagem, como sempre... Babalo apanhou um torrão de terra e ficou alerta, esperando. O teco-teco voava tão baixo, que dava a impressão de que ia descer na chácara. E alguns segundos depois, quando cruzou perigosamente pelo estreito espaço que havia entre dois eucaliptos, Babalo tratou de identificar o piloto, mas não conseguiu. A geringonça passou zunindo como uma bala... O mais que pôde ver foi que o aviador lhe acenava com um lenço. Ah! Viu cair também a seus pés uma coisa branca... Na certa era algum papelucho com bandalheiras e má-criações. Hesitou por um instante, depois inclinou-se, apanhou a pedra, desenrolou o papel que a envolvia e viu que havia nele algo escrito. Tirou do bolso do colete os óculos, acavalou-os no nariz e leu:

Vovô:

Não deixe de aparecer hoje no Sobrado. A família já está estranhando a sua ausência. O velho teve ontem uma rebordosa e quase bateu com a cola na cerca. Outra vez o coração. Um abraço do

Eduardo.

Então quem ia no aeroplano era o Eduardo, o seu neto... Que maroto! Que salafrário! Tornou a ler o bilhete. Uma desgraça nunca vem só — refletiu. Como se não bastasse o desastre político, lá estava o Rodrigo outra vez com os seus ataques de coração. Precisava ir vê-lo o quanto antes.

Especou o cigarro apagado atrás da orelha, soltou um prolongado suspiro e encaminhou-se para casa.

Eduardo voltou a cabeça e vislumbrou lá embaixo, no quintal da chácara — imagem que minguava à medida que o avião se afastava dela —, o vulto do velho. Fitou depois os olhos no altímetro, mas sempre a pensar no avô. Era comovente ver aquele homem de mais de oitenta anos, que até princípios do século fora o estancieiro mais rico de todo o município, reduzido agora à simples condição de arrendatário duma pequena chácara onde por assim dizer "brincava de estância", para aliviar a saudade dos bons tempos. Mas esses bons tempos — refletia Eduardo — não voltariam mais para o velho Aderbal Quadros nem para os outros estancieiros em idêntica situação econômica. Mais tarde ou mais cedo o latifúndio tinha de ser liquidado, os Carés haviam de ganhar seu pedaço de terra, ao passo que os Amarais, os Teixeiras, os Fagundes e os Cambarás — sim, a sua rica gente! — iam acabar perdendo os feudos. Talvez não tardasse muito a ser dado o primeiro passo para a solução do problema agrário no Brasil. Luiz Carlos Prestes estava solto, a liberdade de imprensa fora estabelecida e o Partido vivia na legalidade. Era verdade que muitos comunistas, habituados àqueles longos anos de heroica luta subterrânea, sentiam-se ainda meio bisonhos, agora que tinham vindo para a luz do sol e podiam falar, escrever e reunir-se sob o olhar tolerante da polícia. Em alguns companheiros Eduardo notara até um certo esmorecimento de entusiasmo, como se a legalidade lhes tivesse roubado à causa metade do romantismo e não houvesse agora muito mérito em ser comunista. Por outro lado havia aqueles a quem a liberdade dava uma euforia perigosa... Fosse como fosse, ele não acreditava que aquela lua de mel com a lei e a polícia durasse muito tempo. Sabia que dentro em breve as forças da reação conseguiriam fazer que o PC fosse de novo posto fora da lei. Era por isso que se fazia necessário agir, agir depressa e com segurança: organizar os quadros do Partido, esclarecer, politizar as massas. Desde que chegara a Santa Fé, havia duas semanas, Eduardo tratava de dar rigoroso balanço nas possibilidades democráticas locais. Existiam poucos comunistas puros no município, mas era apreciável o número de elementos de esquerda ou esquerdizantes capazes de colaborar com o Partido. Podia-se contar também com os liberais e com os chamados progressistas. (Estes últimos sempre lhe lembravam certas mulheres que exercem a prostituição secretamente, com um sagrado horror ao palavrão de quatro letras; eram as "reservadas", as que passavam por moças de família: gozavam de todas as vantagens do ofício, ao mesmo tempo que mantinham uma fachada de respeitabilidade perante a sociedade, pois "duma hora para outra, pode aparecer um burguês apatacoado, querendo casar com a gente...") Era preciso reunir todos esses elementos democráticos num bloco antifascista. A hora era oportuna e a tarefa sedutora. Prestes desconcertava os inimigos com discursos e manifestos em que declarava não haver ainda no Brasil nem as mais elementares condições, quer psicológicas quer objetivas, para uma revolução socialista. O que convinha à classe operária brasileira — afirmava ele — era liquidar os restos de feudalismo que existiam no país e promover o desenvolvimento do capitalismo. Essa era a razão por que pregava uma ação democrática conjunta do proletariado e da burguesia progressista.

Eduardo sorria. Não acreditava na possibilidade daquele entendimento. Que era em última análise a "burguesia progressista" senão a burguesia mais assustada que, vendo as forças da esquerda ganharem terreno, procurava desde já ficar bem com elas? A rigor não podia haver nenhuma liga possível. A coisa toda não passava duma trégua, dum acordo precário e constrangedor, tão precário e constrangedor (mas ao mesmo tempo quão prático!) quanto a aliança russo-alemã de 39. Como Stalin, Prestes era um realista: deixava de lado seus ressentimentos pessoais, passava por cima de todos os preconceitos burgueses e agia apenas de acordo com os interesses da Causa. Mas a mim — refletia Eduardo —, a mim me repugna um pouco essa aliança pela simples razão de que, apesar de tudo, ainda raciocino com valores burgueses e, queira ou não queira, sou um Cambará. Eduardo sabia — e isso o perturbava — que muitos de seus camaradas duvidavam ainda de sua sinceridade e firmeza por ser ele filho do dr. Rodrigo Terra Cambará, figurão do Estado Novo, comensal do Palácio Guanabara, senhor do Sobrado, do Angico, e sócio de várias empresas industriais.

O *Rosa-dos-Ventos* voava agora com o sueste pela cauda. Para Eduardo Cambará não havia no mundo muitos prazeres que se comparassem com o de pilotar um aeroplano. Não achava a menor graça em voar como passageiro dum avião comercial: ia fechado dentro daquele torpedo de alumínio, inerte, sem participar ativamente da aventura: não podia sentir na cara o vento das alturas, nem ver o céu sobre a cabeça: era o mesmo que estar num trem, e num trem parado! Mas pilotar um teco-teco era quase realizar o sonho infantil de alçar-se no espaço com um simples mover de braços. Eduardo tinha a impressão de que ele e o avião formavam um corpo, de que era sua própria força que impelia o aparelho, de que aquele pulsar rítmico e explosivo não vinha do motor, mas de seu próprio coração. Isso lhe dava um certo orgulho, aumentado pelo fato de se achar sozinho e em perigo, e pela esquisita sensação de estar desafiando a lei da gravidade, o vento, as nuvens, Deus... Gostava tanto de voar que era sempre com uma sensação de culpa que aterrava no campo do aeroclube, depois daqueles voos solitários que duravam no mínimo uma hora. Quando voava, esquecia uma série de probleminhas cotidianos que o aborreciam, fugia ao sistema terreno de coordenadas para entrar numa nova dimensão em que perdia a perspectiva do tempo, ignorava o passado, descuidava-se do futuro, começando a existir num prolongado e vertiginoso *agora* que o fazia sentir-se como um juvenil acrobata no seu trapézio volante, feliz por estar fazendo o que gostava e ao mesmo tempo cheio dum fero orgulho, pois o que fazia era arriscado e até certo ponto gratuito. Mas não! A gratuidade era um luxo de intelectual decadente. Voar sem objetivo útil, voar simplesmente por um prazer individualista que não trazia nenhum proveito à coletividade, era sem a menor dúvida um divertimento burguês. Consolava-o, então, mas vagamente, a ideia de que um dia, dum modo ou de outro, seu brevê de piloto pudesse ser de utilidade para a Causa.

Olhou para baixo. Estava de novo sobrevoando sua cidade natal. Como Santa Fé tinha crescido naqueles últimos anos! Lá estava ela esparramada sobre suas três colinas, com seu casario esbranquiçado, os telhados antigos e pardacentos a contrastar com o coral vivo das telhas francesas das construções mais novas; as faixas cinzentas das ruas calçadas de pedra-ferro a seguirem paralelamente ou a cortarem nítidas a sanguínea das ruas de terra batida; e, enchendo dum verde-escuro as casas daquele tabuleiro de xadrez, as maciças manchas do arvoredo de pomares e praças. Vista do alto, Santa Fé tinha um jeito miniatural e morto de maqueta, dum brinquedo a que a luz do sol, ao bater nas superfícies de vidro, água e metal, dava um certo lustro de verniz e coruscações de lantejoula. A cidade estava cercada de coxilhas que fugiam na direção de todos os horizontes, cortadas pela fita de ocre avermelhado das estradas. Era uma verde e impetuosa amplidão onde se desenhavam chácaras e fazendolas com suas casas brancas, moinhos de vento, pomares, hortas, cercados, pastagens, açudes... Aqui e ali, como remendos de diferente tecido naquele tapete ondulado, recortavam-se os quadriláteros cor de ferrugem das roças de terra recém-virada ou os contornos simétricos dos bosques de eucaliptos. De vez em quando, interpondo-se entre o sol e a terra, nuvens lançavam suas sombras sobre a face dos campos e das águas. Olhando para o norte, Eduardo avistou Nova Pomerânia, com a esguia torre de sua igreja numa paródia gótica; voltando a cabeça para as bandas do poente, divisou os telhados de Garibaldina entre parreirais e ciprestes.

Voando agora contra o vento, o teco-teco corcoveava como um potro. Eduardo achava delicioso e tranquilizador ouvir, acima do uivo daquele sueste de primavera, o ronco do motor: era o sinal de que o coração do *Rosa-dos-Ventos* pulsava forte, a certeza de que o pequeno avião estava vivo e lutava. Sim, não havia nada mais estimulante do que a sensação de estar vivo e de lutar. Achava também esquisitamente agradável a impressão de se encontrar desligado da terra, pairando acima dos homens e daqueles urubus que voavam ao redor duma carniça lá embaixo. Era embriagador o másculo orgulho de estar só, longe, sem medo.

Como tudo na terra parecia limpo e simples! A própria carniça perdia sua sordidez, porque a distância a tornava invisível, sem cheiro e sem horror. Até o *Rosa-dos-Ventos* não chegava o perfume dos ricos que viviam nos melhores palacetes de Santa Fé, nem a fedentina dos miseráveis que vegetavam nas malocas do Barro Preto, do Purgatório e da Sibéria. Voar — concluiu Eduardo — é mau, porque nos dá uma perspectiva errada das pessoas e dos fatos sociais, levando-nos a considerar mais as coisas limpas dos céus do que as coisas podres da terra. Será por olhar o mundo dum ângulo tão remoto que o velho Deus perdeu por completo o senso de proporção e de justiça?

Eduardo tornou a pensar no avô. Criticando a aviação, o velho Babalo lhe dissera um dia que os Terras e os Quadros haviam sido sempre homens de terra firme, cujo meio de transporte preferido era invariavelmente o cavalo e os veículos de tração animal. Rodrigo Cambará fora o primeiro santa-fezense a adquirir um automóvel, por volta de 1912. Agora era ele, Eduardo, o primeiro da família a tirar um brevê de aviador. Se a coisa continuasse naquela progressão, que seria de seus filhos, de seus netos? Voariam em aviões supersônicos — respondeu Eduardo a si mesmo, sorrindo —, pilotariam torpedos aéreos em viagem de ida e volta à Lua, riscariam luminosamente os espaços dentro de incríveis engenhos voadores impulsionados pela energia atômica. E nessas prodigiosas máquinas passariam — os monstrinhos humanos do futuro — sobre aqueles campos pelos quais o cap. Rodrigo burlequeara montado em seu pingo, sobre aquelas invernadas onde o velho Licurgo parara tantos rodeios, sobre aquelas serras, coxilhas e planuras que o velho Babalo cruzara tantas vezes com sua lerda carreta.

Eduardo fez o avião perder altura aos poucos, e, numa desobediência às leis que regiam o voo sobre centros populosos, deixou o *Rosa-dos-Ventos* descer tanto, que suas rodas quase tocaram as copas das árvores mais altas da praça Ipiranga. Um homem naquele momento atravessava a rua do Faxinal, e, ao ouvir o ronco medonho do aparelho, estacou, encolheu-se e levou as mãos à cabeça.

Era Cuca Lopes, oficial de justiça.

— Credo, que louco! — exclamou ele, erguendo os olhos para o céu.

Em seguida retomou a marcha e entrou na rua do Comércio, no seu passinho miúdo e rápido. Sua cabeça, demasiadamente grande para ombros tão estreitos, voltava-se dum lado para outro, em movimentos bruscos de passarinho. O vento fazia drapejar seu casaco de alpaca azul, que deixava à mostra os fundilhos reluzentes sobre o bandolim das nádegas postas em relevo pelas calças apertadas e um pouco curtas, que descobriam as meias de ordinário desbeiçadas e caídas sobre os sapatos.

Cuca Lopes tinha a fama de ser o maior mexeriqueiro da cidade. Quando o viam, as pessoas logo iam perguntando: "Qual é a última, Cuca?". Sabia de tudo, conhecia a vida de toda a gente, gostava de lançar olhares bisbilhoteiros para dentro das casas quando passava pela calçada e via alguma janela aberta; parava, indiscreto, para escutar as conversas a que não era chamado, e contava-se que mais de uma vez fora apanhado a espiar pelo buraco das fechaduras.

Aquela tarde, Cuca Lopes ia embriagado de primavera e mexericos. O cheiro de campo e flor que andava no ar, o vento desabrido, os sons do dobrado que agora jorravam dos alto-falantes, e a cujo ritmo ele procurava marchar em cadência militar bem como nos tempos de rapaz, quando seguia pelas ruas a banda de música do Regimento da Infantaria — tudo isso e mais as novidades que levava, deixavam-no tão excitado, que sentia necessidade de desabafar o quanto antes para não estourar. Que semana, aquela! — pensou, cheirando a ponta dos dedos. Fora ele um dos primeiros em Santa Fé a ouvir pelo rádio a notícia da deposição de Getulio Vargas. Correra ao Clube Comercial, entrara inquieto como um esquilo na sala onde se jogavam pôquer e pife-pafe, passara aos bilhares e ao bolão. Depois embarafustara pelo Café Minuano e fora espalhando a notícia: "Sabem da última? Os generais acabam de derrubar o Getulio. O Rio está em pé de guerra, tanques nas ruas, soldados com metralhadoras. A coisa está preta...".

Que semana! Cuca esfregava as mãos de puro contentamento, caminhando quase aos pulinhos, desatento agora ao ritmo da marcha.

O "prato" mais recente era a chegada intempestiva do dr. Rodrigo Cambará com toda a família. Não se falava noutra coisa em Santa Fé desde o dia anterior. Cuca estava aflito por passar adiante umas coisinhas que ficara sabendo através de gente muito chegada ao Sobrado...

Sorria, cheirava os dedos, olhava para a direita e para a esquerda à procura de conhecidos. Nunca andava em linha reta e marcha regular. Seus passos geralmente seguiam uma linha mista. Fazia paradas repentinas, olhava para os lados e para trás, como se quisesse verificar se estava ou não sendo seguido. E de quando em quando, sem que ninguém nunca pudesse explicar por quê, interrompia a marcha, rodopiava sobre os calcanhares, com um movimento de piorra, e a seguir retomava caminho.

Estava ele agora no meio da quadra quando lhe aconteceu olhar para a casa do coletor estadual — a única pintada de azul em toda a rua

— e ver que d. Esmeralda, debruçada à sua janela, acenava para ele freneticamente, gritando:

— Vem cá, Cuca!

O oficial de justiça atravessou a rua quase a correr e parou junto da janela onde estava reclinada a mulher de Marcos Pinto, com os braços roliços apoiados na almofada de veludo grená que forrava o peitoril, os amplos seios derramados flacidamente sobre os braços. Cuca costumava dizer aos íntimos: "A língua que mais respeito nesta terra é a de Esmeralda Pinto". Todos sabiam que para ela nada era sagrado: falava mal dos vivos, dos mortos, dos estranhos, dos parentes, dos amigos e principalmente do marido e dos filhos. Dizia-se que tinha tamanha volúpia em difamar as pessoas, que seria até capaz de, na falta doutra vítima, caluniar-se a si mesma. Como vivesse à janela fazendo parar os transeuntes para falar mal do próximo, tinham-lhe posto o cognome de Marta-Pescadora.

Agora estou fisgado como um peixe — pensou Cuca, erguendo os olhos para Esmeralda. Mas sentira-se contente: queria saber até que ponto a mulher de Marcos Pinto estava informada do que se passava no Sobrado.

— Então, Cuca, quais são as últimas? — perguntou ela. Tinha a voz pastosa e doce como gemada.

Cuca rodopiou nos calcanhares, fez uma volta completa e ficou de novo com o rosto voltado para a interlocutora.

— Então, não sabe?

Piscou o olho, como a dizer: "Eu não nasci ontem". E seus olhos se fixaram no vértice do decote de Esmeralda, a qual, percebendo a intenção do olhar do oficial de justiça, levou a mão automaticamente ao peito.

— Mas tu és bem ordinário... Que é que estás olhando, sem-vergonha?

Cuca Lopes encostou as pontas dos dedos no nariz e sorriu amarelo. Havia de ter graça que ele quisesse ver os peitos daquela velhota! Esmeralda pintava os cabelos, botava na cara tudo quanto era pomada, besuntava os beiços de batom e o resultado era aquilo que ali estava: uma careta de palhaço. Havia de ter graça ele querer ver os peitos dela, ai! ai!

— Então, não sabes nenhuma novidade? — perguntou a Marta-Pescadora.

— Pedro Álvares Cabral descobriu o Brasil — troçou ele.

— Sai, nojento! Vai debochar da tua mãe, ouviu?

O vento frio soprava os cabelos de Esmeralda, arrepiando-lhe a pele dos braços, que parecia — comparou o Cuca — a pelanca duma galinha depenada.

— Mas, falando sério — disse ele —, que é que a senhora conta de novo?

— Tu bem que sabes...

— Não sei, não, palavra de honra.

— Olha, toma — ciciou ela, dando-lhe uma figa furtiva por baixo da almofada.

O oficial de justiça gozava a situação. Sabia que Esmeralda Pinto ardia por falar na gente do Sobrado. Ele também estava ansioso por contar suas novidades, mas não queria começar. Aquilo até parecia uma partida de pôquer — refletia. Tinha o palpite de que a Marta-Pescadora estava blefando...

— Tu bem que sabes e estás te fazendo de bobo. Pois por castigo não vou te contar uma coisa que me disseram da Bibi Cambará...

Cuca cheirava furiosamente a ponta dos dedos. Esmeralda brincava com a cruz de ouro que lhe pendia do pescoço, presa a uma fita de veludo negro.

— Que é que há com a Bibi? — perguntou ele, gritando para se fazer ouvir, pois a voz de lata do *speaker* da Rádio Anunciadora agora engolfava a rua. — Vai se divorciar outra vez?

Esmeralda fez um muxoxo.

— Divorciar? A Bibi não é casada com aquele tipo...

Cuca falou com mais suavidade:

— Mas... que foi que lhe contaram dela?

Os olhos de Esmeralda pousaram, muito frios, no rosto do oficial de justiça. Os alto-falantes naquele momento começaram a regurgitar a melodia duma rumba. Um homem passou a cavalo pela frente da casa de Marcos Pinto, com o pala de seda a tremular ao vento.

— O amante dela está pra chegar... — confidenciou a Marta-Pescadora, num sussurro teatral.

— Não diga! Mas que amante?

— Um ministro.

— Ministro do quê?

— Ora, um ministro, Cuca.

—Tem muitos, dona. Da Fazenda, da Guerra, da Agricultura... Uns sete ou oito.

Esmeralda Pinto encolheu os ombros bem fornidos.
— Só sei que ele vem aí. Dizem que está louco de saudade, não pode aguentar mais. Eu só quero ver a mexida que vai sair disso tudo...
— Mas como é que a senhora soube da coisa?
— Um passarinho me contou.
Cuca estava desapontado. Como era que ele não sabia ainda daquela novidade? Esmeralda tinha ganho a parada, podia arrastar as fichas — concluiu com relutância. Ficou olhando o rosto da mulher do Marcos Pinto, observando como o vento lhe arrancava das pestanas partículas negras de rímel, e desejando que toda aquela máscara de *pancake* se gretasse e caísse, para que a vaca ficasse como era: enrugada, velha, ridícula, medonha. Seus olhos de novo desceram, numa fascinação enojada, para o rego dos seios de Esmeralda.
— A coisa não deve andar muito boa lá pelo Sobrado... — murmurou ele.
— Tantas o Rodrigo fez que agora está pagando com juros. Ninguém perde por esperar. Deus é grande.
— Deus é grande — repetiu Cuca.
— Depois que os Cambarás foram morar no Rio, a Flora parece que ficou com o rei na barriga. Pensas que ela cumprimentava a gente como antes? Ai! ai! Mal mexia a cabeça. A Bibi, essa então até fingia que não conhecia os outros, aquela nojenta! Muitas vezes mijou no meu colo quando era criança. Pois essas cadelas só falavam na grã-finagem carioca, era o presidente disto, o ministro daquilo, o comendador Fulano, o conde Sicrano. Porque a festa do Jockey, porque passei um mês no Quitandinha, porque o embaixador do Canadá me disse não sei o quê... Credo, que nojo! — Fez uma careta e depois, mudando de tom, acrescentou: — Agora estão aí, com o rabo entre as pernas, como cachorro surrado. Bem feito! Quem ri por último ri melhor. Deus é grande.
— E o doutor Camerino disse que se o Rodrigo não se cuidar, pode estourar duma hora pra outra. A senhora soube do ataque?
— Também não era brinquedo a vida que ele levava no Rio, sempre em orgias, com amantes, champanha, noites em claro nos cassinos, jogando roleta e bacará!
Cuca sorriu, seus dentes de ouro e seus olhinhos reluziram:
— Dizem que a última amante dele tem vinte e dois anos.
— Vinte! Decerto a qualquer hora ela chega também.
Cuca rodopiou nos calcanhares, dizendo:

— Eu dava o braço direito pra estar invisível lá dentro do Sobrado escutando todas as conversas e vendo tudo o que está acontecendo...
— Deve estar um angu danado... — sorriu Esmeralda.
— Um angu danado — repetiu Cuca. — E por cima de tudo, o Rodrigo com esse negócio no coração. Infarto do miocárdio. Ou seria incardo do miofarto? — perguntou ele a si mesmo, numa dúvida. Fosse como fosse, era uma doença terrível, dessas que podem matar dum minuto para outro.
— Quem faz paga — sentenciou a mulher do Marcos Pinto.
— Mas o Rodrigo é uma boa alma — disse Cuca sem convicção, mais para dar uma deixa à interlocutora. O peixe tentava fazer a pescadora morder a isca.

Esmeralda entortou a boca num sorriso perverso:
— Bom? Pois sim, cheiroso. Já te esqueceste das moças que ele desencaminhou, dos lares que desmanchou? Já te esqueceste de todas as sem-vergonhices que ele vem fazendo desde moço, só porque é rico?
— Não é tanto assim. Há muita invenção...
Esmeralda lançou-lhe um olhar enviesado que exprimia ao mesmo tempo desprezo, desconfiança e estranheza. Endireitou o busto, mudou a posição dos braços sobre a almofada: tornou a debruçar-se, lançando primeiro um olhar para a esquerda, depois outro para a direita. Cuca esfregou as mãos:
— Eu também sei dumas coisinhas boas sobre o Sobrado — anunciou, com ar de conspirador.
— Despeja logo, homem.
O oficial de justiça fez uma pausa dramática, como para dar mais importância ao que ia dizer. E jogou a primeira carta:
— As brigas já começaram.
— É? — fez Esmeralda, arregalando subitamente os olhos. Seu duplo queixo tremeu como gelatina. Depois, dominando-se, lançou para baixo um olhar oblíquo e desdenhoso, murmurando num tom de indiferença: — Eu já sabia...
— A Bibi e o marido querem voltar pro Rio o quanto antes. O Rodrigo não quer. Fala até em emigrar pra Argentina.
— Decerto tem medo que os generais mandem abrir um inquérito e descubram todas as falcatruas que ele fez lá pelo Rio...
— Pois é. O Rodrigo não quer. Ah! Ainda tem mais. Logo de chegada, o Eduardo teve uma briga feia com o Jango, por causa de política. O Eduardo, a senhora sabe, é comunista...

— Fresco comunismo, esse do Eduardo, montado nos dinheiros do pai...
— Pois é. Fresco comunismo. Mas sei que foi uma discussão braba, quase chegaram às vias de fato. Se não fosse a velha Maria Valéria, eles se pegavam à unha. Imagine só, irmão contra irmão.
— Tudo isso é castigo, Cuca.
O outro levou os dedos às narinas, pensativo.
— Ah! — exclamou. — A velha Maria Valéria não gostou da cara do novo marido da Bibi. Olhou pra ele e disse assim no focinho do homem: "O senhor é um caçador de dotes, e está louco que o Rodrigo morra pra entrar na herança e voltar pra calaçaria".
— É?
Esmeralda de novo brincava com o crucifixo de ouro. A rumba continuava, dando ao oficial de justiça ímpetos de dançar. Uma rajada mais forte de vento arrancou-lhe da cabeça o chapéu e quase o arrastou rua em fora. Cuca, porém, conseguiu apanhá-lo em tempo.
— Bom, preciso ir andando — disse, limpando o chapéu com a manga do casaco.
Tinha de descer pela rua do Comércio, fazendo escalas nos lugares de costume. Queria, no fim da peregrinação, chegar a tempo para o chimarrão das cinco na Armadora Pitomba, que ficava estrategicamente na esquina fronteira à do Sobrado.
— Vais descer toda essa rua falando da vida alheia, hein, Cuca? — sorriu Esmeralda, pondo à mostra os dentes amarelados e graúdos.
— Pois é. A senhora é que nunca fala de ninguém, não é, dona Esmeralda? Uma santa criatura! Um anjo!
— Vai debochar da tua mãe, cafajeste!

Cuca afastou-se no seu passo curto e lépido, imaginando os horrores que Marta-Pescadora ia dizer dele ao primeiro "peixe" que fisgasse. Arreganhou os dentes num largo sorriso e depois começou a assobiar, acompanhando a melodia da rumba e olhando para os lados.
Não encontrava ninguém que pagasse a pena de parar e começar uma conversa, naquele vento incomodativo. Embarafustou para dentro da Barbearia Elite. Duas de suas três cadeiras estavam ocupadas, e o oficial da terceira, que lia um exemplar da *Careta*, ao vê-lo entrar ergueu a cabeça e exclamou:
— Olá, Cuca! Que é que há de novo?

— Muita galinha e pouco ovo — respondeu ele, desatando a rir como se tivesse dito a coisa mais engraçada deste mundo.
— Cabelo ou barba, Cuca? — perguntou, irônico, o Neco Rosa, proprietário da barbearia.

Sabia que Cuca era sovina, cortava o cabelo quando muito uma vez por mês e fazia a barba em casa duas vezes por semana. Cuca postou-se diante dum dos espelhos, passou a palma da mão direita pelas faces e pelo queixo e, depois de cuidadoso exame, decidiu:
— Não. Hoje não vai nada.
— Então conta logo a novidade, homem! — gritou o dono da casa.
— Ué... Quem te disse que tenho novidade?

Cuca estava desapontado. Não gostava de ser tratado daquela maneira. Ficou a olhar para Neco, que barbeava seu freguês sem sequer dignar-se a erguer os olhos para o recém-chegado. Era um homem alto e corpulento, de cara tostada, nariz chato marcado de bexigas, bigode espesso e grisalho, longas e largas costeletas que lhe desciam nas faces até a altura das aletas do nariz.

Famoso tocador de violão e seresteiro, gozava também da fama de valentão, e suas brigas e farras dos tempos de moço constituíam as páginas mais pitorescas da história noturna de Santa Fé. Embora lhe quisesse mal, Cuca votava-lhe um grande respeito, que no fundo era puro medo. Como sabia que Neco apreciava um boatozinho, sempre que tinha um o oficial de justiça vinha servilmente trazê-lo à barbearia. Não gostava, porém, do jeito ríspido e superior do outro. Mas que era que se podia esperar dum homem sem educação como aquele?

Cuca sentou-se numa cadeira, pegou dum jornal e resolveu não falar. Olhava desatento para a página. Por algum tempo ficou a escutar o pique-pique da tesoura do segundo barbeiro e o rascar da navalha de Neco Rosa no rosto do freguês. Houve uma pausa de alguns segundos, que para Cuca pareceu sem fim. Quis dizer alguma coisa como, por exemplo: "Que ventania desgraçada!" ou "A situação ainda está feia". Mas continuou calado. Se ninguém tornasse a perguntar-lhe pelas novidades, iria embora sem falar. Mal, porém, acabara de tomar essa resolução, o barbeiro da segunda cadeira, um sujeito baixote e magro, de cabelos crespos, falou:
— Então os Cambarás estão de novo na terra, não? — disse ele sem tirar os olhos da cabeça dum homem louro e rubicundo, cujos cabelos aparava.

Cuca ergueu vivamente o olhar, já assanhado. O cidadão que estava sendo barbeado observou:

— Quem diria, hein? Todo o mundo invejava o doutor Rodrigo por causa da sua bela posição no governo. Quando ele vinha passar o verão aqui, tratavam-no à vela de libra. Era doutor Rodrigo para cá, doutor Rodrigo para lá, e homenagens, banquetes e não sei mais o quê. Aposto como agora ninguém vai procurá-lo. Rei morto, rei posto.

Com os seus olhos de pálpebras pregueadas fitos no freguês, um toco de cigarro colado ao lábio inferior, Neco passava a navalha no assentador sem dizer palavra. O barbeiro que lia a *Careta* atirou a revista sobre a mesinha e disse:

— Mas esse negócio não vai ficar assim. Sou getulista até debaixo d'água. — Apontou para o retrato do ex-presidente, que estava colado ao espelho, à frente de sua cadeira. — O "Baixinho" ainda volta.

— Volta mas é para a estância dele em São Borja — resmungou o freguês, enquanto Neco lhe ensaboava de novo a cara.

— Pois o meu homem é o Prestes — proclamou o barbeiro baixo e crespo. — Sou prestista desde 24. Meu irmão fez toda a marcha da coluna Prestes, foi morto na Bahia pelas forças do primeiro batalhão da Polícia Estadual. Quando o Prestes virou comunista eu virei também. É o maior homem do Brasil, o líder do povo.

De olhos cerrados, mas movendo os lábios, o freguês de Neco murmurou:

— Pois o meu homem é ainda o doutor Borges de Medeiros. Em 23 peguei em armas para defender a legalidade contra os assisistas. Tenho até no peito uma cicatriz de bala. Digam o que disserem, o doutor Borges é um republicano da primeira hora, um verdadeiro varão de Plutarco.

Neco esboçou um risinho irônico e depois, cuspindo o cigarro apagado dentro duma escarradeira, declarou:

— Pois não tenho nenhum homem. Eu gosto é de mulher.

— Quem é que não gosta? — interveio o Cuca, que estava ansioso por voltar aos Cambarás. — E por muito gostar de mulher é que o Rodrigo está naquele estado.

Neco parou de escanhoar o freguês, lançou um olhar mortiço para Cuca e perguntou:

— Que estado?

— Ora, então vocês não sabem que ele está com um incardo do miofarto?

— Infarto do miocárdio — corrigiu o partidário do dr. Borges de Medeiros.
— Pois é. Então tu não sabes, Neco?
— Sei. Mas que tem isso?
Cuca levantou-se, já com as pontas dos dedos a procurarem aflitamente o nariz.
— Dizem que se estragou de tanta farra.
— Não digas asneiras! — trovejou o Neco.
O oficial de justiça ficou intimidado.
— Não sou eu que digo — balbuciou —, andam falando por aí...
— Pois é uma mentira! — vociferou o seresteiro, belicosamente, brandindo a navalha. — Então um homem vive uma vida agitada, metido em revoluções, campanhas, o diabo, e depois vem essa cachorrada dizer que ele ficou doente do coração por gostar de mulher?! Mulher nunca fez mal pra ninguém.
Cuca estava petrificado.
— Neco — disse ele, apaziguador —, tu sabes como sou amigo do Rodrigo. A bem dizer nos criamos juntos. Quantas vezes jogamos bandeira debaixo da figueira da praça? Meu Deus! O Rodrigo é mesmo que meu irmão...
Neco Rosa parecia não dar-lhe ouvidos. Continuou:
— Quando o Rodrigo estava por cima, vocês viviam lhe lambendo os sapatos. Agora, como pensam que o homem está no chão, querem mijar em cima dele.
— Credo, Neco! — protestou Cuca, procurando dar à voz um tom sentido. — Eu não era capaz de falar mal duma pessoa que sempre foi tão boa pra mim...
Mais calmo, Neco continuou a escanhoar o borgista, que se mantinha de olhos cerrados, num silêncio cauteloso. O homem rubicundo da segunda cadeira mirava Cuca pelo espelho, com um olhar neutro.
O rosto de Neco Rosa estava agora completamente desanuviado. Foi ele quem quebrou o silêncio para dizer:
— O senhor me desculpe, doutor, mas eu perco as estribeiras quando vejo uma injustiça ou uma ingratidão. Sou e sempre fui amigo do doutor Rodrigo e devo muitos favores a ele. Não é amizade de ontem, não senhor, é coisa que vem de longe. E depois, doutor, não há homem que tenha feito mais benefícios pra esta cidade que ele. No tempo que clinicava, quase ninguém pagava consulta. O doutor Rodrigo nunca fez questão. O hospital dele estava aberto pra todo o mun-

do, fosse rico ou fosse pobre. Tem dinheiro pra pagar? Então paga. Não tem? Pois então não paga. O doutor Rodrigo foi sempre o pai da pobreza, a casa dele sempre viveu de porta aberta, qualquer vagabundo entrava lá...

Aqui Neco lançou um olhar enviesado na direção do oficial de justiça.

— ... sentava na mesa dele, comia a comida dele, bebia os vinhos dele. Hoje ninguém se lembra mais disso. O senhor já tratou com o doutor Rodrigo? É uma moça, doutor, uma flor. Quando fica brabo, é um deus nos acuda, é preciso quatro pra agarrar o homem. Mas quando está de boa veia, tira até a camisa pra dar pros outros.

O freguês abriu os olhos e disse com uma prudência cheia de dignidade:

— Eu não conheço pessoalmente o doutor Rodrigo Cambará.

Neco fez uma pausa para acender um cigarro.

Cuca observava-o com ar apreensivo. Ficou mais aliviado quando viu o proprietário da barbearia sorrir ao contar:

— Agora, vamos e venhamos, que o doutor Rodrigo gosta de mulher, isso gosta mesmo. Boas farras fizemos juntos, nos bons tempos. Nunca me esqueço duma, na Pensão Veneza... Uma pensão de mulheres, o senhor sabe, doutor. Foi lá por 903 ou 4... O Rodrigo ainda era estudante. Ah! Mas dantes havia boas pensões em Santa Fé, com raparigas de primeira, não é como hoje, essas porcarias, boates, *dancings* e não sei mais o quê, com uns meninos afrescalhados, de gomina no cabelo. Naquele tempo quem ia à pensão era macho, homens de faca na cava do colete e revólver na cintura.

Continuou a escanhoar o freguês. Os outros esperavam a história, num silêncio interessado.

— Mas, como eu ia dizendo, uma noite o Rodrigo e eu entramos na Pensão Veneza, já meio tocados, tínhamos bebido umas cervejinhas no quiosque da praça, e de repente o Rodrigo olha pras chinas e grita pra gerente da pensão: "Dona Annunciata, mande esses homens embora e feche a porta. A noite hoje é minha". Fiquei frio. Tinha lá uns cinco ou seis sujeitos, uns até mal-encarados. Ninguém disse nada no primeiro momento, assim como se não tivessem entendido direito. E quando o Rodrigo gritou de novo que fossem embora se não quisessem levar bordoadas, uns dois ou três deles foram saindo de fininho sem dizer nada, não porque tivessem medo, mas porque estimavam o Rodrigo e não queriam brigar com ele. Mas três se levantaram, disseram que não iam e resolveram virar bicho. Foi uma pegada muito feia, três contra dois. Não sei como começou a coisa, só sei que de repente vi o Rodrigo avançar pro maior dos três caras, de garrafa em punho. Então também agarrei a minha garrafa e me fui pra cima de outro. E começaram a voar cadeiras, pratos, copos, vasos, garrafas, e era só mulher gritando e fugindo. Como brigava lindo o Rodrigo! Brigava dando risada e dizendo gracinhas. Pra encurtar o caso, o fervo durou uns dez minutos e quando a coisa terminou, um dos sujeitos saiu fedendo pela janela e os outros dois estavam no chão, sem sentidos. E já o Rodrigo pediu arnica e iodo pra dona da pensão e foi fazer curativos nos inimigos. Eu estava todo rasgado, com um galo na testa, um talho na mão esquerda, os beiços sangrando. Quando olhei pro Rodrigo bem de perto, vi que a camisa dele estava toda manchada de sangue. "Que é isso, Rodrigo? Te feriram?" "Não é nada", respondeu, "foi só um arranhão." E continuou rindo. Depois chamou a dona Annunciata, botou na mão dela uma pelega de cinquenta mil-réis, que naquele tempo era muito dinheiro, e disse: "Muito obrigado por não ter chamado a polícia". Ajudou a botar os dois homens numa cama e em seguida gritou: "Onde estão as raparigas?". Elas foram aparecendo uma por uma, muito assustadas, com a cara mais branca que papel. O Rodrigo examinou bem todas elas e depois disse: "Eu fico com estas três". E se fechou com elas no quarto.

Neco calou-se, com a navalha no ar, o olhar sonhador, os dentes à mostra num ricto canino.

— Não me arrependo das farras que fiz, doutor — disse ele, olhando para o freguês. — O que a gente leva da vida são essas coisas... Falam do doutor Rodrigo, porque isto, porque aquilo. Todo o mundo tem vontade de fazer o que ele fez: comer bem, vestir bem, dormir com boas mulheres, gozar a vida. Só que nem todos têm a coragem que ele sempre teve de fazer o que lhe dava na veneta.

— Isso é verdade — concordou o Cuca, adulão.

Neco pegou no pulverizador de álcool e, antes de borrifar a cara do republicano, olhou para Cuca:

— Pois é, seu Lopes. Quem falar mal do Rodrigo na minha frente, briga comigo.

— E comigo também — replicou Cuca, com voz solene.

Via então que não arranjava mais nada na Barbearia Elite. Aproveitou o primeiro pretexto e esgueirou-se para fora.

A rua continuava varrida de vento e música. Cuca decidiu entrar no Comercial. Subiu as escadas de mármore de dois em dois degraus, imaginando quem poderia estar lá dentro, e sentindo ao mesmo tempo um vago desconforto que lhe vinha do fato de estar seis meses atrasado no pagamento de suas mensalidades de sócio daquele clube. Mas que diabo! Conhecia gente graúda que também estava atrasada: muitos estancieiros só resgatavam os recibos do Comercial uma vez por ano, depois da safra. Que me importa! — pensou ele, sacudindo os ombros e entrando na sala dos bilhares. Olhou em torno: havia ali apenas quatro rapazes a jogar *snooker*. Ninguém que valha a pena — concluiu. Sabia, entretanto, que ia encontrar na sala de jogo carteado os jogadores de pife-pafe, conhecidos como "a turma do diurno": começavam a sessão às duas da tarde e iam até às sete, sem arredar pé do pano verde.

Cuca preparou a frase: "Boa tarde, minha gente! Estamos de parabéns, hein?". Naturalmente iam perguntar por quê, ele então responderia: "O doutor Rodrigo está na terra. Decerto logo vocês vão ter mais um parceiro pro pife-pafe...". Era um ótimo mote que na certa os outros glosariam com prazer.

Parou à porta. A sala estava cheia de fumaça de cigarros e charutos, e andava no ar um aroma agradável de café recém-passado. Só então Cuca percebeu que não havia tirado o chapéu: descobriu-se, num gesto rápido, e deu um passo à frente. Nesse instante, porém, avistou o Calgembrino Leal, proprietário do Cinema Recreio. Estava ele à mesa de jogo, de cabeça baixa, um palito no canto da boca, os olhos postos nas cartas que tinha nas mãos, dispostas em forma de leque. Cuca disfarçou, fez meia-volta e afastou-se, apressado. O Calgembrino era seu inimigo. Haviam tido uma discussão, fazia algumas semanas, e o desaforado lhe dissera: "De hoje em diante, se alguma vez tu te sentares perto de mim ou te aproximares dum grupo onde eu esteja, te quebro a cara, ouviste?".

Estou sem sorte hoje — refletiu o Cuca, encaminhando-se para a sala da biblioteca. Atirou para dentro um olhar distraído, e ia passar de largo quando avistou o vigário, que lia um jornal sentado numa poltrona.

— O senhor por aqui, padre! — exclamou ele, aproximando-se do sacerdote.

O pe. Josué lançou um olhar para Cuca por cima dos óculos. Era um homenzinho franzino, de ar humilde e mãos de criança.

— Olá, Cuca. Como vai essa bizarria?

— Mal, vigário, muito mal — queixou-se o oficial de justiça, sem saber exatamente por que dizia isso.

— Sente-se, meu filho.

Cuca obedeceu. O sacerdote dobrou o jornal com muito cuidado, pô-lo em cima da mesa, cruzou as pernas, tirou os óculos do nariz e começou a limpar as lentes na manga da batina.

O pe. Josué tinha sido enviado pelo céu — pensava Cuca. Era íntimo do Sobrado e devia saber o que estava se passando lá dentro.

— Então, reverendo — indagou Cuca com voz compungida —, é verdade que o nosso Rodrigo está passando muito mal?

— Pois é... — respondeu o padre com ar vago. — Teve outro ataque.

— Outro? — repetiu Cuca, fingindo surpresa. — Então não é o primeiro?

O vigário sacudiu negativamente a cabeça grisalha.

— É o terceiro... ou quarto, nem sei!

— E dizem que a coisa é muito séria, não?

— Muito. Pode morrer duma hora para outra.

— Pobre do Rodrigo!

— Se ele ficar em absoluto repouso e seguir a dieta que o médico recomendou, pode viver ainda muito tempo.

— Deus lhe ouça.

O vigário fez um gesto de dúvida.

— Mas tu conheces bem o Rodrigo. Não é homem de meias medidas.

Em pensamento Cuca esfregava as mãos: a conversa ia tomando o rumo que lhe convinha.

— É verdade que o senhor já lhe deu os santos óleos?

— Por que desejas saber?

— Pura curiosidade.

O padre, que conhecia bem a reputação de Cuca, replicou:

— Há um certo tipo de curiosidade, meu filho, que não é nada agradável aos olhos de Deus.

— Eu lhe explico, reverendo... — disse Cuca. E mentiu: — Apostei com um amigo como o Rodrigo ia se confessar antes de morrer. Esse amigo acha que não, porque o Rodrigo é herege. Me conte uma coisa, padre Josué, ele se confessou?

— Por que desejas tanto saber?

— Por nada. É triste uma pessoa morrer cheia de pecados mortais...
— E quem foi que te disse que o Rodrigo cometeu pecados mortais?
— Ora, padre...
— Quem foi?

O vigário olhou Cuca bem de frente, e seus olhos azuis de menino tinham uma expressão de tal modo destituída de malícia, que o outro por alguns segundos ficou desconcertado.

— Ora, todos têm pecados.
— Ah! Pensei que sabias de algum pecado horrível que o Rodrigo tivesse cometido...

Cuca achava difícil enfrentar o olhar límpido e transparente daquele homem cuja vida nunca dera o menor motivo para maledicência.

— Quer dizer... — balbuciou ele, embora achando que devia calar a boca e ir embora, para não se comprometer ainda mais.
— Quer dizer... o quê?
— Bom, padre, quem diz não sou eu...
— Quem é que diz?
— O povo.
— Que é que o povo diz?
— Muita coisa...
— Por exemplo...

Cuca estava já arrependido de ter começado, mas agora era tarde demais para recuar. De resto, ele sentia uma certa volúpia em brincar com fogo.

— Dizem que o doutor Rodrigo lá no Rio não teve uma vida muito... — ia dizer *limpa* mas conteve-se a tempo e disse: — santa.
— Não acredite...
— É o que eu digo sempre, há muita conversa fiada por aí, muita invenção.

Cuca olhava, fascinado, para uma espinha muito madura que amarelava na ponta do nariz do padre.

— Quando um homem chega à posição que o doutor Rodrigo conquistou — disse o sacerdote —, é natural que os outros comecem a inventar histórias caluniosas. Há muita maldade no mundo, meu filho. Claro, ninguém é perfeito, mas eu não acredito em nada do que se conta por aí do doutor Rodrigo Cambará.

— Muito bem — apoiou o Cuca. — E eu não quero que o senhor pense que eu...

O padre atalhou-o:

— Não estou pensando coisa alguma, Cuca. Só estou dizendo que não acredito.

Segurou com terna intimidade um dos botões do casaco do oficial de justiça e, aproximando bem seu rosto do interlocutor, disse com voz clara e macia:

— A vida duma pessoa é como uma moeda: tem verso e reverso e quem vê um lado nem sempre vê o outro. Um padre quase sempre pode ver os dois lados. É o que te digo, Cuca, não julgues ninguém pelas aparências nem pelo que ouves dizer.

Cuca não tirava os olhos do rosto do padre, com uma vontade desesperada de espremer-lhe a espinha do nariz.

— Eu sou amigo do doutor Rodrigo.

— Pois conserve-se amigo dele. É um homem como poucos, ouve o que te digo. É um bom católico e um patriota.

— E um excelente chefe de família — acrescentou Cuca, pensando na amante que Rodrigo deixara no Rio.

O pe. Josué largou o botão, reclinou-se na cadeira e abafou um bocejo.

— Hoje enforquei a minha sesta...

Cuca tirou o relógio do bolso do colete. Olhou distraído para o mostrador e disse:

— Bom, vigário, vou andando.

— Deus te acompanhe e te dê sempre boa vontade para julgares teus semelhantes!

De repente Cuca sentiu que estava com o rosto e as orelhas em fogo.

— Amém — murmurou, rodopiando nos calcanhares e saindo apressado da biblioteca.

Entrou no bufete, pediu um cafezinho, tomou-o em goles curtos e rápidos, atirou quarenta centavos em cima do balcão e saiu para a rua, murmurando: "Estou mesmo pesado hoje!".

Desceu aos pulinhos a escadaria que levava à calçada.

Cuca nunca passava pela Casa Sol sem entrar para dar uma prosa com os caixeiros ou com o Veiguinha. Era aquele um dos estabelecimentos comerciais mais antigos e mais fortes da região serrana. Fora fundado em 1860 pelo bisavô do Veiguinha, um homem famoso pela avareza e pelo amor ao trabalho, e cujos pais tinham vindo de Portugal — dizia-se — no mesmo navio que trouxera dom João VI e sua corte. Era uma casa de secos, molhados, ferragens e armarinho: cheirava a couro curtido, queijo, fazenda, charque e rapadura, e era a preferida da freguesia das colônias e dos outros distritos do município. Ao passo que as outras lojas de Santa Fé na grande maioria se modernizavam, o Veiguinha mantinha a sua quase tal como era havia cinquenta anos, tendo até conseguido da Prefeitura uma licença especial para conservar na calçada, ao lado da casa, os frades de pedra a que, nos velhos tempos, gaúchos e colonos amarravam os cavalos enquanto faziam suas compras.

Cuca entrou na Casa Sol de cabeça alçada, à procura do Veiguinha, com o qual queria comentar sua briga com o mulato queremista. Havia àquela hora uns cinco ou seis fregueses ao longo do comprido balcão, e num deles Cuca reconheceu a Anaurelina, proprietária do Ponto Chic. Esquecendo o Veiguinha, aproximou-se dela, olhando para os lados com movimentos rápidos de cabeça, para verificar se não havia por ali alguma "família" que se pudesse escandalizar ante o fato de estar ele, um homem casado, a conversar abertamente com uma prostituta em plena luz do dia.

— Mas então, Anaurelina! — exclamou em surdina. — Como vai essa beleza?

— Olha só quem está aqui! — saudou-o ela. — Eu vou bem, e tu?

Anaurelina deixou os cortes de seda que estava examinando e voltou-se para o oficial de justiça. Era uma mulata clara, quarentona, muito gorda, de cabelos crespos dum negro lustroso, rosto redondo de boneca, de duplo queixo e lábios carnudos. Cuca mirou-a com ar safado, já excitado pelo simples fato de estar de certo modo a violar uma lei social. Gostava de Anaurelina, achava-a muito limpa e recatada. O Ponto Chic era uma pensão de toda a confiança, dessas que um homem casado pode frequentar sem medo de pegar doenças ou envolver-se em badernas.

— Vem cá, meu bem — murmurou ele, recuando alguns passos na direção dum manequim masculino que vestia um poncho cor de chumbo e tinha enfiado na cabeça um chapéu de abas largas. — Quero te dizer uma coisa...

Anaurelina aproximou-se. Seus olhos, que lembravam a Cuca os de um bicho — veado? porco? cachorro? —, postaram-se nele numa tépida curiosidade.

— Sabes quem está na terra?

— Não.
— O doutor Rodrigo Cambará.
— Ah! — fez a mulata, entreabrindo os lábios besuntados de batom cor de ciclâmen. — Eu já sabia.

Cuca piscou o olho.

— Tu conheces bem o Rodrigo dos bons tempos, hein?

Ela sorriu. Seus fartos peitos subiam e desciam cadenciados, e Cuca teve vontade de morder aqueles braços gordos como presuntos, e foi com prazer que aspirou o cheiro de Anaurelina, mistura de água-de-colônia, pó de arroz e suor de corpo limpo.

— Se eu conheço bem ele? — repetiu a mulher. Aproximando-se mais de Cuca, confidenciou: — Não sabes então que foi o doutor Rodrigo que me botou na vida?

— Não diga!

— Pois foi. Eu devia ter uns dezesseis ou dezessete anos...

Cuca começou a cheirar a ponta dos dedos, assanhado. Lembrava-se bem de Anaurelina dos tempos de menina. Era uma mulatinha muito benfeita de corpo, os seios pontudos, a cintura fina. Um amor! Naquele tempo — lembrou-se ele — dizia-se: "o suco!".

O oficial de justiça estava ansioso por detalhes:

— Me conta bem como foi essa história — pediu, olhando aflito para a porta, temendo que entrasse alguma senhora sua conhecida.

O suor rorejava o buço de Anaurelina, e seus olhinhos inexpressivos estavam imóveis sob as pálpebras reluzentes de vaselina.

— Não tem nada pra contar. O doutor Rodrigo me fez mal e eu caí na vida.

— Mas onde foi que se deu a coisa? Na tua casa? Na casa dele?

— Ora, Cuca, que é que adianta saber agora? Foi no consultório dele, num dia que a minha mãe me mandou lá pra lavar o soalho...

— E não ficaste com vontade de tomar lisol?

— A troco de quê, homem?

— Não, Anaurelina. O que eu quero saber é se, depois que ele te fez mal, tu não quiseste te matar.

— Eu? Não.

— Ficaste com muita raiva dele?

— Não. Só fiquei meio com medo de pegar filho.

Cuca estava decepcionado. Sorrindo, Anaurelina fez um sinal tranquilizador para o caixeiro que a esperava atrás do balcão:

— Já vou lá, moço.

— Mas tu não achas — insistiu Cuca — que se não fosse o doutor Rodrigo, tu podias ter casado direito com um bom sujeito e tido a tua casa, os teus filhos?

A mulata encolheu os ombros roliços.

— Mas eu sou tão feliz, Cuca. Se o doutor Rodrigo não tivesse me botado na vida eu decerto hoje era cozinheira duma dessas grã-finas, como minha mãe foi, ou então tinha casado com um diabo qualquer e no fim ainda por cima tinha de trabalhar pra sustentar ele.

— Ah, isso é...

Anaurelina abriu sua enorme bolsa de couro de jacaré e tirou de dentro dela um lencinho que recendia a Madeiras do Oriente, passou-o pelo buço e, baixando mais a voz, disse:

— Na minha vida tenho andado com muitos homens, Cuca, homens de todo jeito, paisano, soldado, rico, pobre, sargento, tenente, deputado, coronel, fiscal de imposto, tudo, Cuca. Mas uma coisa te garanto, nunca estive com um homem que chegasse aos pés do doutor Rodrigo.

— É mesmo, é? — indagou Cuca, afobado, já ansioso por detalhes.

Mas a dona do Ponto Chic voltou-lhe as costas, acercou-se do balcão e perguntou ao empregado:

— O senhor tem veludo *chiffon* roxo?

No Café Minuano Cuca encontrou Don Pepe García, o pintor, sentado a uma mesa, diante duma garrafa de cerveja. Ia fingir que não o tinha visto — pois o espanhol ultimamente vivia bêbado e não raro se tornava inconveniente —, quando lhe ocorreu que Don Pepe era o autor do famoso retrato de corpo inteiro de Rodrigo Cambará, pintado logo que este, com vinte e quatro anos de idade, chegara à sua terra natal, recém-formado em medicina. Existiam na cidade muitos retratos a óleo — pequenos, grandes, bons, maus e medíocres —, mas a obra de Don Pepe era para todos os efeitos o Retrato, com *R* maiúsculo, uma das maravilhas de Santa Fé. Quando chegava algum forasteiro, a primeira coisa que lhe perguntavam era: "Já viu o Retrato?" — e ficavam um tanto ofendidos quando o visitante declarava ignorar a existência da portentosa obra de arte. Conhecedores de pintura afirmavam que se tratava dum trabalho de mestre, digno dum museu de Paris ou Londres; e os que conheciam Rodrigo e o Retrato atestavam que a presença era positivamente fotográfica. Contava-se que, depois dessa obra, Pepe García como que se esgotara e não fizera mais nada que prestasse. De resto, que futuro podia ter um pintor numa cidade provinciana como aquela? Santa Fé inteira conhecia a crônica daquele boêmio espanhol que era por assim dizer um herói do folclore municipal. Passava a vida em grupos de café a dispersar-se em conversas e bebedeiras. E era nessas rodas boêmias que Pepe García contava suas andanças pelo mundo, falava mal do clero, da burguesia e, choramingando, dizia do que podia ter sido sua vida e sua arte se não tivesse encalhado nas praias secas de Santa Fé, como um barco desarvorado sem bússola nem leme. Suas conversas começavam com bravatas e acabavam em choro. Quando lhe perguntavam por que não reagia, não voltava a pintar, respondia que era tarde, estava velho, a visão começava a faltar-lhe e as mãos já lhe tremiam. A troco de magro ordenado, sujeitava-se agora à humilhação de pintar cartazes para o Cinema Recreio. Era por isso que, depois do papa, o homem a quem mais odiava no mundo era o proprietário do cinema local, o Calgembrino, para ele o símbolo da burguesia endinheirada, a qual, unida ao clero obscurantista, era responsável pelas desgraças do mundo, por todas as injustiças sociais e principalmente pela incompreensão em que viviam os verdadeiros artistas.

Agora, nos dias de sua decadência, quando se sentia muito deprimido, Don Pepe batia à porta do Sobrado e pedia às gentes da casa que lhe permitissem ver o Retrato. D. Maria Valéria mandava o pintor entrar e deixava-o sozinho na sala de visitas. O espanhol sentava-se diante de sua obra-prima e ali ficava por longo tempo, levantando-se de quando em quando para abrir ou fechar as cortinas das janelas a fim de poder observar a tela sob vários efeitos de luz. Depois, retirava-se sem dizer palavra e nessas ocasiões tomava as suas bebedeiras mais formidáveis.

Era esse homem tão ligado ao passado de Rodrigo que ali estava, sentado a uma mesa, no café deserto.

Cuca aproximou-se dele e pôs-lhe a mão no ombro.

— Como vai essa força, Don Pepe?

O pintor ergueu os olhos.

— Cuca... — murmurou, sem nenhum entusiasmo. — Senta.

Cuca sentou-se.

— Toma um troço — convidou Don Pepe.

— Não, obrigado.

— Toma um troço.

— Não. É muito cedo.

— Então vai-te pro diabo!

— Também é muito cedo.

O espanhol deu de ombros e com suas mãos muito longas, de dedos finos com unhas debruadas de preto, pegou o copo de cerveja, levou-o tremulamente aos lábios e bebeu num sorvo. Lambeu a espuma que lhe ficara nas pontas dos bigodes dum branco amarelado, e fitou os olhos injetados no interlocutor.

— Entonces, qué quieres? — perguntou.

— Eu? Nada, homem.

Don Pepe ficou a olhar fixamente para o copo de cerveja, em cujo conteúdo cor de âmbar as portas do café se refletiam em quadriláteros luminosos.

Cuca achou melhor atacar o assunto de frente.

— Já sabes que o doutor Rodrigo está na terra?

Por alguns instantes o espanhol continuou calado, como se não tivesse ouvido a pergunta. Depois, com sua voz áspera, disse:

— Don Rodrigo nunca saiu de Santa Fé. Me refiro ao Rodrigo verdadeiro, o do Retrato. — Animou-se um pouco, chegou a empertigar o busto, a abrir bem os olhos líquidos. — Esse que chegou do Rio é o fantasma do outro. Mas tu não entendes dessas coisas, Cuca. — Fez uma pausa e tornou a convidar: — Toma um troço!

— Quem diria, hein, Don Pepe? Ontem o homem estava no Palácio Guanabara, amigo do presidente, cheio de prestígio, hoje está lá no Sobrado com o coração escangalhado, dizem que até a extrema-unção já tomou.

O pintor bateu com o punho na mesa, fazendo o copo e a garrafa tremerem.

— Malditos curas! São como urubus rondando a morte. Mal veem um pobre homem agonizando já começam a devorar-lhe as carnes.

— Rodrigo é católico.

— Cala-te a boca. Tu não sabes nada.

Cuca resolveu provocar o outro:

— E tu sabes?

Don Pepe lançou-lhe um olhar duro, esmurrou o peito ossudo e disse:

— Eu sei tudo. Eu previ. Mas ninguém me crê.

— Mas o que é que tu sabes?

— Tudo!

Cuca tirou do bolso uma carteira de cigarros e ofereceu um a Don Pepe, que aceitou, sorrindo ironicamente:

— Queres comprar meu segredo com um cigarro, eh, miserável?

O oficial de justiça começava a ficar curioso. Saberia mesmo o castelhano alguma coisa sobre Rodrigo?

Don Pepe prendeu o cigarro entre os lábios e pediu:

— Fogo.

Cuca riscou um fósforo, acendeu o cigarro do pintor, que, depois de tirar uma baforada céptica, murmurou:

— És muito tonto. Mas te vou a dizer uma cousa.

Cuca tinha um cigarro apagado entre os lábios. Don Pepe tomou novo gole de cerveja e o oficial de justiça de repente ficou alarmado, temendo que o outro o obrigasse a pagar a bebida. Pensou em sair, mas a curiosidade chumbava-o à cadeira.

— Tu viste o Retrato, claro... — principiou o espanhol.

— Naturalmente.

— Que achas dele?

— Muito chique.

Don Pepe tornou a bater na mesa com o punho fechado.

— Coño, hombre! Chique! Tu não sabes nada. És um burro. Aquele retrato, chique? Vai-te para o diabo! Não falo mais. És um filisteu.

Em pensamentos Cuca reagiu imediatamente: "Filisteu é a mãe". Seus lábios, porém, continuaram imóveis, prendendo o cigarro.

— Garçom! — gritou o pintor. — Mais uma cerveja.

O empregado trouxe outra garrafa. Cuca ficou a olhar para o artista, enquanto este enchia o copo.

— O Retrato é uma beleza — emendou ele. — Todo o mundo sabe. Eu é que não me expressei direito...

Don Pepe lançou-lhe um olhar de desprezo.

— Não necessito de tua opinião nem da opinião de ninguém. Um artista sabe o que faz. Me quedo satisfeito sabendo que não gostaste da minha obra. Mas toma um troço, Cuca.

— Não, obrigado. Tenho de ir andando.

Don Pepe segurou-lhe o pulso fortemente.

— Fica quieto. Não te vás.

Cuca acendeu o cigarro e esperou. O outro recostou a cabeça na parede e fechou os olhos, como se de repente tivesse sentido uma canseira mortal.

— Um dia, há muitos anos, mirei Rodrigo e disse: vou a pintar-te o retrato...

Don Pepe sorria, sempre de cabeça reclinada e olhos cerrados.

— O muchacho tinha um rosto formoso, trigueiro, um olhar de

gavião, um nariz nobre, uma boca palpitante e sensual, feita para dar ordens e para beijar... Tinha no rosto qualquer coisa que lembrava Lord Byron; mas estou perdendo tempo, porque tu, animal, não sabes quem foi Lord Byron...
— Mas me lembro do Rodrigo dos tempos de moço!
— As mulheres andavam loucas por ele. Don Rodrigo era o senhor do Sobrado, tinha muita prata, era inteligente, encantador, trajava bem e, coño!, como adorava la vida!

De súbito Don Pepe entesou o busto, abriu os olhos, fez avançar a cabeça na direção de Cuca Lopes e bafejou-lhe o rosto com seu hálito ácido, dizendo:
— Madre de Diós! Nunca em toda mi perra existência encontrei um homem que gostasse tanto da vida como ele! Era generoso, tinha um coração grande e quente como um sol. Te digo, Cuca, quando eu olhava para o Rodrigo é que compreendia profundamente o sentido da expressão "personalidade magnética". Caramba! Nunca vi tanta sensualidade numa fisionomia, nem tanta... tanto... — As mãos de Don Pepe apalpavam o ar, como a ajudá-lo na busca da palavra que lhe faltava — ... tanta... mierda!... tanto apetite de vida. Não era só amando que ele ia ao orgasmo, mas também comendo, bebendo, falando e até brigando. Mira, Cuca, tu não sabes nada, mas te vou a dizer. Quando tive na minha frente o modelo e a tela vazia, pensei: Don Pepe, esta vai ser a grande obra de tua vida. Mas não pintes apenas o corpo de Rodrigo, pinta também sua alma. Não fixes apenas este momento, mas também o passado e o futuro.

Fez um silêncio para beber um gole de cerveja. Cuca não sabia aonde o outro queria chegar e por isso estava já impaciente. Tudo aquilo podia acabar em conversa fiada, como acontecera sempre em todos os diálogos que no passado mantivera com o pintor.
— Tu não sabes nada, homem. Mas todo o artista tem uma obra em que ele bota tudo que possui, sua experiência do mundo, seus sonhos, sua alma, seu gênio. E depois se queda vazio. Foi o que ocorreu comigo. Pintei o Retrato não apenas com tinta, mas com sangue, e não só usei pincéis, mas também meus nervos. Pintei com paixão. Estou gastando pólvora em chimango, porque tu não entendes essas coisas, Cuca. Mas te vou a dizer algo mui extraordinário: o Retrato é profético, é mágico, porque dentro dele está tudo: Don Rodrigo aos vinte e quatro anos, seu passado, seus antepassados e também o futuro com todas as suas vitórias e derrotas...

— Imagine...

— Quando terminei a obra, dona Maria Valéria mirou o quadro e disse "Só falta falar". Mas estava enganada. O Retrato falava. Dizia tudo. Só os surdos não ouviam. Só os cegos não viam. — Don Pepe segurou com força a lapela do casaco do oficial de justiça, vociferando: — Todos estão surdos, cegos em Santa Fé, todos estão mortos! Mas tu não sabes nada, não podes compreender...

— Eu sou muito burro — resmungou Cuca com orgulhosa humildade.

— Todo o artista tem um pouco de louco e de profeta. A primeira vez que vi o senador Pinheiro Machado foi no Sobrado em 910. Don Licurgo me perguntou depois que era que eu pensava dele. Respondi: "Tem um ar de chefe gitano e olhos de águia. Ainda será a mão de ferro que vai a governar o Brasil". — A voz do espanhol desceu a um sussurro dramático: — "Mas um dia há de cair ferido pelo ferro". Dito e feito. Cinco anos depois, Pinheiro Machado era apunhalado pelas costas no Hotel dos Estrangeiros.

— Veja só...

— Um dia me mirei no espelho e de repente vi o futuro escrito nos meus olhos. Esta decadência, esta miséria, esta pobreza e até o maldito Calgembrino, burguês de mierda, sinvergonha, explorador, miserável. Vi tudo em meus olhos, como vi o futuro de Rodrigo quando pintei o Retrato. Está tudo lá no quadro. Vai a ver. Tudo: a glória, sua carreira, suas viagens, a Revolução de 30, o Estado Novo, as mulheres que ele amou, e também este final desastroso...

Fez uma pausa ofegante e depois:

— É um retrato profético — repetiu. — Mas tu não entendes dessas coisas. És um burro. Esse Rodrigo que aí está é o cadáver do outro. Todos somos cadáveres, eu, tu, o Calgembrino, o prefeito, o papa... Só as obras de arte é que estão vivas, e sempre estarão vivas. Todo o artista atinge seu ponto máximo uma vez na vida e depois começa a descida. Meu pico é o Retrato. Deixei nele tudo que tinha de melhor. Depois me quedei seco. Por isso bebo. Os vivos não bebem álcool: bebem vida. Vai a ver o Retrato. Pero eu estou morto. Agora pinto cartazes pra esse cachorro do Calgembrino que se lo encontro lo rompo, por Diós. Y maldita sea la madre que cien mil veces lo parió! Me cago en la leche de su madre y de todas las madres del mundo, inclusive la mía.

Estas últimas palavras não foram propriamente pronunciadas, mas babadas.

Cuca achou que era hora de ir embora: não sabia, porém, o que dizer para despedir-se. O pintor emborcou o copo e Cuca ficou olhando para o movimento de seu pomo de adão.

— E tu não vais visitar o doutor Rodrigo? — perguntou ele, só para dizer alguma coisa.

Don Pepe tornou a pôr o copo em cima da mesa e, antes de responder, soltou um arroto explosivo.

— Só que seja para matá-lo.
— Ué? Por quê?
— Porque Rodrigo é um traidor.
— Como, Don Pepe?

Cuca mordia e babava a ponta do cigarro, que de novo se apagara.

— Tu não compreendes, és um imbecil. Rodrigo é o culpado da minha decadência. Ele e o Calgembrino — vociferou, dando um soco sobre a mesa. — Maldita sea la madre que lo recontra cien mil veces parió. Garçom, outra cerveja!

Cuca achava que Pepe García estava começando a ficar inconveniente. Curiosos agora paravam à porta do café e ficavam a olhar para o pintor, sorrindo. O oficial de justiça começou a sentir uma espécie de formigueiro dentro das calças. Mas uma atração inexplicável o prendia àquela cadeira, e ele não podia afastar os olhos da face terrosa e enrugada do espanhol.

— Vou a dizer-te um segredo, Cuca. O tempo é como um verme que nos está roendo despacito, porque é do lado de cá da sepultura que nosotros começamos a apodrecer. Não te iludas. Já estás metade podre, Cuca. Eu também.

Fitou no homenzinho dois olhos infinitamente tristes, duma tristeza alcoólica, avermelhada e lacrimejante. E depois, com voz arrastada, num falsete cortado por novo arroto, acrescentou, subitamente cordial:

— Toma um troço.

Eram cinco horas menos um quarto quando Cuca Lopes chegou à praça da Matriz. Parou a uma esquina e ficou a contemplar o Sobrado. Lá estava o casarão com suas paredes caiadas, os caixilhos das janelas e o da grande porta pintados dum azul-anil, os azulejos do portão a reverberar à luz da tarde. As copas de algumas das árvores do quintal apontavam acima do telhado, e, entre o muro e a parede lateral da casa, havia um pé de três-marias todo carregado de flores purpúreas.

O vento perdera muito de seu ímpeto, o céu agora estava limpo de nuvens e a luz do sol tinha uma mornidão macia e dourada.

Cuca começou a atravessar a praça em diagonal, olhando para a própria sombra na terra batida, dum vermelho queimado. Lembrava-se das muitas vezes em que ele e Rodrigo, ainda meninos, cruzaram aquela praça, pisando aquele chão onde as sombras de ambos se confundiam... Cuca estava perturbado. A proximidade do Sobrado lhe causava uma certa emoção. Menino pobre, orgulhava-se de frequentar aquela casa grande e rica, de ser amigo de Toríbio e Rodrigo. Gostava dos losangos de doce de leite que d. Maria Valéria lhe dava, dos brinquedos de Rodrigo, de suas roupas, de seus petiços, de seu carro puxado por dois belos tordilhos...

Os canteiros da praça estavam pintalgados de margaridas amarelas. A fragrância das flores dos cinamomos impregnava o ar. Um soldado do Regimento de Artilharia conversava com uma chinoca, sob a grande figueira da praça. No centro dum tabuleiro de relva, o busto de bronze do cel. Ricardo Amaral olhava na direção do palacete da Prefeitura, que lá se erguia, pesadão e achaparrado, com a sua cúpula parda, a fachada *art nouveau e* as paredes escurecidas por uma pátina sem história. O galo do cata-vento da Matriz estava agora tranquilo. E duma grande paineira que ficava bem à frente do casarão dos Amarais, desprendiam-se flocos esfiapados de paina, que caíam com uma graça lenta, leve e ondulante, e iam juncando o chão ao redor do tronco. Hora linda, pensou Cuca. Parou na calçada fronteira ao Sobrado e ficou a olhar para as janelas da casa, desejando e ao mesmo tempo temendo ver Rodrigo assomar a uma delas. Voltou depois o olhar para os azulejos do portão, que tanto o fascinavam. Quantas vezes brincara com Rodrigo ali naquele muro, que para ambos era nada mais nada menos que a própria Muralha da China! E como ele gostava do quintal do Sobrado, com suas árvores altas e copadas, que em certos trechos davam à gente a impressão de estar numa floresta virgem... (Eram as matas do Ceilão e de Madagascar — explicava Rodrigo, que tinha lido sobre essas ilhas fabulosas em livros ilustrados.) Havia também no quintal um poço assombrado, onde, diziam, todas as meias-noites apareciam as almas penadas dos homens que ali tinham sido mortos durante a revolução de 93, quando o Sobrado ficara sitiado pelos maragatos durante dez dias. Contava-se que nessa ocasião uma filha do cel. Licurgo, que nascera morta, tivera de ser enterrada no porão. Todas essas coisas emprestavam um certo ar de mistério e lenda àquele casarão onde Cuca não tornara a entrar desde que Rodrigo se mudara para o Rio.

O oficial de justiça voltou a cabeça na direção da Padaria Estrela-d'Alva, que ficava à esquerda do Sobrado, e avistou seu proprietário, o Francisco Paes, que era conhecido na cidade como Chico Pão. O padeiro fez-lhe um sinal amistoso, atravessou a rua e foi apertar-lhe a mão.

— Ó Cuca!

— Então o nosso amigo está na terra, hein?

— É verdade — respondeu Chico Pão, com sua voz fosca —, o bom filho à casa torna.

Soltou um sentido suspiro e começou a coçar os braços morenos e cabeludos, que a camiseta de meia, de mangas curtas, deixava à mostra. O velho Paes andava sempre de chinelos sem meias, e suas calças, muito frouxas, pareciam prestes a cair. Usava cabelo à escovinha, e tinha sobrancelhas grossas e híspidas sob as quais luzia tristemente um par de olhos duma mansidão e duma ternura bovinas. Ninguém na cidade vira Chico Pão envelhecer, pois como desde moço andasse com a cabeça sempre respingada de farinha de trigo, quando lhe chegaram os cabelos brancos os outros não deram por isso.

— Então, Chico, que novidades me contas?

— Tudo velho.

O padeiro ficou a olhar melancolicamente para a figueira grande. Um menino descalço passou chutando uma bola de trapos, seguido por um cachorro.

— Já foste ao Sobrado? — indagou Cuca.

— Já.

— Como vai o nosso grande homem?

— Não pude falar com ele. Estava de cama. O médico diz que ele precisa de descanso. Falei com dona Flora, ela disse que o doutor Rodrigo estava um pouco melhor...

— Mas parece que a coisa não tem jeito...

Chico Pão fez um gesto de desamparo.

— Um homem como esse não devia morrer nunca, Cuca. É a maior injustiça do mundo. Por que será que Deus não leva um pobre-diabo como eu e deixa viver um homem como o doutor Rodrigo?

— Deus sabe o que faz.

— Às vezes até duvido... Deus que me perdoe!

— O povo também é muito ingrato e muito falso, Chico. Andam dizendo cobras e lagartos do nosso amigo...

— Que malvadeza! — exclamou o padeiro, sacudindo a cabeça. — Se há no mundo criatura boa e direita, é o doutor Rodrigo. Eu que diga. Faz quase cinquenta anos que estou vizinhando com o Sobrado. Naquela casa só se come o nosso pão desd'o dia que meu pai abriu esta padaria em 98 com o dinheiro que o finado coronel Licurgo emprestou pra ele. E o pão que eles estão comendo hoje é feito por estas mãos — acrescentou, erguendo ambas as mãos e olhando para elas com simpatia e um humilde orgulho. — O seu Curgo até brincava comigo: "Chico, tu não tem direito de adoecer nem morrer, porque se tu adoece ou morre, quem é que vai fazer o nosso pão?".

— Teu pão sovado é um colosso — elogiou Cuca, batendo de leve no ombro do padeiro. — É o melhor da cidade.

Chico Pão sorriu, mostrando os dentes miúdos e esverdeados.

— Todas as noites antes de ir pra cama o coronel Licurgo ia lá em casa buscar pão quente, recém-saído do forno, mesmo que chovesse ou caísse raio. O Rodrigo e o irmão dele, o falecido Bio, quando eram meninos pulavam de noite a cerca, vinham até o forno onde eu estava trabalhando e diziam sempre a mesma coisa: "Tem pão quente, seu Chico?". Isso todas as noites. O Rodrigo se formou, ficou doutor, veio clinicar aqui e continuou meu amigo, sempre tratou de mim e nunca quis me cobrar um tostão. Quando eu pedia a conta ele ria: "Tu já me pagaste, Chico, com aqueles pães quentes, te lembra? Ainda estou te devendo...". Veja só que homem, Cuca.

— É uma grande alma — murmurou Cuca, olhando para os azulejos do portão do Sobrado e lembrando-se da noite em que, ainda menino, tentara roubar um dos ladrilhos, arrancando-o do muro com uma faca. — Um coração de ouro!

— Isso mesmo. Disse bem: um coração de ouro. Estava formado, era rico, querido de todo o mundo e nunca fez pouco de mim nem da minha gente, até tirava o chapéu quando nos cumprimentava. Um dia peguei uma pulmonia e quase embarquei pro outro mundo. Pois o doutor Rodrigo tratou de mim, passou noites em claro na minha cabeceira, e não descansou enquanto não me botou de pé. Quando fiquei bom, disse assim pra ele: "Por que o senhor me salvou, doutor? Não presto pra nada, sou um pobre coitado sem serventia, não valia a pena". Sabe o que ele me respondeu, Cuca? São dessas coisas que a gente não esquece mais, nem que viva cem anos. "Mas Chico, tu é um homem muito importante nesta cidade. O vigário dá o pão pra alma e tu dá o pão pro corpo. Se morre o intendente, a gente faz uma eleição e escolhe outro. Mas se tu morre, quem é que vai ficar no teu lugar? Não tem ninguém na região serrana que saiba fazer pão cabrito tão bem como tu." Veja só, Cuca, que coração! Homens como esse estão se acabando. Eu vi o corpo do finado Toríbio velado na sala grande do Sobrado. Foi lá também que velaram dona Alice e a velha Bibiana, que morreu com quase cem anos. Naquela mesma sala vi a filha querida do doutor Rodrigo entre quatro velas. Só peço a Deus que não me deixe ver o velório de mais ninguém naquela casa. É demais.

Chico Pão agora chorava de mansinho, e as lágrimas lhe escorriam pelo rosto. Fungou, olhou para a ponta das chinelas e perguntou:

— Não quer ir lá em casa um pouco, Cuca?
— Não. Tenho que ir ver o Pitombo. Está na hora do chimarrão.

Chico Pão olhou na direção da Armadora Pitombo.

— Aquela casa de defunto ali perto do Sobrado até parece mau agouro. Quando olho pra lá fico frio. O Pitombo de vez em quando vem pra porta e fica olhando pro Sobrado, parece que está esperando que venham dizer que o Rodrigo morreu e precisa dum caixão...

— Ele vive disso...

O padeiro fez uma careta de repugnância.

— Mil vezes carregar pedra a ter que viver da desgraça dos outros.
— Até logo, Chico.

O oficial de justiça saiu a andar na direção da casa do Pitombo. Ao passar pela frente do Sobrado teve a curiosa impressão de que a uma das janelas ia surgir de repente alguém para despejar-lhe em cima um balde d'água fria. Lançou um rápido olhar para os olhos de boi pelos quais o porão da casa respirava. Lá é que tinham enterrado a recém--nascida... Agora era uma adega. Muitas vezes nos bons tempos ele entrara ali com o Rodrigo para escolher os vinhos mais velhos e levá--los para cima, onde amigos os esperavam. Que festas! Que tempos!

A Armadora Pitombo era uma casa de duas portas e duas vitrinas, nas quais estavam expostas velas, anjinhos, braços, mãos e pernas de cera. No interior havia uma sombra fresca, quase fria, e nas prateleiras os galões, fechos e alças de metal brilhavam, em tons de prata e ouro, contra o negro dos esquifes. Cuca detestava o ambiente, mas adorava o chimarrão das cinco, onde costumavam reunir-se bons companheiros para uma prosa em que se falava muito da vida alheia e se contavam novidades. Quando menino, Cuca sempre evitava olhar para os caixões de defunto quando passava pela Armadora, naqueles tempos atendida pelo velho Pitombo, o qual, além de vender artigos funerários, era um hábil carpinteiro. O que mais apavorava Cuca eram os caixões brancos e pequenos, que sua mãe lhe dissera terem sido feitos especialmente para os "anjinhos".

O oficial de justiça esperava encontrar o grupo de sempre reunido junto ao balcão da Armadora e ficou um pouco decepcionado ao ver a sala vazia, pois não enxergou Pitombo, que estava sentado atrás do balcão. Aos poucos, porém, a figura do armador foi emergindo da penumbra — primeiro a calva muito reluzente, depois as sobrancelhas grisalhas, os vidros dos óculos, acavalados no narigão vermelho e lustroso, e por fim as suas famosas orelhas. Cuca parou junto da porta. Pitombo não lhe distinguiu as feições mas reconheceu-lhe o vulto.

— Ó de casa!
— Entra! — gritou Pitombo. — Ora viva, até que afinal. A turma hoje está atrasada. És o primeiro...
— Também estou um pouco atrasado.
— Abanque-se.

Cuca tirou o chapéu, pô-lo sobre o vidro do balcão e sentou-se. Pitombo agarrou a chaleira de água quente que tinha a seu lado, no chão, encheu a cuia e passou-a ao amigo.

— O amargo hoje está bom.

Tinha uma voz de cana rachada e falava com excesso de saliva. Cuca estava ansioso por entrar logo no "assunto". Chupando na bomba de prata, lançava para o Sobrado, através da porta, olhares compridos e carregados de significação.

— Eu sei no que estás pensando... — rosnou Pitombo.
— Então diz o que é.
— No Rodrigo.
— Isso mesmo. Como foi que adivinhaste?
— Desde ontem ninguém fala noutra coisa na cidade.
— E então?
— Então o quê?
— O homem morre ou não morre?
— Sou suspeito...

Cuca riu, deu um chupão na bomba, engoliu o líquido com muito ruído e depois perguntou:

— Tu que estás aqui, a bem dizer na boca do lobo, que é que me contas de novo?

Pitombo cofiava a bigodeira grisalha. Tinha olhos cinzentos sobre os quais se franziam as pálpebras moles e arroxeadas. Duas rugas lhe saíam das aletas do nariz e desciam, profundas, até a comissura dos lábios, dando-lhe à fisionomia uma permanente expressão de azedume. Muitas vezes ali naquela casa tinham discutido Rodrigo Cambará à hora do chimarrão. Pitombo também fora seu colega de curso primário, e todos sabiam que o armador invejava o homem do Sobrado. Na presença de Rodrigo tratava-o com uma cortesia adulona: pelas costas dizia horrores dele, mas da maneira mais inocente, assim com um ar vago e apalpador de quem não se quer comprometer antes de saber a opinião do interlocutor. Dizia-se que nunca esquecera ter sido Rodrigo quem no colégio lhe pusera a desagradável alcunha de "Filho do Defunteiro". Era por isso que até hoje — sabia-o José Pitombo — ele era conhecido na cidade como Zé Defunteiro.

— Não há nada como um dia depois do outro — filosofou o armador, brincando com a grande tesoura que jazia sobre o balcão. — Todos eles acabam aqui...

Fez com a beiçola esticada um sinal na direção dos ataúdes. Cuca devolveu-lhe a cuia, que o dono da casa tornou a encher.

— Ricos, pobres e remediados, doutores, deputados, caixeiros de loja, todos acabam aqui. Pra uns, caixões de madeira de lei, com fechos e alças de metal. Pra outros, caixões ordinários de pinho cobertos de fazenda barata. Mas no fim dá no mesmo. Todos vão pra baixo da terra. E apodrecem!

Pitombo falava com certa volúpia.

— Primeiro eles se estragam por aí — prosseguiu — nos cafés, no Ponto Chic, no cinema; em todos esses lugares gastam o dinheiro e a saúde. Quando se sentem mal, gritam pelo médico, quando estão agonizando chamam o padre, mas é no velho Pitombo que todos acabam. Eu sou Ômega, o fim.

— Não acreditas na imortalidade da alma?

— Sei lá! O que sei é que o corpo acaba aqui. O que vem depois é outro assunto, ninguém tem certeza. *Vanitas, vanitatum, et omnia vanitas*, como dizia o Eclesiastes.

— Estás bom no latim. Devias ter estudado pra padre — disse Cuca, levando a ponta dos dedos às narinas.

— De que me serviu estudar? Aprendi o meu latim, a minha álgebra, a minha história, o meu português. De que serviu? O Cervi mal sabe assinar o nome e está milionário. O Porfírio Fagundes é analfabeto e tem mais campo do que não sei quê. De que me serviu estudar? Há um verso que diz:

> *Se fores ao rio pescar,*
> *E a fortuna te não deixe,*
> *Atira a rede e espera*
> *Quanto mais burro, mais peixe.*

Cuca soltou uma risada que lhe descobriu todos os dentes de ouro.
— Mas o Rodrigo é inteligente e venceu na vida — objetou ele.
— O Rodrigo nasceu em berço de ouro e púrpura e criou-se no meio da abastança. E o meio é tudo, Cuca.
O oficial de justiça cruzou as pernas e perguntou:
— Tu acreditas mesmo em todas essas coisas que dizem dele?
— *Vox populi, vox Dei.*
— Hein?
— Voz do povo, voz de Deus.
— Tu falas com um sujeito e ele te diz que o doutor Rodrigo é o melhor homem do mundo. Falas com outro e ele te garante que o doutor Rodrigo é um canalha.
— Tudo é relativo na vida. Nós todos temos muito de anjo e muito de demônio dentro de nós.
Naquele instante Cuca olhava para o anjo de cera que, do interior do balcão envidraçado, parecia fitá-lo com seus olhos vazios.
— E o doutor Rodrigo será mais anjo que demônio?
— Isso é uma questão de ponto de vista. Depende...
— É. Depende...
— Pergunte pro Mané Lucas o que é que ele pensa do Rodrigo, e ele te dirá que o Rodrigo é um miserável, um infame. E sabes por quê? Porque um dia o Mané Lucas convidou o Rodrigo para batizar-lhe a filha... O Rodrigo batizou, a menina cresceu e quando ela chegou ali pelos dezesseis, o padrinho meteu-se com ela e desonrou-a.
Cuca endireitou o busto bruscamente, animado.
— Foi mesmo?
Pitombo mirou-o com estranheza.
— Tens a memória fraca, Cuca. Então não te lembras? Foi em 1918, no tempo da espanhola...
— É mesmo, agora me lembro. Até comentaram muito.
— Primeiro o Mané quis matar o doutor Rodrigo, depois acomo-

dou-se. Dinheiro arranja tudo. O escândalo foi abafado e acabaram comprando um pobre-diabo pra casar com a menina.

— Essa é formidável, Pitombo!

— Pois é. Pergunta pro Tonico Cabral o que é que ele acha do nosso homem. Vai te dizer que é Deus no céu e o doutor Rodrigo na terra. O Cabral estava mal de negócios, com uma letra protestada e ia meter uma bala na cabeça quando o doutor Rodrigo apareceu, a bem dizer tirou o revólver da mão dele e emprestou-lhe, qual!, deu-lhe de presente, vinte contos pra pagar a dívida. O Tonico endireitou a vida e está aí hoje feliz e próspero.

Cuca olhava pensativo para as bochechas do anjo de cera. Pitombo perguntou:

— Tu te recordas daquele fiscal do imposto de consumo que andou por aqui em novecentos e dezenove ou vinte? Não me lembro do nome dele. Pois um dia o homem chamou o Rodrigo pra ver a mulher que estava adoentada, e deixou os dois sozinhos no quarto. Quando voltou e entrou sem bater, encontrou o Rodrigo deitado na cama com a paciente, aos beijos e abraços. Não deu um tiro nos dois por falta de coragem. Mas pediu transferência pra outro lugar e parece que acabou abandonando a desgraçada.

Pitombo ergueu-se e foi até a porta. Cuca seguiu-o e ambos ficaram a olhar para as janelas laterais do Sobrado.

— Depois que chegaram não botaram nem a cabeça pra fora de casa — contou o armador.

— Por que será?

Pitombo encolheu os ombros.

— Não sei. Não quero nem mandar perguntar como vai o doente. Podem pensar que estou esperando que ele morra pra vender um caixão...

— Que situação, hein, Pitombo?

O sol da tardinha envolvia o Sobrado, laminando-lhe as vidraças dum ouro vivo e coruscante.

— O homem teve outro ataque ontem ao anoitecer... A coisa foi feia, e quando vi o padre Josué sair da igreja todo paramentado e entrar no Sobrado, cheguei a separar os castiçais, o pano preto e tudo mais. Passei a noite sem dormir direito, esperando a todo o momento que viessem bater na porta.

Da cozinha da casa armadora chegava até a loja um cheiro de fumaça e carne assada, que Cuca aspirava com delícia.

Voltaram ambos para junto do balcão e Pitombo gritou para a mulher que lhe trouxesse mais água quente. E depois, olhando para o amigo, disse:

— Enquanto o Rodrigo andava lá pelo Rio no seu bom Cadillac, gozando a vida, jantando com o Getulio no Palácio Guanabara, indo ao Municipal de casaca, passando os fins de semana no Quitandinha; enquanto o Rodrigo dormia com lindas mulheres, o velho Pitombo estava aqui no batente, comendo feijão e arroz, vendendo caixão de defunto, trabalhando de sol a sol e às vezes pulando da cama de madrugada para atender um freguês. A vida é assim mesmo, Cuca. Olha bem. Nasci na mesma cidade onde o Rodrigo nasceu, sou de carne, osso e nervo como ele; o pai dele não era melhor que o meu; no colégio sempre tirei notas melhores que as do Rodrigo. E no entanto, Cuca, por que é que nosso destino foi tão diferente, ele tendo tudo e eu quase nada? Por quê?

— Injustiças...

— Nunca fiz mal a ninguém, desde que me casei só tive uma mulher: a que recebi perante Deus e o padre Kolb, ali na igreja do outro lado da rua. Nunca desgracei moça nenhuma, nunca me meti em politicagem, ganho honestamente a minha vida e trabalho como um cavalo. Mas veja o que eu tenho e o que o Rodrigo tem. Quando ele morrer, o retrato dele vai aparecer em todos os jornais do Brasil com elogios deste tamanho, e todos vão dizer: "Era um grande homem, um grande patriota". Quando o Pitombo morrer, o mais que podem dizer, meio rindo, é: "O Defunteiro esticou a canela". Por quê, Cuca?

O outro procurou consolá-lo.

— Mas acontece que o Rodrigo está lá estendido na cama, com o coração em petição de miséria, e tu aqui forte e são de lombo.

— Isso não é consolo. Olha as coisas que ele gozou e fez, enquanto eu estava aqui neste ramerrão, nesta obscuridade. E, depois, não tenho saúde como pensas. Bem sabes que sou um poço de doenças. É a asma, a bronquite e agora me apareceu uma furunculose que está me deixando quase doido.

Ficou de repente muito abatido, como se só então tivesse sentido o peso de todos aqueles males. O anjo de cera olhava para os dois amigos e parecia entender as coisas tristes que diziam.

A mulher do Pitombo gritou da cozinha:

— Já vai a água. Está no fogo.

O armador aproximou-se duma prateleira, voltou a cabeça para o oficial de justiça e disse:

— Vem cá, Cuca. Na tua opinião, que altura tem o Rodrigo?
Cuca ficou um instante a pensar.
— Um metro e setenta e cinco... por aí.
— Estás vendo este caixão? — Apontou para um pesado esquife de madeira negra esculpida, com um crucifixo prateado sobre a tampa. — Este caixão serve bem pra um homem do tamanho do Rodrigo. Mandei fazer esta beleza quando o velho Macedo adoeceu e todo mundo dizia que ele ia morrer. É a mercadoria mais cara que tenho em casa. Não é pra qualquer um. Poucas pessoas em Santa Fé podem dar-se o luxo de ir pro cemitério dentro duma preciosidade destas.

Fitou em Cuca os olhos empapuçados e melancólicos.

— Pois o velho Macedo se salvou e até hoje anda por aí, forte como um jequitibá. Mas nunca me passou pela cabeça, Cuca, que este caixão ainda pudesse vir a ser pro Rodrigo, meu amigo de infância...

— Veja só como são as coisas...

Pitombo sorria. Foi numa surdina quase poética que contou:

— Estou me lembrando duma coisa muito interessante que aconteceu quando eu, o Rodrigo e o Toríbio éramos meninos. O Bio costumava dizer: "Zé, o que será que a gente sente dentro dum caixão de defunto?". "Como é que vou saber", respondi, "se nunca fui defunto?" Pois o diabo do rapaz aproveitou uma hora que meu pai estava sesteando, entrou aqui na loja, abriu um caixão e se meteu dentro. Eu me lembro bem: era um ataúde fino, coberto de cetim preto, com enfeites dourados.

Cuca escutava, atento, cheirando a ponta dos dedos.

— E tu sabes duma coincidência horrível? — continuou o armador. — Três dias depois, dona Alice, mãe do Rodrigo e do Toríbio, morreu e foi enterrada justamente nesse caixão.

Cuca sentiu um frio mal-estar, pois naquele momento surpreendia-se a perguntar mentalmente dentro de qual daqueles caixões seria ele enterrado...

Naquele mesmo dia, ao anoitecer, circulou pela cidade a notícia de que Rodrigo Cambará tinha vencido a crise e estava, pelo menos momentaneamente, fora de perigo. Cuca Lopes jantou às pressas a fim de poder sair cedo para a rua a catar novos boatos e espalhar os que sabia. Enfiou na cabeça o amassado chapéu-carteira e, mastigando um palito, seguiu rua do Comércio acima, na direção da praça da Matriz. Na rua principal de Santa Fé havia àquela hora um grande movimento, principalmente nas quadras onde ficavam o Cinema Recreio, o Café Minuano, a Confeitaria Schnitzler e o Clube Comercial.

Na praça da Matriz, mocinhas passeavam aos bandos pelas calçadas, fazendo voltas completas ao quadrado, em passo lento, enquanto os rapazes se deixavam ficar sentados nos bancos ou de pé junto do meio-fio, vendo-as desfilar. A noite estava calma e fresca, e, ao olhar para uma das torres da igreja, Cuca teve a impressão de que o galo do cata-vento tinha a lua cheia espetada no bico. Nas extremidades dos postes nova-lux, as esferas de louça branca que protegiam as lâmpadas pareciam outras tantas luas. O perfume das flores do cinamomo, mais ativo desde o anoitecer, embalsamava o ar.

Cuca notou que as janelas do Sobrado estavam todas iluminadas como para um baile. Atravessou a praça em passadas rápidas, foi sentar-se num banco de cimento situado na calçada fronteira à casa de Rodrigo Cambará, e dali se pôs a olhar intensamente para suas janelas.

Alguém se sentou a seu lado, Cuca voltou a cabeça e reconheceu no recém-chegado o velho José Lírio, com o chapéu desabado sobre os olhos e seu inseparável bengalão de unicórnio.

— Ó Liroca! Então não conhece mais a gente?

O outro levou algum tempo para responder: a sombra dum plátano escurecia o rosto de Cuca. Por fim, identificando o companheiro de banco, o velho exclamou:

— Cuca! Boa noite, vivente.

Apertou-lhe molemente a mão.

— Então, que é que há de novo, Liroca velho?

Era bom estarem num lugar sombrio — refletiu Cuca —, pois ele não podia ver os enormes cravos pretos no narigão de Liroca sem ficar com uma vontade desesperada de espremê-los.

— Tudo velho, triste e acabado — respondeu José Lírio. — Este mundo não tem mais compostura.

Cuca coçava nervosamente a coxa. Liroca era amigo da gente do Sobrado: devia saber de muita coisa...

— Então, já foste visitar os Cambarás?

Liroca puxou um longo pigarro antes de responder:

— Os amigos são pras ocasiões. E há ocasiões em que a gente deve respeitar a intimidade dos amigos. A cada passo mando saber como vai o Rodrigo. Só isso é que me interessa agora. Se eu fosse me meter lá dentro, podiam pensar que eu queria bisbilhotar.

— Ninguém ia pensar uma coisa dessas.

— Ia sim, Cuca, e tu eras o primeiro. O Rodrigo e a família devem estar atravessando um desses momentos danados em que a gente só quer ficar sozinho pra pensar.

Liroca voltou o olhar para o Sobrado.

— Mundo velho sem porteira! — exclamou, com voz cheia de mágoa. Depois, apontando para o casarão com a bengala, acrescentou: — Não posso ver essa casa sem me lembrar de 93...

Para evitar que Liroca repetisse uma história que toda a gente estava cansada de saber, Cuca adiantou-se:

— Eu sei. O Sobrado estava cercado pelos federalistas, e te mandaram ficar de vigia na torre da igreja, não foi? Já me contaste.

Liroca, entretanto, não lhe deu ouvidos. Com o olhar focado sempre no Sobrado, parecia estar falando mais para si mesmo do que para o homem que se achava a seu lado.

— Me lembro como se a coisa tivesse acontecido ontem — prosseguiu, com a voz apagada. — Foi numa Noite de São João e dona Alice estava pra ter uma criança, a coitada, que Deus a tenha. Fiquei ali na torre de olho vivo, bombeando o quintal do Sobrado, e de repente vi um vulto se mexendo devagarinho...

— Era um dos homens do coronel Licurgo que ia buscar água — interrompeu-o Cuca. — Eu conheço a história.

— Pensei cá comigo: atiro ou não atiro? O homem vai buscar água pros meninos, pra dona Alice, pra dona Maria Valéria e pra dona Bibiana, tão velhinha. Não sejas bandido, Liroca, disse cá com os meus botões, dá um tiro pro ar. E dei.

— E do Sobrado veio uma bala que bateu no sino e tu levaste um bruto susto... já sei.

Cuca cheirava a ponta dos dedos. Aquelas histórias de 93 não o interessavam. Ele ardia por saber o que se estava passando dentro do Sobrado *agora*.

— Mundo velho sem porteira! — repetiu Liroca. — Depois que a revolução terminou, muitos companheiros se bandearam pro outro lado do Uruguai. Eu fiquei, me entreguei, me prenderam mas depois fui solto. Nunca mais o Curgo quis olhar pra mim, me virava a cara na rua, eu vivia rondando o Sobrado assim como um cachorro escorraçado. Tu sabias que eu quis casar com dona Maria Valéria e ela nunca me deu confiança?

— Todo o mundo sabe disso — respondeu Cuca, impaciente.

— Pois é. Depois que a revolução terminou, ela me cortou também o cumprimento.

Liroca suspirou. Um cachorro começou a ladrar, longe. As raparigas passavam na calçada, e Cuca namorava-lhes casualmente as pernas.

— Foi só em 1910 — prosseguiu José Lírio —, no tempo da campanha civilista, que voltei ao Sobrado, graças ao Rodrigo. Ele insistiu tanto com o pai, que o Curgo acabou dizendo: "Pois traga esse homem. O que passou passou". E no dia que entrei naquela casa quase me lavei em pranto, não tenho vergonha de contar. Tudo graças ao Rodrigo! Então não hei de querer bem a esse homem? E se não morri da espanhola também foi graças a ele. E a Deus — acrescentou com alguma relutância.

— Se tu tivesses morrido — disse-lhe Cuca em pensamento —, não se perdia nada. Mas vaso ruim não se quebra...

Um vulto apareceu numa das janelas do casarão. Cuca ficou alvoroçado:

— Quem será aquele lá? — perguntou. — Acho que é o Eduardo...

Liroca pareceu não tê-lo ouvido, porque disse:

— É engraçado. Tenho a impressão que o Sobrado agora também está cercado como em 95.

— Cercado? Como?

— Sim, Cuca, sitiado. Os Cambarás estão lá dentro, acabam de perder uma batalha e todos nós estamos aqui fora dormindo na pontaria.

— Que comparação boba!

— Não é boba, não. Pensa bem. Tu e todos os outros estão loucos que eles se entreguem e saiam de cabeça baixa, desmoralizados.

— Que ideia!

— Mas Cambará não se entrega. Ouve bem o que te digo.

— Ninguém está dando tiro no Sobrado.

Liroca sacudiu a cabeça numa lenta, convicta afirmativa.

— Estás enganado. Não estão dando tiro de espingarda nem de revólver, mas estão dando tiro com a língua, estão falando mal da família, Cuca. E ninguém briga a peito descoberto, todos ficam de tocaia, atiram à traição.

Cuca sentiu que a conversa chegava aonde ele queria.

— E muitos desses que falam mal do Rodrigo — continuou o velho — já comeram na mesa dele, já beberam o vinho dele, já receberam favores das mãos dele. Mas o mundo é assim mesmo. Bem dizia o finado meu pai que...

Calou-se, sem revelar o que o finado dizia.

— Mas tu achas, Liroca, que tudo que contam do Rodrigo é mentira? José Lírio voltou o rosto para o interlocutor.

— O Rodrigo é meu amigo, e pra mim amizade é coisa sagrada. Ninguém é perfeito, só santo, e lugar de santo é no altar ou no céu, não neste mundo. Homem sem defeitos não é bem homem.

— Mas tu não conheces a vida que o Rodrigo levou no Rio depois de 30...

— E tu conheces? Tu estavas lá?

— Não, mas ouvi dizer.

— Pois eu também ouvi dizer que andas metido com a mulher do Mendes da fábrica de sabão.

— É uma mentira! — vociferou Cuca, ficando muito vermelho, mas achando melhor não insistir no assunto.

— Pois é. Tu vês como o povo fala sem motivo.

— Mas com o Rodrigo é diferente, Liroca.

— Não sei por quê...

— Ainda hoje encontrei a Anaurelina do Ponto Chic... Sabes o que ela me contou? Que foi o Rodrigo quem fez mal pra ela.

— Gabolices daquela mulata. O que ela quer é se dar importância.

— Não te lembras duma menina afilhada do Rodrigo?

— Não me lembro de nada e acho melhor ires calando a boca.

Cuca teve vontade de esbofetear o velho, que estava simplesmente deitando a perder uma conversa que podia ser tão saborosa e cheia de revelações. Ninguém conhecia Rodrigo melhor do que José Lírio, que por tantos anos vivera no Sobrado, à sombra dos Cambarás.

— Eu só estou repetindo o que dizem por aí — explicou Cuca, cauteloso. — Também sou amigo do Rodrigo, devo muitos favores a ele.

— E quem não deve neste município e em muitos outros? Nunca vi homem de melhor coração nem amigo mais leal. O que era dele era do próximo. Ninguém fazia nenhuma injustiça perto do Rodrigo porque ele estava sempre do lado do mais fraco.

— Isso é verdade...

Liroca começou a enrolar um cigarro. As raparigas continuavam a passar, tagarelando e rindo.

— E se o Rodrigo tem defeitos — rematou o velhote, com um certo riso na voz —, são defeitos lindos. — Repetiu com ênfase: — Lindos defeitos. Lugar de santo é na igreja ou no céu, não neste mundo velho sem porteira!

Levou o cigarro à boca e acendeu-o. Cuca continuava a olhar para as janelas do Sobrado, por trás de cujas vidraças passavam vultos.

— Pra mim o Sobrado é como uma pessoa, como um amigo... — prosseguiu Liroca. — Lá dentro passei as horas mais felizes da minha vida. Muita festa boa deu o Rodrigo depois que se formou... E por falar nisso, nunca me esqueço do dia que ele veio de Porto Alegre com o diploma de doutor. Me lembro muito bem: 20 de dezembro de 1909. Por sinal foi um verão muito quente e todo o mundo andava assustado porque diziam que em maio de 1910 ia aparecer um grande cometa, bater com o rabo na Terra e o mundo ia à gaita. Lorotas! O mundo se acaba mas é pra quem morre. Mas, como eu ia dizendo — continuou, mudando de tom e dando um chupão no cigarro —, quando correu a notícia que o Rodrigo ia chegar, pensei cá comigo: quero ser o primeiro a abraçar esse menino. Encilhei o cavalo e de manhã cedinho, sem dizer nada pra ninguém, me toquei pra estação de Flexilha e lá fiquei esperando o trem, perto dos trilhos. Como sempre, o bruto chegou atrasado e tive de ficar uma boa hora na soalheira. Mas valeu a pena, Cuca, valeu. Porque eu queria que tu visses a cara do Rodrigo quando me avistou. Pulou do trem e veio correndo me abraçar...

José Lírio calou-se e soltou, junto com a fumaça que tragara, um suspiro de saudade arrancado das profundezas do peito.

Chantecler

CAPÍTULO I

I

Rodrigo saltou do trem e precipitou-se a correr na direção de Liroca.
— Cuidado, moço! — exclamou um homem que estava à janela do vagão. — A demora aqui é curta.
Alvoroçado, Liroca apeou do cavalo ao encontro do amigo. Atiraram-se um nos braços do outro e ficaram por algum tempo a se darem sonoras palmadas nas costas.
— Liroca velho! — exclamou Rodrigo. — Que surpresa agradável!
A princípio o outro estava como que engasgado; por fim conseguiu falar:
— Pois é. Vim especialmente pra te esperar. Quis ser o primeiro a te abraçar.
Rodrigo sentia o cheiro acre e quente da pele suada de José Lírio e via-lhe os olhos muito injetados, pisca-piscando à luz crua daquele meio-dia de dezembro.
— Sei que és meu amigo de verdade, Liroca — disse, segurando com ambas as mãos os braços do outro.
— Até debaixo d'água, menino. Pro que der e vier.
— E como vai tua gente?
— Minha gente agora sou eu mesmo. Depois que a titia morreu, faz seis meses e oito dias, fiquei sozinho no mundo.
— Ainda tens amigos!
— Mas não são muitos, Rodrigo.
— Qual o quê!
Os lábios de Liroca tremeram, como se ele estivesse prestes a romper o pranto. De repente desabafou:
— O Sobrado ainda está fechado pra mim — queixou-se. — Teu pai não quer saber do Liroca. Nem ele nem dona Maria Valéria.
— Temos que dar um jeito nisso, homem. Os meus amigos têm de ser amigos de meu pai.
Liroca baixou os olhos para a terra cor de ferrugem.
— Qual! A coisa não tem mais compostura.
Olhando por cima do ombro do amigo para a plataforma da estação, Rodrigo viu o agente, de boné escarlate, puxar na corda do sino,

dando o sinal de partida. A locomotiva apitou. Rodrigo tornou a abraçar Liroca e depois afastou-se dele na direção do trem, que começava a movimentar-se. Voltou-se ainda para perguntar:

— Estão me esperando na estação?

— Com banda de música! — bradou Liroca, as lágrimas a lhe escorrerem pelas faces, misturadas com o suor. — Até por lá!

— Até por lá!

Rodrigo saltou para a plataforma do último carro e dali ficou a acenar para o amigo, tomado duma sensação que ele próprio achava difícil descrever. A expectativa da chegada deixava-o numa exaltação nervosa, à qual se juntava a irritação causada pelo calor e pelo desconforto daquela viagem longa, poeirenta e cansativa. Não conseguira dormir no hotel de Santa Maria, onde pernoitara, e agora ali estava com uma sensação de vácuo na cabeça, os olhos pesados, a fome como que a broquear-lhe o estômago.

As coxilhas se estendiam, cobertas de macegas, à luz intensa do sol a pino, e do chão escaldante subia um trêmulo vapor. Por alguns instantes Rodrigo permaneceu na plataforma a contemplar o campo e o céu, a aspirar, meio nauseado, a fumaça de carvão de pedra que a locomotiva despedia, e a ouvir o tan-tan cadenciado das rodas. Era um ruído evocativo, aquele. Veio-lhe à mente a imagem de Toríbio. Quando meninos ele e o irmão gostavam de correr ao lado dos trens (ah! que fascinante mistério envolvia a palavra *Auxiliaire* pintada nos costados dos vagões!) procurando imitar a voz resfolegante da locomotiva: já te pego já te largo — já te pego já te largo... Pensando nisso, os olhos postos nas paralelas coruscantes dos trilhos a fugirem vertiginosamente para o horizonte, Rodrigo foi ficando tonto, de sorte que, à sensação de fome, cansaço e irritação, misturou-se a de vertigem e náusea. E, suando frio, sentindo asperamente nos lábios partículas de poeira e carvão, voltou meio cambaleante para seu lugar, atirou-se no banco, reclinou a cabeça contra o respaldo e cerrou os olhos.

2

— Quer uma banana?

Rodrigo abriu os olhos. Quem lhe fazia a pergunta era o irmão marista que embarcara em Santa Maria e com o qual viera palestrando desde o amanhecer. Ali estava à sua frente o jovem religioso, com sua cara simpática e rosada, os olhos dum límpido azul, o cabelo à escovinha. Sorria dum modo aliciante, embora um pouco tímido, e lhe oferecia uma banana.

Rodrigo ia recusar, mas, pensando que o enjoo talvez viesse do fato de ter o estômago vazio, tomou da banana e agradeceu.

Descascou-a, sempre com a cabeça recostada, e começou a comê-la. Naquele instante entrou no carro um homenzarrão que vestia um palaponcho de seda e bombachas pretas, trazendo à cabeça um chapéu de abas largas com barbicacho. Negrejava-lhe, na face bronzeada de olhos oblíquos, um bigode espesso. O homem caminhava com grande estardalhaço, gritando *com licenças* que mais pareciam ordens que pedidos. Trazia debaixo do braço esquerdo a mala de pano, e debaixo do direito os arreios. Cabeças voltaram-se para o recém-chegado, que, parando ao lado do marista, exclamou:

— Ainda que mal pergunte, moço, este lugar tem dono?

— Não tem, não senhor — respondeu o marista, com ar submisso, ao mesmo tempo que se afastava para junto da janela, a fim de fazer espaço para o outro.

O gaúcho sentou-se, depois de acomodar a mala e os arreios num vão entre dois bancos.

Rodrigo entreabriu os olhos e fitou-os no novo companheiro de viagem. Não o conhecia.

— Que calor, não? — disse o irmão, para puxar conversa.

— E o senhor metido nessa batina deve se ver mal, hein? — observou o desconhecido.

Tirou o chapéu e o pala e afrouxou o nó do lenço encarnado que lhe envolvia o pescoço. Olhou para o marista de soslaio e em voz alta, para que todos ouvissem, disse:

— Tem padre no trem. É por isso que esta geringonça está atrasada.

O religioso sorriu amarelo e observou:

— Oh! Creio que isso é apenas uma superstição.

Era francês e falava com erres rascantes.

O outro soltou uma risada, que terminou num acesso de tosse.

— Mas o senhor não vá ficar brabo comigo — pediu, com os olhos cheios de lágrimas. — Não falei por mal. Gosto de brincar com as pessoas. Sou um tal de Maneco Vieira, tropeiro.

Estendeu a mão calosa, que o marista apertou timidamente, murmurando:

— Irmão Jacques Meunier.
— Muito prazer.
O tropeiro começou a fazer um cigarro. O marista contou que ia lecionar no Colégio Champagnat, em Santa Fé. Maneco Vieira explicou a razão por que estava no trem com seus arreios. Tinha ido levar uma tropa a certa estância nas proximidades da estação de Flexilha e um touro xucro lhe matara o cavalo com uma chifrada.
— Não tive outro remédio senão entrar nesta droga — concluiu.
Vendo Rodrigo abrir os olhos, o marista disse:
— Pois esse cavalheiro aí também é de Santa Fé. Acaba de formar-se em medicina pela Faculdade de Porto Alegre. É o doutor Rodrigo Cambará.
O tropeiro franziu o cenho.
— Cambará? Parente do coronel Licurgo?
— Filho — respondeu Rodrigo, endireitando o busto.
— Não diga! — exclamou o gaúcho, apertando a mão do rapaz com efusão. — Muita tropa vendi pro seu pai. É um homem muito direito, dos antigos.
Entrecerrou os olhos e fitou-os longamente no rosto de Rodrigo, como para estudá-lo melhor.
— Mas não me lembro do senhor. Conheço bem é o seu mano, o Toríbio.
— Tenho estado sempre em Porto Alegre estes últimos anos...
Rodrigo percebeu que o tropeiro o examinava da cabeça aos pés, detendo o olhar crítico sobre suas botinas de verniz com cano de camurça.
— Pelo que vejo — observou Maneco Vieira — o amigo agora já tem licença do governo pra matar gente, não?
Disse isso e soltou uma gargalhada. O marista olhou vivamente para Rodrigo, como para ver se devia ou não achar graça na observação do tropeiro; e, como visse o moço sorrir, sorriu também, mas à sua maneira tímida e vaga.
Rodrigo contemplava o gaúcho com simpatia. Gostava do tipo, que lhe lembrava um pouco o velho Fandango.
— Queira Deus que o senhor não venha a cair um dia nas minhas mãos! — troçou ele.
O tropeiro picava fumo com seu facão de lâmina enferrujada.
— Nunca fiquei doente em toda a minha vida, moço — retrucou ele, botando a faca na bainha e começando a amassar com a mão direita o fumo depositado no côncavo da esquerda.

Desde que a viagem começara, Rodrigo fizera camaradagem praticamente com quase todos os passageiros do vagão. Discutira política com um coronel da Guarda Nacional que embarcara em Restinga Seca e era partidário da candidatura do marechal Hermes à presidência da República. Empenhara-se num torneio de anedotas com um caixeiro-viajante que descera do trem em Cachoeira. Em Santo Amaro, ao ver na estação uma velhinha solitária prestes a embarcar, tomou-lhe do baú de lata, ajudou-a a subir para o carro, acomodou-a num banco e passou o resto da viagem a cuidar dela, dando-lhe frutas, trazendo-lhe água, chamando-lhe todo o tempo de *vovó*. Em Santa Maria levara-a para seu hotel, pagara-lhe todas as despesas e no dia seguinte tornara a acomodá-la no trem da serra, num banco ao lado do seu. Agora lá estava ela, com sua cara murcha e terrosa, e seus olhos líquidos: de quando em quando, sorria para Rodrigo como a dizer-lhe "A velha ainda está aqui e vai indo muito bem. Obrigada por tudo, meu filho".

Maneco Vieira começou a fazer perguntas sobre o Angico, a estância dos Cambarás. Rodrigo respondeu-as como pôde e deixou morrer a conversa. Queria agora ficar em silêncio e paz para pensar. Dentro de vinte minutos estaria em Santa Fé, e isso o deixava comovido. Daquela vez não se tratava de voltar apenas para as férias de verão: ficaria para sempre. Para sempre! E a ideia de que terminara o curso e ia começar a viver, mas por conta própria, com responsabilidade de médico e talvez muito breve (quem sabe?) de chefe de família — causava-lhe um alvoroço agradável. Tornou a recostar a cabeça no respaldo do banco e a fechar os olhos. O trem corria agora com maior velocidade; o vagão sacolejava e as rodas continuavam no seu matraquear duro e ritmado.

— Vamos socando canjica, padre — gritou Maneco Vieira.

Rodrigo sorriu sem descerrar os olhos. Pensava nos colegas a quem havia pouco dissera adeus; via-os desfilar em companhia das muitas outras pessoas que tinham povoado seu mundo de estudante: os hóspedes da pensão onde passara o último ano; o bedel da faculdade, com sua asma e suas casmurrices; o encarregado do necrotério, com sua quebradeira crônica, sempre a pedir dinheiro aos acadêmicos, a criadinha morena que arrumava os quartos da pensão, e que passara pela cama de todos os hóspedes solteiros; namoradas efêmeras que tivera na Cidade Baixa, moças janeleiras que cheiravam a Corilopsis do Japão ou Floramie de Pivert... Cenas da cerimônia da colação de grau passaram-lhe rápidas pelo campo da memória, como paisagens noturnas entrevistas fugazmente à luz de relâmpagos. Mas foi com uma lenta volúpia que ficou a recordar a última farra que fizera com os colegas na casa de Mélanie. Que grande mulher! Emprestava dinheiro aos estudantes quando estes estavam em apertos e cuidava deles quando adoeciam. A turma mantinha com ela uma espécie de conta-corrente que nunca chegava a encerrar-se; e agora que os recém-formados voltavam para suas casas, em diversas localidades do estado, a conta ficaria com um eterno saldo favorável à francesa. Mélanie merecia um monumento!

Era curioso — refletia Rodrigo —, mas a voz daquele marista lhe lembrava a da prostituta. Abriu os olhos, fitou-os no rosto do religioso, que comia uma banana, enquanto o tropeiro lhe descrevia um duelo a facão que presenciara no município de Soledade, entre dois estancieiros.

— Ficaram os dois estendidos no campo, se esvaindo em sangue...

Rodrigo voltou a cabeça para a direita a fim de ver como estava sua "avó". A velhinha dirigiu-lhe um sorriso tranquilizador, e ele, sorrindo também, tornou a fechar os olhos.

Num banco próximo, dois homens conversavam em voz muito alta sobre o cometa de Halley. Almanaques e jornais marcavam o aparecimento do grande cometa para maio do ano próximo. Temia-se a possibilidade de sua cauda bater na Terra, partindo-a em pedaços.

— E se bater — disse um dos homens, com sotaque alemão —, *kaputt*. Era uma vez a Terra.

O homem com quem o teuto-brasileiro conversava, um velhote magro que fumava um toco de charuto, tinha uma voz estrídula:

— Vai ser um castigo de Deus — proclamou ele — por causa das malvadezas do nosso mundo. O senhor se lembra do que aconteceu na Rússia há cinco anos? O czar mandou massacrar o povo. Depois, foi aquela guerra braba com o Japão. Tivemos o desastre do Aquidabã. E a vergonheira de Canudos. Nós aqui mesmo no estado vimos o caso dos fanáticos do Ferrabraz, os Muckers. Isso para não falar nos banditismos e nas ladroeiras da politicagem. Lhe digo, amigo, o mundo está bem louco. Não duvido que Deus ande com tenções de acabar com esta porcaria. E o melhor jeito, mesmo, é um bom cometa.

Maneco Vieira escutava, com um dos olhos fechados e o outro muito aceso. Voltou a cabeça para o marista e perguntou:

— O senhor acredita que o mundo vai acabar assim de repente?

Irmão Jacques limpou os lábios com um lenço cheio de nódoas de sebo e respondeu:

— Se Deus quiser que o mundo acabe, o mundo acabará.
— Mas o senhor acha que Deus quer?
— Como é que vou saber?
— Ué! O senhor não é padre?
— A culpa é nossa, se o mundo acabar — intrometeu-se o senhor gordo que comia uma perna de galinha com farofa, num dos bancos vizinhos. — O povo está ficando louco. Meu filho, que é professor público, leu no jornal que lá nas Europas já andam voando numa máquina, diz que inventada por um patrício nosso. Pois é. Onde se viu homem voar? Deus fez o homem pra andar com os pés na terra ou então montado no lombo dum cavalo. Voar é pra passarinho.

Calou-se, fincou os dentes na perna de galinha, arrancou-lhe um bom naco de carne, ficando com a ponta do nariz e os beiços salpicados de farofa.

— Se um dia eu enxergar esse tal de auroplano voando por perto de mim — ameaçou Maneco Vieira sem tirar o cigarro da boca —, palavra de honra que arranco o revólver e meto bala no bicho.

— Há maldade por demais em toda a parte — disse o homenzinho do charuto. — Aqui mesmo no município de Santa Fé se vê muita malvadez. Um dia destes deram um tiro no peito do Joaquim Piririca. E sabem o que fizeram pro filho do capitão Janguta a semana passada? Amarraram o rapaz numa árvore e degolaram ele com um talho de orelha a orelha. E os criminosos andam soltos por aí como gente de bem.

— E essa história de vacina obrigatória? — interveio o homem gordo, brandindo a perna de galinha. — Não é mesmo coisa de gente louca? Onde é que estamos?

O velhote concluiu:
— O que merecemos mesmo é um bom fim de mundo.
Atirou o toco de charuto pela janela, num gesto indignado.

O teuto-brasileiro declarou que pelas dúvidas ia dar tal jeito em seus negócios, que em maio estaria em casa com a família. "A gente nunca sabe...", explicou. O velhote de voz estrídula retrucou que o melhor era que cada um desde já começasse a arrepender-se de seus pecados, a orar e a fazer boas obras.

Rodrigo sorria, pensando na carta que sua madrinha Maria Valéria lhe escrevera em princípios daquele dezembro, e na qual lhe pedia viesse para casa o quanto antes, porque *dizem que vem aí um tal de cometa e que é o fim do mundo, eu não acredito muito nessas bobagens mas é sempre bom a gente estar de sobreaviso.* Como aquilo era típico de sua tia!

— pensou Rodrigo. Não só dela mas de todas as mulheres do Rio Grande. Eram realistas, sabiam por experiência não só própria como também herdada que as coisas más sempre acontecem.

Rodrigo, entretanto, não acreditava naquelas histórias. Não passavam de superstições. Quantas vezes, no decorrer dos séculos, sábios, santos e profetas haviam predito o fim do mundo? No entanto a Terra ali estava, inteira, bela, tranquila e farta — refletiu ele, debruçado à janela do carro, a contemplar a paisagem nativa com olhos de namorado.

3

O fim do mundo? Não. Para ele era o princípio do mundo. Estava formado, era moço, tinha pai rico, amava sua casa, sua gente, sua terra: adorava a vida. Com a cabeça para fora do vagão e achando um sabor ríspido e quase heroico em receber na cara o bafo do forno da soalheira e a poeira da estrada, Rodrigo ficou a pensar nas grandes coisas que pretendia fazer. Não se conformaria com ser um simples médico da roça, desses que enriquecem na clínica e acabam criando uma barriguinha imbecil. Não. Estava decidido a não abandonar os livros, nem seu contato espiritual com a Europa. Reformaria o Sobrado, alegraria aquelas paredes austeras, pendurando nelas reproduções de quadros de pintores célebres; forraria o chão de belos tapetes fofos e espalharia pelas salas poltronas cômodas. E para não pensarem que não respeitava o passado e a tradição, conservaria os móveis antigos, o grande relógio de pêndulo da sala de jantar, o espelho de moldura dourada, o consolo de jacarandá, enfim as peças do mobiliário que, a seu arbítrio, parecessem dignas de continuar. Queria, em suma, dar melhor aspecto e trazer mais conforto àquela casa que ele tanto amava e da qual não pretendia jamais separar-se.

O marista terminava de comer a última banana. A cabeça de Maneco Vieira estava envolta na fumaça azulada que lhe saía do cigarrão de palha, e Rodrigo notou que o gaúcho de novo examinava com olho crítico suas botinas de cano de camurça.

Tornou a olhar para fora e, vendo os campos do município de Santa Fé, pensou nos primeiros paulistas que por ali haviam andado no século XVIII, à caça de índios e cavalos selvagens, e nos tropeiros que mais tarde vieram de Sorocaba a comprar mulas... Era quase certo que entre essa gente remota havia antepassados seus. Pensou nos muitos Terras e Cambarás que tinham cruzado aquelas mesmas coxilhas com suas tropas, suas carretas ou seus soldados, em andanças de paz ou de guerra. Rodrigo crescera ouvindo contar as proezas dum fabuloso bisavô, seu homônimo, uma espécie de espadachim aventureiro que amava a guerra, as mulheres, o violão e o baralho. Ninguém na família lhe sabia ao certo a origem, pois contava-se que, quando lhe perguntavam donde viera, o capitão respondia com um gesto largo: "De muitas guerras".

Rodrigo sempre tivera orgulho desse antepassado quixotesco. E, por aqueles campos que ele agora via da janela do trem em movimento, na certa passara um dia o cap. Rodrigo Cambará, montado no seu flete, de espada à cinta, violão a tiracolo, chapéu de aba quebrada sobre a fronte altiva. De certo modo ele simbolizava a tradição de hombridade do Rio Grande, uma tradição — achava Rodrigo — que as gerações novas deviam manter, embora dentro dum outro ambiente. Tinham-se acabado as guerras com os castelhanos. As fronteiras estavam definitivamente traçadas. Trilhos de estrada de ferro cortavam os campos, e ao longo dessas paralelas de aço, através de centenas de quilômetros, estavam plantados postes telegráficos. Em algumas cidades havia já telefones e até luz elétrica. Os inventos e descobrimentos da ciência, as máquinas que a inteligência e o engenho humano inventavam e construíam para melhorar e facilitar a vida, aos poucos iam entrando no Rio Grande e um dia chegariam também a Santa Fé. Agora naquele trem viajava um homem de vinte e quatro anos que trazia nas veias o sangue do cap. Rodrigo. Era o primeiro Cambará letrado na história da família, o primeiro a vestir um *smoking* e a ler e falar francês. Levava na mala um diploma de doutor (e agora uma imagem maravilhosa lhe ocorria) e podia, ou melhor, *devia* usar esse diploma como o cap. Cambará usara sua espada: na defesa dos fracos e dos oprimidos. O fato de o progresso ter entrado no Rio Grande não significava que o cavalheirismo e a coragem do gaúcho tivessem de morrer. Não! Seu penacho devia ser mantido bem alto, pensou Rodrigo num calafrio de entusiasmo. Sim, manter o penacho — podia resumir nessa simples frase todo um másculo programa de vida. O cap. Rodrigo nunca manchara o seu... Não só ele, mas milhares de outros homens naquele estado haviam morrido na defesa de seus penachos. Aqueles campos tinham sido teatro de duelos, revoluções e guerras.

Aquela terra se havia empapado de muito sangue. Essas coisas — decidiu Rodrigo — não podiam de modo algum ficar esquecidas ou ignoradas. Tinham uma significação tremenda, eram uma lição permanente às gerações moças.

Vieram-lhe à mente os versos finais de *Cyrano de Bergerac*. Como ele vibrara ao ler pela primeira vez a cena da morte de Cyrano! Agora tornava a ver mentalmente o feio e grotesco herói de Rostand, a esgrimir no ar a espada e o imenso nariz contra inimigos imaginários, bradando:

> *Oui, vous m'arrachez tout, le laurier et la rose!*
> *Arrachez! Il y a malgré vous quelque chose*
> *Que j'emporte, et ce soir, quand j'entrerai chez Dieu,*
> *Mon salut balaiera largement le seuil bleu,*
> *Quelque chose que sans un pli, sans une tache,*
> *J'emporte malgré vous, et c'est....*

Roxana se inclina sobre Cyrano e beija-lhe a fronte, perguntando: *C'est?...*

E o herói, abrindo os olhos e reconhecendo a bem-amada, termina: *Mon panache.*

Mais forte que a sensação de náusea, fome e cansaço, Rodrigo sentiu novo calafrio de entusiasmo. E ficou ouvindo as rodas do trem, que pareciam dizer cadenciadamente: mon-pa-na-che-mon-pa-na-che-mon-pa-na-che...

— Está sentindo alguma coisa, moço?

Era o vozeirão do tropeiro. Rodrigo abriu os olhos, meio alarmado, e fitou-os em Maneco Vieira:

— Oh! Não. Estou só meio cansado.

O gaúcho olhou para fora e disse:

— Estamos perto de Santa Fé. Já se enxerga o cemitério.

Rodrigo avistou em cima duma coxilha os muros brancos do cemitério, e seu pensamento levou-o de volta a uma noite terrível, à mais viva recordação de sua infância.

CAPÍTULO II

I

Às dez horas daquela noite de dezembro de 1899 o Sobrado estava já silencioso, com suas gentes recolhidas, e todas as luzes apagadas. Todas? Não. Quem da praça olhasse para a fachada do casarão veria duas vidraças no andar superior tingidas duma luz alaranjada. Eram as janelas do quarto de Toríbio e Rodrigo. Sentados em suas camas, com as costas apoiadas nas cabeceiras de ferro, os dois meninos liam à luz dum lampião de querosene. O primeiro deles tinha nas mãos uma velha brochura — *O mistério da estalagem* —, seus olhos estavam fixos na página amarelada, a boca entreaberta, a testa franzida no esforço da atenção concentrada; a respiração forte escapava-lhe pelas narinas em silvos sincopados.

Rodrigo, que naquele instante chegara à última página de *As minas de prata*, atirou a brochura no chão, estendeu-se na cama e, puxando a barra do camisolão para cima do peito, ficou de pernas nuas e abertas a olhar para o teto. Inspirou com força, encheu os pulmões de ar, depois expirou lentamente pelo nariz, friccionando o baixo-ventre e achando gostoso o contato de seus dedos mornos e meio úmidos. Por alguns segundos as personagens do romance moveram-se e falaram em seus pensamentos: Estácio, Cristóvão, Inês... Depois, todos se sumiram e ficou apenas Inês. Rodrigo começou a despi-la devagarinho, e seus dedos já não mais friccionavam o próprio ventre: agora acariciavam os ombros nus de Inês, desciam-lhe pelas costas, pelas nádegas, pelas coxas... Um calor formigante começou a tomar-lhe conta do corpo.

— Tu me leva mesmo na casa da Noca? — perguntou ele.

Toríbio lançou-lhe um olhar casual e respondeu:

— Já disse que levo. Mas tira essa mão daí, porcalhão!

Rodrigo baixou a camisola, remexeu-se na cama e ficou deitado de borco, com os punhos cerrados apertados entre o colchão e o peito.

— Mas quando? — insistiu ele. Como falasse com a boca contra o travesseiro, sua voz saiu abafada. Agora ele beijava Inês, cuja pele era branca e lisa como uma fronha de linho.

— Qualquer dia...

— Mas que dia?

— Cale essa boca!

Bio já conhecia mulher, pitava cigarros de palha às escondidas, sabia e fazia tudo que um homem grande sabe e faz.

— Me leva amanhã...

Rodrigo babava o travesseiro, sentindo agora mais forte o surdo pulsar do coração. Toríbio, que continuava com a atenção concentrada na leitura, umedeceu na língua a ponta do indicador e virou uma página. A cena que lia era tão excitante — um duelo à beira dum precipício — que ele murmurava:

— A la fresca... la fresca...

Rodrigo ficou a escutar o ruído crepitante que vinha dum dos cantos do quarto. Decerto eram ratos roendo o rodapé: todas as noites, depois que a casa ficava em silêncio, eles vinham e começavam seu trabalho. Ele ouvira contar histórias terríveis sobre aqueles bichos. Um dia um homem estava dormindo e um rato subiu para a cama e começou a roer-lhe os pés...

Encolheu as pernas e apertou as mãos entre os joelhos. Houve então um prolongado silêncio naquele quarto de paredes nuas e caiadas, com um pesado guarda-roupa de cedro encostado à parede que dava para o corredor, e entre as duas camas de ferro, uma mesinha de cabeceira onde estava o lampião, de cuja manga subia uma fumaça escura e espessa.

Rodrigo cerrou os olhos e começou a contar nos dedos os dias que faltavam para o fim do ano. Dez! Lembrou-se das palavras do pai, naquele anoitecer, à hora do jantar: "Nem todas as pessoas podem se gabar de ter visto entrar um século novo. A bisavó de vocês, meninos, nasceu em princípios dos mil e oitocentos e quase chegou a ver a entrada dos mil e novecentos". Rodrigo só queria saber se no novo século as pessoas iam mudar, se a cara dos dias ia ser a mesma... Será que a gente nota alguma diferença no sol, no céu, no ar?

— Vai mudar alguma coisa quando entrar o século xx? — perguntou, abrindo os olhos.

Sem desviar a atenção do romance, o irmão resmungou:

— Vai.

— O quê?

— A folhinha.

— Besta!

Rodrigo sabia de muitas mudanças importantes em sua vida que o novo século ia trazer. Em março de 1900, ele e Toríbio seriam mandados para um internato em Porto Alegre, a fim de tirarem os preparatórios. Só de pensar nisso sentia um frio na barriga, um aperto no coração. Em 1900 ele ia conhecer mulher...

Toríbio fungava, coçando ferozmente a cabeça. Rodrigo olhava para a sombra do irmão projetada na parede e pensava na lanterna mágica que o pai lhe prometera como presente de Natal.

De repente ouviu-se um estalo, e a porta do quarto abriu-se bruscamente. Rodrigo sentou-se na cama, sobressaltado. Toríbio alçou vivamente os olhos. Emoldurada pela porta, com uma das mãos no trinco e a outra a segurar o castiçal com uma vela acesa, a figura de tia Maria Valéria se desenhou contra o fundo escuro do corredor.

— Alarifes! — exclamou ela. — Eu não disse pra apagarem a luz? Logo vi que iam desobedecer.

Rodrigo tornou a deitar-se, encolhido e humilde, puxando a colcha até o queixo e fechando os olhos, sem dizer palavra. Toríbio, porém, atirou a brochura com força contra a parede e apagou o lampião com um sopro, de mistura com muito cuspe e muito ódio.

Maria Valéria aproximou-se da cama do sobrinho e exclamou...

— Ainda por cima malcriado!

Apanhou o lampião de cima da mesinha e voltou-se para sair. Mas deteve-se, como quem se lembra de alguma coisa, pousou o lampião no chão, meteu a mão debaixo do colchão da cama de Toríbio e de lá tirou três tocos de vela.

— Eu bem que desconfiava... Tem mais?

Por um instante Toríbio ficou calado. Havia coberto a cabeça com a colcha e rilhava os dentes. A tia alteou a voz:

— Tem mais?

— Não — respondeu ele, de lábios apertados.

— Então durmam.

Tornou a apanhar o lampião e caminhou para a porta. Sua sombra recortava-se na parede e, como um enorme boneco de papel, dobrava-se ao meio e continuava horizontalmente no teto.

Mal a tia desapareceu, Toríbio vociferou sem tomar fôlego:

— Nojenta bruaca cadela!

— Não diz nome pra minha madrinha! — censurou-o Rodrigo.

— Digo e sustento.

— Tu tem boca suja.

Toríbio abriu as janelas de par em par: a noite entrou no quarto com seu tépido bafo perfumado de madressilvas e a mansa claridade duma lua em quarto crescente.

Toríbio atirou as pernas para fora da cama e ali ficou, no seu camisolão muito comprido, os cotovelos apoiados nas coxas e ambas as mãos a segurar o rosto. Rodrigo imitou-o.
— Sabe duma coisa? — disse Bio, depois de alguns segundos. — Vou arranjar uma vela.
— Mas onde?
— No cemitério.
Rodrigo engoliu em seco. Decerto não tinha ouvido direito...
— Onde?
— No cemitério. Está surdo?
Rodrigo não sabia que dizer. Finalmente arriscou:
— É brinquedo, não é?
— Não. É sério.
— Ué?
— Defunto não precisa de vela. Eu preciso, quero acabar de ler o meu romance.
Ergueu-se, tirou o camisolão e ficou completamente nu no meio do quarto. Tinha um torso musculoso e bíceps maciços. Rodrigo admirava o irmão, que às vezes o fazia pensar num touro xucro. Era difícil acompanhá-lo em suas aventuras. Bio era bruto — achava ele —, só gostava de brinquedos violentos. Vivia a provocar brigas, e o pior era que só procurava lutar com meninos mais velhos que ele. Um dia convidou um mulato de dezessete anos para "pular pra fora" e aplicou-lhe de saída um soco no queixo. O outro perdeu o equilíbrio e caiu, mas, quando Bio saltou para cima dele, o mulato o esperou de faca em punho e conseguiu feri-lo no braço. Mesmo assim Bio tirou a faca da mão do inimigo, jogou-a longe e ficou a esmurrar-lhe a boca, os olhos e a cabeça, até obrigá-lo a pedir perdão. Voltou depois para casa perdendo muito sangue, e o dr. Matias teve de dar-lhe seis pontos no talho. Bio aguentou o curativo sem soltar um ai.
Sentado na cama, Rodrigo contemplava o irmão sem compreender direito o que ele pretendia fazer. Toríbio calçou as alpercatas, enfiou as calças de riscado, vestiu a camisa e perguntou:
— Tu vai ou não vai comigo ao cemitério?
— Eu?
— Aaah! Tu é um galinha!
Rodrigo, que não suportava que o considerassem covarde, sentiu um formigueiro no corpo.
— Galinha é a tua mãe! — replicou ele automaticamente.

— Minha mãe é morta e merece missa — retrucou Bio. — A tua é viva e merece...

Calou-se antes de soltar o palavrão, lembrando-se decerto que eram ambos filhos da mesma mãe.

Deus te perdoe — pensou Rodrigo. E por alguns momentos teve na mente um quadro triste: o velório, lá embaixo, na sala grande — a chuva a bater nas vidraças, papai de preto, os olhos vermelhos, e, estendida no caixão feito pelo Pitombo Defunteiro, mamãe toda coberta de flores, um lenço branco sobre o rosto... E agora ela estava sepultada no jazigo da família, no cemitério; e era a esse cemitério que o maluco do Bio queria ir àquela hora da noite, para roubar velas. Mas não... decerto ele estava só brincando. Rodrigo tornou a deitar-se, conservando sempre as pernas para fora da cama.

— É bom tu não ir — disse o outro. — Não quero nenhum calça-frouxa pra me atrapalhar.

Rodrigo olhava para o teto.

— Não sou medroso — murmurou.

— Duvido.

— Te mostro.

— Então te veste e vamos.

Rodrigo não se moveu. Teve a impressão de que seu coração não estava dentro do peito: pulsava-lhe na garganta, quase a afogá-lo. O suor escorria-lhe pela testa e começava a empapar-lhe o camisolão. Quando falou, foi num tom de voz cauteloso.

— Por que não vamos amanhã de manhã?

— Não tem graça. De dia qualquer maricão vai.

— Mas o cemitério é tão longe...

— Vamos no petiço.

— Mas como é que a gente vai sair daqui?

— Pela porta dos fundos.

— E se o papai nos ouve?

— Não ouve.

— A madrinha ainda está acordada...

— Nós nos esgueiramos.

Esgueiramos era uma palavra de romance.

Rodrigo soergueu-se e ficou por um instante meio entontecido, sem saber que fazer. Por fim começou a tirar o camisolão com certa relutância.

— E se tu comprasse as velas amanhã na loja do seu Veiga? Tenho um patacão guardado no cofre.

Bio aproximou-se do irmão, segurou-lhe o braço com força e disse:
— Ninguém me faz desistir. Foi uma aposta que fiz.
— Aposta? Com quem?
— Com o diabo.
— Hein?
Toríbio riu baixinho.
— Não seja bobo. Li isso num livro. Um homem apostou com o diabo como era capaz de ir ao cemitério à meia-noite.
— A troco de quê?
— Se ele fosse e não sentisse medo, o diabo fazia ele achar um panelão cheio de moedas de ouro.
— E se tivesse medo?
— O diabo ficava com a alma dele.
Rodrigo agora estava de pé, nu, o camisolão caído a seus pés.
— Vamos ou não vamos?
— Se eu for, que é que eu ganho?
— Te levo na Noca amanhã.
— Amanhã? Palavra de honra?
— Palavra de honra.

2

Rodrigo vestiu-se com uma rapidez nervosa. Depois de enfiar as calças, pôs a mão no ombro e disse:
— Tu vai ver como eu também sou homem.
O coração começou a bater-lhe com mais força quando abriram a porta do quarto e passaram para o corredor, pé ante pé.
— A escada guincha — ciciou Bio. — O melhor é a gente descer pelo corrimão.
Montou no corrimão e deslizou maciamente para baixo, sem ruído. Rodrigo fez o mesmo. No vestíbulo deram-se as mãos e ficaram um instante procurando orientar-se na escuridão. A luz do luar, coada pelas bandeirolas das janelas, mostrou-lhes o caminho. Atravessaram a sala lentamente (com o rabo dos olhos, Rodrigo viu vultos moverem-se dentro do espelho grande) e por fim chegaram à cozinha. Bio retirou a tranca, deu volta à chave e abriu a porta devagarinho. Saíram. A quietude da noite estava picada pelo trilar dos grilos, e as árvores do

quintal, imóveis ao luar, pareciam pessoas à espreita. Da padaria vizinha vinha um cheiro bom de pão quente.

Atravessaram o quintal, esgueirando-se por entre as sombras, foram até a estrebaria e Toríbio tirou para fora o petiço.

— Temos de ir em pelo — disse. — Vai abrir o portão.

Trêmulo de comoção, Rodrigo obedeceu. Bio montou no animal, segurou-lhe as crinas com ambas as mãos e fincou-lhe os calcanhares nos flancos. O petiço atravessou o portão e Toríbio fê-lo estacar junto do meio-fio da calçada. Rodrigo tornou a fechar o portão. O outro estendeu-lhe a mão:

— Vamos. Upa!

Rodrigo subiu para a garupa, enlaçando o irmão com os braços.

— Vamos, zainito! — murmurou Bio.

O petiço começou a trotar, levantando poeira do chão. Os lampiões iluminavam mortiçamente as ruas desertas. O luar refletia-se nas vidraças das casas adormecidas.

Rodrigo estava já arrependido da aventura. Aquilo tudo ia terminar mas era numa grande sova de vara de marmelo. O Bio era bem louco!

Desceram na direção do Riacho, atravessaram a ponte de madeira e entraram no Barro Preto. Toríbio fez o animal estugar o passo. Aquela era uma zona perigosa onde quase todas as noites havia tiroteios e badernas. A luz da lua clareava as ruas esburacadas e irregulares, e duma casa de tábua, por baixo de cuja porta se via um risco de luz, vinham sons de gaita, vozes e risadas de homens e mulheres.

— Tu me leva mesmo amanhã na Noca? — perguntou Rodrigo já um pouco sem entusiasmo.

— Já disse que levo.

Toríbio começou a assobiar baixinho uma toada campeira. Vinha do Riacho um cheiro morno de barro. Começaram a subir a encosta duma coxilha, já em pleno campo.

A solidão era assustadora. Depois de alguns minutos de marcha, avistaram o cemitério, no topo da próxima coxilha, e Rodrigo sentiu um aperto no peito, a garganta ardida, a saliva grossa e gosmenta, as pernas frouxas e um frio tremor nas mãos. O petiço, porém, trotava sempre, subindo a encosta, e o cemitério ia ficando cada vez mais perto...

Quando chegaram a uns vinte metros, Toríbio fez o cavalo parar e apeou. Rodrigo deixou-se escorregar tremulamente pelos flancos do animal e, quando suas pernas tocaram o solo, teve a impressão de que elas não iam aguentar o peso do corpo. Ficou a olhar para o cemitério, num fascínio cheio de horror. Toríbio tomou-lhe da mão e puxou-o, aproximando-se do grande portão de ferro, em cujo frontão se via uma caveira por cima de dois fêmures cruzados. Toríbio levou a mão à aldraba e Rodrigo teve uma súbita e doida esperança: se o portão estivesse fechado, eles teriam que voltar para casa, pois era impossível galgar aqueles muros tão altos. O portão, porém, se foi abrindo devagarinho, com um guincho.

3

Toríbio puxou-o pela mão e ele se deixou arrastar. Seus pensamentos estavam confusos, e já começava a achar que tudo aquilo não passava dum sonho. Tinha a impressão de que suas pernas eram de papel. O coração batucava-lhe no peito, o sangue soqueava-lhe os ouvidos e um pavor gelado começou a passear-lhe por todo o corpo. A boca ressequida, encolhido e trêmulo, ele seguia o irmão. Não tinha coragem de olhar para os lados nem de pensar no que pudesse estar acontecendo às suas costas. O que via pela frente eram as sepulturas caiadas que tinham ao luar esse branco sujo das ossadas. E as sombras dessas sepulturas lembravam o negror de covas abertas à espera de cadáveres. O chão do cemitério era fofo como as carnes dum defunto que começa a apodrecer.

Toríbio caminhava em silêncio por entre túmulos, jazigos e cruzes, e Rodrigo sentia um arrepio cada vez que lhe parecia estar pisando a terra duma sepultura rasa. Deus me perdoe — murmurava ele mal mexendo com os lábios. — Deus me perdoe, Nossa Senhora da Conceição me ajude, não tenho culpa, Deus me perdoe, foi ideia do Bio.

Toríbio fez alto, largou a mão do outro, acocorou-se junto dum túmulo e começou a apanhar tocos de velas e a metê-los nos bolsos. Sem o apoio do irmão, Rodrigo sentiu-se ainda mais desamparado. Fechou os olhos, quis dizer: "Bio, isso é pecado. Vamos embora", mas a mão fria do medo tapou-lhe a boca e começou a apertar-lhe as tripas com tanta força que, de súbito, num tremor e num desfalecimento, Rodrigo sentiu que suas entranhas se esvaziavam, e que pelas coxas e pernas lhe escorria uma coisa visguenta e quente. Sentiu que outra vez o irmão lhe tomava da mão e fazia-o andar. Deixou-se levar, numa sensação de medo agora misturada com uma vaga vergonha. Ao pé duma sepultura de alvenaria, encimada por um Cristo de pedra, ardiam três velas. Bio ajoelhou-se como se fosse fazer uma oração, soprou as chamas e guardou as velas no bolso.

Rodrigo teve a impressão de que o braço dum esqueleto ia pousar-lhe no ombro. Remota, a voz da mulata Laurinda soou-lhe na memória. Uma vez um homem apostou com outro como era capaz de entrar sozinho no cemitério à meia-noite. Era uma noite fria de inverno e ele ia de poncho. Caminhava pisando nas sepulturas, quando de repente sentiu que alguém lhe puxava o poncho. O homem, que sofria do coração, caiu morto de susto. Foi um defunto que puxou a capa dele, Laurinda? Não. Foi o poncho que se enroscou numa cruz.

Rodrigo teve a repentina esperança de que tudo aquilo fosse um sonho. Muitas vezes, quando sonhava, dizia a si mesmo: "Sei que estou dormindo e daqui a pouco vou acordar". Sim, aquilo só podia ser um pesadelo.

Toríbio estava agora empenhado em tirar os pequenos tocos de velas apagadas que cercavam uma sepultura rasa. O cheiro de sebo queimado entrava pelas narinas de Rodrigo, que começou a sentir náusea. Era um cheiro de velório. Lembrou-se do velório de sua avó Bibiana e das grandes velas cujo reflexo no espelho grande da sala ele ficara por muito tempo a observar com um interesse fascinado. Ocorreu-lhe, num susto, que o corpo da velha ali estava, não muito longe dele, no mausoléu da família Cambará. Encolheu-se todo, temendo ouvir a voz da bisavó: "Seus alarifes! Voltem já pra casa. Então isso é coisa que se faça? No cemitério a esta hora!". Sim, vovó Bibiana estava ali pertinho, naquela casa de pedra. Podia até aparecer à porta e gritar: "Entrem, meninos. Venham fazer uma visita pra gente. A mãe de vocês também está aqui. Olhe, Alice, as crianças vieram nos visitar. Entrem".

Imaginou a avó a aproximar-se deles com uma lata nas mãos: "Sirvam-se destas rapadurinhas de leite. São muito boas, feitas de velas de sebo, de sebo de defunto. Foi sua bisavó que fez". Rodrigo teve uma ânsia de vômito e começou a bater queixo.

— Vamos, galinha! Estás todo borrado — murmurou Toríbio, que tinha os bolsos gordos de velas.

Rodrigo queria pedir ao irmão que falasse baixo, para que a mãe e a avó não lhe ouvissem a voz. Toríbio franziu o nariz, cuspiu no chão, com nojo, e ordenou:

— Abre os olhos, medroso!

Rodrigo obedeceu. Viu à luz da lua uma floresta de cruzes, o branquejar dos muros lá no fundo e, por cima de tudo, o céu carregado de estrelas.

— Eu não te disse? — tornou Bio. — Não existe alma do outro mundo. Quem morre se acaba.

Naquele instante ouviram um ruído fofo e claro, como o de uma pá entrando na terra. Rodrigo segurou com força a manga da camisa do irmão. Toríbio ficou à escuta...

— Te agacha! — sussurrou ele, ao mesmo tempo que se punha de cócoras.

Rodrigo obedeceu, mas suas pernas estavam tão fracas, que ele caiu sentado como um peso morto.

— Fica aqui que eu já volto...

Engatinhou até uma sepultura alta e, erguendo-se devagarinho com toda a cautela, por trás dum anjo de mármore, espiou... Começou depois a acenar para Rodrigo, convidando-o freneticamente a aproximar-se. Rodrigo levou algum tempo para entender os sinais do irmão, e mais tempo ainda para vencer, de gatinhas, o espaço que o separava dele.

— Te levanta e olha — ciciou Toríbio.

Rodrigo, porém, não teve ânimo para tanto; deixou-se ficar sentado, apoiado nos costados da sepultura, a olhar estupidamente para o vaga-lume que havia pousado na folha duma árvore e que lucilava na sombra como a pupila dum gato. Toríbio tomou o irmão de ambos os braços e ergueu-o. Rodrigo não teve outro remédio senão olhar...

— Ali perto da capela...

Rodrigo avistou o vulto dum homem inclinado a cavar o chão. Não compreendeu nada. O irmão explicou:

— Sabes que é que ele está fazendo? Está desenterrando um defunto.

Vinha até eles agora o ruído macio da terra a cair no chão e os gemidos que o desconhecido soltava cada vez que erguia a pá.

— Pra quê? — balbuciou Rodrigo.

— É a sepultura da velha Antônia Schultz... — explicou Toríbio. — Foi enterrada ant'ontem.

Tinha sido uma morte muito comentada na cidade. Dizia-se que Antônia Schultz, alemã rica, avarenta e solitária, fora enterrada com todas as suas joias.

— É um violador de sepulturas — explicou Bio, com a sua experiência de ledor de romances.

Rodrigo conseguiu ciciar:

— Quem será?

— Não sei. Vamos ver.

Ficaram por algum tempo a espiar... Rodrigo, que apoiara a cabeça contra os pés do anjo, sentia no rosto o contato fresco do mármore.

Num dado momento, quando a sepultura parecia estar já aberta, o desconhecido acendeu uma lanterna e ergueu-a à altura do próprio rosto. Naquele instante Rodrigo viu uma cara barbuda e lívida e julgou reconhecer o carpinteiro Pitombo.

— Vamos embora — disse Toríbio. — Se ele nos descobre é capaz de nos matar.

Puxou o irmão pelo braço e saiu quase a correr, rumo do portão. Daquele minuto em diante, as lembranças de Rodrigo se confundiam. Nunca ficou sabendo ao certo como conseguira sair do cemitério, saltar outra vez para o lombo do petiço, atravessar os três quilômetros que os separavam do Sobrado, entrar em casa, subir a escada e de novo meter-se na cama.

Mas duma coisa ele se lembrava vivamente. Era de que, já no quarto, à luz duma das velas roubadas às sepulturas, Toríbio se inclinara sobre a cama e lhe impusera um juramento:

— Jura que, aconteça o que acontecer, nunca contarás a ninguém o que se passou esta noite?

— Juro — balbuciou Rodrigo, com a cabeça a estalar de dor, o rosto escaldante.

— Pela alma da tua mãe?

— Juro.

— Pela vida do teu pai?

— Juro.

— Por Deus Nosso Senhor?

— Por Deus Nosso Senhor.

— Então beija aqui.

Tirou da parede um velho crucifixo que pertencera à velha Bibiana. Rodrigo beijou tremulamente o Cristo sem nariz.

4

Toríbio voltou para a cama. Rodrigo nunca ficou sabendo se dormira ou não naquela noite terrível. Passara horas a bater dentes, com tremores de frio e dores no estômago. Em certos momentos sentia-se como que paralisado: estava metido num caixão, fechado num mausoléu, a morrer asfixiado. Noutros, andava por entre covas abertas, chupando ossos de defunto e, sem saber como, de repente se via num descampado a fugir dum homem de poncho, que morrera de susto, e ao mesmo tempo era o Pitombo Defunteiro, que corria e gritava: "Tenho um caixãozinho pra ti, bem bonitinho, todo branquinho, de rapadurinha de leite, que a vovózinha te mandou".

No outro dia, vendo o estado do sobrinho, Maria Valéria mandou chamar o dr. Matias, que veio com sua maleta de couro negro, sua barbicha rala e seu cheiro de iodofórmio. Tomou o pulso de Rodrigo, examinou-lhe a língua, apalpou-lhe o abdômen e receitou-lhe um purgante de sal amargo.

— É uma indigestãozinha — disse ele, com sua voz esquisita, que Rodrigo sempre associava à ideia de queijo bichado.

— Foi a melancia que esse menino comeu ontem — sentenciou Maria Valéria. — Decerto misturou com leite.

Rodrigo ficou dois dias de cama. Bio mostrou-lhe o semanário de Santa Fé, que trazia na primeira página a notícia da violação da sepultura de Antônia Schultz. Os cabeçalhos eram tremendos. *Sacrilégio! Vandalismo! Profanação! Violada uma Sepultura no Campo-Santo Local!*

Rodrigo leu a notícia com o coração aos pulos, como se ele e Bio tivessem sido os profanadores. Noticiava o jornal que a polícia ia abrir "rigoroso inquérito", e que o vigário na missa do domingo próximo faria um sermão especial "alusivo ao nefando acontecimento". Toríbio contou que não se falava noutra coisa em toda a cidade.

— E agora? — perguntou-lhe Rodrigo, alarmado.

— Agora? Cospe na mão e bota fora — respondeu o outro, soltando uma risada.

Rodrigo revolveu-se na cama e ficou com as costas voltadas para o irmão. E na parede branca viu de novo as sepulturas e mausoléus ao luar. Tornou a sentir o horror daquela noite.

E quando, dias depois, à hora do jantar, o pai se referiu ao acontecimento — "Que barbaridade! Neste mundo há gente pra tudo!" —, Rodrigo baixou os olhos para o prato, embaraçado, e não ousou sequer encarar o pai. Dali por diante nunca mais tocaram no assunto. Rodrigo guardou seu segredo, e nem ao irmão contou que havia reconhecido no violador de sepulturas o carpinteiro Pitombo.

Passaram-se os dias, veio a véspera do Natal, Rodrigo ganhou sua lanterna mágica, armaram um presépio na sala grande do Sobrado, e nessa noite os dois rapazes tiveram licença de ir mais tarde para a cama.

Quando os viu deitados, Maria Valéria, parada no meio do quarto, de vela acesa na mão, olhou em torno para ver se estava tudo em ordem.

— Agora durmam.

Depois que ela deixou o quarto e fechou a porta, Bio tirou um toco de vela debaixo do colchão, acendeu-o e começou a ler seu romance. Fez isso naquela e nas muitas outras noites seguintes. E quando, já tarde, Rodrigo acordava, olhava para a cama do irmão e via-o sentado, com as costas apoiadas no travesseiro, os olhos fitos na brochura, choramingava:

— Apaga essa luz, Bio.

— Cala a boca — respondia o irmão sem tirar os olhos do livro. — Fecha os olhos e dorme. Olha que os defuntos estão chegando pra buscar as velas...

E foi assim que Toríbio entrou no século xx: lendo seu romance à luz dum coto de vela roubado ao cemitério.

CAPÍTULO III

I

Era pela frente desse mesmo cemitério que agora passava apitando o trem que naquela tarde de dezembro de 1909 trazia de volta a Santa Fé o dr. Rodrigo Terra Cambará. Com a cabeça para fora da janela, o rapaz olhava intensamente para aqueles velhos paredões, imaginando, entre emocionado e levemente divertido, que os mortos, toda vez que ouviam o apito da locomotiva, corriam a espiar o trem por cima dos muros do cemitério. Por um instante ficou distraído a imaginar que estava vendo naquela fileira de cabeças os semblantes de sua mãe, do cap. Rodrigo, da velha Bibiana e de muitos outros parentes e amigos mortos. Sorriam todos, acenavam para ele, e era-lhe agradável imaginar que lhe gritavam: "Bem-vindo sejas, Rodrigo! Temos esperanças em ti!". E entre aqueles mortos, cujas cabeças assomavam por cima do muro, via-se um que não sorria apenas com a boca, mas também, e arreganhadamente, com a garganta. Era o Tito Chaves, moço que, havia anos, Rodrigo vira estendido sem vida no barro da rua, à frente do Sobrado, o pescoço rasgado por um talho de faca que ia de orelha a orelha, o peito ensanguentado, os olhos abertos e vidrados. Toda a gente na cidade murmurava que fora o cel. Aristiliano Trindade quem o mandara matar por questões de política: mas ninguém tinha coragem de dizer isso em voz alta. E agora, nos pensamentos de Rodrigo, lá estava Tito Chaves encarapitado no muro do cemitério, a bradar: "Vai e me vinga, Rodrigo. Vai e me vinga! És moço, és culto, tens coragem e ideais! Vai e me vinga! Em Santa Fé todo o mundo tem medo do coronel Trindade. Não há mais justiça. Não há mais liberdade. Vai e me vinga!".

O trem ainda apitava tremulamente, como se estivesse chorando. Mas quem chorava de verdade era Rodrigo. As lágrimas lhe escorriam pelo rosto lustroso, a que a poeira dava uma cor de tijolo.

Maneco Vieira tocou-lhe o braço.

— Que foi que houve, moço? — perguntou ele, com um jeito agressivamente protetor.

Rodrigo levou o lenço aos olhos, murmurando:

— Esta maldita poeira...

No vagão agora os passageiros começavam a arrumar suas coisas, erguiam-se, despiam os guarda-pós, baixavam as malas dos gabaritos, numa alegria alvoroçada de fim de viagem. Rodrigo foi até o lavatório, tirou o chapéu, postou-se diante do espelho, lavou o rosto, enxugou-o com o lenço e por fim penteou-se com muito esmero. Observou, contrariado, que tinha os olhos injetados, o que lhe dava — achava ele — um ar de bêbedo ou libertino. Isso lhe era desagradável, pois não queria logo de chegada causar má impressão aos que o esperavam na estação. Piscou muitas vezes, revirou os olhos, umedeceu o lenço, tornou a passá-lo pelo rosto, pôs a língua para fora e quedou-se por algum tempo a examiná-la. Ajeitou a gravata, tornou a botar o chapéu, recuou um passo, lançou um olhar demorado para o espelho e voltou para seu lugar. O marista, que estava tranquilamente sentado com uma valisa sobre os joelhos, sorriu-lhe, dizendo:

— Enfim chegamos, com a graça de Deus.

— De Deus e do maquinista — completou Maneco Vieira.

O trem diminuiu a marcha ao entrar nos subúrbios de Santa Fé. Sentado de novo junto da janela, Rodrigo olhava para os casebres miseráveis do Purgatório e para suas tortuosas ruas esbarrocadas de terra vermelha. E aqueles ranchos de madeira apodrecida, cobertos de palha ou capim; aquela mistura desordenada e sórdida de molambos, panelas, gaiolas, gamelas, latas, lixo; aquela confusão de cercas de taquara, becos, barrancos e quintais bravios — lembraram-lhe uma fotografia do reduto de Canudos que ele vira estampada numa revista. À frente de algumas das choupanas viam-se mulheres — chinocas, brancas, pretas, mulatas, cafuzas — a acenar para o trem; muitas delas tinham um filho pequeno nos braços e outro no ventre. Crianças seminuas e sujas, com enormes barrigas de opilados, brincavam na terra no meio de galinhas, cachorros e ossos de rês. Lá embaixo, no fundo dum barranco, corria o riacho, a cuja beira uma cabocla batia roupa numa tábua, com o vestido escarlate arregaçado acima dos joelhos. Em todas as caras que Rodrigo vislumbrava, havia algo de terroso e cadavérico, uma lividez encardida que a luz meridiana tornava ainda mais acentuada.

— Quanta miséria! — murmurou o marista, que também olhava para fora.

— Quanta miséria — repetiu Rodrigo, sem atentar bem no que dizia.

Sempre que em Porto Alegre pensava em Santa Fé e em seus subúrbios miseráveis, prometia a si mesmo tornar-se médico dos pobres, fazer em sua terra a caridade numa proporção até então nunca vista.

Enchia-se dos mais nobres propósitos. Faria visitas constantes às populações do Barro Preto, do Purgatório e da Sibéria; levaria àquela gente infeliz medicamentos de boca e dinheiro, além de palavras de conforto.

Agora, porém, frente a frente com a miséria que tanto o comovia quando apenas lembrada, ele esquecia os planos para sentir apenas o que o Purgatório oferecia como quadro. Aquelas gentes molambentas, maceradas e raquíticas, vistas da janela dum trem em movimento, não o comoviam simplesmente porque pareciam fazer parte duma pintura: não eram de carne e osso, mas de tinta. E havia entre o céu e a terra tamanho contraste, que o firmamento parecia ter sido pintado a aquarela por um artista lírico e a terra, a têmpera e sangue por um pintor trágico. Fosse como fosse, aquelas cores vivas — azul, vermelho, verde e ouro — eram uma festa para os olhos de Rodrigo, e aquela paisagem evocava-lhe episódios da infância e da adolescência. Quantas vezes ele e o irmão tinham andado naquele riacho, com água pelas canelas, a pescar lambaris! Quantas vezes haviam descido ao fundo daqueles barrancos — crateras de pavorosos vulcões — ou entrado naqueles quintais — selvas africanas — para roubar laranjas ou pêssegos?

Rodrigo viu abrir-se-lhe diante dos olhos uma larga perspectiva de rua, a subir uma coxilha em cujo topo, no meio e acima dum maciço de verdura, se erguiam as duas torres da Matriz. Num alvoroço entreviu, a pequena distância das torres, a água-furtada branca e o telhado pardo do Sobrado. E subitamente lhe veio um medo absurdo de chegar. Se tivesse acontecido algo de mau a algum membro da família? Se alguém estivesse doente? Se alguém tivesse morrido? Se... Mas não podia ser. Lembrava-se de que, havia pouco, Liroca lhe dissera que tudo estava bem... e que o esperavam com banda de música! Não. Esse pormenor devia ter sido invenção do velho. Seu pai não era homem que gostasse daquelas exibições...

Dentro de alguns minutos o trem parou junto da plataforma da estação. Rodrigo apertou a mão do marista e do tropeiro, aproximou-se do banco onde estava a velhinha, despediu-se dela apressadamente e, apanhando sua valisa, caminhou para a porta do vagão, de onde ficou a procurar sua gente. Uma voz querida:

— Seu filho da mãe!
— Bio!

2

Rodrigo saltou do carro, caiu nos braços do irmão e ficaram os dois enlaçados num abraço apertado, dizendo-se coisas sem muito nexo, movendo-se dum lado para outro, como numa estranha dança. Ouviu-se o estrondo do bombo e a banda de música rompeu num dobrado. As notas vibrantes, em que sobressaíam as vozes dilacerantes dos instrumentos de metal, engolfaram alegremente a plataforma. E quando os braços de Toríbio o largaram, Rodrigo se viu frente a frente com o pai. Vieram-lhe lágrimas aos olhos. O velho estava sério, calado e também comovido. Rodrigo tomou-lhe da mão e beijou-a. Licurgo abraçou-o com gravidade, e ambos ficaram a mirar-se por algum tempo, mudos. Alguém puxou Rodrigo pela manga do casaco, fazendo-o voltar-se, e em seguida apertou-o num amplexo caloroso, exclamando:

— Mas como vais, bichão?

— Ó Neco, mas como...

Não pôde terminar a frase, pois lhe deram uma forte palmada nas costas e em seguida duas mãos possantes lhe agarraram os ombros, arrebatando-o dos braços de Neco Rosa. Rodrigo voltou-se e deu com a figura imponente de Chiru Mena, de carão apopléctico e suado.

— Seu ingrato, não conhece mais os pobres, hein?

Chiru apertou-o contra o peito com tamanha força, que Rodrigo, mais baixo e franzino que o amigo, teve a respiração momentaneamente cortada. Sentiu contra o rosto o rosto quente e úmido do outro, e teve a impressão de que ia ser beijado. E quando Chiru o largou, depois daquele corpo a corpo frenético, ele andou, estonteado, pelos braços duma sucessão de amigos e parentes. A todas essas o dobrado continuava, brilhante, explosivo, ensurdecedor, como que a aumentar o calor e a febril confusão do momento. Por todos os lados Rodrigo via caras risonhas e amigas. Algumas pessoas acenavam-lhe de longe, tímidas.

— Vamos saindo — disse Bio, puxando o irmão pelo braço e abrindo caminho por entre a multidão a golpes de ombro e cotovelo. — Venha, papai.

Licurgo acompanhou-os, cofiando os bigodes e pigarreando repetidamente. Pessoas abraçavam-no, davam-lhe os parabéns pela chegada do filho. Ele agradecia, bisonho e constrangido, como se aquelas atenções e cordialidades, longe de satisfazê-lo, o deixassem contrariado.

Chegaram finalmente à porta da estação, que dava para um pequeno largo.

— Me dê o conhecimento da bagagem — pediu Toríbio.

E ali sob o sol, no meio duma roda de amigos, Licurgo fez uma apresentação:

— Meu filho, quero le apresentar o coronel Jairo Bittencourt, comandante do Regimento de Infantaria.

O homem alto e ruivo, de vastos bigodes, e metido num uniforme cáqui, primeiro fez uma continência e depois estendeu para Rodrigo a mão sardenta em que flamejava uma penugem fulva.

— Muita honra, doutor — disse ele. — Sou amigo de seu pai e espero sinceramente ser seu amigo.

Tinha uns olhos sem malícia, dum cinza azulado. E, quando Rodrigo, que sentia o suor escorrer-lhe desagradavelmente pelo rosto e encharcar-lhe a camisa, quis dizer alguma coisa amável, o coronel tornou a inclinar-se, murmurando:

— Não quero interrompê-los. Havemos de nos ver mais tarde, pois não.

Falava com esses chiados, como um carioca, mas os cabelos ruivos, a pele branca e manchada de sardas, o rosto sanguíneo e o aprumo davam-lhe o aspecto dum oficial prussiano.

O carro de Licurgo achava-se parado ao pé dos degraus. O Bento saltou da boleia, e de cara risonha veio abraçar Rodrigo.

— Então, Bento, sempre firme?

— Como tronco de guajuvira — respondeu o caboclo.

Licurgo tomou o braço do filho e impeliu-o na direção do carro:

— Vamos.

Instalaram-se no banco traseiro. Toríbio sentou-se no dianteiro, esclarecendo:

— O Quincas leva depois as malas na carroça.

Bento subiu para a boleia e, a uma ordem de Licurgo, pôs o carro em movimento. E houve entre os três Cambarás um silêncio quase embaraçoso. Rodrigo queria dizer alguma coisa, mas sentia que as palavras se lhe trancavam na garganta. Toríbio examinava-o da cabeça aos pés, com uma expressão entre terna e irônica. E, como se não encontrasse nada mais a dizer, limitava-se a murmurar: "Sim senhor, hein? Sim senhor". Licurgo então falou. Sem olhar para o recém-chegado, brincando com a libra esterlina que lhe pendia da corrente do relógio, explicou:

— Essa história de banda de música na estação foi ideia do coronel Jairo. Eu não queria. O senhor sabe que não sou homem dessas coisas...

— Eu sei, papai, eu sei.

— O coronel Jairo é uma boa-praça — interveio Toríbio — e tem loucura pelo papai.

— É um homem de bem — concordou Licurgo, acrescentando: — Pena ser militar.

Rodrigo sorriu. O velho continuava a detestar a farda.

Na rua do Comércio as patas dos cavalos soaram alegremente nas pedras irregulares do calçamento. Mas a marcha do carro, macia enquanto ele rodava sobre terra batida, começava agora a ser uma sucessão de solavancos.

— Este calçamento está que é uma miséria — queixou-se Licurgo.

— Também, o intendente não faz nada por Santa Fé. Só cuida de política.

Depois da morte de Júlio de Castilhos, Licurgo afastara-se do partido, por não concordar com a orientação do dr. Borges de Medeiros no que dizia respeito à política dos municípios.

Rodrigo animou-se:

— Precisamos fazer alguma coisa, papai. A situação não pode continuar assim. O coronel Trindade entende que é proprietário de Santa Fé. Isso não está direito.

Licurgo nada disse, limitou-se a olhar o bico das botinas de elástico. Toríbio lançou para o irmão um olhar pícaro:

— Mas que é que vais fazer, rapaz?

— Atacar a situação.

— Como?

— Pelo jornal.

— Que jornal? O pasquim da terra está a soldo da situação.

— Pois então fundaremos o nosso jornal. É a solução, o senhor não acha?

Licurgo cofiava o bigode, calado e enigmático. E, como ele nada dissesse, Rodrigo julgou que reprovasse a ideia. Ao cabo de alguns instantes o Velho murmurou:

— Vamos ver isso depois.

Rodrigo olhava as casas da rua do Comércio, a muitas de cujas janelas assomavam pessoas conhecidas, que abanavam para ele. Ele retribuía os acenos, sorrindo.

— Olha quem está ali — murmurou Toríbio, piscando o olho.

Debruçada à janela duma vasta casa pintada de amarelo, com grandes esferas de cimento sobre a platibanda, estava a Mariquinhas Matos, com seu longo pescoço protegido por uma golinha de renda, os olhos muito grandes e negros no rosto trigueiro de nariz fino, a boca de botão de rosa sempre fixa no seu calculado meio sorriso. Havia dois anos, numas férias, Rodrigo escrevera para o semanário local uma crônica sobre as moças de Santa Fé na qual se referia "à encantadora Mariquinhas Matos, com seu enigmático sorriso de Gioconda". Desde então todos passaram a chamar-lhe "Gioconda" e a moça não só começou a portar-se de modo a fazer jus à legenda como também, ao que parecia, convencera-se de que as palavras do cronista encerravam uma velada declaração de amor.

Rodrigo cumprimentou-a amavelmente. A moça armou seu melhor sorriso de Mona Lisa e inclinou também a cabeça.

— Aposto cem mil-réis como ela estava esperando pra te ver passar.

Licurgo franziu o cenho para o filho, numa repreensão muda.

— Qual! — fez Rodrigo. — Só tenho uma moça que me ama e me espera. Chama-se Maria Valéria e mora no Sobrado.

Bento puxou as rédeas e fez a parelha estacar. Uma cara apareceu junto à porta do carro.

— Olha o Cuca! — exclamou Rodrigo.

— Bichão velho! — bradou Cuca Lopes, trepando no estribo e envolvendo Rodrigo nos braços. — Tu me desculpa, bichão. Me disseram que o trem estava atrasado. Por isso não cheguei a tempo. Ia indo agora pra estação. Mas que tal? Formado, hein, maganão? Doutor! Mas como vai essa força? Sim senhor!

— Estás muito bem, Cuca, estás um colosso.

— Vamos embora, meu filho — disse Licurgo. — Sua madrinha está le esperando.

— Depois apareço no Sobrado — prometeu Cuca, dando uma palmada no braço de Rodrigo e saltando de novo para o chão. — Me desculpa. Me deram informação errada na estação. — Gesticulava, azafamado e vermelho. — Esses belgas da *Auxiliaire*! Não se pode ir atrás dessa gente. Até logo, Rodrigo. Até logo, coronel. Até logo, Bio.

— Toca, Bento! — ordenou Licurgo.

O carro continuou a andar e dentro de pouco entrou na praça da Matriz. Ao avistar a figueira, Rodrigo não pôde conter uma exclamação:

— Olha ela! Olha ela!

Envergonhou-se, porém, desse arroubo juvenil. Olhou para a fachada da igreja, triste, severa e coberta de pátina, mas a grande comoção lhe veio, assoberbante, quando avistou o Sobrado. Foi a custo que reprimiu as lágrimas. Era-lhe embaraçoso ver no banco à sua frente os olhos escrutadores e moleques de Toríbio, que parecia comprazer-se em observar suas emoções. Teve uma vontade cordial de dar-lhe um pontapé nas canelas.

O carro parou diante do Sobrado. Bento saltou da boleia e apanhou a valisa. Licurgo foi o primeiro a descer. Ao pisar a calçada, Rodrigo teve um movimento de hesitação em que desejou não entrar ainda, para antegozar por mais tempo os momentos que estavam para vir. As portas do casarão achavam-se escancaradas. Parado no portal, Licurgo dizia:

— Entre, meu filho.

A voz do pai parecia ter abrandado um pouco. Rodrigo entrou e sentiu-se imediatamente envolvido por uma atmosfera fresca e acolhedora, impregnada de sons e odores evocativamente familiares. Ergueu os olhos e viu lá em cima no vestíbulo, ao pé do último degrau, o vulto da tia. Precipitou-se escada acima e caiu nos braços de Maria Valéria, beijando-lhe as faces, a testa, as mãos, enquanto ela lhe retribuía esses carinhos apenas com seus beijos secos e rápidos.

— Então não está contente com a minha chegada, Dinda? — perguntou ele, quando sentiu que podia falar sem o perigo de romper o choro.

— Quem foi que disse que não estou? — Com as mãos ossudas tomou-lhe do queixo, olhou-o nos olhos demoradamente e perguntou: — Que é isso na vista?

— Decerto foi a poeira da estrada...

— Hum...

Olharam-se ainda por um instante. Depois, dando duas palmadinhas desajeitadas nas faces do sobrinho, Maria Valéria ordenou:

— Vá se lavar. Ainda não almoçamos esperando pela pior figura.

Rodrigo voltou-se para Toríbio.

— E as minhas malas?

— Não se afobe, doutor. O Quincas não demora.

Rodrigo entrou na sala de visitas e aspirou com delícia aquele ar que recendia a óleo de linhaça, a sarro de cigarro de palha (o cheiro do pai) e a molho de carne. Rodrigo caminhava, a olhar para tudo, como se visse aquela sala, aqueles móveis pela vez primeira. Postou-se diante do grande espelho de moldura dourada e mirou-se nele, lembrando-se de outros muitos instantes do passado em que ficara naquela mesma postura.

— Está bonito, não precisa se olhar no espelho — disse Maria Valéria. — Vá se lavar.

Rodrigo, porém, antes de subir para o quarto foi até a cozinha, onde o envolveram os braços gordos e encebolados de Laurinda, que lhe beijou sonoramente as faces.

— Está que é a cara da finada Alice! — exclamou a mulata, já com lágrimas nos olhos. — Que pena a coitadinha não estar viva pra ver o filho doutor.

E, uma a uma, as negras de casa foram aparecendo para cumprimentar o recém-chegado. A velha Paula ficou como que em êxtase a contemplar Rodrigo, a mão espalmada sobre uma das faces, a cabeça levemente inclinada para o lado, a murmurar repetidamente:

— Parece mentira... parece mentira...

E depois, quando Rodrigo se aproximou do fogão e abriu as panelas, aspirando o vapor que subia delas e identificando, sob exclamações, o conteúdo de cada uma, a negra velha acercou-se de Maria Valéria e disse:

— Sinhá, nunca vi um moço tão bonito em toda a minha vida, benza-o Deus!

Rodrigo ouviu essas palavras e sentiu-se feliz. Não era indiferente ao juízo que as outras pessoas — fosse quem fosse — pudessem fazer dele. Os elogios dos outros à sua inteligência e à sua aparência física davam-lhe um grande contentamento, eram uma espécie de tônico que lhe aumentava a vontade de viver e ao mesmo tempo o desejo de portar-se de maneira a não decepcionar seus admiradores. A certeza de ser querido e admirado dava-lhe uma cálida e reconfortante sensação de confiança em si mesmo e na vida, um comovido desejo de ser bom e fazer coisas grandes e belas.

— Raspa — disse Maria Valéria. — Não faça seu pai esperar.

Rodrigo voltou-se e surpreendeu o pai a contemplá-lo com olhos ternos e meio úmidos. Embaraçado por ter sido surpreendido num momento de fraqueza, Licurgo tratou de disfarçar. E, como se não encontrasse mais nada para dizer, indagou com impaciência:

— Essas malas não chegam? Onde está o Quincas?

Finalmente a bagagem chegou e Rodrigo subiu a correr para o quarto.

3

Começou a abrir as duas grandes malas em que trazia não só suas muitas roupas como também alguns livros e pacotes com presentes para o pai, para o irmão, para a tia e para "a negrada da cozinha". Sentado na cama, Toríbio observava-o.

— Como tens bugigangas, hein?

Em mangas de camisa, ajoelhado junto duma das malas, Rodrigo ergueu os olhos para o irmão e sorriu:

— Ainda não viste nada. Vêm aí uns quatro caixões com coisas.

— Quatro? — Toríbio soltou um assobio de admiração.

— Comprei um gramofone e um mundo de chapas. E tu não havias de querer que eu abrisse o meu consultório sem tratados de medicina, instrumentos cirúrgicos, um estetoscópio...

Toríbio sorriu.

— Então esse negócio de medicina é sério mesmo?

Rodrigo ergueu-se com uma camisa na mão.

— Se é sério? Não te compreendo...

— Vais mesmo clinicar?

— Mas que dúvida, Bio!

Toríbio encolheu os ombros. Seu sorriso céptico punha-lhe à mostra os dentes miúdos e escuros. Havia tirado os sapatos e coçava distraído os dedos dos pés. Sempre o touro xucro — pensou Rodrigo, mirando afetuosamente o irmão. Tinha a cabeça raspada à máquina número zero, um pescoço e um torso de hércules de feira. Fazia a barba apenas uma vez por semana, gostava de andar descalço e detestava as gentes, as roupas e os hábitos de cidade.

— Pensei que querias o título só pra bonito.

— Mas o título é o de menos, homem. O que importa é o que está aqui dentro — disse Rodrigo com veemência, batendo na própria testa com a ponta do indicador. — O que vale é o que a gente sabe e o uso que se pode fazer do que aprendeu. O mal do Brasil é termos advogados de mais e médicos de menos. Nós precisamos é de médicos. Este é um país de enfermos.

Toríbio continuava a coçar os dedos.

— Eu só quero ver...

Rodrigo atirou a camisa em cima da cama, cruzou os braços numa atitude de plácido desafio.

— Ver o quê?

— Quanto tempo dura esse entusiasmo pela medicina.
— Ora!

Toríbio atirou-se para trás e ficou deitado com as pernas para fora da cama, a cavoucar no nariz com o indicador.

Sacudindo a cabeça, como se quisesse dar a entender a uma terceira pessoa invisível que o irmão era um caso perdido, Rodrigo continuou a procurar na mala roupa branca para mudar. Encontrou inesperadamente o canudo de lata que continha o diploma. Soltou uma risada curta:

— O famoso diploma!

Toríbio limitou-se a lançar-lhe um olhar neutro.

E, como se fosse personagem duma peça — o *jeune premier* que chega à casa paterna com um diploma sobre o qual é um pouco céptico —, fingindo uma indiferença que estava longe de sentir, Rodrigo perguntou, mais para a plateia imaginária do que para o irmão:

— Que é que vou fazer com este canudo?
— Mete ele num certo lugar... — respondeu Toríbio.

Rodrigo não gostou da resposta. Franziu a testa, querendo dar a entender que sua sensibilidade fora ferida pela insinuação grosseira. E, vendo uma expressão de juvenil malícia no rosto de Toríbio, sacudiu lentamente a cabeça, sentindo-se mais velho, mais ajuizado e responsável que o irmão.

— Não mudaste nada — murmurou, com um ar de adulta tolerância. — És o mesmo Bio de sempre.

— Não sou doutor, não andei metido com gente fina na capital. Fiquei no Angico às voltas com a bagualada. A troco de que havia de mudar?

— Achas que *eu* mudei muito?

Toríbio pôs-se de pé em movimentos tardos, examinou o irmão com um olhar comicamente demorado e por fim opinou:

— Um pouquito.
— Naturalmente queres dizer que sou um dândi.
— Mais ou menos...

Rodrigo sorria, batendo repetidamente com o canudo na coxa.

— Achas que não sou bem macho...
— Isso ainda está pra se provar.
— Pois vamos fazer já a prova! — exclamou Rodrigo, largando o canudo e começando a arregaçar as mangas da camisa, ao passo que Bio, sorrindo, sungava as calças e apertava a cinta.

— Não vale dar aquele golpe baixo...
Toríbio soltou uma risada breve e seca.
— Não sou prevalecido. Mesmo que eu desse, não achava nada pra agarrar...
— Eu te mostro, filho da mãe! — observou Rodrigo, percebendo, mal pronunciara essas palavras, que saía fora de seu papel.
Não era mais o jovem cosmopolita que lia Anatole France, amava Paris, usava *smoking* e bebia champanha. Recuara no tempo, tinha agora quinze anos...
— Pronto?
— Pronto.
O quarto era amplo e havia entre a cama e a parede bom espaço para uma "rinha". Os dois irmãos ficaram por um instante frente a frente, negaceando. Rodrigo era um pouco mais alto que Toríbio, mas muito menos corpulento e musculoso. Defrontaram-se por alguns segundos como dois galos de briga. Foi Toríbio quem investiu primeiro. Atracados, caíram sobre a cama, tombaram no soalho e rolando, derrubando cadeiras, gemendo, bufando, dizendo-se nomes feios e ao mesmo tempo rindo, continuaram a lutar. Por fim Toríbio conseguiu encostar os ombros do outro no chão e, acavalado sobre o ventre do adversário, as manoplas a apertar-lhe o pulso, chumbou-o às tábuas.
— Conheceu, papudo?
Arquejante, suado, escabelado, Rodrigo ainda tentou safar-se, esperneando e procurando golpear com o joelho as costas do irmão. Nesse momento Maria Valéria entrou em passadas bruscas, aproximou-se dos lutadores e, torcendo uma das orelhas de Toríbio, ordenou:
— Largue já o outro. Então isso é jeito de receber o irmão?
— Deixe, Dinda! — gritou Rodrigo. — Eu já mostro a esse cachorro!
— Conheceu, papudo? — tornou a perguntar Toríbio.
Maria Valéria continuava a torcer as orelhas do sobrinho.
— A Laurinda vai já servir o almoço. Quem chegar tarde não come.
Rodrigo fez um novo esforço, que o deixou afogueado, e finalmente, exausto, desistiu:
— Estou com fome. Me larga!
Toríbio largou os pulsos do irmão e ergueu-se pesadamente.
— Está bem. Sou generoso.
— És um cavalo.
Maria Valéria contemplava-os, sacudindo a cabeça, penalizada:

— Mas vocês não têm mesmo mais nada que fazer? Onde se viu estarem assim de aloites?
— *Aloites!* Mas a senhora é um colosso, Dinda.
Avançou para ela e beijou-lhe ambas as faces, enquanto Toríbio, que enxugava na ponta da colcha o suor do rosto, murmurava:
— Chaleirista...
— Vamos, depressa, meninos. Vá tomar o seu banho, Rodrigo. E colcha não é lenço, Bio.
Rodrigo apanhou uma toalha, um sabonete, a roupa branca e desceu acompanhado do Toríbio. O quarto de banho ficava no andar térreo e era pavimentado de lajes. Na maioria das residências de Santa Fé tomava-se banho em grandes baciões de folha, com água tirada do poço. O Sobrado, porém, orgulhava-se de ter um chuveiro de fabricação estrangeira, com água fria e quente.
Rodrigo despiu-se, enquanto Toríbio, sentado num caixão vazio, picava fumo para um cigarro.
— Precisa fazer um pouco de exercício — disse este último. — Estás meio flaquito.
— Nem tanto. Olha só.
Flexionou o braço para mostrar a musculatura.
— Precisas também tomar um pouco de sol, estás com o corpo tão branco que até parece de mulher.
— Com toda essa cabelama nas pernas e no peito?
— Conheço muita mulher cabeluda, rapaz.
Rodrigo sorriu, meteu-se debaixo do jorro d'água e começou a ensaboar-se com um entusiasmo apressado e ruidoso.
Toríbio enrolou o cigarro, bateu a pederneira do isqueiro, acendeu o "crioulo" e puxou uma baforada.
— Fizeste muita farra este ano?
— Se fiz! — gritou Rodrigo, esfregando com fúria as axilas, de olhos fechados. — Era o último ano, o meu adeus à pândega. Na véspera da colação de grau tomamos uma bebedeira colossal. Acabamos na casa dumas raparigas, bebendo champanha no sapato duma francesa...
— Isso é porcaria.
— Depois que a gente fica meio alegrete, tudo vale...
O outro sacudiu a cabeça, discordando.
— Lugar de bebida é em copo. Lugar de mulher é na cama.
— Não digas tamanha heresia! Então não achas que a mulher pos-

sa ter outra serventia? Não reconheces que ela possui uma alma, uma delicadeza maior que a nossa?

No seu entusiasmo, Rodrigo deixou cair o sabonete nas lajes. Ficou parado, de olhos fechados a pregar um sermão lírico concernente à superioridade das mulheres sobre os homens.

— Me dá a toalha, ligeiro!

Toríbio obedeceu. Enxugando os olhos, o outro continuou:

— E não te esqueças, miserável, que nossa mãe era mulher. E que a tia Maria Valéria também é mulher. Não te bastam esses dois exemplos, devasso?

Toríbio pitava, em calma, sorrindo e gozando o entusiasmo do outro.

— Está bem, está bem. Lugar de mulher é num nicho pra ser adorada. Mas conta as tuas farras.

— Apareceu este ano em Porto Alegre uma companhia de zarzuelas com umas espanholas morenas, dessas de deixarem um cristão louco da vida. Eu e outros colegas vivíamos na caixa do teatro com presentinhos pras raparigas e convites pra ceias. Me meti com uma que por sinal era uma menina muito quieta. Pois não é que quase me apaixono a sério pela bichinha?

— És um calça-frouxa.

— Chamava-se Rosário.

— Isso é nome de mulher?

— Em castelhano é. E que mulher, seu Bio!

— Boa na cama?

— Boa na cama, fora da cama, no palco, na mesa, em todos os lugares. E depois, muito educada, muito recatada...

— Aposto como era dessas que, na hora da onça beber água, pedem pra gente apagar a luz.

— Exatamente. A Rosário tinha pudor.

— Não é o meu gênero.

Rodrigo mirou o irmão por algum tempo e depois, pensativo:

— Pois estou quase achando que esse é o meu tipo — disse. — Tenho um fraco pelas mulheres pudicas. Acho o pudor até excitante. Se a mulher que está comigo diz um nome feio, lá se vai toda a poesia.

— Estás ficando muito cheio de nove-horas.

— Talvez. Mas é o que sinto. Questão de temperamento. Te lembras das nossas farras com o Neco e o Chiru? Pois hoje sou um homem mudado...

Toríbio deu de ombros.

— Comigo, mulher tem que se entregar inteirinha, senão não serve.

— Mas essa entrega completa não depende só da nudez, Bio, nem de deixar a luz acesa.

— Estou vendo que não entendes nada do assunto.

— Vai te embora, bobo! — exclamou Rodrigo, atirando o sabão contra Toríbio, que quebrou o corpo.

Rodrigo tornou a ensaboar-se e a voltar para baixo da ducha.

— Tenho poeira até na alma, menino! — exclamou. E depois, enrolado na toalha, perguntou com sorriso meio safado, que não era mais do homem novo, mas do velho companheiro de farras do Chiru e do Neco:

— Como vamos por aqui em matéria de mulheres?

— Na pensão da Tucha — informou Toríbio — tem umas duas ou três raparigas cotubas. Mas a que está na moda agora é a Doralice, uma ruiva que mora do outro lado dos trilhos, perto da Sibéria. É reservada. Dizem que o coronel dela é o Juca Amaral.

— Então essa Doralice é bonita mesmo? — quis saber Rodrigo, friccionando fortemente os cabelos com a toalha.

— Um peixão.

— Que tipo?

— Grande, peituda, com umas boas ancas, e uma cara linda.

Rodrigo pôs-se a parodiar um tenor de ópera, e sua voz encheu o quarto de banho, caricaturalmente empostada:

Io voglio conoscere la bella Doralice
La bella, bella, bella Dora-Dora-liiiice!

Toríbio␣sorria, com o cigarro preso entre os dentes.

— Mas falando sério, Bio, logo que eu encontrar uma moça que me agrade, caso-me.

— Não sejas besta. Casar pra quê?

— Casando, a gente resolve definitivamente esse problema de mulheres.

Toríbio soltou uma formidável gargalhada, que reboou no quarto, fazendo o ralo do chuveiro vibrar.

— Ora, não sejas burro. Quem casa tem uma mulher só e perde todas as outras.

Rodrigo piscou-lhe o olho com um sorriso cheio de intenções e perguntou:

— Será que perde mesmo?

— Mas se depois de casado vais continuar correndo atrás das chinas e das mulheres dos outros, qual é a vantagem do casamento?

— Tu te esqueces que teu mano é médico, e que um médico pra impor respeito tem de ser casado...

— Deixa crescer um cavanhaque que é a mesma coisa.

— Pois aí está uma ideia. Talvez eu deixe. Vou ficar como o conde de Luxemburgo.

Pensou com saudade nas noitadas de opereta do Theatro São Pedro. Ah! *La primavera scapigliata... Os sinos de Corneville... A viúva alegre...*

Toríbio cortou-lhe o devaneio:

— Te veste depressa. Ninguém ainda almoçou só por tua causa.

4

Durante o resto daquela tarde o Sobrado passou cheio de visitas, gente que queria ver e abraçar Rodrigo, crivá-lo de perguntas e elogios. Todos pareciam muito impressionados pelo fato de ser o filho de Licurgo Cambará o primeiro santa-fezense a formar-se em medicina. A romaria era interminável. Vinham pessoas que se limitavam a cumprimentar Rodrigo e retirar-se; na sua maioria, porém, ficavam por muito tempo, tomavam mate ou aceitavam um copo de cerveja fresca e comiam os bolos e pastéis que Maria Valéria mandara fazer em boa quantidade, especialmente para a ocasião.

Apareceram também duas parentas pobres, velhas tristes, mascadeiras de fumo, com um ar de permanente infelicidade nas caras amareladas e murchas. Rodrigo tratou-as com um carinho especial, pois não queria que pensassem que, por ser doutor e filho de gente rica, ele desprezasse aquelas primas distantes e obscuras. Quando se despediram, com suas vozes lamurientas, o rapaz meteu discretamente na mão de cada uma delas uma cédula de dez mil-réis, pelo que as velhotas, quase a chorar, agradeceram, dizendo: "Que Deus Nosso Senhor le ajude e guarde, meu filho". E se foram, arrastando pelo soalho as saias dum preto ruço e melancólico.

Por volta das quatro horas apareceu Amintas Camacho, secretário do município, metido na sua roupa preta domingueira. Rodrigo não o conhecia. Tratava-se dum rábula, natural de Porto Alegre, e fazia apenas oito meses que chegara a Santa Fé, onde tinha banca de advocacia e era redator do semanário *A Voz da Serra*. Sentou-se muito cerimonioso, e começou a falar em estilo de editorial.

— Traz-me à sua presença uma missão que assaz me desvanece. O coronel Aristiliano Trindade, nosso ilustre edil, me confiou a honrosa incumbência de apresentar a Vossa Excelência em seu nome e no da comuna, as boas-vindas e os emboras.

— Muito obrigado — murmurou Rodrigo, mal podendo conter o riso.

O rábula pigarreou e em seguida, como quem já se livrou dum peso, mudou de tom, trançou as pernas e tratou de dar à conversação um tom mais natural:

— Então, doutor, quais são as suas impressões desta bela terra?

Rodrigo fez um gesto vago.

— Para falar a verdade ainda não vi muita coisa. Não me deram tempo nem de meter o nariz para fora da janela.

O representante do intendente suava na ponta do nariz e lambia frequentemente os beiços num gesto faceiro que desagradou Rodrigo.

De resto era-lhe também desagradável aquela cara duma palidez lustrosa, e aqueles cabelos crespos, excessivamente besuntados de brilhantina.

— Pois é — continuou Amintas, tirando do bolso o lenço de seda e passando-o de leve pelas faces, ao mesmo tempo que emanava dele um perfume ativo e adocicado. — Santa Fé tem progredido muito. O ano que vem, o coronel pretende mandar calçar a rua do Comércio com palarele... — Atrapalhou-se ao pronunciar esta última palavra. Repetiu-a devagar, escandindo bem as sílabas: — Pa-ra-le-le-... pípedos.

— É uma grande coisa...

— E já iniciamos também a construção do novo palacete da Intendência Municipal. O doutor já viu a planta?

— Ainda não.

— Pois é uma verdadeira beleza. Tem uma cúpula no centro, muito grandiosa. Vai custar um dinheirão.

— Imagine...

— E vai ser muito mais bonito que o da Intendência de Cruz Alta.

Laurinda trouxe numa salva de prata um copo de cerveja para o rábula, que o bebeu num longo sorvo — não, porém, antes de erguê-lo no ar e dizer: "À sua saúde, doutor!". Lambeu com a ponta da língua a espuma que lhe ficara no bigode.

Esse perfume me mata — pensou Rodrigo, desejando que o visitante fosse embora.

Depondo o copo sobre o consolo, Amintas recostou-se comodamente no respaldo da cadeira, já com ar de íntimo da casa.

— Então em fevereiro próximo vamos ter a honra de receber a visita do futuro presidente da República, não?

Rodrigo sabia a quem o outro se referia, mas fingiu não ter compreendido.

— Mas quem é o futuro presidente da República?
— O marechal Hermes, naturalmente.
— Ele já foi eleito?

O rábula sorriu.

— Claro que não, mas será. Todos sabem que o marechal vai ganhar a eleição. O doutor Rui Barbosa é um grande brasileiro, uma formosa cultura, mas não tem eleitorado para vencer o candidato oficial. O meu prezado amigo naturalmente vai votar no nosso coestaduano Hermes da Fonseca, não?

Rodrigo ficou com o rosto em fogo. Sentia-se insultado, como se o outro estivesse tentando suborná-lo.

— Está visto que não!
— Pois então me perdoe, eu não sabia... Julguei que o doutor fosse republicano, como seu pai.
— Meu pai também não vai votar no marechal. Nesta casa todos são civilistas.
— Está bem. Desculpe. Costumo respeitar a opinião alheia. Cada qual vota de acordo com a sua consciência, não é mesmo, doutor?
— Nem todos — retrucou Rodrigo. — Há os que votam coagidos pela capangada da situação porque têm amor à pele, e os funcionários públicos, que votam com o governo para não perderem seus empregos. E há ainda os que votam sem saber e sem ter o direito de votar!
— Sem saber... sem ter o direito?
— Refiro-me aos mortos. Os defuntos sempre votam com o governo, moço! — Rodrigo sentiu que sua voz se tornava gutural, gorda, quase engasgada. — Em suma, no Rio Grande as eleições se fazem a bico de pena!

Amintas sorriu amarelo, seus lábios tremeram de leve e de novo ele passou o lenço pela testa e pelas faces.

— Eu respeito muito as opiniões alheias — repetiu.

Rodrigo começava a indignar-se com o sentido daquela visita, que só agora compreendia com clareza. Quem estava na sua frente era um assalariado do Titi Trindade, o tirano de Santa Fé, mandante de tantos assassínios e violências. Rodrigo recebera o homem com cordialidade, impelido por aquela onda sentimental que o embalava desde o momento de sua chegada. E agora, irritado pela cara do Amintas Camacho, pela sua voz melosa na qual havia, como nos cabelos, um excesso de brilhantina, e principalmente nauseado por aquele perfume barato de china de soldado — ele já sentia pruridos de erguer-se, pegar o outro pelo fundilho e jogá-lo na rua.

Conteve, porém, a revolta. Considerava-se um homem polido, um civilizado. Deixou que a indignação lhe escapasse do peito num profundo suspiro que, ainda por delicadeza, não soltou duma só vez, mas sincopadamente, de modo discreto.

— Aceita mais um copo de cerveja? — perguntou, com ar quase evangélico.

— Não. Muito grato. — Amintas levantou-se, lançou um olhar furtivo para o espelho e disse: — O coronel Trindade também me encarregou de lhe transmitir um convite para visitar a Intendência...

Disse isso sem nenhum entusiasmo, como se tivesse a certeza de que o convite ia cair num frio vácuo. E, ainda numa tentativa de conciliação, acrescentou:

— O edil acha que a nossa terra precisa de moços inteligentes e esperançosos como o senhor.

Rodrigo nada disse. Queria encarar o outro mas não podia; seu olhar se mantinha baixo e a voz, de ordinário duma limpidez metálica, ganhava agora tons foscos, como que penugentos. O rábula estendeu-lhe a mão mole e suada, que Rodrigo apertou com certo constrangimento. Depois acompanhou o visitante até a porta.

— Mais uma vez — disse Amintas Camacho com um pé no portal e outro na calçada —, foi uma honra conhecê-lo, doutor. Desculpe o incômodo. Até mais ver.

— Passe bem.

Mal o outro saiu, Rodrigo, de nariz franzido, correu a lavar as mãos.

Quando, alguns minutos mais tarde, terminou de descrever a visita para o pai e o irmão, este último perguntou:

— Por que não botaste aquele sacripanta daqui pra fora com um pontapé no rabo?

— Ora, eu não podia fazer uma coisa dessas.
— Podias, sim — retrucou Toríbio. — O Amintas é um cafajeste, um capacho do Titi Trindade. O jornal dele é uma latrina.
— E o canalha do Trindade — ajuntou Rodrigo, que agora começava a achar engraçada a situação — ainda tem o caradurismo de me convidar pra ir fazer-lhe uma visita na Intendência!
— Decerto pensa que pode te comprar. Está mal-habituado com tipos da laia desse Amintas, que pra fazerem carreira depressa são capazes até de lamber as botas do intendente.
— Que corja! — exclamou Licurgo. — Já contam com a vitória certa.
Rodrigo encarou o pai:
— Por essa e por outras é que precisamos ter o nosso jornal.
Depois dum instante de reflexão, Licurgo deu uma resposta evasiva:
— Me contaram que os federalistas vão fundar um jornal em Cruz Alta pra fazer propaganda da candidatura do doutor Rui Barbosa...
— Como este mundo dá voltas! — riu Toríbio. — O senhor vai votar no candidato dos maragatos, hein, papai?
Dando mostras de não ter gostado da observação brincalhona do filho, Licurgo sacudiu a cabeça, protestando:
— Não senhor! Os maragatos é que vão votar no meu candidato.
Rodrigo sentou-se na velha cadeira de balanço que pertencera à sua bisavó Bibiana, apoiou a cabeça no respaldo de palhinha e olhou ternamente para o retrato de Alice Terra Cambará, que pendia da parede da sala, enquadrado numa moldura cor de ouro velho. Como tudo seria melhor se ela estivesse viva! Ficou a pensar na mãe, que morrera em 1898, quando ele tinha apenas treze anos incompletos. Era uma criatura apagada e tristonha, que nunca alteava a voz e que parecia votar um respeito medroso ao marido. Frágil de corpo, tinha má saúde e queixava-se com frequência de terríveis dores de cabeça. Rodrigo jamais esquecera aquele dia chuvoso e frio, num agosto cruel, em que, entrando no quarto do casal, encontrara a mãe estendida na cama a gemer, com duas rodelas de batata crua coladas nas fontes.
— Que é que a senhora tem?
— Nada. Vá lá pra baixo, sua mãe está morrendo de dor de cabeça.
Essas palavras doeram-lhe fundo, fazendo-o chorar.
No dia em que sua mãe morrera, ele entreouvira tia Maria Valéria suspirar:
— Foi uma mártir. Agora está descansando.

Mártir? Correu a procurar o significado dessa palavra num velho dicionário de 1850, onde leu:

> MARTYR: Pessoa que padece martyrio pela fé. fig. Que padece por qualquer causa: v.g. martyr de *esperanças, cuidados, receios, invejas*, etc. "o galante martyr dos taes sapatos, que lhe apertavão os dedos" "Velha vaidosa [...] o corpo uma saca de lã [...] *martyr* de um espartilho, capaz de a fazer apopletica [...]"

Intrigado, passara a associar a palavra *mártir* a vaidade, velhice, espartilhos e sapatos apertados. Mas no dia em que, vendo passar na rua uma mulher morena, Toríbio apontara para ela, dizendo: "Lá vai a amásia do papai...", ele compreendera com uma clareza contundente e dolorosa o verdadeiro sentido da palavra mártir. Sua mãe era uma mártir porque padecia por saber que o marido tinha outra mulher. Rodrigo odiara o pai durante dias, semanas, meses. Levara muito tempo para se refazer daquele choque e poder de novo olhar o velho de frente, falar-lhe com naturalidade e tornar a sentir por ele a antiga afeição.

Mas de que lhe servia estar agora a relembrar aquelas coisas tristes? — perguntou Rodrigo a si mesmo, balouçando-se na cadeira da finada Bibiana.

— Olha só quem está chegando! — exclamou Toríbio, que se encontrava junto da janela.

— Quem? — perguntou Rodrigo com indiferença, sem ao menos mover a cabeça.

— O Fandango!

Rodrigo ergueu-se num pulo, precipitou-se para o vestíbulo e desceu a correr os degraus que levavam à porta, abrindo-a de par em par. A velha jardineira que fazia as viagens entre Santa Fé e o Angico, achava-se parada à frente do Sobrado e dela agora descia o velho Fandango, de bombachas e camisa branca, com um amplo sombrero na cabeça. Estava quase a completar cem anos de idade, metade dos quais passara a serviço dos Cambarás. Licurgo crescera à sombra do velho gaúcho, que lhe ensinara coisas sobre as lidas do campo e as lidas da vida. Encontrava-se agora José Fandango numa espécie de aposentadoria com a qual, entretanto, não se conformava, pois se considerava ainda suficientemente forte e lúcido para continuar capatazeando a estância. Vivia às turras com Toríbio por discordar das coisas que este fazia. Achava-o preguiçoso, lerdo e implicava com as inovações que "aquele alcaguete" trazia para o Angico, tachando-as de "coisas de maricas de cidade" ou "invenções estrangeiras". Na sua opinião os antigos é que estavam com a razão, e ficava irritado ao ver que Bio desobedecia a certos preceitos que regiam, havia anos, o trabalho da estância. A experiência recomendava usar buçal na primeira fase da doma: Toríbio teimava em usar freio. Era indispensável que a doma se fizesse em tempo de lua minguante: Bio achava que qualquer tempo era bom. Ora, graças a uma tarimba de mais de setenta anos, Fandango sabia que cavalo domado durante a lua nova fica defeituoso de boca. No entanto Bio queria saber mais que os gaúchos de antigamente, e ria-se quando Fandango garantia que o melhor remédio para curar bicheira era simplesmente cortar com faca o pedaço de terra em que o animal doente pisou e depois virá-lo, deixando para baixo a marca do casco. Tudo isso — afirmava o velho — eram "cositas" aparentemente pequenas, mas na verdade duma importância capital.

Rodrigo correu para o recém-chegado e estreitou-o demoradamente contra o peito, exclamando: "Amigo velho! Amigo velho". Depois, segurando o gaúcho pelos braços, afastou-o de si para melhor ver-lhe o rosto. A todas essas o capataz limitava-se a sorrir seu sorriso mole e desdentado, em que havia um permanente ar de malícia, como se ele não levasse o mundo a sério ou, melhor, como se estivesse sempre a antegozar uma empulhação. Seu rosto trigueiro estava murcho e pergaminhado como o de uma múmia. Os olhos, porém, eram olhos de gente viva, e muito viva.

Fandango contemplou seu jovem amigo por algum tempo e por fim murmurou:

— Este como filho duma mãe...

Rodrigo sabia que "como" na boca de Fandango era uma palavra afetuosa.

— Mas, Fandango, você não muda. Sempre rijo e lindo!

— É o que dizem las morochas, muchacho, é o que dizem las morochas!

— Vamos entrar. — Puxou o amigo na direção da porta. — Fez boa viagem?

— Qual nada! Estou desmoralizado.

— Ué, por quê?

Já sobre o portal, Fandango voltou a cabeça para trás e fez um sinal na direção da jardineira.

— Me fizeram viajar naquela geringonça. Que vergonha! Onde se viu um gaúcho andar de carro? Acharam decerto que o velho não aguentava a viagem em riba do lombo dum cavalo... Xô égua! que é que pensam que eu sou?

Rodrigo conduziu-o docemente para dentro de casa. Fandango prosseguiu, com sua voz de papagaio:

— Passei uma vergonha danada. Quando me viram sair de jardineira, a peonada do Angico ficou se rindo de mim.

Caminhava meio encurvado, mas pisando leve e rápido, com a ponta dos pés, num jeito faceiro. E, quando Rodrigo quis segurar-lhe o braço para ajudá-lo a subir a escada, o velho repeliu-o.

— Tira essa mão daí! Está pensando que já ando de perna frouxa?

Subiu lépido os degraus que levavam ao vestíbulo e lá em cima começou a gritar:

— É o Fandango, minha gente! Quero um chimarrão bem quente!

— Um mate pro Fandango! — reforçou Rodrigo.

E na cozinha as negras começaram a movimentar-se.

Quando Licurgo e Toríbio vieram apertar-lhe a mão, o velho foi logo fazendo seu relatório verbal:

— Morreu aquela vaca brasina que deu cria a semana passada. Ontem estiveram curando bicheira. Estavam fazendo um serviço mui porco. Se não fosse eu me meter, não sei o que ia sair... Ah! Não se esqueçam que tenho de levar pro Angico sal, açúcar e carosene. — E sem mudar o tom de voz: — E como vai a Maria Valéria?

Fizeram-no sentar no sofá da sala. Fandango tirou o chapéu e por algum tempo ficou a coçar a calva, sobre a qual se viam ralos cabelos, dum branco cetinoso de torçal. Rodrigo sentou-se na frente do velho e quedou-se a admirá-lo.

— Pensou que ia encontrar o Fandango na cidade dos pés juntos, hein, maroto? Mas o velho é duro. Pra levar ele, a morte vai custar um pouquito.

Fandango é eterno — pensou Rodrigo, emocionado. Não era um ser humano mortal, mas um elemento da natureza. Era como uma grande árvore antiga por sobre a qual passavam as tempestades, as chuvas, o vento e o tempo. Perdera o filho na guerra do Paraguai e o neto na revolução de 93; Rodrigo não se lembrava jamais de ter visto Fandango triste, desanimado ou ocioso. Conservava a prosápia tanto nos bons como nos maus tempos; topava todas as paradas e, onde quer que houvesse música e dança, lá estava ele a tomar parte na folia. Para Rodrigo o velho capataz era a encarnação mesma de Pedro Malasartes, o grande empulhador. Conhecia melhor que ninguém seu estado natal, que percorrera em todas as direções como tropeiro, carreteiro ou soldado. Não havia melhor companheiro que ele para um bom chimarrão ao pé do fogo. Quando Fandango começava a contar seus causos, a falar nas gentes que conhecera — carreteiros, tropeiros, estancieiros, trovadores, caixeiros-viajantes, violeiros, gaiteiros, bandidos, gringos, castelhanos, baianos, correntinos, doutores, generais, contrabandistas; quando gabava as muitas muchachas com quem dormira ou tivera vontade de dormir, ou narrava as peças que pregara ao próximo, as aventuras e lambanças em que andara metido — ninguém tinha sono: todos ficavam escutando, encantados, de bico calado, enquanto o chimarrão corria a roda, a água chiava na chaleira pendente da trempe, e de quando em quando alguém avivava o fogo. E no minuto em que Fandango silenciava, havia sempre quem pedisse: "Conta outra!". E ele contava. Era sempre o último a ir para a cama, e o primeiro a levantar no dia seguinte.

— Doutor, hein? — exclamou o velho, examinando Rodrigo da cabeça aos pés, com um olhar crítico e ao mesmo tempo afetuoso.

— É verdade, Fandango, doutor...

— E tu pensa que eu acredito que tu sabe alguma coisa? Xô égua! Te vi nascer, guri, te peguei no colo. Diz-que agora estás aí todo pelintra, pensando que és gran cosa...

Os outros riam. Fandango apontou para Licurgo:

— Esse que aí está também pensa que é gran cosa só porque tem barba na cara e chamam ele de coronel. Xô mico!

Voltou os olhos para Maria Valéria, que naquele momento entrava, trazendo a cuia do chimarrão.

— E essa magricela que'i vem... eu vi ela assinzinha. Tinha umas pernas finas e compridas como caniço. Era feia como as necessidades e depois de grande não melhorou nada. Como vais, Maria Valéria?

— Está aqui o mate, velho caduco — disse a recém-chegada, entregando a cuia ao gaúcho.

— Dê pro seu cunhado. Vassuncês sabem que nunca tomo o primeiro mate.

— Eu já tomei um. Este é o segundo. Pegue a cuia.

Fandango obedeceu, piscando o olho para Rodrigo e dizendo:

— Sempre mandona...

Seus lábios moles se preguearam em torno da extremidade da bomba de prata.

— Sabes que o marechal Hermes vai chegar aqui em fevereiro? — perguntou Rodrigo.

— E que é que esse vivente vem fazer? — indagou Fandango.

— Propaganda da candidatura dele.

— Pra quê? Todo mundo sabe que ele vai ganhar a parada...

— Não diga isso nem por brinquedo! — protestou Licurgo, espinhado.

— Digo, sim. Onde se viu o cavalo do comissário perder a carreira?

— Mas é preciso reagir — retorquiu o dono da casa. — Se a gente cruzar os braços, essa cachorrada nunca mais larga o osso.

Fandango fechou um olho e fitou o outro no rosto de Rodrigo, ao mesmo tempo que fazia com a cabeça um sinal na direção de Licurgo:

— Eu bem dizia pro teu pai lá por oitocentos e oitenta e tantos, quando ele e outros moços andavam por aí com essas besteiras de república. "Isso não adianta nada, vassuncês não encontram ninguém melhor que o imperador pra governar esta droga." Eles teimaram, mandaram o Velho embora pra Europa, mataram o coitado de desgosto. Está aí o que arranjaram... Ninguém se entende mais. Dês que proclamaram a República só temos tido barulho e brigas no Brasil...

— Mas não se esqueçam — replicou Licurgo — que a República ainda não fez vinte e um anos! E se até hoje não temos ordem e democracia no país é por culpa dos militares!

Fandango deu de ombros e disse:

— Pra mim, militar não passa de paisano fardado. Tudo é a mesma gente. Uns alcaguetes sinberguenzas.

Licurgo brincava, impaciente, com a moeda da corrente do relógio.

— Mas o Império não era essa beleza que vocês dizem — reagiu ele. — Tinha muitas sujeiras, e a escravatura era uma delas.

Fandango não tardou a dar-lhe o troco:

— Mas não foi o imperador quem inventou a escravatura. E de que serviu a abolição? Os negros agarraram a carta de alforria, se deitaram a dormir e não quiseram fazer mais nada. Andam agora por aí com uma mão adiante e outra atrás. Nos tempos da escravatura não havia crioulo que não tivesse seu patacão no bolso. Hoje, xô mico!, estão despilchados que nem rato de igreja. E apesar de tudo, negro continua sendo o que sempre foi: negro.

Naquele momento tilintou a campainha do telefone. Maria Valéria olhou para o cunhado: Licurgo olhou para Toríbio e este para Rodrigo, que decidiu ir atender o chamado. Havia pouco mais de um ano que Santa Fé contava com uma companhia telefônica. Por insistência de Rodrigo, o Sobrado fora a primeira casa a instalar um aparelho, apesar da relutância do pai e da madrinha. Telefone — achavam eles — era um luxo desnecessário. Santa Fé era tão pequena, que para a gente mandar recados utilizava um moleque ou então resolvia a coisa a grito. Por causa da teimosia de Rodrigo lá estava agora aquela coisa esquisita pregada a uma das paredes do vestíbulo. Quando a campainha soava, as gentes da casa ficavam hesitantes, cada um a esperar que "outro" fosse movimentar a manivela do aparelho e tirar o fone do gancho. Quando levavam o fone ao ouvido era com uma irritada má vontade; se não conseguiam entender o que a minúscula voz dizia, zangavam-se, ficavam agressivos e acabavam por cortar a ligação. Tudo isso — achava Rodrigo — tinha raízes no medo que o homem do campo votava às máquinas em geral.

Rodrigo levou o fone ao ouvido:

"Olá! Olá! Quem fala?"

O chamado era para ele. O cel. Jairo Bittencourt comunicava-lhe que pretendia fazer-lhe uma visita à noite e perguntava se podia recebê-lo.

— Mas como não, coronel! Com a maior satisfação... Olá? Como? Ah... não senhor, absolutamente, venha à hora que quiser... terei o maior prazer. Pois não... Perfeitamente. Muito obrigado.

Pendurou o fone no gancho, tornou a dar manivela e voltou para a sala. Fandango dirigiu-lhe um olhar travesso.

— Qualquer dia quero falar numa droga dessas. É verdade que esse bicho faz cócega no ouvido da gente?

O velho capataz tinha grande admiração por todas aquelas invenções modernas que vira chegar periodicamente a Santa Fé. Até agora ainda não compreendia direito o telégrafo, e alimentava até a vaga desconfiança de que tudo aquilo não passava de grossa empulhação. Desde que o Sobrado instalara, havia alguns anos, uma rede de gás acetileno, um dos divertimentos de Fandango era ficar olhando para aqueles bicos que chiavam nas salas do casario e ao redor de cujas chamas, dum branco esverdinhado, as mariposas esvoaçavam, tontas. E, diante de todas essas engenhocas, o velho resumia sua admiração numa frase:

— Nação de gente ladina, esses estrangeiros!

CAPÍTULO IV

I

No dia seguinte Bio obrigou Rodrigo a sair da cama às seis da manhã.

— Acorda, vadio! — gritou, sacudindo o irmão pelos ombros. — Já faz um tempão que o sol nasceu.

Estonteado de sono, Rodrigo vestiu-se, lavou-se e desceu para a cozinha, onde Fandango e Laurinda o esperavam com o mate pronto.

— Esses mocinhos de cidade grande até me dão nojo — disse o velho, lançando um olhar para o amigo e soltando uma cusparada verde sobre as lajes. — Xô égua!

— Bom dia! — disse Rodrigo. E o *a* de *dia* transformou-se num prolongado bocejo.

— Vassuncê ainda não está bem acordado — observou Laurinda, entregando a cuia ao rapaz

— Derrame água fria na cabeça dele — aconselhou o capataz.

De pálpebras caídas, mas sorrindo, Rodrigo começou a chupar na bomba. Àquela hora, Maria Valéria andava a abrir as janelas da casa e a dar ordens às suas negras: "Vá arrumar a cama dos meninos. E você aí, pegue um pano e vá limpar os móveis da sala. Mas cuidado com os vasos, sua bruaca!".

— Onde está o papai? — perguntou Rodrigo.

— Montou a cavalo e saiu ao clarear do dia — informou Laurinda. — Não disse aonde ia.

A luz dourada da manhã entrava pelas janelas da cozinha, e da boca do grande fogão de pedra vinha um cheiro de lenha verde queimada. No arvoredo do quintal os passarinhos cantavam, numa algazarra festiva, e seus pipilos eram como bicadas na superfície clara e luminosa da manhã.

— E agora? — perguntou Fandango, voltando os olhos para Rodrigo. — Que é que vai fazer? Ficar na cidade, vadiando?

— Por alguma razão estudei medicina...

— Hay médicos demais no mundo. E eu não acredito muito nesses doutores da mula ruça.

Rodrigo sorriu. Pegou a chaleira, tornou a encher a cuia e passou-a a Laurinda.

— O papai vai comprar a Farmácia Popular pra ele — contou Toríbio.

Fandango fechou um olho e perguntou:

— Pra quê?

— Ora! Além de farmácia ser bom negócio, quero instalar meu consultório lá.

— Xô mico! Com tanto serviço de homem no Angico! — Olhou para as mãos de Rodrigo, apertou os olhos e sorriu com desdém. — Mas como é que tu ia trabalhar no campo? Bio, olha só as mãozinhas dele. Parecem mãos de dama. Caramba! Tu não aguentava nem dois dias fazendo trabalho de peão, menino. — Sacudiu a cabeça, penalizado, e tornou a cuspir no chão. — Este mundo está ficando perdido. O meu consolo é que não vou durar muito. Se as coisas continuarem assim, ainda vamos ver homem com calça de renda em vez de ceroula. Xô égua! Antes uma buena muerte.

Rodrigo tornou a bocejar, estendeu os braços, espreguiçando-se, e depois disse com bom humor:

— Qualquer outro homem que me tivesse dito essas coisas já estaria morto.

Ergueu o braço direito, fazendo avançar o indicador enristado na direção de Fandango, ao mesmo tempo que encolhia os outros dedos para dar à mão a configuração dum revólver.

— Sai, maricão! — exclamou o capataz. — Tua pistola é dessas que quando a gente puxa o gatilho, em vez de sair bala salta um leque de flor. Sai!

— Pois a semana que vem nós vamos todos pro Angico e eu quero te mostrar como sou um bom ginete e laço tão bem como qualquer dos teus gaúchos.

Fandango olhou para Toríbio e piscou o olho:

— Duvido e faço pouco!

Rodrigo ergueu-se, acercou-se do velho, pôs-lhe a mão no ombro e murmurou:

— Está se vendo que não me conheces.

Fandango alçou os olhos pícaros e respondeu:

— Te conheço tão bem como se te hubiera parido.

2

Tomaram café por volta das oito horas e, ao se erguerem da mesa, Rodrigo convidou o irmão para subirem à água-furtada.

— Vamos ao "castelo"? — disse, usando a senha da infância.

O "castelo" não fazia parte do Sobrado: era o "outro mundo". Subir para a água-furtada significava para eles viajar, visitar Bombaim, Londres ou Amsterdã, ir para bordo dum brigue ou dum balão, entrar numa barraca armada em plena selva africana ou cair na masmorra dum castelo feudal onde acabariam morrendo de fome e sede, não fossem eles dois valentes e astuciosos aventureiros, que sempre conseguiam safar-se, munidos apenas duma espada e fazendo frente a guardas armados de lanças e flechas. Era na água-furtada que tinham seus brinquedos e os livros de aventuras na pele de cujos heróis se metiam.

Foi por tudo isso que naquela manhã Rodrigo subiu emocionado a sombria escada que levava ao "castelo" e em cujos degraus seus passos produziam um som cavo. Para ele a escada vivia tocada de mistério. Tinha um cheiro poeirento de madeira seca e nos seus desvios às vezes ele julgava vislumbrar estranhas sombras móveis, talvez morcegos ávidos por sugarem sangue humano. Era sempre com um aperto de coração e um delicioso medo que ele subia aqueles degraus, de ouvido atento, respiração opressa, não ousando sequer tocar o corrimão, no temor de que sobre ele estivesse à espreita alguma aranha-caranguejeira. Só de pensar nisso, o menino Rodrigo sentia arrepios pelo corpo todo.

No meio da escada, parou e gritou para o irmão:

— Espera um pouco, Bio.

— Que foi que houve?

— Nada. Só quero ver se ainda sinto o que sentia antigamente quando subia...

Fechou os olhos, aspirou com força o ar, pensou nos morcegos, nas aranhas, no mistério... Depois tornou a abrir os olhos e retomou a ascensão.

— Conseguiste?

— Quase. E tu?

— Eu nunca senti nada de especial.

— Nunca mesmo?

— Nunca. Era uma escada como qualquer outra.

Rodrigo suspirou de leve, murmurando:

— É sempre assim... A mesma casa, a mesma escada, o mesmo homem. Mas só porque esse homem ficou mais velho, conheceu outras terras e outras gentes, leu mais livros, a casa e a escada mudaram. E as pessoas da casa também mudaram.

— Estás mas é ficando muito besta — resmungou o outro. E acrescentou: — Sobe duma vez, homem!

Chegaram ao último degrau, abriram a porta da água-furtada e entraram. Rodrigo escancarou a janela e olhou em torno. Tudo ali estava como no dia em que ele deixara Santa Fé, havia quase dez anos. Nas prateleiras de pinho sem lustro, brochuras enfileiravam-se desbeiçadas, amareladas e poeirentas. Sobre um caixão de querosene vazio, jazia um velho fonógrafo fora de uso, ainda do tempo dos cilindros, e sua pequena campânula semelhava uma rígida flor cinzenta. Nas paredes caiadas, como hieróglifos de civilizações mortas, viam-se figuras, caracteres e palavras misteriosas, traçadas a lápis, carvão e ponta de prego pelos dois irmãos em diversas épocas de suas vidas.

Rodrigo aproximou-se da prateleira, tirou dela alguns volumes e começou a folheá-los. Aqueles livros estavam ligados a vários períodos de sua infância e adolescência. Ali estavam *O último dos moicanos, A morgadinha dos canaviais, Carlos Magno e os doze pares de França*, a coleção quase completa de Júlio Verne, e muitos dos romances de Alencar, Escrich, Gaboriau, Sue, Ohnet e Richebourg. Rodrigo apanhou com particular carinho uma brochura desmantelada: o *Rocambole*. Releu alguns trechos e por um instante lhe pareceu possível, através da releitura das proezas daquele simpático patife, recapturar as emoções dos quinze anos. Folheou também a *Moreninha* e depois, acocorando-se diante da estante, ficou a olhar, sorridente, para a lombada dum volume. *Naná*... Só agora compreendia a enormidade do pulo que dera, passando de Macedo para Zola. Esse pulo coincidira com sua puberdade, e fora estimulado por Zola e conduzido por Bio que, em fins do verão de 1900, conhecera a primeira mulher.

Rodrigo recordava agora, gesto por gesto, emoção por emoção, medo por medo, os excitantes minutos de sua iniciação sexual.

— Tu te lembras da Noca? — perguntou ele.

— Se me lembro! Ainda está viva.

— Deve estar muito velha, não?

— Está. Um caco de gente. Mas dizem que ainda funciona.

Rodrigo ergueu-se, sacudindo a cabeça num gesto de adulta tolerância com o qual pretendia abranger a baixa prostituição e sua adolescência cálida e desordenada.

Suas leituras haviam seguido uma trajetória doida, com vertiginosos altos e baixos. Depois de Zola desembestara a ler livros puramente lúbricos como *Memórias duma cantora*. Tomara-se de amores por Paul de Kock, cujas brochuras comprava secretamente com os níqueis que sua madrinha lhe dava. Costumava ir ler às escondidas na água-furtada e um dia chegara a passar mais de duas horas encarapitado no alto da marmeleira-da-índia, no quintal, a devorar *A mulher, o marido e o amante*.

— Ainda gostas de ler? — perguntou ele a Toríbio.
— Como sempre.
— Quais são agora os teus autores prediletos?
— Sendo romance de aventuras, leio tudo que me cai na mão.

Rodrigo acercou-se da janela e olhou para fora. A luz da manhã era um ouro tépido e novo, e o ar límpido cheirava a orvalho. Ergueu os olhos para o alto e lembrou-se do que Laurinda costumava dizer em dias de céu azul como aquele: "Deus decerto mandou os anjos lavarem o soalho da casa dele". Do ponto em que estava, Rodrigo dominava com o olhar sua cidade, via-lhe os telhados em meio da densa vegetação dos quintais. Santa Fé resumia-se em duas ruas que correm de norte a sul — a do Comércio e a dos Voluntários da Pátria — cortadas por cinco outras de menor importância, ruas esbarrancadas de terra batida e sem calçadas, onde pobres meias-águas e casas de madeira se erguiam em precário alinhamento, entremeadas de terrenos baldios, onde cresciam ervas daninhas e os moradores das vizinhanças iam atirando dia a dia o seu lixo. A rua do Comércio era a única calçada de pedra, e nela ficavam o Clube Comercial, a Confeitaria Schnitzler, o Centro Republicano e as principais casas de negócio.

Debruçado à janela, Rodrigo aspirava com gula o ar fresco da manhã, com a absurda mas deliciosa impressão de que com ele sorvia não só sereno e sol, como também as verdes campinas onduladas e os remotos horizontes que circundavam Santa Fé.

— Quando eu era menino — murmurou, sem se voltar —, pensava que este era o ponto culminante do mundo. Não concebia que pudesse haver casa mais alta que o Sobrado...
— Mas há?

Rodrigo voltou-se e sorriu:
— Tens razão, não há. Eu ia te falar no edifício Malakof de Porto Alegre, nas estruturas formidáveis de Nova York. Mas a casa mais alta do mundo é mesmo o Sobrado.

Sentou-se no peitoril da janela e ficou a contemplar as torres da Matriz.

— Acho que o segredo da felicidade — prosseguiu — está na gente gostar daquilo que tem: sua casa, seus parentes, seus amigos, sua profissão, sua terra... — Respirou fundo e, como quem acaba de fazer uma grande descoberta, disse: — Santa Fé é a melhor cidade do mundo, Bio, e eu sou um homem feliz.

Estava comovido a ponto de ter de fazer um esforço para conter as lágrimas. E, quando percebeu que o outro o observava com o rabo dos olhos, pigarreou e tratou de disfarçar. Toríbio havia tirado do bolso um pedaço de fumo e, de faca em punho, começava a fazer um cigarro. Depois de curto silêncio, disse:

— Santa Fé não é má. Mas prefiro o Angico.

— És um filho da natureza.

— E tu um filho da...

Soltou o palavrão com um gosto explosivo, acrescentando a seguir:

— Vamos dar um passeio.

— Grande ideia. Mas espera um pouco, tenho de me vestir.

— Não sejas bobo, vai assim mesmo.

— Em mangas de camisa? De chinelos sem meias? Sem colarinho nem gravata? Estás doido.

Rodrigo desceu para o quarto, meteu-se numa roupa de brim pardo, feita pelo melhor alfaiate de Porto Alegre e, depois de ajeitar a gravata e o chapéu do chile diante do espelho, gritou para o irmão:

— Vamos?

3

Toríbio limitou-se a pôr o chapelão de abas largas e assim como estava, sem casaco, de bombachas de riscado e pés descalços, saiu para a rua.

— Vamos primeiro ver o Pitombo — sugeriu Rodrigo.

— Não te gabo o gosto. Ver caixão de defunto a esta hora da manhã é estragar o dia.

Estavam ambos na calçada, à frente do Sobrado. Rodrigo lembrou-se da noite de pavor em que Toríbio tinha ido roubar velas no cemitério. Ficou a mirar o irmão de cenho franzido.

— Que foi que houve?

— E te lembras daquela noite em que me levaste ao cemitério?
— Me lembro.
— Não é engraçado nunca mais termos falado no assunto?
— Engraçado? Por quê? Fizemos um juramento...
— Pois eu guardei comigo todo esse tempo um segredo. Acho que chegou a hora de fazer a revelação...
Toríbio lançou-lhe um olhar enviesado:
— Segredo? — repetiu, intrigado.
— Tu te lembras de quando o homem que estava desenterrando o corpo da velha Schultz ergueu a lanterna? Pois nessa hora eu vi a cara dele... E tu sabes quem era o violador de sepulturas? O velho Pitombo, o pai do Zé!
— Tens certeza?
— Como é que vou ter certeza, se estava louco de medo e afinal de contas era de noite, e a coisa toda se passou longe de onde estávamos?
— Vê só como são as coisas. Pois sabes quem foi que eu achei que era? O negro Sérgio.
— O Lobisomem? Ah, essa é que não, te garanto. Acho que era o velho Pitombo mesmo.
— Podia não ser o Sérgio, mas o Pitombo também não era. O homem que vi era pardo.
Ficaram a entreolhar-se em dúvida, por alguns segundos.
— Mas que adianta discutir isso agora? — perguntou Toríbio. — O velho Pitombo morreu e ninguém se lembra mais do caso.
— Depois daquela noite nunca mais pude olhar direito pro homem. Quando ele falava comigo, eu sentia um mal-estar danado. Até comecei a tratar mal o pobre do Zé, no colégio.
— Pois comigo a coisa foi diferente. Eu já me interessava pelo Sérgio porque diziam que às sextas-feiras ele virava lobisomem e saía pra rua. Depois daquela noite no cemitério fiquei ainda mais interessado no negro. Um dia cheguei a entrar na casa dele pra ver se descobria lá dentro alguma caveira, alguma joia ou um filtro mágico. Mas qual! Só encontrei molambos.
— E nunca me contaste isso, patife.
— A troco de que havia de te contar? — Toríbio empurrou o outro, numa paródia de agressão. — Sempre foste um adulão, vivias pegando do bico da chaleira da titia.
Atravessaram a rua, entraram na carpintaria do Zé Pitombo e encontraram-no em mangas de camisa e descalço, a aplainar uma tábua.

— Deus ajuda a quem trabalha! — exclamou Rodrigo.

Pitombo, todo alvoroçado por ver o antigo companheiro de escola, largou a plaina e, limpando as palmas das mãos nas calças, aproximou-se dele.

— Bom dia, doutor — disse com ar cerimonioso. — Que honra para esta casa!

— Estás vendo, Bio? — perguntou Rodrigo, estendendo a mão para o carpinteiro. — O meu companheiro de escola primária me chamando de doutor. Já se viu maior absurdo?

Abraçou o outro cordialmente. Muito encolhido, os cabelos em desalinho, o rosto coberto por uma barba de dois dias, Pitombo parecia constrangido. Tinha orelhas que semelhavam asas de açucareiro, e seu lábio inferior sobressaía do superior, muito inchado, vermelho e lustroso, como que mordido de marimbondo.

— Não repare, Rodrigo — murmurou ele, baixando os olhos para designar a maneira como estava vestido. — Sou um pobre operário.

— Cristo também foi carpinteiro — disse Rodrigo com dupla intenção: agradar Pitombo e divertir o irmão.

— Mas quem sou eu para ser comparado com o Nazareno?

Havia no ar um cheiro ativo de cola combinado com o de serragem, mas o que perturbava Rodrigo era o fartum de suor muitas vezes dormido que emanava do corpo de Zé Pitombo.

— Quero te dar os parabéns, Zé — disse ele, pousando a mão no ombro do outro. — Li teu soneto na *Voz*. Gostei muito — mentiu.

Achara o poema horrível, mas era-lhe agradável ser agradável aos outros. Aquela pequena mentira ia fazer o pobre-diabo feliz. Os olhos cinzentos do carpinteiro ganharam um lustro novo.

— Gostou mesmo? Pois a gente faz o que pode. Poeta de aldeia, o senhor sabe...

— É da aldeia que saem os grandes homens, Zé.

— Mas não querem sentar?

— Não, Zé, muito obrigado. Andamos dando uma volta e revendo os amigos. Até logo. Aparece lá pelo Sobrado, homem!

Tomou a abraçar Pitombo e, tomando do braço de Toríbio, comandou:

— Vamos!

— Não gosto muito da cara desse sujeito — resmungou o outro, quando se viram de novo na rua. — Não olha direito pra gente. Deve ter alguma coisa na consciência.

— Qual, Bio! O Pitombo é uma alma simples. — Parou, olhou em torno e decidiu. — Vamos visitar a igreja.

Foram. Aquela hora o templo estava deserto. De chapéu na mão, parado na extremidade do corredor, entre as duas alas de bancos, Rodrigo olhava para a imagem da padroeira da cidade.

— Tenho a impressão de que todos esses santos são meus velhos amigos — murmurou ele, passando o olhar pelos altares.

— Se são teus amigos, por que não falas alto? Pergunta como vão passando. Como vai o senhor, santo Antão? E a senhora, Nossa Senhora da Conceição? — E o vozeirão lento e grave de Toríbio reboava no recinto daquele templo, famoso pela sua acústica. — Como vai a família, são José? Dona Maria já sarou da constipação?

— Bio! Mais respeito.

— Ué... Por quê? Os santos me conhecem desde que nasci. Não adianta fingir. Eles sabem como eu sou...

Sempre que entrava numa igreja, Rodrigo ficava tomado dum sentimento opressivo, misto de temor e respeito, algo que o fazia falar baixo, caminhar na ponta dos pés. Depois dos quinze anos jamais pronunciara uma oração. Raramente ia à missa, e, quando ia, nunca se ajoelhava nem mesmo tentava rezar. O interior das igrejas deprimia-o um pouco, dava-lhe um peso no peito, evocava-lhe ideias inquietadoras mais relacionadas com os pavores da morte e do inferno do que com as maravilhas da vida e do céu. Desde menino, assistira naquele templo a várias missas de corpo presente e encomendações de defuntos: e em muitas Sextas-feiras da Paixão viera, pela mão de sua madrinha, beijar o corpo do Cristo morto. Observara que as pessoas que mais frequentavam a igreja eram os velhos e os doentes, e nas caras lívidas dessas gentes tristes havia algo que ele associava ao fundo encardido da pia de água benta. O cheiro de incenso das missas misturava-se com o melancólico ranço de suor humano, entranhado naquelas paredes, imagens, madeiras e panos.

Rodrigo permaneceu num silêncio meditativo, lembrando-se das muitas vezes em que no passado, em diversas idades, entrara naquele templo.

— Se algum dia eu me confessar — disse Toríbio —, tenho de contar ao vigário um sacrilégio que cometi. Uma tarde entrei aqui e roubei uma vela do altar de Nossa Senhora pra de noite ler o *Rocambole* no quarto.

— E não será esse o teu único pecado, herege — sussurrou Rodrigo.

— Mas acho que Nossa Senhora já me perdoou. Aposto até como ela achou engraçado. — Soltou um fundo suspiro e acrescentou em voz mais baixa. — Tenho pago com juros a vela que roubei. Todos os anos, no dia da santa, compro uma vela das grandes e acendo no altar dela.

— E dizes que não és religioso!

— Isso nada tem que ver com religião. Foi um empréstimo que fiz e agora estou pagando com juro alto. É um negócio particular entre mim e Nossa Senhora.

Rodrigo sorriu, sacudindo a cabeça. E, quando de novo saíram para o clarão dourado da manhã, Toríbio respirou com força, exclamando:

— Se Deus está em algum lugar, é aqui fora e não lá dentro.

— Deus está em toda parte.

— Quem te ouve pensa que és mesmo religioso.

— E sou! — afirmou Rodrigo com veemência, tentando convencer não só o irmão como principalmente a si mesmo.

Sempre que examinava suas relações com Deus, achava-as um tanto confusas. Gostava de dizer, parodiando conhecida anedota a respeito de Voltaire, que suas relações com o Criador eram apenas de cumprimento. Lera com paixão os enciclopedistas e deliciara-se com a *Vida de Jesus*, de Renan. Houvera em seus tempos de estudante um confuso momento em que — como consequência de amores malsucedidos — mergulhara fundo em Schopenhauer. Tomara-se de amores pela Ciência com *C* maiúsculo e encontrara um sabor viril no ateísmo. Repetia com volúpia a frase de Taine: "Sendo o homem fisicamente uma máquina e mentalmente um teorema, o vício e a virtude não passam de simples produtos, como o vitríolo e o açúcar".

"Deus não existe!", exclamara muita vez à noite, sob as árvores da praça da Harmonia, nas ruidosas discussões metafísicas que entretinha com os colegas. Negando Deus, ele se sentia mais adulto, mais corajoso, mais sábio e ao mesmo tempo mais livre. Sua bondade e seus sentimentos caridosos ganhavam um sentido singular, porque, uma vez que não existia Deus nem Céu ou prêmios para os justos e os bons, todos os seus atos de bondade, justiça e caridade se tornavam esplendidamente gratuitos. "No dia em que eu morrer", gostava de dizer, "minha consciência se apagará, mas, como é sabido que nada se perde e tudo se transforma no universo, meu corpo plantado na terra se transformará numa árvore, numa bela árvore que há de abrigar os passarinhos e dar sombra às crianças e aos namorados." Mas se por um lado ele tinha coragem e ímpeto para fazer essas afirmações nos corredores da faculdade, nas praças, nos restaurantes ou nos salões de baile — por outro esse ímpeto e essa coragem amorteciam, quase desapareciam sempre que ele entrava numa igreja. Era uma lei antiga que o filho devesse respeito ao pai, diante do qual não lhe era permitido erguer a voz e nem mesmo a cabeça. Sempre que Rodrigo se defrontava com o pai seu gosto por falar alto, por sacudir no ar o penacho desapareciam e ele sentia até certo prazer em humilhar-se, representando o papel de "o bom menino", obediente e modesto. Toda vez em que entrava numa igreja e sentia a presença invisível de Deus, o Pai dos pais, ele se apequenava num ato de contrição.

Como alguém um dia lhe perguntasse se era religioso e ele respondesse: "A razão me leva para o ateísmo, mas o coração me eleva para Deus", esse alguém lhe dera uma resposta dum bom senso irritante: "Quer dizer então que o amigo acende uma vela a Deus e outra ao diabo?".

4

— Vamos ver o Chico — convidou Rodrigo.

Entraram numa casa velha e baixa de duas portas e três janelas, e em cuja fachada, logo abaixo do beiral, havia um letreiro: Padaria Estrela-d'Alva. Rodrigo bateu palmas:

— Ó de casa! — gritou.

Chico Pão apareceu.

— Olha, Romualda! Olha! — gritou para a mulher, radiante.

E correu a abraçar Rodrigo. Quis dizer alguma coisa, mas engasgou-se e as lágrimas lhe brotaram nos olhos.

— Que é isso, Chico? — exclamou Rodrigo que, muito a contragosto, começava também a comover-se.

O padeiro abraçava-o, com a cabeça no seu ombro. (Vai me sujar a roupa!) Chorava agora aos soluços, limpando as mãos no avental. Romualda olhava a cena com ar meio imbecil.

Finalmente Chico desprendeu-se de Rodrigo e, enxugando os olhos com as pontas dos grossos dedos, voltou-se para a mulher:

— Cumprimenta o doutor Rodrigo, Romualda.

A criatura obedeceu. Tinha a mão fresca e úmida. Não disse palavra: limitou-se a olhar para o rapaz com olhos cheios duma ternura acanhada.

— Sempre moça, dona Romualda — mentiu Rodrigo.

Na realidade achava-a um molambo de gente: magra, envelhecida, amarela e tristonha.

— E como vai a padaria, Chico? — perguntou, pousando a mão no ombro do vizinho. — Ainda fazes aquele teu pão cabrito maravilhoso?

O rosto do padeiro iluminou-se.

— Quando vi o senhor — choramingou ele —, me lembrei do meu pai e do que o coitado dizia. "Quero bem esses meninos do coronel Licurgo como se eles fossem meus filhos. Chico, nunca deixes de ser amigo do Rodrigo e do Toríbio." — Fez uma pausa. — Pobre do papai! Faz três anos que morreu e ainda não me acostumei com a falta dele. — Sacudiu a cabeça, penalizado. — A vida é assim mesmo.

— Um consolo tu tens, Chico — disse Rodrigo. — Sempre foste um bom filho.

Olhou em torno. Havia naquela pequena loja de chão de terra batida um balcão seboso e prateleiras toscas onde se viam latas com biscoitos e bolachas. Andava no ar um cheiro acolhedor e convidativo de pão fresco e café recém-passado.

— Me desculpe, seu Rodrigo — disse ele, de olhos baixos. — Não pude ir à estação ontem. Estive de cama, outra vez com aquela pontada do lado. Não foi, Romualda?

A mulher confirmou com um aceno de cabeça.

— Precisamos ver isso o quanto antes, Chico. Ainda não abri o consultório, mas aparece hoje mesmo no Sobrado. Quero te examinar. Deve ser alguma coisa nos rins.

— A Romualda também tem andado amolada, não é, Romualda? Uns flatos, parece... e umas palpitações.

— Pois ela que vá também ao Sobrado. Vocês serão os meus primeiros clientes!

— Quem sabe se ele aceita um café? — perguntou Romualda, voltando-se para o marido.

Chico Pão reforçou a pergunta com um olhar aliciante.

Toríbio, que estivera todo tempo à porta da padaria, fazendo um cigarro, voltou a cabeça para dentro e gritou:

— Estamos com um pouco de pressa.

Rodrigo, porém, protestou:

— Pressa coisa nenhuma! Venha de lá esse café, dona Romualda.

No minuto seguinte estavam sentados ao redor da mesa, na sala de jantar.

— Não repare, seu Rodrigo, isto é casa de pobre... — disse Chico.

— Para mim, isto é antes de mais nada a casa dum amigo que muito prezo.

De novo os olhos do padeiro se enevoaram e seus lábios tremeram. Romualda serviu o café e o marido trouxe com certo orgulho um prato com fatias de pão cabrito, que Rodrigo se pôs a comer com entusiasmo.

— Vou te dizer uma coisa, Chico. Em Porto Alegre ninguém sabe fazer pão como tu. Eu sempre dizia pros meus colegas. Se há coisa de que tenho saudade é do pão da Estrela-d'Alva.

Com os cotovelos sobre a mesa, as manoplas a segurar o rosto moreno, Chico Pão contemplava Rodrigo com interesse amoroso. Toríbio fumava e bebericava seu café.

— O Chico vai votar no marechal Hermes, não vai?

O padeiro franziu a testa e voltou para o rapaz uma cara indignada:

— Eu? Deus me livre. Voto sempre com o coronel Licurgo. — Bateu no peito. — Eu sou do doutor Rui Barbosa.

— Se o Trindade sabe disso, manda te capar — troçou Toríbio.

Com a boca cheia de pão, Rodrigo ergueu o braço num gesto dramático, exclamando:

— Para fazer isso ele tem que primeiro passar por cima do cadáver de todos os Cambarás!

Romualda servia a mesa em silêncio. Seus pés descalços moviam-se sem ruído sobre o chão. Da cozinha vinha um bafio fresco de picumã. E, pelo vão da porta, Rodrigo via um pedaço azul de céu e um pequeno trecho do quintal, onde galinhas ciscavam o chão.

Romualda parou um instante junto de Rodrigo e perguntou:

— Doutor, o senhor já ouviu falar nesse tal de cometa?

Rodrigo ergueu a cabeça:

— O que vai aparecer em maio? Por quê?

— Será mesmo que o mundo vai acabar?

— Qual! É boato.

— Pois a Romualda anda louca de medo — contou Chico. — Eu já disse pra ela que isso é invenção dos jornais. Pregam essas mentiras pra chamar a atenção do povo, não é, doutor?

Toríbio soltou uma baforada de fumaça e disse:

— Pois eu acho que o mundo vai acabar e é bem feito, Chico. Deus deve andar mal satisfeito com as criaturas. Todo o mundo está perdendo a vergonha. Tomara que esta droga acabe. Não se perde nada.

— Credo! — exclamou Romualda. — Que Deus le perdoe, seu Toríbio.

Pouco depois, Toríbio e Rodrigo saíram. Já na rua, o primeiro disse:
— Que história foi essa de aceitar café com pão? Não tomaste em casa antes de sair?
— Claro que tomei. Mas não compreendes que o pobre do Chico ia ficar honrado se tomássemos café à mesa dele? Não vês que não custa nada a gente fazer os outros felizes?
— Não compreendo, doutor, sou um bagual.

Pararam à esquina. Rodrigo lançou um olhar demorado para a praça, onde cavalos e vacas pastavam.
— Que abandono! A praça principal de Santa Fé transformada em potreiro! Ah! No dia em que eu tiver um jornal, essa corja vai ver... Mas, vamos olhar a figueira.

Ao chegarem ao pé da árvore, Rodrigo estacou e pôs-se a examinar o tronco cheio de sinais, nomes e iniciais gravados a faca e canivete.
— Quantas gerações terão deixado sua marca neste tronco! Daqui a mil anos, os historiadores tentarão reconstituir a história de Santa Fé através destes hieróglifos.

Tirou o chapéu, passou o lenço pela testa suada e olhou para o edifício da Intendência, que ficava do outro lado da praça, na quadra fronteira à do Sobrado.
— E dizer-se que aquele cachorro do Trindade está lá dentro, sentado na cadeira de intendente, como num trono. É de lá que ele dá as suas ordens atrabiliárias. É lá que os adulões comparecem para o beija-mão. Canalha! Não perdes nada por esperar.

Toríbio olhava o irmão com o rabo dos olhos.
— Estás então convencido que vais derrubar o Trindade?
— E por que não? Achas que ele é invencível? Não te parece que Santa Fé merece outro intendente, outro governo, outra sorte?

Como única resposta, Toríbio começou a assobiar o "Boi barroso".
— Queres ir depor o Trindade... agora? — perguntou pouco depois, pachorrento.
— Ora, Bio! Tu levas tudo na troça. Mas um dia hás de compreender que o assunto é mais sério do que pensas. Vamos descer a rua do Comércio.

Toríbio fez um gesto de resignação.
— E continuar a nossa via-sacra — disse, com um suspiro.
E puseram-se de novo em movimento.

5

Rodrigo lançou o olhar ao longo da perspectiva da rua principal de Santa Fé. Como eram baixas, feias e tristonhas aquelas casas! Com exceção do Sobrado, do Clube Comercial e de algumas residências como a dos Matos, a dos Quadros e a dos Fagundes, eram todas térreas e sem estilo, de fachadas caiadas sem platibanda. No telhado limoso das mais antigas, cresciam até ervas. O pavimento da rua, riçado de pedras-ferro de tamanho irregular e de ordinário cobertas de finíssima poeira avermelhada, dava a impressão de ter sido feito com pedaços de pé de moleque. Ao longo das calçadas alinhavam-se os lampiões de querosene, no alto de postes de madeira pintados de azul.

— Mas um dia havemos de ter luz elétrica! — exclamou Rodrigo de repente, como a rebater a crítica dum interlocutor invisível.

— Não me digas que vais organizar uma companhia...

— E por que não?

— Donde é que vai sair o dinheiro?

— Venderemos ações.

— A quem? Tu sabes que estes nossos estancieiros são gente de guardar seus patacões em pé-de-meia. Santa Fé é uma cidade pobre, e aqui os que têm dinheiro não enxergam um palmo adiante do nariz.

— Com luz elétrica enxergarão muitos metros. E com luz elétrica podemos ter até cinematógrafo!

Num súbito entusiasmo, Rodrigo desferiu uma palmada nas costas do irmão.

— Cinematógrafo é bobagem pra criança — disse Toríbio.

Rodrigo estacou, postou-se na frente do outro e reagiu:

— Estás muito enganado. Nunca viste cinematógrafo de verdade. O que conheces é lanterna mágica. Em Porto Alegre passam fitas de enredo, em muitas partes, e algumas até bem instrutivas.

E, como para comprar a simpatia do irmão, que gostava dos romances de capa e espada, contou:

— Já fizeram uma fita d'*Os mistérios de Paris*. E sabes com que artista? — Bombardeou Toríbio com nomes que ele evidentemente não conhecia: — Madot, Hector, Simon, Liovent, Suzanne, todos do Teatro Porte Saint-Martin, de Paris!

Toríbio sacudia a cabeça, obstinado.

— Me deem um livro e uma vela que eu me divirto. Não quero saber dessas sombrinhas em pano branco.

— E as fitas cômicas — enumerava ainda Rodrigo — com o Max Linder, o Bigodinho, o Deed, são engraçadíssimas, eu queria que visses!
— Está bem. Faz o teu cinematógrafo, mas não contes comigo. Não vou lá nem de graça. E te prepara pra perder dinheiro. Isto é uma terra de botocudos.
— Teu pessimismo está me fazendo mal.
Continuaram a andar. Iam a passo lento e paravam sempre que algum conhecido se aproximava para abraçar Rodrigo. Toríbio impacientava-se, pois eram sempre as mesmas palmadas frenéticas nas costas, as mesmas perguntas, as mesmas exclamações:
"Mas sim senhor, hein? Te vi de calças curtas, brincando na rua, e agora aqui um homem-feito, hein? Vai clinicar na cidade? Meus parabéns! Quem havia de dizer!... Parece que foi ontem! Este mundo é assim mesmo..."
Toríbio tinha de intervir para evitar que aquelas conversas se prolongassem por mais tempo.
— Vamos embora! — dizia, puxando o irmão pela manga do casaco.
Iam... Mas de dentro duma casa ou no meio da calçada surgia um novo conhecido e o cerimonial se repetia.
— Isto vai devagar que nem enterro de rico — reclamou Bio.
— Que queres? Estão dando as boas-vindas ao filho pródigo.
Rodrigo entrou na Casa Sol, abraçou o proprietário e os caixeiros, um por um, e ficou ainda a palestrar com três agricultores — gente do terceiro distrito — que ali estavam a fazer compras. Prometeu a todos visitas, receitas, sementes, remédios...
Quando saíram de novo para a calçada, Rodrigo avistou o aguadeiro de Santa Fé, que vinha pelo meio da rua aos sacolejos da sua carroça, sentado no alto da grande pipa, tendo na mão esquerda as rédeas com que dirigia a mula magra, de olhos remelentos, e na direita o chicote que fazia estalar no ar com a bravura dum domador de leões. O pipeiro! — sorriu Rodrigo. Ananias Silva, que fornecia água potável às famílias de Santa Fé a um tostão a lata, era um homenzinho sem idade, baixo e franzino, de pele lívida e olhos frios e gelatinosos de peixe. Tinha a cara chupada e bigodes caídos pelos cantos da boca, que a falta de dentes tornava flácida e franzida. Ananias Silva era famoso na crônica da cidade por viver maritalmente com duas mulheres na mesma casa: uma já madurona, a legítima, e outra ainda nova, a amásia. E o mais extraordinário era que ambas viviam em perfeita harmonia. Afirmava-se que o aguadeiro dormia numa larga cama, flanqueado pe-

las esposas, razão por que era conhecido em todo o município pela alcunha de Zé do Meio.

Rodrigo sempre achara fascinante essa história e seu minúsculo herói. Foi por isso que, ao avistar o pipeiro, saudou-o com verdadeira efusão. Zé do Meio fez a mula estacar, saltou da carroça e pôs-se a correr na direção de Rodrigo, que o esperava de braços abertos.

— Deus te abençoe, meu filho! — exclamou o aguadeiro, abraçando-o. — Deus te crie pro bem!

— Como vai a vida, Zé do Meio? — perguntou Toríbio.

O homem soltou uma risadinha fina e disse:

— Eu gosto do Bio. Não me importo que ele me chame de Zé do Meio. Se fosse outro, eu brigava. Não admito que me desmoralizem.

— Deixa de besteira, Zé — retrucou Toríbio. — Todo mundo sabe que tu dormes no meio de duas mulheres. É ou não é?

O pipeiro piscou-lhe o olho e torceu a boca numa paródia de sorriso.

— Mas com quem que tu querias que eu dormisse, vivente? Contigo?

Soltou outra risada, voltou para a carroça e subiu agilmente para cima da pipa. Lá do alto, tirou o chapéu, numa cortesia gaiata, e de novo fez estalar o chicote, pondo a mula em movimento.

Rodrigo e Toríbio retomaram a marcha, sorrindo.

— Eu só queria saber qual é o segredo do Zé do Meio. É franzino, desdentado e feio, e no entanto consegue um milagre que nenhum dom-joão, que eu saiba, até hoje conseguiu.

— Mulher é bicho que ninguém entende.

Caminhavam agora ao longo dum muro onde se lia, em grossos caracteres negros: FERNET BRANCA CONSERTA O ESTÔMAGO.

— Ah! — fez Rodrigo de repente. — Vou transformar o porão do Sobrado numa boa adega. Já encomendei vinhos franceses, italianos e portugueses. Se há coisa que eu goste na vida, menino, é duma taça de champanha.

Toríbio caminhava de cabeça baixa, olhando para as pedras da calçada.

— Me deem uma boa caninha e eu fico me lambendo todo.

— Uma boa caninha destilada em alambique de barro também tem seu valor. Por que não? — Respirou fundo, ergueu os olhos piscos para o sol e disse: — Precisamos mudar de vida, Bio. O Sobrado é uma casa triste. Temos de fazer lá umas tertúlias, uns serões, convidar gente interessante, conversar, ouvir música, dar mais alma àquele casarão. E para animar uma festa não há nada como uma boa vinhaça, bons charutos e um caviarzinho...

— Eu só queria saber o que é que o velho vai achar de tudo isso.

— Está claro que no princípio vai desaprovar, dizer que é um desperdício de dinheiro e até — quem sabe? — uma indecência. Mas acabará se entregando. Ele e eu pertencemos a épocas diferentes, Bio. O mundo do papai é um mundo que está morrendo. Eu pertenço ao século xx.

— E a tua madrinha?

— Essa eu me encarrego de convencer. Sabes que sou o mimoso da Dinda. Ela vai resmungar, mas acabará fazendo o que eu quiser. — Pegou do braço do irmão e, em voz muito baixa, como se estivesse a contar-lhe um segredo, disse: — A vida é uma só, Bio. Temos que aproveitar, antes que ela se acabe ou a gente envelheça.

— É pra mim que estás dizendo isso? Que a vida é boa eu sei. E também sei que a gente tem de aproveitar enquanto pode.

— Mas chamas aproveitar a vida passar quase todo o tempo no Angico fazendo aquele serviço bruto?

— Pois isso é que me diverte, homem. Camperear no lombo dum cavalo, comer bem, ter boas mulheres, bom chimarrão e, uma vez que outra, um copo de caninha e um joguinho de baralho...

— E nessas coisas se resumem teus ideais?

— Não. Tem mais. De vez em quando uma briga, uma revoluçãozinha pra gente desenferrujar as armas e as juntas.

Rodrigo deu-lhe um empurrão afetuoso.

— És um bárbaro! Representas um Rio Grande que tende a desaparecer, um Rio Grande que vive em torno do boi e do cavalo, heroico, sim, não há dúvida, mas selvagem, retardatário. Ninguém pode deter a marcha do progresso e da ciência, e os que se atravessarem no caminho serão esmagados. Tipos como o Trindade e seus capangas, no futuro hão de ser apenas artigos de museu.

— Não me compares com esses cafajestes nem me venhas dizer que eles representam o verdadeiro Rio Grande. Gaúchos de verdade são o velho Fandango, o Babalo, o papai e miles e miles de outros.

— Não me compreendeste! Sou também pela manutenção das tradições de honra e coragem da nossa terra. Mas também sou pelo progresso. Um dia o automóvel há de desbancar o cavalo. E muito ídolo cairá por terra, muito costume será modificado. É uma fatalidade, Bio.

— E por falar em fatalidade — resmungou Toríbio — olha só quem vem ali...

Rodrigo avistou Liroca, de braços abertos no meio da calçada. Apressou o passo, aproximou-se dele e apertou-o contra o peito.

— Tu nem imaginas como estou sentido, Rodrigo! — queixou-se José Lírio. — Todo o mundo te visita, todo o mundo vai à tua casa, só eu é que não posso ir. Sabes o que me aconteceu ontem de noite, cristão?

Na cara tostada de Liroca, o narigão achatado tinha um tom violáceo. Os bigodes, que começavam a ficar grisalhos, eram um tufo híspido de piaçaba, acima dos lábios pardacentos e gretados.

— Pois fiquei na praça, sentado num banco, olhando pras janelas do Sobrado, ouvindo o barulho da festa lá dentro, suspirando, triste como terneiro desmamado, e dizendo cá comigo: "O Licurgo não devia ser tão rancoroso. Águas passadas não movem moinho. Afinal, já faz quase quinze anos que terminou a revolução e muito maragato anda por aí de braço dado com republicano". Depois, nunca dei um tiro contra o Sobrado. Juro por esta luz que me alumia — acrescentou, solene, tirando o chapéu e erguendo os olhos para o céu. — Naquela Noite de São João, em 95...

Ia contar a sabidíssima história, quando Rodrigo o interrompeu:

— Pois Liroca velho, eu te prometo arranjar tudo ainda esta semana. Quero te ver no Sobrado como um velho amigo da família.

— Será mesmo? — suspirou ele.

— Tens a minha palavra.

José Lírio estendeu a mão, que Rodrigo apertou com buscada gravidade.

— Conta pro Bio qual foi a primeira pessoa que te abraçou quando chegaste a Santa Fé.

— Foi o Liroca — declarou Rodrigo, voltando-se para o irmão e fazendo o possível para dar ao rosto uma expressão séria.

José Lírio sorriu um lento sorriso de satisfação e abalou.

Como estivessem à frente do Clube Comercial, Rodrigo sugeriu:

— Vamos entrar.

— A esta hora não tem ninguém aí dentro.

— Vamos ver o Saturnino.

6

Entraram e encontraram o Saturnino Lemos, o ecônomo do clube, atrás do balcão do bufete, a conversar com Chiru Mena, seu amigo inseparável. Rodrigo sempre achara curiosa aquela dupla. Saturnino era baixo, franzino e pálido, de voz grave e gestos serenos. Falava pouco, e dum jeito ponderado e calmo. Era um famoso tocador de flauta, especialista em valsas lentas e modinhas sentimentais. Viúvo, vivia sozinho numa casa de tábuas lá para as bandas do Barro Preto.

Chiru Mena era alto, corpulento, sanguíneo e espalhafatoso. Perdera em vadiagens e maus negócios o dinheiro, as terras e o gado que o pai, antigo estancieiro de Santa Fé, lhe legara. Vivia agora na cidade na companhia duma tia viúva que o sustentava. Não tinha profissão, andava sempre às voltas com bailarecos, ceias e serenatas, perseguido pelos credores e a contar mentiras em torno de grandes negócios que se achavam "engatilhados", e de estâncias imaginárias que estavam por vender.

Saturnino jamais alteava a voz: Chiru não sabia falar baixo. Saturnino dificilmente se entusiasmava com as coisas: Chiru vivia num constante estado de ebulição diante da vida e das pessoas. Saturnino era republicano: Chiru, federalista. No entanto davam-se bem e, noctívagos inveterados, eram frequentemente vistos a vagabundear pelas ruas de Santa Fé, altas horas da madrugada.

Rodrigo encontrava-os agora ali no bufete do clube, às nove da manhã, empenhados já nas suas habituais discussões.

Chiru veio apertar Rodrigo num caloroso abraço.

— Chegaste bem na hora, menino! Eu e o Saturnino estamos numa discussão braba. Ele diz que essa história de acabar o mundo é impossível, porque o rabo do cometa é de fumaça e não pode espatifar a Terra, mesmo que bata nela...

Saturnino interrompeu-o:

— Perdão. Não foi bem isso que eu disse. Declarei que a cauda do cometa era de matéria gasosa. Li isso num almanaque.

— Pois é a mesma coisa! — vociferou Chiru. — Agora, tu que és um moço instruído, Rodrigo, me diz quem é que tem razão: eu ou esse animal?

— Antes de resolverem a questão — interveio Toríbio, aproximando-se do balcão —, me bota uma branquinha, Saturnino.

O ecônomo serviu-lhe um cálice de cachaça, que ele emborcou, bebendo dum só trago.

— O mundo agora pode acabar, minha gente — disse, preparando-se para fazer outro cigarro.

Chiru estava de pé na frente de Rodrigo, com as mãos na cintura, sua grande cara vermelha a reluzir à luz da manhã. Debruçado sobre o balcão, Saturnino esperava o veredicto do dr. Rodrigo Cambará.

— Todo o cometa é um corpo nebuloso — explicou este último, com ar didático. — Não se trata, como o povo imagina, duma estrela com uma cauda...

Chiru olhava enviesado para Saturnino, como a dizer: "Estás ouvindo, burro?".

— Quanto à natureza da cauda, existem dúvidas. Parece que é formada de matérias gasosas de mistura com sólidas, desprendidas pelo núcleo, isto é, pela cabeça do cometa.

Rodrigo fez uma pausa, embaraçado. A verdade era que não sabia muito a respeito de cometas. Tinha lido algo, havia tempos, num número de *L'Illustration*. Era-lhe, porém, desagradável confessar sua ignorância. Por isso prosseguiu:

— Tudo nos leva a crer que as caudas sejam corpos gasosos e que portanto...

Tornou a hesitar. Chiru perdeu a paciência:

— Mas, afinal de contas, a cauda dum cometa pode ou não pode arrebentar o mundo?

Rodrigo coçou o queixo e procurou fugir pela tangente:

— Olha, Chiru, o que te posso dizer é que os antigos alimentavam muitas superstições quanto aos cometas, achando que o aparecimento deles no céu anunciava algum acontecimento trágico. Conta-se que um cometa anunciou a morte de César.

— Que César? — perguntou Chiru com desconfiada arrogância.

— Ora! — fez Saturnino. — O grande César da história, Chiru. Mas cala a boca e deixa o homem continuar.

Rodrigo agora se sentia em terreno mais firme.

— Um cometa apareceu também quando as legiões bárbaras de Átila invadiram a Europa. E vocês querem saber duma coisa engraçada? Lá por meados do século xv um grande cometa surgiu no céu com um brilho extraordinário. Sua Santidade, o papa Calixto III ou II, não me lembro bem, mandou que todos os católicos do mundo começassem a rezar em público, pedindo a Deus para poupar a humanidade da catástrofe que o cometa podia estar anunciando. E vocês sabem que cometa era esse? O de Halley, o mesmo que vai aparecer em maio do ano que vem...

Parou para gozar a expressão de surpresa estampada nos rostos de Saturnino e Chiru.

— Que desgraça nos virá anunciar esse cometa? — perguntou o econômo.

— A eleição do marechal Hermes! — exclamou Chiru, provocador.

Saturnino pigarreou, conteve-se e depois, com voz calma e grave, disse numa surdina cheia de dignidade:

— Devias ter mais respeito pelas convicções alheias.

O grandalhão, porém, já havia esquecido a sucessão presidencial e concentrava o olhar vivo em Rodrigo:

— Mas como é o negócio? O cometa pode ou não pode espatifar esta droga?

— Os cientistas da Antiguidade temiam que isso fosse possível. Um choque do cometa com nosso planeta podia produzir o deslocamento do eixo de rotação da Terra, o que causaria um desequilíbrio perigosíssimo, e ninguém poderia prever as consequências de tal colisão. Mas os astrônomos modernos acham que a massa dos cometas é tão sem importância, que um choque entre ela e a Terra não teria nenhuma consequência grave.

Saturnino lançou um sereno olhar de vitória para Chiru.

— Eu não te disse?

Chiru Mena mirou Rodrigo com ar desconfiado.

— Não me dou por vencido. Tu me desculpa, mas sou teimoso. Pelas dúvidas, no dia do cometa, vou ficar de prontidão. Me serve um vinho do Porto, Saturno.

O ecônomo obedeceu. Chiru apanhou o cálice, ergueu-o no ar, mirou o vinho com olho alegre e depois bebeu-o em goles curtos, intercalados de estalos de língua.

— Bota na conta.

Saturnino cofiou os bigodes negros e, olhando para Rodrigo com uma expressão céptica no rosto, fez com a cabeça um sinal na direção do companheiro.

— Quando ele vender as famosas estâncias, vai pagar o que me deve...

Depois que Toríbio e Rodrigo saíram, os dois amigos ficaram a discutir política. O fanfarrão gritou:

— Te dou vinte mil votos de vantagem e jogo no Rui Barbosa.

O outro retorquiu:

— Não quero luz. Jogo mano a mano.

— Está feito. Duzentos mil-réis.

Ao descerem as escadas que levavam à calçada, Rodrigo comentou:

— E assim o Chiru passa a vida. Fazendo apostas, vendendo campos que não possui, esperando negócios fantásticos que são pura obra de sua imaginação...

— E a pobre da tia que se esfalfe fazendo bordados e quitandas pra sustentar esse vadio. Que vergonha! Um homenzarrão forte, moço e são de lombo. Podia estar trabalhando como capataz de estância, pois competência não lhe falta. Mas o que o safado quer é viver na cidade, de bailes, farras, namoros, flor no peito e botina de verniz.

— O que é de gosto regala a vida... — observou Rodrigo com tolerância.

Seguiram na direção da praça Ipiranga.

— Estás vendo aquela bisca que vem saindo da Confeitaria do Schnitzler? — perguntou Toríbio.

Rodrigo avistou um padre alto e robusto, metido numa batina nova, a cabeça coberta por um chapéu de feltro negro, de largas abas. Quando o vulto se aproximou mais, Toríbio cochichou:

— É o padre Kolb, o vigário. Olha bem pra cara dele, que depois te conto uma história...

Rodrigo olhou. Tinha o pe. Kolb um rosto cor de tijolo, um par de olhinhos astutos, dum azul-desbotado, sob pálpebras sonolentas. O nariz, longo e fino, dum vermelho-vivo, luzia ao sol. Ao passar pelos dois irmãos, o sacerdote levou o indicador à aba do chapéu, mas nem sequer voltou a cabeça.

— Bom dia, vigário! — cumprimentou Rodrigo, cordial.

Toríbio tomou-lhe do braço e contou:

— Pois essa figura, quando servia numa colônia italiana, não me lembro qual delas, inventou de construir uma igreja. Mas onde é que ia arranjar o dinheiro? Fez quermesses, leilões, pediu esmola de porta em porta, e quando viu que ainda faltava muito pra completar a quantia que precisava pras obras, teve uma ideia-mãe.

Toríbio parou e fez o irmão também parar.

— Anunciou que estava vendendo cadeiras no céu. Ora, os colonos ficaram assanhados e começaram a reservar lugares no outro mundo. Os preços variavam conforme a posição das cadeiras. Quanto mais perto de Deus, mais caro era o lugar. E havia viúvos que pagavam quantias bárbaras para conseguirem cadeiras no céu, perto das falecidas. Pois, menino, só sei dizer é que o padre Kolb forrou o poncho e arranjou o dinheiro que queria. E a igreja está lá. Dizem que é uma joia de tão linda.

— Mas isso é estupendo! O padre Kolb é um grande homem. Faço questão de conhecê-lo.

Retomaram o caminho.

— É um grande padre! — prosseguiu Toríbio. — Uma vez num *Kerb* em Nova Pomerânia, vi esse bicho beber sozinho dez garrafas de cerveja e depois sair caminhando firme.

Do outro lado da rua, à porta de sua barbearia — Salão Capadócio —, Neco Rosa sorria e acenava-lhes.

— Vamos falar com aquele sacripanta — convidou Rodrigo.

7

Atravessaram a rua na direção do dente de ouro do barbeiro. Com sua basta cabeleira e suas longas costeletas, Neco Rosa lembrava um retrato de Bento Gonçalves, feito a bico de pena, que aparecia nos livros escolares. Estava ele em mangas de camisa, de lenço escarlate no pescoço, calças de brim branco, presas por uma larga cinta gaúcha, dentro de cuja guaiaca ele guardava o dinheiro da féria. Do lado direito da cintura, num coldre de couro com arabescos em pirogravura, acomodava-se sua pistola de cano comprido. (Rodrigo observara que o revólver era parte da anatomia do gaúcho, tão inseparável dele como os braços ou as pernas.)

— Entrem! — exclamou Neco. — Entrem no mais.

Como fazia sempre que encontrava o barbeiro, Toríbio investiu contra ele, usando do braço à guisa de espada e procurando "cortar-lhe" a cara com o lado da mão. Ágil, Neco recuou um passo e com o antebraço esquerdo aparou o golpe. Começou então um duelo "à espada". Toríbio levou o adversário até o fundo da barbearia, numa sucessão de golpes furiosos.

— Já te corto a cara, cachorro! — gritava ele.

E o barbeiro respondia:

— Aqui tu encontra homem, canalha!

E assim ficaram por algum tempo naquele simulacro de duelo, até que Rodrigo lhes pediu que parassem. Pararam e, resfolegantes, abraçaram-se demoradamente, trocando desaforos afetuosos.

Neco voltou a atenção para Rodrigo.

— Estava com uma bruta saudade de ti. Este ano não fiz nenhuma farra que prestasse. Tu sabes, quando não se tem companheiro... — Olhou para Toríbio. — Esse animal vive na estância... O Chiru é um calavera... O Saturno tem raiva de mulher. Não sobra ninguém.

Rodrigo sorria com indulgência para seu passado de libertinagens. Agora a era da pândega tinha acabado. Ia começar uma vida nova, sossegada e respeitável. Não tinha remorsos das coisas que fizera, de seus desatinos, bebedeiras, orgias; não se arrependia nem das brigas inúteis que provocara pela simples razão de que o álcool lhe dava ganas de exercitar os músculos. Tudo tinha seu tempo. Chegara por fim a hora de sentar o juízo. Mas como poderia conseguir que Neco Rosa compreendesse essa resolução tão séria?

O barbeiro olhava-o de alto a baixo.

— Estás um dândi, Rodrigo. Até nem sei como ainda tens coragem de vir falar com um casca-grossa como eu e de andar na rua com um tipo da laia do teu irmão!

O "salão" da barbearia não passava dum corredor estreito, com uma janela ao fundo. Era nu, pobre, e cheirava a mofo e loção barata. Sobre uma mesa de pinho sem lustro via-se uma navalha, um pulverizador, uma tesoura, uma máquina de cortar cabelo e um pote de níquel com um pincel dentro. Acima da mesa, pendia da parede um espelho oval trincado. Rodrigo mirou-se nele, passando a mão pelo rosto:

— Acho que vou fazer a barba.

— Então acomoda o rabo nessa cadeira — disse o barbeiro, apanhando uma toalha.

Rodrigo tirou o chapéu e sentou-se. Neco amarrou-lhe a toalha ao redor do pescoço, ensaboou-lhe o rosto, abriu a navalha e começou a passá-la no assentador. Enquanto fazia isso, olhava para o amigo dizendo:

— Como é, bichão? Quando é que vamos fazer uma farrinha? Na pensão da velha Tucha tem umas raparigas bem jeitosas, não é, Bio?

Toríbio, que, sentado no chão, coçava os dedos do pé, troçou:

— O mocinho agora sentou o juízo, Neco. Diz que não quer saber mais de chinas.

— Qual! Não acredito. Cachorro que come ovelha uma vez, só matando...

Rodrigo achou que o silêncio, no momento, era a melhor política a adotar. E, quando viu o barbeiro aproximar-se com a navalha, fechou os olhos. Achava gostosa a modorra em que costumava ficar nas cadeiras de barbeiro, todo reclinado para trás, ouvindo o rascar da navalha e as conversas em derredor. Era uma coisa quase tão boa como deitar a cabeça no colo da madrinha Maria Valéria e sentir os dedos dela num cafuné prolongado, entorpecente...

Toríbio começou a limpar as unhas com a ponta da faca.

— Mas isso não dura, Neco — garantiu ele sem erguer os olhos. — Conheço bem esse sujeito. Daqui a uns dias ele mesmo vem te procurar pra vocês irem ver as raparigas.

Sempre de olhos cerrados, Rodrigo sorria. A verdade era que começava a sentir necessidade de mulher. Precisava descobrir um meio de resolver o problema de maneira limpa e discreta. Estava diplomado, pretendia clinicar na cidade: não podia mais ser visto em pensões de chinas. Por outro lado, não queria, nem poderia, levar vida de asceta. A solução mesmo era o casamento...

Enquanto escanhoava o amigo, Neco cantarolava "Talento e formosura", modinha que estava muito em voga, pois o famoso Mário a gravara em disco de gramofone para a Casa Edison.

> *Tu podes bem guardar os dons da formosura,*
> *Que o tempo um dia há de, implacável, trucidar,*
> *Tu podes bem viver ufana da ventura,*
> *Que a Natureza, cegamente, quis te dar!*

Tinha uma voz grave e bem entoada, duma doçura lânguida de seresteiro.

— Que fim levou a Natalina? — perguntou Toríbio.

— Está vivendo com um sargento.

Rodrigo abriu os olhos, interessado.

— Tens visto a Dulce? — perguntou.

Antes de embarcar para fazer seu último ano de medicina, passara as férias amigado com a rapariga. Era uma morena de olhos tristes e ternos.

Neco parou, com a navalha no ar.

— Tu não sabias? O Bio não mandou te contar? Pois a Dulce se matou. Prendeu fogo na roupa.

Rodrigo franziu o cenho, e uma ideia relampagueou-lhe na mente: a Dulce se suicidou por minha causa!

Lembrava-se de que a chinoca se despedira dele desfeita em pranto, dizendo que jamais haveria de esquecê-lo. Uma súbita sensação de remorso oprimiu-lhe o peito.

— Mas por quê? — perguntou, hesitante, temendo a resposta.

Neco encolheu os ombros.

— Besteiras. Se meteu com um anspeçada da bateria de obuseiros, pegou um rabicho danado por ele e quando o rapaz enjoou dela e disse que ia se juntar com outra, a Dulce perdeu a cabeça e gritou que ia se matar. O anspeçada até brincou: "Pois toma creolina, meu bem". A rapariga se fechou em casa, derramou querosene na roupa, riscou um fósforo e, quando viu, estava se incendiando toda. Parece que no meio da coisa se arrependeu e começou a gritar. Os vizinhos acudiram, mas quando conseguiram abafar o fogo com cobertores, era tarde. A coitadinha ainda durou quase um dia, penando. Foi uma coisa bárbara.

Rodrigo tornou a cerrar os olhos e reviu Dulce seminua na cama onde se haviam amado durante três meses. Depois imaginou-a toda queimada, o corpo numa chaga purulenta. Santo Deus, como tudo aquilo era horrível e ao mesmo tempo gratuito, supinamente gratuito. Matar-se por causa dum obuseiro, talvez um mulato de beiçola caída e cabelo pixaim! Não pôde evitar um sentimento de despeito ao pensar que ele, Rodrigo Cambará, entrara indiretamente naquela história vulgar, triste e sórdida, cujas personagens principais eram uma prostituta e um anspeçada. Belo triângulo!

Como era bom estar livre dos constrangedores perigos daquela vida de prostitutas e bordéis, onde tantas vezes ombreara com bandidos e desordeiros, contrabandistas e capangas! E agora, só de lembrar-se dos riscos que correra, sentia um medo retrospectivo. Ao mesmo tempo, porém, não podia fugir a um sentimento de admiração por si mesmo, por ter tido a coragem de entrar — na maioria das vezes desarmado — naqueles antros assustadores. Loucuras dos dezoito anos! — concluiu.

Sim, o Rodrigo que agora estava sentado na cadeira da Barbearia Capadócio no dia 21 de dezembro de 1910 não era o mesmo que, havia cinco anos, andava em companhia do Neco Rosa a correr os prostíbulos de Santa Fé.

Ao despertar de seu devaneio, Rodrigo notou que o barbeiro havia mudado de assunto. Saltara de mulheres para política.

— Então o marechal Hermes vai chegar em fevereiro, não?

— É verdade.

— E o nosso Rui Barbosa não vem nos visitar! Isso é que é uma ingratidão.

— Não há de ser nada, Neco — consolou-o Toríbio. — Havemos de ganhar as eleições assim mesmo.

— Se o Hermes for eleito — observou o barbeiro —, este país está perdido.

— Deus é brasileiro — exclamou Bio, erguendo-se pesadamente e começando a andar dum lado para outro.
— E maragato! — acrescentou Neco.
— Não, Neco — sorriu Rodrigo —, Deus não se mete em política. Depois duma pausa, acrescentou:
— Vou te contar um segredo. Papai e eu estamos pensando em fundar um jornal para desancar a situação.
— Menino! Que ideia macanuda! Mas esse negócio tem de sair logo, antes das eleições.
— Depois do dia primeiro do ano vamos passar um mês no Angico. Na volta pretendo fazer o jornal sair.
— Eu só quero ver onde é que vocês vão imprimir esse famoso jornal — disse Toríbio.
— Acho que a solução é comprar a tipografia do Mendanha.
— Dinheiro haja!
— Dinheiro não falta — disse Neco.
— E será um bom emprego de capital, mesmo que se perca até o último tostão — garantiu Rodrigo. — O Trindade precisa ouvir umas verdades.
— Isso! — incitava o barbeiro. — Isso, Rodrigo!
— Com essa corja — discordou Toríbio — palavra não adianta. Ponta de faca e bala é que resolve.
O seresteiro interrompeu o trabalho e encarou o amigo:
— Mas eles estão com tudo na mão, homem! Têm os cofres da Intendência, os subdelegados, a polícia, o funcionalismo, a capangada, tudo! E por falar nisso, vocês sabem que o Trindade já começou a mandar buscar cabos eleitorais de fora? Pois dizem que vem de Soledade um valentão que tem dez mortes nas costas.
Rodrigo descerrou os olhos, soergueu-se na cadeira e vociferou:
— Pensará ele que vai nos atemorizar com esses bandidos assalariados?
Neco fez uma careta de pessimismo.
— Infelizmente há muito sujeito frouxo neste mundo, muito eleitor que se acobarda e acaba votando com o governo. Ninguém quer levar bordoada nem correr o risco de ser degolado. — Parou, sorriu e encostou o fio da navalha no pescoço de Rodrigo. — Por falar nisso, imagina se de repente eu dissesse: "Civilista sem-vergonha, eu sou um hermista dos quatro costados e agora tu vais pagar por tudo que disseste contra o coronel Trindade". Que era que tu fazias, hein, Rodrigo?

Neco sentiu nas costas o contato dum objeto duro e agudo: Toríbio apertava-lhe contra as costelas a ponta de sua faca, dizendo:
— Ele não fazia nada, mas eu te comia na faca...
Os três desandaram a rir.

8

De novo na rua, Rodrigo passou a mão pelas faces recém-barbeadas e disse:
— O Neco continua a ser o pior barbeiro do mundo.
— Mas como amigo é ouro e fio.
— Isso é.
No meio da quadra passaram pela frente da casa de Terézio Matos, de dentro da qual vinham os sons dum piano em que alguém tocava escalas. Toríbio fez o irmão parar e disse-lhe:
— A Gioconda está estudando. Escuta. — Cantarolou: — Cachorro vai cachorro vem... cachorro vai cachorro vem...
— Método Czerny — disse Rodrigo. — Conheço bem. Em Porto Alegre na minha pensão havia uma mocinha, por sinal bem interessante, que todas as manhãs tocava esses exercícios.
— Dormiste com ela?
— Bio! Não pensas noutra coisa!
Continuaram a andar lentamente, perseguidos por aquele repetitivo dó-ré-mi-fá-sol-fá-mi-ré-dó.
— Um bom partido pra ti, Bio...
— Quem? A Gioconda? Deus me livre!
— Por que não? É bonita, bem-educada, inteligente, sabe tocar piano e dizem que tem bom dote...
— Pro inferno! Sabes que não penso em casamento e que se um dia ficar de miolo mole e resolver me amarrar a alguém, não há de ser a nenhuma dessas piguanchas de cidade, que vivem na janela ou matraqueando num piano. Mulher pra mim tem que ser quituteira e ter mão boa pra fazer queijo. E se não souber ler, tanto melhor!
Chegaram à praça Ipiranga. Ali ficavam as residências mais novas de Santa Fé e o Teatro Santa Cecília, com sua fachada cor-de-rosa, no centro de cujo frontão triangular sustentado por duas colunas se viam em alto-relevo as máscaras da Comédia e da Tragédia.

Sentaram-se num banco à sombra dum copado cinamomo. O sol àquela hora estava já alto e o calor aumentava. Rodrigo tirou o chapéu e passou o lenço pelo rosto e pelo pescoço. Depois, olhando para a casa de Aderbal Quadros, lá do outro lado da rua, disse:

— Ali mora a moça com quem um dia hei de me casar. Ouve o que te digo, Bio.

— A Flora?

Rodrigo sacudiu lentamente a cabeça.

— Nas férias passadas tive um namorico com ela. Acho que é uma moça como poucas. Recatada, cheia de prendas... de boa família... e bonita, não achas?

— Meio flaquita pra meu gosto.

Rodrigo contemplava a fachada da casa de Aderbal Quadros, com a sua longa fileira de janelas e uma série de grandes compoteiras amarelas alinhadas sobre a alta platibanda.

Toríbio arrancou do chão um talo de erva e começou a mastigá-lo.

— Sabes que o velho Aderbal anda mal de negócios? — perguntou.

Aderbal Quadros — o Babalo, como era mais conhecido dos íntimos — era dos estancieiros mais ricos do município. Senhor de duas grandes estâncias e de muitos milhares de cabeças de gado, era também proprietário duns cinco ou seis prédios de alvenaria situados na cidade. Além disso, dava e recebia dinheiro a juros. "O Babalo é mais garantido que um banco", costumava dizer Licurgo. E Rodrigo criara-se ouvindo contar maravilhas do caráter daquele homem que começara a vida como piá de estância.

— Mal de negócios? — repetiu. — Será possível?

— É o que andam dizendo.

— Mas é uma das fortunas mais sólidas do estado, Bio!

O outro deu de ombros.

— É o que se comenta — repetiu. — E parece que, não demora muito, a coisa estoura.

— Deve ser puro boato.

— Tomara que seja. Mas até o papai já falou.

Se seu pai falara — concluiu Rodrigo — a história devia ser mesmo certa, pois Licurgo Cambará não era homem de andar com conversas levianas, principalmente quando essas conversas envolviam a reputação dum velho e leal amigo.

Rodrigo olhava fixamente para as janelas da casa de Aderbal Quadros, desejando ver assomar a uma delas o vulto de Flora.

— Palavra que não compreendo. Um homem trabalhador como o Babalo, sem vícios de espécie alguma... Não bebe, não joga, não anda com mulheres.

— Pois deve ser por isso que vai quebrar.

Toríbio tirou do bolso o relógio que pertencera ao avô materno e disse:

— Faltam vinte pras dez. Vamos voltar?

Ergueram-se e tornaram a encaminhar-se para a rua do Comércio. Ao chegarem à primeira esquina, ouviu-se uma voz de falsete:

— Ai, meu Deus, olha quem anda por aqui!

Rodrigo sentiu-se abraçado pelas costas. Voltou-se e deu com a cara do Salomão Padilha — larga, flácida, redonda, duma brancura oleosa, pintalgada de cravos negros no nariz e no queixo.

— Menino, como estás lindo!

Meio constrangido pelo choque da surpresa, Rodrigo balbuciou coisas sem nexo. Sempre se sentira mal na presença do alfaiate Salomão, sobre cuja heterossexualidade pairavam fortes dúvidas, reforçadas pelos ademanes e pela voz efeminada da criatura, pela sua misteriosa vida de solitário e pelo gosto adamado com que decorara seu quarto de solteirão, com colchas rosadas, toalhas de renda e bibelôs. Agora ali estava na sua frente o Salomão, dono da alfaiataria Ao Chic de Paris. Seus lábios polpudos e úmidos se abriam como uma rosa, deixando à mostra os dentes graúdos e cor de pérola. Havia naquele rosto e naquele corpo umas gorduras femininas que Rodrigo achava repugnantes. O fato de Salomão cecear tornava-lhe a voz ainda mais desagradável. Toríbio afastara-se para a beira da calçada, evitando olhar de frente para o alfaiate.

— Como vais, Salomão?

Foi a única frase coerente que Rodrigo conseguiu formar.

— Lindo. Lindo como os amores. E tu, safadinho, estás formado, hein, com diploma de doutor e agora, decerto, nem vais dar mais confiança pros pobres, não é, seu ingrato?

— Ora...

— Entra, meu bem. Vem ver a minha casa. Reformei as instalações.

Rodrigo não teve outro remédio senão entrar.

— Vem, Bio — convidou Salomão.

— Não vou — respondeu o outro, brusco.

— Bruto! O teu irmão, que é doutor, entrou. Não é soberbo, anda também com os plebeus.

Deu uma rabanada e entrou.

— Aqui é a minha tendinha de trabalho. Muito modesta, como vês...

Era uma sala pequena e asseada, que cheirava a casimira recém-passada e cera derretida. Sobre uma mesa jazia um enorme ferro de passar, uma tesoura preta e um pedaço de giz rosado.

Salomão pegou na manga do casaco de Rodrigo e apalpou a fazenda entre o polegar e o indicador.

— Ai! Que tecido bom! Estás chique, hein? Onde foi que mandaste fazer este terno? Não me digas. Já sei. Foi em Porto Alegre, no Germano Petersen, não foi? Está se vendo. Muito moderno, muito *smart*. Mas tu sabes duma coisa? Eu também acompanho as modas. Recebi uns figurininhos diretamente de Paris. Queres ver?

Caminhou até a mesa, abriu uma gaveta e tirou algumas revistas de modas.

— Depois eu olho, Salomão. Agora estou com pressa.

O alfaiate tomou-lhe da mão. O contato morno daquela carne causou a Rodrigo um grande mal-estar.

— Olha, tens que me prometer que vais fazer uma roupa aqui em casa, senão eu brigo contigo, ouviste?

— Está bem. Fica prometido. Vou precisar dum terno novo quando entrar o inverno.

— Tenho umas casimirinhas supimpas. Pros amigos faço um preço especial. Quero ter a honra de dizer que o doutor Rodrigo Cambará também se veste no Chic de Paris.

— Está bem. Até logo!

— Adeusinho!

Na rua, já longe da casa do Salomão, Toríbio cuspiu na calçada.

— Credo, que nojo! — exclamou. — Não posso nem olhar pr'aquele tipo. Me dá uma vontade danada de quebrar-lhe a cara a bofetadas.

Rodrigo sorriu. Esforçava-se por ser tolerante para com Salomão. Perante a ciência — refletiu ele — aquele pobre-diabo era um doente e como tal devia ser tratado. No entanto sentia que esse verniz de leitura e estudo era nele uma camada tenuíssima, embora brilhante, através de cuja transparência se podia ver a olho nu o Cambará macho para quem o vício de Salomão constituía a maior das vergonhas que podem cair sobre um homem.

9

Toríbio suava e bufava de calor, com a camisa empapada de suor, o rosto reluzente e afogueado.

— Estou com uma sede bárbara — disse ele. — Vamos entrar na confeitaria pra tomar alguma coisa.

Rodrigo pensava em Flora e agora, sabedor do desastre econômico que ameaçava a família Quadros, sua ternura pela moça aumentara de tal modo, que ele sentia uma necessidade urgente de revê-la. Muitas vezes durante aquele ano pensara nela. Após suas pândegas noturnas, a doce imagem da rapariga lhe vinha à mente como um refrigério e um apaziguamento para suas ressacas. Depois daquelas cálidas noitadas com prostitutas (caras, sim, limpas, não havia dúvida, mas prostitutas!), Flora voltava-lhe à lembrança como a promessa duma límpida manhã de sol e céu azul, recendendo a flor e a coisas virgens.

— Por que é que estás tão macambúzio? — indagou Toríbio, tocando o braço do irmão.

— Estou pensando no que me contaste do Babalo.

— Não adianta pensar. O que tem de ser traz força.

— Mas acho que ainda é tempo da gente salvar o homem.

Toríbio estacou e encarou o irmão, que também fizera alto.

— Pretendes derrubar o Trindade, fundar uma companhia de luz elétrica, botar uma adega, abrir um cinema e agora queres salvar o Babalo! Aonde vais parar com todos esses planos? Quem te ouve falar pensa que és algum miliardário.

— Tu sabes que não somos pobres.

— Mas também devias saber que quase tudo que o papai tem está empregado em campo, gado e casas. O dinheiro não anda rolando por aí.

Entraram na Confeitaria Schnitzler, sentaram-se a uma de suas mesinhas, no salão da frente, e Toríbio bateu palmas. O próprio Schnitzler veio atendê-los. Era um alemão retaco e musculoso, de cachaço de foca, olhos dum cinza esverdeado e bigode de guias retorcidas para cima, à Guilherme II.

— Uma cerveja! — pediu Toríbio.

— Rápido! — exclamou o alemão com ar gaiato e, como era seu costume, fez *quac! quac!* imitando o grasnar dum pato. (Era uma gracinha conhecida em toda a cidade.) Depois, reconhecendo Rodrigo, apertou-lhe a mão com vigor e deu-lhe as boas-vindas. Tinha um sotaque carregado, e seus erres ronronantes davam a impressão de que ao falar estava sempre triturando biscoitos.

Rodrigo gostava daquela casa — o único café e restaurante que existia na cidade. Era um lugar que "cheirava a estrangeiro".

Imaculadamente limpo, tinha nas paredes quadros com paisagens da Baviera e do Tirol. À hora das refeições andava naquelas salas um cheiro de molho de manteiga, batatas cozidas e *Apfelstrudel*. Frau Schnitzler era uma doceira de primeira ordem e suas cucas, bolos e tortas eram muito apreciados, principalmente pelos habitantes de Nova Pomerânia, para onde semanalmente ela mandava os produtos de seu forno.

Toríbio tirou o chapéu e passou lentamente a mão pela cabeça.

— Eu só queria saber de quanto o Aderbal precisa para evitar a falência... — murmurou Rodrigo.

— Decerto muitas centenas de contos, uns mil ou mil e tantos — respondeu Bio desencorajadoramente. — Talvez até mais. O Babalo é uma espécie de banco. Meio mundo tem dinheiro a juro na mão dele. Mas tu devias deixar de pensar nesse negócio. Não foi pelo que nós fizemos que o homem está em maus lençóis.

— O pai de Flora é um sujeito direito e trabalhador.

— Não digo que não seja. Mas é teimoso e burro.

— Bio!

— É, sim senhor. Não sabe fazer negócio. É desses que compram um cavalo de raça hoje e amanhã trocam o animal por um boi e depois o boi por um carneiro, o carneiro por um cachorro, o cachorro por um gato e o gato por um rato. No fim, o gato come o rato e o homem fica de mãos abanando.

— Estás exagerando.

— Não estou. O Babalo é desses que acham que ganhar mais de dez por cento num negócio é roubo.

Atirou os pés para cima duma cadeira e desabotoou a camisa, deixando à mostra o peito cabeludo.

Schnitzler trouxe a cerveja. Toríbio encheu os copos e bebeu o conteúdo do seu dum sorvo só, com muito ruído. Rodrigo ficou a olhar pensativo para a garrafa.

— Eu te compreendo — disse Bio, lambendo os beiços. — Estás com a cabeça cheia de planos. É sempre assim quando a gente chega de viagem. Mas vou te dizer uma coisa. Se o papai puder fazer algo por Babalo ele faz, não é preciso que ninguém lhe peça.

Rodrigo bebeu a sua cerveja, pensando em Flora. Ia ser duro para ela mudar bruscamente de vida.
— Vamos embora? — convidou Toríbio. — Ó Júlio, quanto é este negócio?
Meteu a mão no bolso.
— Nada! — exclamou o alemão. — Não quis cobrar-lhes as bebidas, como homenagem ao doutor Rodrigo.
Fez *quac! quac!*, flexionou as pernas, desceu o busto, num movimento ginástico, e ficou a olhar comicamente para os dois irmãos.

CAPÍTULO V

I

Eram nove horas da noite e Rodrigo estava no quarto a vestir-se para o *réveillon* do Comercial. Havia tomado um prolongado banho morno no bacião e agora aspirava com delícia a fragrância do sabonete L'Oeillet du Roi que se evolava de sua própria pele. A luz de gás inundava o quarto duma claridade lívida. À frente do espelho, em ceroulas e de tronco nu, os pés metidos em chinelos, Rodrigo examinava o rosto com amoroso cuidado. Positivamente, o Neco era o pior barbeiro do universo: deixara-lhe vários tocos de barba debaixo do lábio inferior e do queixo. Impaciente, tirou da gaveta do lavatório uma navalha, abriu-a e, passando-a no rosto seco, rematou como pôde o serviço do amigo. Guardou a navalha e tornou a esfregar a mão nas faces, primeiro de cima para baixo com a palma, depois de baixo para cima com o dorso. Cheirou demoradamente as pontas dos dedos. Gostava de perfumes, contanto que fossem franceses legítimos. Em Porto Alegre, quando no primeiro ano da faculdade, usara Jicky por pura saudade, pois esse extrato sempre fora o preferido de sua madrinha. Era um perfume seco que ele associava à gente velha, aos bailes de antigamente e aos baús de recordações. Depois passara a usar Rose de France, e agora estava no Royal Cyclamen, que tinha uma doçura evocativa de alcovas em penumbra.

Pensando no conceito que em geral os gaúchos tinham de quem usava perfume, Rodrigo sorria. Para aquela gente afeita ao cheiro de suor de cavalo, couro curtido, charque, queijo e esterco, qualquer odor agradável era um sinônimo de feminilidade. Como se a masculinidade dum homem dependesse da qualidade de seu cheiro!

Sentou-se na cama e começou a calçar as meias de seda preta.

O *réveillon* de gala do Comercial era uma festa tradicional que a sociedade santa-fezense esperava sempre com ansiedade. Muitas damas e senhoritas faziam vestidos especialmente para essa grande ocasião; os homens tiravam de malas e guarda-roupas suas melhores fatiotas pretas, seus fraques, *croisés* e *smokings*, tratando de arejá-los. Eram famosas as bebedeiras de champanha dessas noitadas de 31 de dezembro em que, de acordo com a tradição, na primeira hora do novo ano a diretoria do clube recém-eleita devia tomar posse.

Rodrigo calçou os sapatos de verniz, imaginando o que seu pai e o seu irmão iam pensar quando o vissem com aquela coisa efeminada nos pés. Uma pergunta lhe veio à mente: "Será que um dia eu vou mudá-los... ou eles me mudarão?". Como única resposta, encolheu os ombros. Que lhe importava o futuro? Amarrou os cordões das ceroulas, puxou sobre elas as meias e prendeu nestas últimas a liga, também de seda preta.

Sabia que ia brilhar no baile daquela noite. Sabia que sua chegada causara sensação entre as moças casadouras da cidade. Já lhe haviam contado que mamas e titias faziam entre si apostas: com quem dançará o dr. Rodrigo a *polonaise*? (Vão ficar de boca aberta quando me virem tirar a Flora.) Apanhou as calças do *smoking*, que estavam dobradas sobre o respaldo duma cadeira, e vestiu-as. Quando ia prender o suspensório verificou a falta dum botão. Com uma ruga de contrariedade na testa, abriu a porta do quarto e gritou para o corredor:

— Madrinha!

Maria Valéria apareceu:

— Quem foi que morreu?

— Está faltando um botão nas minhas calças.

— Ué? Como foi que não vi isso?

Aproximou-se do afilhado e perguntou:

— Onde?

— Aqui — disse ele, mostrando.

— Espere que já prego.

Saiu do quarto e voltou pouco depois com um cesto de costura nas mãos.

— Tire as calças!

— Ora, madrinha, pregue assim mesmo.

— Não presta.

— Bobagem! Pregue ligeiro, que já comecei a suar. Está um pouco quente, não?

Maria Valéria não respondeu. Abriu o cestinho, remexeu nele com a ponta dos dedos e acabou apanhando uma agulha, um carretel de linha preta e um botão. Comparou o botão com os outros das calças, depois ergueu a agulha, molhou nos lábios a ponta da linha e enfiou-a no buraco.

— Que olho! — gabou-a Rodrigo.

Maria Valéria sentou-se numa cadeira e puxou bruscamente o sobrinho pelo suspensório, trazendo-o mais para perto de si.

— Agora pare quieto — disse.
E começou a costurar, murmurando:

> *Coso a roupa,*
> *Mas não coso a sorte,*
> *Coso na vida,*
> *Mas não coso na morte.*

Continuou a repetir o verso, enquanto a agulha subia e descia, entrando pelos orifícios do botão. Rodrigo sorria, deliciado.

No espírito de sua madrinha — refletia ele — havia uma curiosa mistura de cepticismo e superstição. Era uma realista que jamais se iludia com as aparências nem se deixava levar por palavras ou sonhos. Tinha um olho prático, um jeito seco de falar, pensar e agir. Dava sempre às coisas seus verdadeiros nomes, e muitas vezes suas oportuníssimas observações carregadas de bom senso eram um jorro de água fria sobre a fervura dos entusiasmos dos sobrinhos. Por isso tudo Rodrigo achava singular que ela acreditasse numa série de "não prestas" que eram a negação mesma de sua natureza céptica.

Não presta varrer a casa de noite — afirmava —, porque os antigos diziam que isso pode causar a morte da pessoa mais velha da família. Vestir roupa às avessas pode virar a sorte dum vivente. Quando via alguma criança a caminhar de costas, Maria Valéria gritava:

— Não caminhe assim, menino, senão teu pai morre.

Um dia em que Licurgo, tendo chegado tarde à casa, comia na cozinha de luz apagada, Rodrigo ouvira a madrinha resmungar:

— Teu pai está comendo no escuro. Daqui a pouco o diabo vem comer com ele.

Havia, segundo Maria Valéria, outros "não prestas" que atraíam desgraças: abrir guarda-chuva dentro de casa; fechar as portas logo depois que alguma pessoa da família sai de viagem; deixar chapéu em cima de cama...

Será que ela acredita mesmo nessas coisas? — perguntava Rodrigo a si mesmo, olhando para a cabeça grisalha da tia. Provavelmente não... Talvez repetisse aqueles "não prestas" por puro cacoete e um pouco por espírito humorístico.

A verdade era que ninguém conhecia direito Maria Valéria Terra. Não era mulher de confidências: raramente ou nunca falava de si mesma. E o que sempre intrigava Rodrigo eram as relações dela com o cunhado. Apesar de viverem na mesma casa, havia já uns bons vinte e cinco anos, tratavam-se ainda com grande cerimônia. Era estranho que jamais um pronunciasse o nome do outro. Quando se falavam, nunca se olhavam e em geral o pouco que diziam era em frases curtas e destituídas de cordialidade. Mais duma vez Rodrigo suspeitara existir entre eles uma profunda mas secreta malquerença, que a ambos era difícil esconder.

— *Coso na vida, mas não coso na morte* — resmungava ela.

Rodrigo começou a passar a mão pelos cabelos lisos de Maria Valéria.

— Tire essa mão fedorenta de minha cabeça! — exclamou ela.

Ele obedeceu, num sobressalto, como se ainda fosse menino e tivesse sido pilhado a roubar doce de leite no armário da despensa

— Pronto! — disse ela, cortando a linha com os dentes. — E agora veja se vai dançar com alguma dessas cadelinhas.

Para Maria Valéria as "cadelinhas" eram certas moças desfrutáveis de Santa Fé, com uma das quais ela temia o sobrinho viesse um dia a casar-se. Também lhes chamava "rabichas" ou "bruacas". Namoravam todos os caixeiros-viajantes que passavam pela cidade e chegavam ao ponto de conversar com eles à janela. A pior de todas era Esmeralda Dias. Os pulos que dava quando valsava com o Chiru ou com algum forasteiro! Diziam que dançava até maxixe!

— Você leva mais tempo que uma dama pra se vestir — observou ela, erguendo-se. — Já são nove e meia.

Depois que a tia saiu do quarto, Rodrigo levou ainda um tempão a prender na camisa o colarinho duro de ponta virada, a ajustar-lhe a gravata de gorgorão de seda preta, a besuntar o cabelo de brilhantina e a pentear-se com um cuidado minucioso.

Já completamente vestido, ficou ainda por longo minuto diante do espelho a mirar-se de frente, de lado, de três quartos, e a dar retoques na gravata, no penteado, no peitilho engomado e no lenço de seda branca, cujas pontas embebera em Royal Ciclamen.

Por fim, satisfeito, saiu do quarto a assobiar a valsa "A viúva alegre" e desceu.

Na sala de jantar encontrou Toríbio de bombachas e em mangas de camisa.

— Tu nesses trajos, homem! — admirou-se.

— Querias que estivesse pelado?

— Mas não vais ao baile?

— Sabes que não sou homem dessas festas.

Maria Valéria entrou na sala e, as mãos trançadas contra o estômago, mirou o afilhado de alto a baixo, com olhar avaliador.

— Vire.

Rodrigo fez meia-volta. A madrinha aproximou-se dele e tirou-lhe do ombro um fio de linha branca; depois passou a mão de leve pela gola do *smoking*.

— Agora está bem.

Rodrigo voltou-se e beijou-lhe a testa.

— Não saia sem falar com seu pai. Está no escritório.

Toríbio coçava o queixo, olhando para o irmão. E, quando o viu deixar a sala, disse à tia:

— Que pelintra nos saiu esse freguês! Por quem teria puxado?

Ela encolheu os ombros angulosos.

— Sei lá! Pelo pai não foi. A Alice também não era mulher de muitos enfeites.

— Então degenerou...

2

Rodrigo entrou no escritório e encontrou o pai sentado à escrivaninha, remexendo nuns papéis. Licurgo Cambará ergueu a cabeça:

— Ah! É o senhor...

— Vou ao baile do clube, papai.

Pronunciou essas palavras em voz baixa, num tom respeitoso.

O escritório não tinha mudado em nada. Nas paredes brancas, além do grande retrato de Júlio de Castilhos, só se via um calendário com um cromo ingênuo, brinde da Casa Sol. Cadeiras duras achavam-se espalhadas na vasta peça de soalho completamente nu. Ali estava ainda a velha escrivaninha de cedro lustrado, com seu topo forrado de oleado pardo. Quando menino, Rodrigo gostava de mexer-lhe nas gavetas, onde, de mistura com velhas cartas e papéis amarelados, havia sempre maços de palha para cigarros, pedaços de fumo em rama, uma caixa com penas de aço e pedras e mechas de isqueiro.

— Está bem, meu filho. Precisa de alguma coisa?

— Não, papai, obrigado. Não preciso de nada.

— Vai a pé?

— Não senhor. Vou de carro.
— Está bem.
Licurgo contemplava o filho com seus olhos graves e tristes. Estava em mangas de camisa, e Rodrigo notou que ele mandara aparar a barba aquela tarde.
— O senhor vai ao clube?
Licurgo sacudiu a cabeça negativamente.
— Não gosto de barulho.
A palavra *barulho* — sabia-o Rodrigo — abrangia também a música.
— Bom... — fez ele, indeciso, não sabendo se devia beijar a mão do pai, simplesmente apertá-la ou ir-se sem fazer nenhum desses gestos.
— Até o ano que vem! — disse Curgo, com voz mais clara.
E sob os bigodes grisalhos seus lábios se abriram num meio sorriso.
— Até o ano que vem? Mas eu pretendo ver entrar o Ano-Novo aqui em casa! Quando faltarem dez pra meia-noite, eu volto pra cá...
Curgo sacudiu a cabeça, num assentimento.
— Está muito bem, meu filho. Volte.
Rodrigo deu dois passos à frente, tomou a mão do pai e beijou-a. Na sala disse à tia:
— Antes da meia-noite eu volto.
— Duvido — retrucou ela.
Rodrigo sorriu, parou diante do grande espelho e ajeitou na cabeça o chapéu do chile. Dirigiu-se depois para o vestíbulo, onde parou um instante para acender um cigarro. Pela porta escancarada entrava o bafo morno da noite. Com uma sensação de felicidade e absoluto bem-estar, satisfeito consigo mesmo e com o mundo, Rodrigo desceu os degraus, ganhou a calçada e gritou para o Bento, que se achava na boleia do carro:
— Linda noite, não?
— Pra caçar tatu.
Linda para caçar um coração — pensou Rodrigo. — Linda pra caçar muitos corações.
Subiu para o carro, que estava com a tolda arriada.
— Toca pro clube, Bento. Mas bem devagar, sim?
O boleeiro fez estalar o chicote no ar e os cavalos se puseram em movimento. O carro do Sobrado, um dos poucos que, em todo o município, tinham rodas de borracha, começou a rodar sem ruído pelas pedras irregulares do calçamento. Recostado contra o respaldo de couro do banco, as pernas trançadas, Rodrigo fumava, olhando para um

lado e outro. Ao longo da rua do Comércio os lampiões se enfileiravam num alinhamento duvidoso, e suas luzes amarelentas tinham algo de comovedoramente provinciano. Sob as árvores da praça caminhavam vultos. Chico Pão achava-se à porta de sua padaria.

— Boa noite, Chico!

O padeiro avançou até a beira da calçada, ergueu os braços e gritou:

— Divirta-se! Deus le acompanhe. — E depois, mais alto: — Feliz Ano-Novo!

Rodrigo olhou para o alto. O céu estava pesado de estrelas. Andava no ar tépido um aroma de madressilvas e jasmins-do-cabo.

Rodrigo começou a recitar baixinho uns versos de Lamartine que em muitas noites ele e outros estudantes, ao voltarem de suas farras, haviam atirado contra a face fresca e silenciosa da madrugada:

> *Mais je demande en vain quelques moments encore,*
> *Le temps m'échappe et fuit;*
> *Je dis à cette nuit: "Sois plus lente"; et l'aurore*
> *Va dissiper la nuit.*

> *Aimons donc, aimons, donc! de l'heure fugitive,*
> *Hâtons-nous, jouissons!*
> *L'homme n'a point de port, le temps n'a point de rive:*
> *Il coule, et nous passons!*

Rodrigo suspirou. Num ponto o poeta se enganava. Cada homem tem, sim, seu porto. O dele, Rodrigo Terra Cambará, era Santa Fé, onde lançara profundamente sua âncora. O tempo, certo, não tinha margens, deslizava como um rio e o homem passava. Mas quantas coisas grandes e belas podia fazer durante sua passagem pela terra!

Estava decidido a conquistar Santa Fé, a submetê-la à sua vontade, a moldá-la de acordo com seus melhores sonhos. Não se deixaria dominar por ela. Jamais se entregaria ao desânimo e à rotina. Jamais seria um maldizente municipal como o Cuca Lopes, um indolente inútil como o Chiru Mena e muito menos um capacho como o Amintas. Não perderia de vista Paris, e não esqueceria nunca que o mundo não terminava nos limites do município de Santa Fé.

Os cascos dos cavalos produziam no calçamento um ruído de castanholas. Na rua do Comércio muitas janelas estavam iluminadas e as calçadas, cheias de gente. Havia no ar uma expectativa titilante de festa.

Sob as estrelas daquela última noite do ano de 1909, Rodrigo Cambará fez um silencioso juramento. Cumpriria seus propósitos, acontecesse o que acontecesse. Sentiu-se forte, nobre e bom. Se realizasse todas as belas coisas que projetava, sua passagem pela terra não teria sido em vão. E se de algum ponto do universo Deus pudesse vê-lo e ouvi-lo... Mas Deus existia mesmo? Tornou a olhar para o céu e, tocado pela tranquila e profunda beleza da noite, concluiu que Deus não podia deixar de existir. A vida era boa, a vida era bela, a vida tinha um sentido.

Estava comovido, e sua comoção era uma febre que lhe queimava o corpo e ao mesmo tempo lhe produzia calafrios. A voz do boleiro passou como uma nuvem sobre o território de seu devaneio, lançando sobre ele apenas uma tênue sombra.

— Acho que vamos ter uma seca braba este verão.

Rodrigo não respondeu, pois seu pensamento andava longe, embora seus olhos estivessem fitos na vela cuja chama oscilava, dentro duma das lanternas do carro.

3

O cronista social d'*A Voz da Serra* usava todos os anos da mesma chapa para descrever os *réveillons* de 31 de dezembro. Começava a crônica invariavelmente assim:

> Revestiu-se do máximo brilhantismo o baile de gala com que o "Clube Comercial" comemorou a entrada do Ano-Novo. Nos seus salões iluminados feericamente reuniu-se o que nossa cidade tem de mais fino e representativo...

Fundado em fins de 1899, o clube ocupara de início espaçosa casa térrea numa das esquinas da praça Ipiranga, e lá dava suas festas à luz de velas e lampiões de querosene. Quando, cinco anos mais tarde, inaugurou a sede própria — edifício assobradado no coração da rua do Comércio — os bailes passaram a realizar-se à luz de lâmpadas de acetilene, o que obrigou o cronista a alterar levemente a velha chapa, por achar decerto que a luz de gás merecia um adjetivo mais luminoso, de sorte que, de 1904 em diante, os salões do Comercial, segundo a crônica d'*A Voz*, passaram a estar iluminados "a giorno". E, embora fosse opinião geral que nos dois ou três últimos anos a diretoria "da nossa mais elegante sociedade" tivesse afrouxado um pouco o crivo por onde ordinariamente fazia passar os que se candidatavam ao seu quadro social, a ponto de ter admitido no seu grêmio certos elementos que, no dizer de Cuca Lopes, eram sabidamente "gentinha de segunda" — o semanário local continuava ainda a afirmar que aqueles *réveillons* reuniam a nata da sociedade de Santa Fé.

Se algum forasteiro pedisse a um santa-fezense para apontar-lhe os elementos formadores dessa elite, sem hesitar o filho da terra responderia que o creme daquele leite social era constituído pelas famílias dos fazendeiros mais abastados do município, como os Macedos, os Cambarás, os Prates, os Quadros, os Fagundes, os Amarais, os Teixeiras... Diria mais que, em pé de igualdade com esse patriciado rural, estavam os comerciantes mais fortes da cidade, como o Marcelino Veiga, proprietário da conceituada Casa Sol, etc., etc. Eram esses estancieiros chefes de famílias numerosas (o cel. Macedo tinha doze filhos, seis mulheres e seis varões), moravam em vastas e sólidas casas situadas numa das duas praças principais da cidade ou na rua do Comércio. Faziam parte das comissões executivas dos partidos políticos e, no dizer do Chiru Mena, eram "ouvidos e cheirados" a respeito de quase tudo quanto interessasse a vida política, econômica ou social da comunidade. O prestígio de que gozavam repousava não apenas no fato de serem gente de dinheiro, senhores de terras, casas e gado, mas também no seu patrimônio moral e na tradição, pois em sua maioria descendiam de antigos moradores do município, os quais lhes haviam transmitido uma herança de integridade e amor ao trabalho, e raro era aquele que não tivesse um antepassado herói de alguma campanha militar. Os Fagundes, os Macedos e os Amarais eram federalistas; os Teixeiras, os Prates e os Trindades, republicanos. Representava também, cada um desses chefes de clã, uma força política considerável, uma vez que contava com seu grupo de eleitores certos: amigos, parentes, protegidos, peões, agregados e posteiros. Quando se perguntava a um caboclo se era maragato ou pica-pau, com frequência se ouvia esta resposta: "Sou *gente* do coronel Fulano".

(Já afirmara alguém que a vida política do Rio Grande do Sul se resumia numa dança ritual em torno de dois cadáveres: o de Silveira Martins e o de Júlio de Castilhos. Certo, havia homens ligados a qualquer dos dois grandes partidos estaduais por laços ideológicos: a maioria, porém, se deixava levar irracionalmente pelo fascínio mágico dum nome ou pela cor dum lenço: e por esses mitos era capaz de matar ou morrer. Santos mais novos do calendário cívico, como Borges de Medeiros, Assis Brasil e Fernando Abbott, começavam a ter já seus devotos, mas entre os políticos gaúchos vivos só um existia cuja estatura se podia comparar com a dos gigantes mortos: o senador Pinheiro Machado.)

Em geral eram os estancieiros de Santa Fé cidadãos de poucas ou nenhumas letras: tinham, porém, olho vivo para os negócios e uma certa sabedoria da vida. Muitos deles estavam já mandando ou pensando em mandar os filhos a estudar medicina ou direito na capital do estado. Dizia-se que Joca Prates era homem de algumas luzes e que em sua casa havia até uma prateleira com livros. Toda a gente na cidade sabia que Aderbal Quadros era um pitoresco contador de "causos" e que o cel. Pedro Teixeira sabia fazer contas de cabeça com mais rapidez que muito bacharel com lápis e papel na mão. Com a exceção do cel. Cacique Fagundes, sabidamente um unha de fome terrível, esses estancieiros eram generosos sem serem perdulários, viviam uma vida de fartura mas nunca de esbanjamento, e educavam as filhas como se elas tivessem de um dia ganhar seu sustento com o trabalho das próprias mãos. Cultivavam nelas as virtudes domésticas, obrigavam-nas a aprender a cozinhar, costurar, fazer renda, pão, doces, queijos e a cuidar de crianças. O cronista d'*A Voz* costumava falar nas "deslumbrantes e custosas joias" das damas que abrilhantavam com a sua presença o *réveillon* do Comercial. Isso, porém, era pura flor de retórica, porque as mulheres pobres do lugar não tinham dinheiro para comprar joias e as ricas — com raríssimas e clamorosas exceções — apresentavam-se desataviadas delas, visto como eram educadas espartanamente.

Quando na cidade, alguns dos mencionados fazendeiros tinham o hábito de frequentar o clube à noite. Ficavam ali a pitar e a conversar sobre negócios ou política: muitos sentavam-se às mesas cobertas de pano verde e se entregavam a um joguinho barato: voltarete, escova ou solo; alguns venciam até a desconfiança que certos jogos estrangeiros lhes inspiravam e começavam já a gostar do pôquer. O bolão, jogo que o clube inaugurara havia pouco, atraía principalmente os raros sócios de origem alemã, que a ele se entregavam com muito barulho e muita cerveja. E frequentes vezes, ouvindo o rolar surdo das bolas de madeira no porão do edifício, seguido do claro pipocar dos paus que tombavam, algum dos sócios do Comercial que jogavam cartas no andar superior, resmungava: "Essa alemoada merecia que a gente descesse e tirasse eles lá debaixo a rebenque!".

Nenhum desses membros do patriciado rural se interessara ainda pelos bilhares, de sorte que estes ficavam entregues a seus filhos e principalmente aos caixeiros e funcionários públicos.

O comércio local queixava-se (à socapa, para não ferir suscetibilidades) de que os estancieiros só pagavam suas contas uma vez por ano, por ocasião da safra. O Marcelino Veiga dissera certo dia a um caixeiro-viajante amigo: "Veja que negócio, seu compadre! Compro a cento e vinte dias de prazo e vendo a trezentos e sessenta e cinco. E sem juros, note bem, sem juros!". Fosse como fosse, a verdade era que todos os comerciantes do lugar disputavam a freguesia daquelas famílias abastadas.

Logo abaixo dessa gorda camada de nata do leite social santa-fezense, havia outra, um pouco mais fina, integrada por pessoas que, embora não possuíssem fortunas particulares nem tradições, gozavam da importância do cargo que ocupavam ou de algum título que possuíam. Assim, quase no mesmo nível dos ricos estancieiros, se encontravam o juiz de comarca, o juiz distrital, o promotor público, os oficiais da guarnição federal, alguns altos funcionários e a maioria dos médicos e advogados.

Vinha a seguir a terceira camada — nata ainda mais magra que a precedente —, formada pelos estancieiros e comerciantes de menor importância econômica e por gente que, embora possuísse tradições de família, havia já perdido sua fortuna ou nunca a tinha conquistado.

O resto — o leite propriamente dito — eram os funcionários públicos, sempre muito mal pagos, uma série de pessoas de profissão incerta, e principalmente uma legião de empregados do comércio.

4

O cronista d'*A Voz* nunca esquecia de mencionar "as famílias tradicionais de nossa comuna". O Zago da Farmácia Humanidade, com seu humor ácido de maldizente, costumava insinuar que a árvore genealógica de muitas daquelas "ilustres famílias" tinha raízes no chão da cozinha ou da senzala. Claro, isso era um exagero caricatural, pois, embora se notassem na face de um que outro sócio do clube característicos negroides, pele dum moreno excessivamente carregado, nariz achatado, lábios arroxeados ou cabelos dum crespo suspeito — nas veias da maioria dos frequentadores do Comercial o que corria era muito bom sangue português, em muitos casos — força era reconhecer — já temperado de sangue indígena, fato de que aliás muitos daqueles homens se orgulhavam. Explicava-se assim a abundância do tipo acaboclado, de pele trigueira, zigomas salientes, olhos pequenos e meio oblíquos, cabelos negros, grossos e corridos e principalmente dum tipo de mulher pela qual Rodrigo Cambará nunca se sentira muito atraído: a chinoca de buço forte, seios fartos e pernas curtas, com uma tendência alarmante para a gordura. Eram desse padrão as cinco filhas de Cacique Fagundes, o qual se gabava de ser descendente direto do famoso chefe bugre Fongue.

Mas que havia tradição na maioria daquelas famílias que formavam, no dizer do Zago, a "aristocracia do boi" — isso era inegável. Os Amarais descendiam do fundador de Santa Fé, um tal Ricardo Amaral, estancieiro e cabo de guerra, neto de portugueses do Minho, e nascido no antigo município de Curitiba. Em sua maioria, as principais famílias santa-fezenses tinham seus troncos plantados no solo de Sorocaba, pois muitos dos tropeiros sorocabanos que por volta de 1820 tinham vindo ao Rio Grande comprar mulas para revendê-las na feira de sua terra natal, tomaram-se de amores por Santa Fé e ali se estabeleceram definitivamente.

Quem olhasse para o rosto claro e oval de Ritinha Prates e principalmente para seus olhos, que eram dum azul de céu noturno, veria logo que em suas veias não corria a menor gota de sangue africano ou indígena. Seu pai, o estancieiro Joca Prates, mandara "tirar" sua árvore genealógica por um estudioso de história, e descobrira com a mais absoluta certeza ser descendente dos primeiros casais açorianos que, em meados do século XVIII, tinham vindo para o Rio Grande do Sul; e por correspondência trocada com pessoa idônea residente nos Açores, viera a descobrir ainda que seus antepassados mais remotos eram os Plantz, família flamenga que se instalara na ilha Terceira, em fins do século XV, e que tivera seu nome aportuguesado e transformado em Prates.

Quanto à nobreza propriamente dita, havia na cidade dois descendentes dum nobre do Império, o barão de São Martinho. Eram Terézio Matos, um agiota, e sua filha única, Mariquinhas. Tinham a casa cheia de retratos a óleo de ancestrais ilustres, e a baixela de prata que pertencera ao falecido barão, e que lhes coubera por herança, constituía uma das sete maravilhas de Santa Fé.

Os títulos de nobreza, porém, pareciam não impressionar muito aquelas gentes. Já se afirmara num artigo d'*A Voz que nossa Santa Fé é uma cidade verdadeiramente democrática, pois aqui não existem preconceitos de raça, de classe ou de dinheiro; o que vale para nós é a qualidade pessoal do indivíduo.*

Será mesmo? — perguntava-se muitas vezes Rodrigo Cambará a si mesmo. Um dia chegara a discutir o assunto com o juiz de comarca, o dr. Eurípedes Gonzaga. Que tipo de preconceito regia a sociedade de Santa Fé? Seriam preconceitos de raça? O juiz sacudira a cabeça negativamente. Não. Ali nunca se perguntara a ninguém pelos avós, se tinham sido negros, pardos ou brancos. Rodrigo, porém, retrucara:

— Mas um negro, doutor, jamais seria admitido como sócio deste clube!

— Isso é verdade. Mas o Comercial nunca deixou de aceitar um homem decente só porque tivesse a pele um pouco escura.

Rodrigo encolhera os ombros.

— Talvez haja um preconceito social, regulado pela posição econômica de cada indivíduo, pela sua profissão, pela maneira como ele se porta e anda vestido. Mas que há um preconceito, isso há.

O juiz ficara a olhar reflexivamente para a ponta de seus sapatos de verniz, com uma expressão de perplexidade no rosto.

— Talvez — murmurara —, talvez, mas não creio.

— O senhor não negará — tornara Rodrigo — que existem profissões que, do ponto de vista desta sociedade, são consideradas baixas: sapateiros, ferreiros, funileiros, seleiros, alfaiates e muitas outras... enfim, gente que faz trabalho manual, o senhor sabe...

— Mas acontece — observara o dr. Gonzaga — que as pessoas que exercem tais profissões não se acham em condições econômicas de entrar para o Comercial. Não poderiam pagar a joia e a mensalidade e nem teriam roupas adequadas para frequentar seus salões.

— Aí está! A diferença então é mesmo de nível econômico. Conhece o caso do Arrigo Cervi?

O juiz sacudiu negativamente a cabeça grisalha. Rodrigo contara:

— Pois o Cervi é filho de imigrantes italianos de Garibaldina. Quando fez vinte e um anos, abandonou a colônia, por não gostar da agricultura, e veio estabelecer-se na cidade com banca de sapateiro. Pois bem. Em 1905 quis entrar como sócio para este clube e foi recusado. A razão? Muito clara: o homem era um simples remendão. De nada lhe servia ser um sujeito honesto que batia sola de sol a sol. O ano passado o Cervi tornou a propor-se e foi aceito.

O juiz erguera a cabeça, dizendo:
— Perfeitamente. Fez-se justiça, embora um pouco tarde...
— Qual justiça, doutor! É que em 1905 o Cervi já era proprietário duma casa de calçados, situada na rua do Comércio. Deixou de ser remendão para ser comerciante, passou a vestir-se melhor, subiu de categoria social.
— Honra ao mérito!
— No entanto não creio que o homem tenha melhorado ou piorado de caráter...
O magistrado sorrira com benevolência:
— O senhor é moço, mas um dia há de aprender que todas as sociedades são regidas por preconceitos e normas milenares, e que ir contra eles é o mesmo que dar murro em ponta de faca.
— Ah! — fizera Rodrigo, como se de repente se lembrasse dum novo elemento para reforçar seu argumento. — Hoje o Arrigo Cervi está aqui dentro do clube, mas a gente nota claramente que ele é apenas *tolerado*. O mesmo acontece com todos os outros descendentes de imigrantes tanto italianos como alemães. São olhados de cima para baixo pela aristocracia local.
— Da qual o meu prezado amigo também faz parte...
— Para mim todos os homens são iguais.
Naqueles tempos Rodrigo andava com a cabeça cheia de Chateaubriand, Rousseau, Voltaire, Renan e Le Bon, leituras que alternava confusamente com serenatas e excursões pelos bordéis. Escrevera então alguns artigos sobre a igualdade e a fraternidade, chegando a fazer um discurso inflamado e quase revolucionário na União Operária local.
E agora, naquele 31 de dezembro de 1909, ao entrar nos salões iluminados do Comercial, Rodrigo ainda não via claro no colorido conglomerado humano. Tinha, porém, a intuição de que havia ali várias camadas que não se misturavam. Aquelas pessoas não se encontravam num continente: eram, antes, moradores dum arquipélago. Lá estava a importante ilha dos estancieiros, comerciantes e "pessoas gradas" da localidade. Havia as pequenas ilhas, de escassa população, dos descendentes de imigrantes e finalmente a grande, populosa, pululante ilha dos funcionários públicos e empregadinhos do comércio. Certo, os habitantes duma ilha às vezes se aventuravam em excursões pelas outras ilhas vizinhas, mas mesmo essas viagens ocasionais obedeciam a certas regras. As filhas dos estancieiros e dos comerciantes dançavam geralmente com os filhos dos estancieiros e dos comerciantes: moços, po-

rém, como o promotor público e o dr. Amintas, que eram solteiros, bem como os oficiais da guarnição federal também dançavam com as Fagundes, as Prates, as Teixeiras, as Macedos e as Amarais. Um dia, entretanto, o Lelé Pontes, caixeiro da Casa Sol, teve a ousadia de convidar para dançar a filha mais moça de Cacique Fagundes; ora, a rapariga, que era bem-educada, não recusou, mas fechou a cara, não trocou uma palavra com o rapaz e, mal parou a música, foi sentar-se na sua cadeira e passou emburrada o resto da noite. Os caixeiros, porém, encontravam seus pares e escolhiam eventualmente suas namoradas e esposas entre as moças pobres, filhas de pequenos comerciantes ou funcionários.

Os que gozavam de maiores regalias eram os rapazes das famílias ricas. Esses iam e vinham entre todas as ilhas, dançavam com as "alemoas", com as "gringas" ou com as moças pobres, para delícia e inquietação das mamas destas últimas. Quando, por exemplo, um jovem Fagundes, Teixeira, Amaral ou Prates dançava de "par efetivo" com uma mocinha modesta, os "filhos da Candinha" achavam que aquilo era namoro, garantiam que de tal namoro não podia sair casamento e, por conseguinte, o rapaz "estava desfrutando a moça".

Ninguém representava melhor o código social não escrito de Santa Fé do que d. Emerenciana, esposa do cel. Alvarino Amaral. Era ela a personificação mesma da Opinião Pública, espécie de monumento municipal, pessoa muito acatada, respeitada e admirada, não só por ser uma Amaral e rica, como também por "suas virtudes de dama romana", como dissera, em discurso recente, o promotor público. Baixa, muito gorda e cinquentona, com um buço grosso que era quase um bigode, o nariz achatado e cheio de protuberâncias, a lembrar na cor e na forma uma batata com casca, Emerenciana Amaral reinava no casarão da família, ali na praça da Matriz, comandando uma família de quatro filhas, três filhos e cinco netos. À tardinha ia sempre debruçar-se à sua janela para olhar o movimento da praça, e muitas pessoas tinham como hábito, e algumas até como devoção, parar sob essa janela para conversar com a matrona.

Quando ia a festas ou bailes, ficava ela na sua cadeira, a respirar com dificuldade, pois a gordura lhe dava palpitações e sufocações — mas de olho atento a tudo quanto se passava em derredor. De vez em quando fazia comentários cochichados ao ouvido das pessoas sentadas a seu lado, e jamais perdia de vista as filhas e os filhos.

Para Emerenciana Amaral as moças dividiam-se em duas grandes categorias: as sérias e as desfrutáveis. As sérias portavam-se com recato, não riam alto, não permitiam liberdades, não eram janeleiras e não dançavam com quem não tivessem sido apresentadas. As desfrutáveis, essas se requebravam quando caminhavam ou bailavam, falavam alto, riam para qualquer um, namoravam o primeiro que aparecesse, principalmente se era forasteiro. De seu posto, d. Emerenciana fiscalizava os namoros do salão, contava o número de "marcas" que cada rapaz dançava com a mesma moça. "Olhe, dona Zeferina, o Vadico já dançou cinco marcas seguidas com a Mariquinhas Matos. Isso não está me cheirando bem." Ante os noivados crônicos, tinha sempre a mesma pergunta, que formulava sem a menor malícia: "Então, quando é que vão nos dar os doces?".

Nos bailes do Comercial apareciam com frequência caixeiros-viajantes que gozavam entre as moças da terra de grande popularidade por serem pessoas alegres, bem trajadas e bem-falantes, sempre com uma boa história ou uma piada espirituosa na ponta da língua. Sabiam animar uma festa e não havia ninguém como eles para organizar quadrilhas e jogos de salão. A popularidade desses "cometas" deixava um pouco enciumados os moços do lugar, a favor dos quais se erguia d. Emerenciana: "Imagine, a ideia da Ritinha Prates! Deixar de namorar o filho do Teixeira só pra se desfrutar com esse caixeiro-viajante que ninguém sabe donde veio". Para a esposa de Alvarino Amaral, era muito importante saber a origem duma pessoa, pois haveria quem não soubesse que filho de tigre sai pintado e filho de peixe sabe nadar? D. Emerenciana sabia muito bem que os caixeiros-viajantes preferiam dançar com as "desfrutáveis"; divertiam-se com as sirigaitas e depois saíam a gabar-se para Deus e todo mundo do que tinham feito com elas. Eram uns descarados, tinham uma namorada em cada cidade. Pobre da moça que se deixasse levar pela lábia desses doidivanas! (Por influência de suas leituras dos folhetins do *Correio do Povo*, d. Emerenciana usava termos como *doidivanas*, *tresloucado*, *adrede*...). Olhava também com certa desconfiança para os aspirantes e tenentes da guarnição federal. Eram moços de cidade grande: o que queriam era desfrutar nossas filhas para depois saírem a fazer troça delas... Acontecia também que o Exército não gozava de boa reputação, e o nome pejorativo de "baiano", que se dava aos soldados — gente indisciplinada e barulhenta, que conflagrava constantemente o Barro Preto —, tendia a estender-se também à oficialidade.

Assim, aqueles *réveillons* do Clube Comercial transcorriam sob o olhar vigilante de matronas como Emerenciana Amaral. Dançava-se nas ilhas — ilhéu com ilhoa —, e os filhos dos estancieiros, bem como os oficiais do Exército, os caixeiros-viajantes e outros forasteiros de igual categoria social, tinham passe livre em todo o arquipélago: dançavam ora com uma Prates de vestido de seda e rendão, cheirando a essências estrangeiras, ora com mocinhas mais modestas, que traziam o mesmo vestido do *réveillon* do ano passado, e que usavam óleo de mocotó no cabelo. E nem o ritmo sacudido das valsas, das mazurcas, polcas e havaneiras conseguia fazer que a nata se misturasse completamente com o leite.

Fora, nas calçadas e no meio da rua, à frente do edifício do clube, aglomeravam-se grupos. Era o "pessoal do sereno", os que espiavam a festa, os que não tinham ido ao baile porque estavam de luto, não possuíam trajos de gala ou não eram sócios do Comercial.

CAPÍTULO VI

I

Eram dez e quinze quando a banda de música do Regimento de Infantaria, que atestava o coreto do salão de festas, rompeu a tocar os primeiros acordes da marcha de "La Geisha". Era o sinal de que a *polonaise* ia iniciar-se. Rodrigo teve a impressão de que o teto corria o risco de ir pelos ares e de que as paredes estavam prestes a ruir sob a pressão daqueles sons explosivos. E a música, para ele evocativa de noitadas de opereta, também parecia fazer-lhe uma pressão terrível no peito, não de fora para dentro, mas de dentro para fora, na forma dum entusiasmo trepidante. Dir-se-ia que as ondas sonoras o erguiam em suas cristas iridescentes, deixando-o a boiar estonteado naquele mar revolto. De súbito, estrondou o bombo e a música parou. O sinal estava dado.

O cel. Cacique Fagundes, o presidente do Comercial cujo mandato terminaria naquela noite ao entrar o Ano-Novo, postou-se no meio do salão, bateu palmas e exclamou:

— Tirem seus pares pra quadrilha, moçada!

Baixo, ventrudo, torso roliço apertado numa sobrecasaca preta, as coxas gordas modeladas pelas calças a fantasia, a papada a derramar-se sobre as bordas do colarinho duro, tinha o coronel da Guarda Nacional um rosto largo e bronzeado de bugre.

— Vamos, rapaziada! — insistia ele. — Está na hora da onça beber água! Cada um com sua cada uma!

Os cavalheiros puseram-se a escolher os pares, e naquela sala de chão esbranquiçado de espermacete — cujo cheiro Rodrigo desde adolescente associava ao de carne-limpa-de-mulher-jovem-em-noite--de-baile — começou um animado e festivo vaivém. Nos rostos das moças que, juntamente com suas mamãs e titias, estavam sentadas nas cadeiras que perlongavam as quatro paredes do salão, notava-se um ar de expectativa quase nervosa, que se traía por movimentos bruscos de cabeça, pela maneira frenética com que abanavam os leques, alisavam os vestidos, lambiam os lábios ou trocavam segredinhos.

Cacique Fagundes aproximou-se do cel. Jairo Bittencourt — que naquele exato momento apresentava a Rodrigo sua esposa, uma senhora alta, muito alva e magra, metida num vestido de rendão negro, com uma *aigrette* cor-de-rosa na cabeça — e, tomando-lhe afetuosamente o braço, pediu:

— Marque a *polonaise* pra nós, coronel.

— Ah, não! — escusou-se o militar. — O presidente do clube é a pessoa mais indicada para isso.

— Qual nada! Sou um guasca velho. Sei marcar mas é gado. Vosmecê é homem de cidade grande, conhece todas essas danças da moda. Sou ainda do tempo dos lanceiros.

O oficial relutava. Achava que quem estava em condições de fazer aquilo era o dr. Rodrigo...

— Ora, coronel — replicou este último —, por quem é! Aqui quem está mais afeito a comandar homens é o senhor mesmo...

Enquanto os três discutiam, no meio do alegre zum-zum de vozes, a esposa do comandante passeava em torno o olhar enfastiado, que parecia acentuar-lhe a palidez enfermiça do rosto. Rodrigo ouvira dizer que Carmem Bittencourt morria de saudades do Rio, detestava Santa Fé e recusava relações com as damas da terra.

O cel. Jairo finalmente capitulou: marcaria a *polonaise*.

Com sua cabeleira ruiva, o rosto sanguíneo, os olhos azuis, enfarpelado no uniforme de gala: túnica dum cinzento carregado, com dragonas e botões dourados, calça vermelha de garança — parecia o comandante do Regimento de Infantaria uma figura saída dum cartaz impresso em rica tricromia, com tinta ainda fresca.

Rodrigo procurava Flora Quadros com o olhar. Avistando-a nas imediações da toalete das senhoras, sentada ao lado da mãe, encaminhou-se para ela. Mau grado seu, ia meio perturbado, demasiado consciente do fato de estar sendo alvo de muitas atenções: lá vai o moço do Sobrado, o bom partido... quero só ver quem é que ele vai tirar pra quadrilha...

Flora parecia ter percebido que ele vinha a seu encontro, pois desviara os olhos para um lado, enquanto seus dedos brincavam nervosos com o leque pousado no regaço. Rodrigo dirigiu-se primeiro à mãe:

— Como está a senhora, dona Laurentina?

A esposa de Aderbal Quadros estendeu-lhe a mão, e seu rosto de imagem de pau continuou impassível. Quando falou, havia em sua voz apenas um tom de frio e cerimonioso interesse:

— Como vai o senhor? Chegou bem de viagem? Como estão todos no Sobrado?

Sem responder àquelas perguntas retóricas, Rodrigo voltou-se para Flora:
— Senhorita, como tem passado?
A moça estendeu-lhe a mão.
— Muito bem, obrigada — respondeu, ao mesmo tempo que retirava rapidamente a mão que ele apertava com força.
Rodrigo sentiu que, se não dissesse mais nada, nenhuma daquelas criaturas tornaria a falar e os três se quedariam ali num silêncio embaraçoso.
— Ainda não vi o coronel Aderbal...
— O papai não veio ao baile — disse Flora. — Não gosta muito de festa...
Rodrigo imaginou o drama: Babalo em casa, sozinho, numa sala escura, a pensar nos negócios embrulhados, na falência que se aproximava inexoravelmente. Com toda a certeza não contara nada à mulher, nem à filha, para não alarmá-las. E agora, enquanto ambas ali estavam em plena festa, ignorantes de tudo, o pobre homem debatia-se em sua solidão angustiante, num problema de consciência... Sim, talvez estourasse os miolos com um tiro ao soarem as primeiras badaladas da meia-noite. E, quando Flora e a mãe entrassem em casa, de volta do baile...
— A senhorita quer dar-me a honra de dançar comigo a *polonaise*?
Flora sorriu e, com as orelhas e as faces afogueadas, ergueu-se, alisando o vestido branco, de feitio singelo, e a faixa azul que lhe circundava a cintura e cujas pontas lhe pendiam dum lado, numa laçada. Seus olhos, dum castanho-escuro, evitavam os de Rodrigo.
É bonita — pensava ele. — Muito mais bonita do que a imagem dela que eu guardava na memória... Não sei que tem essa carinha que tanto me atrai. Não são apenas as feições, mas também um certo ar de inocência, de dignidade sem afetação... Dentes perfeitos. O porte não podia ser mais bem-proporcionado: cintura fina, ancas estreitas... Não é peituda como as Fagundes. Não tem buço. Pobrezinha, a esta hora o pai decerto está morto e ela não sabe... Protegê-la, sim, fazê-la feliz, dar-lhe tudo que tenho: meu amor, meu nome, o Sobrado, o Angico, tudo...
De braços dados e em silêncio, ambos caminharam para o centro do salão, onde outros pares já se achavam reunidos.
Imponente no seu fraque, com uma rosa branca na botoeira, Chiru Mena procurava pôr ordem no caos, gritando:
— Vamos! Todos nos seus lugares. O coronel Jairo vai marcar a *polonaise*. Depressa, moçada, fiquem nas posições!

Agitava os braços, suava, tirava do bolso o vasto lenço de seda vermelha — símbolo de seu partido — e passava-o num largo gesto pelo rosto e pelo pescoço.

Rodrigo voltou a cabeça para Flora e murmurou:

— Está animado o baile, não?

Que coisa estúpida! Uma frase digna de qualquer daqueles caixeirinhos que ali estavam nas suas roupas pretas domingueiras, os pescoços entalados em colarinhos duros, as botinas muito bem lustradas.

— Como? — perguntou Flora.

Rodrigo repetiu a frase, achando-a ainda mais abominável. Ele, o dr. Rodrigo Cambará, leitor de Taine e Renan, a repetir uma platitude que naquele mesmo momento decerto vinte guarda-livros estavam a dizer a suas damas!

— Muito... — respondeu ela.

Por que será que essa menina não me olha? Por que está tão sestrosa?

No momento em que os pares ficaram a postos, numa fileira dupla, com o cel. Jairo e a esposa à frente, a banda atacou novamente a marcha de "La Geisha".

— *En avant!* — gritou o comandante.

A *polonaise* começou. Os pares fizeram duas voltas no salão, arrastando os pés ao compasso da música. O vulto de Chiru sobressaía dos demais, gingando, quase aos pulos, e seu rosto resplandecia de suor e contentamento. Rodrigo segurava delicadamente os dedos de Flora, mirava-a de soslaio, via-lhe o perfil sereno, os lábios entreabertos...
Un point rose qu'on met sur l'i du verbe aimer. Ah Cyrano! Voilà ta Roxane, et ton panache, mon panache, mon panache... Passaram-lhe pela mente coloridas gueixas e samurais a dançar num palco, agitando no ar lanternas acesas...

Rodrigo marchava na ponta dos pés, a cabeça alçada. Havia tomado três cálices de conhaque antes de entrar no salão. Sentia um estonteamento agradável, numa leveza aérea e irresponsável de balão.

De narinas palpitantes farejava o ar, procurando, com um gosto discriminador e sensual, identificar os componentes daquele *pot-pourri* de perfumes que pervagava o salão. Lá estavam o Rose de France, o Fleur de Janet, o Fleur d'Amour, o Quelques Fleurs, de mistura com essências menos nobres. Sim, porque existia também entre os extratos uma nítida hierarquia. Os Macedos, os Amarais, os Veigas, os Teixeiras e outras famílias de estancieiros e comerciantes prósperos prefeririam os produtos de Houbigant. As gentes remediadas favoreciam os de Deletrez, Pinaud e Pivert. Os caixeirinhos, suas namoradas, noivas e esposas cheiravam a água de Flórida, a essência de rosas e vaselina perfumada. Que contraste havia, por exemplo, entre o sugestivo L'Oeillet du Roi, que envolvia calidamente a pessoa de Ritinha Prates, e a fria e assexuada fragrância de patchuli, que se evolava do lenço de d. Laurentina Quadros! Mas o que deixava Rodrigo mais excitado era aquela emanação dos corpos das mulheres, o odor quente e humano do primeiro suor depois do banho.

Balancez! Rodrigo enlaçou a cintura de Flora e começou a rodopiar. E, como se estivesse montado no cavalo de pau dum carrossel, viu uma sucessão vertiginosa de imagens: as faces das mulheres sentadas, os vultos dos outros pares que dançavam e — azul-ferrete e vermelho — o uniforme dos oficiais do Exército, o ousado vestido *chaudron* de Esmeralda e mais rabos de fraques e *croisés*, leques, plumas, o clarão das chamas de gás nos lustres de vidrilho, as caras dos músicos no coreto, as bocas dos pistões e trombones, como sóis de ouro a dardejar para o salão uma música vibrante, que parecia aumentar ainda mais o calor do ambiente.

Rodrigo sentia o suor escorrer-lhe pelo peito e pelas costas. Ah! E não vinha de fora nem a menor viração.

Jairo Bittencourt continuava a dar suas ordens de comando. Agora damas e cavalheiros se haviam separado e faziam a volta do salão em duas filas simples. Finalmente tornaram a unir-se para um novo *balancez*.

Houve um instante em que o olhar de Rodrigo encontrou o de Flora, e ele ousou apertar-lhe os dedos com mais força.

Em seus pensamentos passou, muito concorrido, o enterro do pobre Aderbal Quadros, que por sinal nem entrou na igreja, pois, como é sabido, os padres nunca encomendam a alma dos suicidas. Que horror! Um quarto na casa do morto: Flora toda de preto, os olhos vermelhos de tanto chorar. D. Laurentina também de luto, o lenço tarjado recendendo a patchuli. Pobre gente! Mas não. Flora agora sorri, toda vestida de branco, com uma grinalda de flores de laranjeira na cabeça, um longo véu... Vem saindo da igreja pelo braço do noivo. Um casamentão! E a voz de Laurinda termina a história da carochinha: "E casaram-se, tiveram muitos filhos e foram muito felizes". Conta outra, Laurinda!

Filhos! Rodrigo olhou enviesado para a cintura de Flora. Sim, era uma pena, aquela cinturinha ia engrossar, aquele ventre intumescer: e

aqueles seios ficariam regurgitantes de leite, e a boquinha dum bebê viria pôr o ponto rosado no bico dos seios adorados. *Mais vous êtes embêtant, mon cher docteur. Oui, Mélanie, je crois que je suis complètement ivre.*
— *Chemin de fer!* — gritou o cel. Jairo.
E houve uma alegre confusão e risadas, enquanto os pares procuravam fazer a figura indicada.
Veio mais uma ordem de *balancez* e Rodrigo vislumbrou o rosto de Ritinha Prates, cujos olhos azuis, ao fitarem por um instante os seus, lhe deram uma curiosa e agradável sensação de refrigério, como se ele tivesse mergulhado inesperadamente numa sanga. Mundo errado! Mundo errado! Mundo errado! Por que é que um homem tem de se casar só com uma mulher?
Ouviu-se uma pancada de bombo e a *polonaise* terminou. Estrugiram palmas. De braços dados, damas e cavalheiros começaram a andar em passos lentos ao redor do salão, conversando animadamente.

2

Rodrigo avistou dois jovens oficiais em fardamento de gala, inclinou a cabeça para Flora e perguntou:
— Quem são aqueles militares?
— O mais alto — respondeu ela — é o tenente Rubim Veloso, da artilharia. O mais baixo é o tenente Lucas Araújo, dos obuseiros.
Rodrigo olhava para os oficiais com uma certa má vontade. Não pôde evitar um sentimento de ciúme com relação àqueles dois forasteiros, nos quais pressentia concorrentes em estado potencial. Um deles, o mais baixo, levava pelo braço Ritinha Prates; o outro caminhava ao lado de Esmeralda Dias, encurvado sobre ela, a dizer-lhe algo que devia ser muito engraçado, pois a moça não cessava de rir.
— São seus conhecidos?
— São, sim — respondeu Flora. E acrescentou: — O tenente Lucas é impagável!
Rodrigo não gostou do entusiasmo com que Flora lhe disse estas últimas palavras.
Naquele instante a banda rompeu a tocar uma valsa: "Sobre as ondas". O primeiro que começou a dançar foi o Chiru. Outros pares o seguiram.

O baile ainda não se animara verdadeiramente. Predominava uma certa atmosfera de cerimônia muito comum às primeiras horas dos *réveillons*. Dir-se-ia que toda aquela gente estava como que inibida pelos trajos de gala e pela solenidade da festa. Na maioria das faces estampava-se uma expressão de seriedade ou constrangimento, e eram baldados os esforços que fazia Chiru para estimular os convivas com seus passos exageradamente balanceados, seus rodopios, seus sorrisos e seus gritos de "Vamos, moçada! Fogo na canjica!". Todos porém sabiam que à medida que se aproximasse a meia-noite, a "coisa iria esquentando" para finalmente se transformar num pandemônio.

Rodrigo enlaçou a cintura de Flora e começou também a valsar. Os cabelos de seu par recendiam suavemente a jasmim-do-cabo. Mulher é uma coisa extraordinária — pensou ele. Que seria do mundo se não houvesse mulheres? São a obra-prima da Criação — concluiu, esforçando-se por não pensar em todas as mulheres feias que ali se encontravam. E por um irônico acaso, naquele minuto mesmo enxergou Emerenciana Amaral, que, como a rainha-mãe no trono, se achava sentada numa poltrona — posta ali especialmente para ela. Seus lábios, sob o buço cerrado, estavam fixos numa expressão de amuo. Ela se abanava, batendo com o leque naqueles seios que haviam amamentado doze filhos, dos quais sete estavam vivos e a dançar no Comercial.

Valsando com entusiasmo, consciente sempre da sensação agradável que lhe proporcionava o contato da mão de Flora e a proximidade de seu corpo — embora houvesse entre ambos a respeitosa distância de um bom palmo —, Rodrigo via em relances as faces das outras mulheres: as caboclas do Fagundes, de buços suados e peitos ofegantes; a cara viva da Esmeralda, que pulava nos braços do tenente de artilharia; o sorriso enigmático da Gioconda... E de repente, num doce choque, deu outra vez com o rosto mimoso de Rita Prates. Upa! Como Ritinha havia melhorado naquele último ano, estava mais mulher... *Hélas*. E quem será aquela moça alta e vistosa com um diadema na cabeça? Quem está certo — refletiu Rodrigo em tempo de valsa — são os mórmons... Grande seita! Grande gente! Claro, podia namorar muitas. Mas se quisesse levar a sério o namoro com Flora, teria de portar-se direito. De resto, precisava melhorar sua reputação perante as mamas de Santa Fé. A notícia de suas proezas nos bordéis correra mundo, e decerto a cidade não esquecera ainda que, fazia uns cinco anos (oh, nesse tempo Flora era uma menininha de tranças e vestidinho curto!), ele e Neco haviam provocado uma briga na Pensão Veneza. Havia ainda outros casos escabrosos. Muitos outros — pensava Rodrigo, rodopiando com seu par numa velocidade cada vez maior — e outros. Um estroina! Um libertino! Mas um bom partido, mil vezes melhor que qualquer daqueles rapazes que ali dançavam... Física e intelectualmente! Apesar de todas as minhas loucuras, aposto como essas mamas são capazes de me agarrar com ambas as mãos para genro! Ah, se são!

Rodrigo apertou a mão de Flora, mas não sentiu nenhuma correspondência nos dedos dela, que continuaram frouxos, frescos e levemente úmidos. Pensou em dizer-lhe um galanteio. Não era, porém, de bom-tom falar com o par durante a dança.

Um estrondo de bombo e um tinir de pratos puseram fim à valsa. Os pares estacaram, e os cavalheiros puseram-se a enxugar o suor dos rostos com os lenços, enquanto as damas se abanavam com os leques. E a ronda do salão recomeçou.

Rodrigo olhou para Flora e compreendeu que a timidez a deixava muda. Que devia dizer-lhe? Falar em coisas fúteis — o baile, o tempo, o cometa de Halley? Ou conduzir a conversa para o rumo do amor? Viu que ela erguia a cabeça e sorria. Para quem? Seguiu-lhe a direção do olhar e verificou que o sorriso era endereçado ao ten. Lucas, o qual, do outro lado do salão, lhe fazia caretas e sinais com as mãos. Decerto são namorados — concluiu. E naquele momento odiou o tenente de obuseiros. Que tolice a sua, imaginar que Flora pudesse ter passado todo o ano fiel a ele, só porque haviam tido um namorico de férias! Estava ferido em seu amor-próprio e tomado dum desejo de humilhar a moça ou de ao menos fazê-la sentir sua indiferença.

— Dançaremos mais uma vez — disse com secura — e depois eu a deixarei, pois não quero que seu namorado se zangue...

— Não tenho namorado — replicou ela sem o encarar.

— Está certa disso?

— Estou.

— Como é possível que a moça mais bonita de Santa Fé não tenha dúzias e dúzias de admiradores?

— O senhor está fazendo troça de mim.

— Troça? Mas nem diga isso! Estou falando com toda a sinceridade. Creia que sou o maior de seus admiradores.

— Não acredito.

Havia um tom obstinado nas palavras dela.

— Se não acredita — aventurou ele — é porque decerto me despreza, me odeia ou faz pouco caso de minha pessoa.

Flora não respondeu. Continuou a olhar para a nuca da moça que caminhava à sua frente. Seu braço, enfiado no de Rodrigo, estava tão leve que parecia de papel.

— Já vejo que acertei. A senhorita me detesta, não é verdade?

— Não.

— Então por que está se portando dessa maneira?

De novo Flora refugiou-se no silêncio. Ele ia insistir na pergunta quando a banda começou a tocar uma polca. Era ridículo — achou ele — que tivessem de interromper a conversa naquele ponto crucial para saírem saracoteando ao compasso da polca. Mas, que remédio? Enlaçou a cintura de Flora, que continuava a evitar-lhe o olhar, e puseram-se a dançar. Estás me saindo muito arisca! — pensava ele. Mas antes do baile terminar eu te domo ou então não me chamo Rodrigo Terra Cambará. Espera, meu bem, espera, a noite mal começou... Não queres falar? Está bem. Não fales. Mas se pensas que vou continuar aqui a fazer papel de bobo, estás muito enganada. Terminando esta polca vou dançar com outra.

3

Foi o que fez. E quando a banda atacou um xote, o "Porto Clube", viu que Esmeralda Dias estava sem par, aproximou-se dela e convidou-a. Flora recendia a jasmim: os cabelos de Esmeralda cheiravam a óleo de mocotó. Esmeralda era mais corpulenta que Flora, suas carnes menos rijas, suas mãos mais grossas, a pressão de seus dedos mais quente e firme. Mas o diabo da moça não parava de dar risadinhas.

— De que é que está rindo?

— Eu? De nada.

— De nada não pode ser.

Era excitante falar com o par durante a dança. As comadres já estão reparando... Mas que me importa?

Naquele instante separaram-se para fazer uma figura: deram três passos rápidos para um lado, sempre de mãos dadas, e depois tornaram a unir-se.

— De que é que está rindo? — insistiu ele.

— Dumas asneiras que o tenente Lucas me disse.

A palavra *asneira* soou desagradavelmente aos ouvidos de Rodrigo. E o fato de o tenente de obuseiros ser tão popular entre as moças começava a irritá-lo.

— Pelo que vejo, esse tal Lucas é muito espirituoso...
— Impagável.
— Quem é a felizarda que ele namora?
— O Lucas? É um vassoura. Namora todas que pode. Pra ele o que cai na rede é peixe.
— E a senhorita também já caiu na rede?

Esmeralda soltou uma risada, atirando a cabeça pra trás. Rodrigo teve vontade de apertá-la contra o peito e morder-lhe a boca. A rapariga estava longe de ser bonita e ele jamais poderia apaixonar-se por ela. Mas era apetitosa, tinha uma graça picante e provocadora.

— Não sou peixe, doutor Rodrigo! Não sou peixe.
— É um peixão.
— Mas não sou pra qualquer rede.
— Diga então o que é que um pobre pescador tem de fazer para pescá-la...
— Para pescar este peixe é preciso primeiro falar com o velho Dias, depois arranjar os papéis, um padre e um juiz distrital.
— Mas não acha que é muita complicação?

Apertou mais os dedos de Esmeralda, acrescentando:
— Não haverá um processo mais simples de pesca?
— Há — respondeu ela, encarando-o com firmeza. — Se o senhor for pescar na pensão da velha Tucha!

Rodrigo ficou chocado e ao mesmo tempo desconcertado com a resposta. Lembrou-se dum ditado de Fandango: "Deve-se dançar conforme o par".

— Peixe dessa espécie não me interessa — disse.

E tentou puxar Esmeralda mais para perto de si. Ela, entretanto, resistiu, mantendo-o afastado.

— Devagar com o andor, moço — murmurou. — Se pensa que porque é rico e doutor vai me desfrutar, está muito enganado. Não sou dessas, está compreendendo?

Rodrigo franziu o cenho. O fato de Esmeralda, a famosa Esmeralda Dias, repelir daquele modo a ele, o moço do Sobrado, deixava-o numa ridícula posição de inferioridade. Agora — refletiu — esta bruaca é capaz de sair a espalhar pelo salão que eu lhe faltei com o respeito. E todas as mamas vão ficar escandalizadas e não tirarão o olho fiscalizador de cima de mim; e as moças não quererão mais dançar comigo. Estúpido! Por que não ficas de boca fechada?

Tentou então remediar a situação:

— Senhorita, não vá levar a sério o que lhe disse. Eu estava brincando...

— Mas eu não estava.

— Olhe. Vamos deixar o dito por não dito. Não pense que sou um confiado. Seria a última pessoa neste salão a faltar com o respeito a uma senhorita. Por favor...

Esmeralda interrompeu-o:

— Não se amofine. Não vou contar a ninguém. O senhor não é o primeiro. Todo o mundo acha que pode abusar comigo, só porque sou alegre e não fingida como essas sonsinhas que andam por aí com ar de santas, mas que no fundo são umas sem-vergonha. Eu é que sei bem da vida delas.

Por um momento Rodrigo temeu que Esmeralda lhe dissesse algo desagradável sobre Flora Quadros. Desejou intensamente que ela se calasse. Esmeralda, porém, prosseguia... E aquele maldito xote parecia não ter mais fim!

— A Dulce Fagundes... Olhe só para a cara dela. Parece um anjo. Escreve bilhetinhos para um peão do pai. Dizem que se encontram no mato quando ela está na estância.

O mal-estar de Rodrigo aumentava, e ele lançava olhares angustiados para o coreto.

— A filha do Trindade — continuou Esmeralda — fugiu de casa com um caixeiro-viajante. Casaram sim, et cetera e tal, mas agora ela anda aí como uma graúda, e todo o mundo acha que está muito direito, só porque ela é filha do intendente, o mandachuva de Santa Fé, e ninguém tem coragem de falar mal dela...

— O mundo é assim mesmo — disse Rodrigo, achando-se imbecilíssimo por ter feito tal observação.

— E vocês homens é que são os culpados. Fazem as coisas e depois saem se gabando. Dancei com a fulana e fiz isto e aquilo. Então, quando são moços que vêm de cidade grande, como o senhor, a coisa é muito pior. Não sabem fazer distinção entre uma moça de família e uma mulher da vida.

— Mas, senhorita, eu já lhe pedi perdão. Quer que eu me ajoelhe?

— Não. Quero é que não aperte tanto a minha mão. Já disse que não sou dessas, ouviu?

A música parou. Rodrigo sentiu um alívio. Levou Esmeralda até uma cadeira vazia, inclinou levemente a cabeça, balbuciou um agradecimento, fez meia-volta, afastou-se dela em passo acelerado. Sentia-se desmoralizado, irritado, infeliz. Fizera papel de tolo. Levara um verdadeiro *tableau*. E logo com a Esmeralda! Contavam-se dela coisas horríveis. No entanto, a cadelinha assumira ares de donzela pudica só porque ele lhe dissera algumas gracinhas um pouco safadas. Bolas! O melhor que tinha a fazer era ir tomar alguma bebida fresca. Dirigiu-se para a área no fundo do edifício, onde àquela hora muitas pessoas bebiam, sentadas ao redor de mesinhas de ferro.

4

Olhava em torno, à procura duma mesa, quando avistou o cel. Jairo, que lhe acenava com a mão. Aproximou-se dele.

— Sente-se, doutor Rodrigo! — convidou o comandante do Regimento de Infantaria. — Sente-se e tome alguma coisa. Já lhe apresentei minha esposa, não?

Rodrigo sorriu para a dama pálida.

— Tenente Rubim, já conhece o doutor Rodrigo?

O oficial ergueu-se, perfilou-se e murmurou:

— Ainda não tenho esse prazer.

— Doutor Rodrigo — disse o cel. Jairo —, este é o tenente Rubim Veloso.

O ten. Rubim bateu marcialmente os calcanhares, fez uma leve curvatura e apertou a mão de Rodrigo.

O outro oficial que ali estava não esperou que o apresentassem:

— Sou o tenente Lucas Araújo, vulgo André Deed.

Sorrindo, segurou com força a mão de Rodrigo, sacudindo-a repetidamente, ao mesmo tempo que piscava o olho e dizia:

— O senhor que vem de Porto Alegre deve conhecer o Deed, não é? O do cinema, o cômico...

— Claro! — exclamou Rodrigo. — Quem é que não conhece o Deed? É impagável.

— Pois é o que as moças de Santa Fé dizem de mim — sorriu Lucas, fazendo uma careta. E num falsete alambicado: — O tenente Lucas é *im-pagável*. Deve ser por isso que não me pagam, hein, coronel?

O cel. Jairo, percebendo a alusão ao atraso crônico no pagamento do soldo da guarnição, desatou a rir.

Depois pediu aos três homens que se sentassem.

— Que é que toma? — perguntou a Rodrigo.

— Uma cervejinha fresca.

Quando o empregado do bufete passou perto de sua mesa, Jairo tocou-lhe no braço e pediu:

— Uma cerveja fresquinha, meu filho.

Inclinando-se confidencialmente sobre Rodrigo, disse:

— O tenente Rubim e eu somos bons amigos e companheiros d'armas, mas no terreno filosófico não nos entendemos, absolutamente não nos entendemos. Hein, Rubim?

O tenente de artilharia sorriu. Era um homem de rosto miúdo, a pele dum branco róseo, um pincenê acavalado no nariz afilado e longo, os cabelos dum castanho alourado, aparados à prussiana. A arcada dentária superior avançava à feição de limpa-trilhos, dando-lhe à boca um jeito grotesco de bico, acentuado pelo recuo do queixo. A primeira vez que vira o ten. Rubim, Emerenciana Amaral comentara: "Feio como as necessidades". "Mas um feio gostoso", acrescentara Esmeralda Dias, querendo com isso dizer que Rubim tinha uma certa simpatia e que, apesar do bico, da dentuça, do queixo sumido, a gente gostava de olhar para aquela cara; até a voz aflautada, que a princípio desagradava, no fim chegava a ter certo encanto.

— Na verdade — disse ele — nossas divergências são mais de superfície que de profundidade...

Rodrigo observava o tenente de artilharia, secretamente satisfeito por verificar que contava com um rival a menos. Alto, esbelto, metido naquele vistoso uniforme, visto de longe Rubim lhe parecera um titã. No entanto, olhando de perto, tinha uma cara de boneco de ventríloquo. Quanto ao outro, o Lucas, ele compreendia sua popularidade com as moças. Era um simpático palhaço. Parecia-se realmente com o artista francês de cinematógrafo André Deed. Era uma dessas criaturas de cara franca e agradável de quem a gente logo se faz amigo.

Sempre inclinado sobre Rodrigo, o cel. Jairo fez um sinal na direção do tenente de artilharia e murmurou:

— É de Sergipe. Fez um curso brilhantíssimo. Um crânio para matemática, um enxadrista de primeira ordem, campeão de esgrima de sua turma, e talvez um dos melhores artilheiros do Exército. Soldado cem por cento. Tem lido tudo o que se escreveu sobre a arte militar.

Quanto à filosofia, Nietzsche é a sua paixão e ele o conhece de trás para diante, de cor e salteado. Um dos livros de cabeceira do Rubim é a famosa obra de Clausewitz sobre a guerra. Ah! Pergunte a ele qualquer coisa sobre a campanha de 70. Ele sabe tudo, tintim por tintim, como se tivesse feito parte do Estado-Maior de Bismarck. Um crânio, rapaz de muito valor, e muito firme em suas convicções.

Essas palavras tinham sido ditas em voz baixa, num fingido segredo, mas era evidente que o coronel desejava que Rubim as escutasse.

Lucas, que entreouvira a conversa, passou o indicador entre o colarinho engomado e o pescoço e, dando ao rosto uma exagerada expressão de solenidade, disse:

— Pois antes que o coronel lhe diga quem sou, eu me antecipo... Lucas Araújo, natural de Alagoas, tenente de obuseiros, mau soldado, mau estudante, mau jogador de xadrez, mau esgrimista. Não leio Nietzsche nem Clausewitz: para falar bem a verdade, não leio nem jornal. Quanto ao resto, uma boa-praça. O coronel que diga...

Calou-se e começou a fazer contorções faciais. Não era mais o ten. Lucas Araújo, mas sim André Deed no papel de tenente de obuseiros. Jairo atirou-se para trás e desatou a rir, dizendo:

— Esse Lucas é um pândego!

A seguir levou aos lábios seu copo de água mineral. Rodrigo olhou para a esposa do coronel. Notou que os olhos dela continuavam embaciados dum tédio mortal.

A banda tocava agora uma havaneira. Lucas começou a trautear a melodia e a mexer os ombros a seu ritmo. Ergueu-se, fez uma paródia de continência diante de seu superior e disse:

— Se dona Carmem e o coronel me dão licença... vou dançar esta havaneira. As meninas devem estar loucas de saudade de mim. Minha senhora...

5

Saiu a caminhar na direção do salão. Rubim seguiu-o com um olhar que a Rodrigo pareceu inescrutável: superior tolerância? censura? indiferença?

— O doutor Rodrigo deve estar um pouco chocado... — observou o cel. Jairo. — Mas o nosso Lucas é um galhofeiro. Com o tempo o senhor vai se habituar.

— Ora! — protestou Rodrigo. — O tenente é simpaticíssimo.

De novo concentrou a atenção em Rubim e por um instante ficou a contemplar, como a uma pintura, o jovem oficial de túnica azul-ferrete, aquele homem duma fealdade patética que tentava, à custa dum aprumo militar forçado, esconder seu aspecto de mestre-escola.

— Gosta da nossa cidade, tenente? — perguntou cordialmente.

— É como todas as cidades pequenas. Não diferem muito umas das outras. E depois — acrescentou, chiando muito nos esses — nunca tive paciência com as pessoas cujo estado de espírito depende do lugar onde se encontram. Um homem verdadeiramente digno desse nome não poderá deixar-se influenciar pelo meio. Ele transformará o meio em que vive. Poderá até dizer: "Eu sou o meu próprio ambiente. Aonde quer que eu vá, carrego comigo esse ambiente".

Idiota! — exclamou Rodrigo mentalmente. — A propósito duma pergunta casual e puramente retórica, lá vinha ele com um destampatório pseudofilosófico! No fim de contas aquele tal ten. Rubim lhe estava saindo um grande vaidoso. Mas não lhe teve rancor nem mesmo antipatia. Como o outro se houvesse calado, achou que devia dizer algo mais:

— Talvez o senhor tenha razão.

— Talvez? Estou certo de que tenho.

Tamanha pretensão era demais! Rodrigo sentiu um formigueiro no corpo, suas narinas se dilataram. Sentado na ponta da cadeira, o busto teso, perguntou, já com voz fosca:

— E que é que lhe dá tanta certeza?

Imperturbável, Rubim respondeu:

— Uma profunda convicção filosófica amparada numa longa experiência.

Jairo olhava de um para outro, interessado. Sua esposa abanava-se com o leque em que havia, pintada, uma paródia miniatural de Watteau.

Naquele instante o garçom chegou com a cerveja. Rodrigo encheu o copo com tanto açodamento que a espuma transbordou. Ergueu-o na direção do casal Bittencourt e exclamou:

— À saúde do casal! — Olhou para o tenente. — E ao super-homem!

Bebeu. O rosto do oficial não registrou a menor emoção.

— Devo tomar isso como uma ironia? — perguntou ele.

— Vamos, vamos — interveio Jairo. — Está claro que o doutor Rodrigo não teve a menor intenção...

Fez-se um silêncio tenso.

A havaneira continuava, repenicada e alegre. Rodrigo pensou em Flora, no Ano-Novo e nas coisas maravilhosas que o futuro lhe tinha reservado. Seria estúpido iniciar uma nova fase de sua vida social brigando em pleno clube com aquele forasteiro.

— Está claro que não tive a menor intenção irônica — disse ele, dominado por uma cálida e repentina onda de cordialidade. — Espero que não se tenha ofendido.

Inclinou-se e pôs a mão sobre o joelho do oficial.

— Está claro, está claro — repetia o coronel, olhando de um para outro. — Logo que conheci o doutor Rodrigo eu disse (não foi mesmo, Carmem?) aí está um moço para o tenente Rubim conversar. Aposto como vão ser grandes amigos. Não foi mesmo, Carmem? — A mulher sacudia a cabeça lentamente, como um cachorrinho amestrado. — Ambos jovens, cultos e esperançosos, cada qual na sua profissão. Está claro que não houve intenção.

Rubim apertou a haste de seu cálice de conhaque, ergueu-o e disse:

— Então, à sua saúde, doutor Rodrigo!

Jairo estava radiante.

— Isso! Assim é que são as coisas. Que diabo! Não há nada como a cordialidade, a fraternidade, a paz!

Carmem bebeu um gole de gasosa e, por um fugidio instante, seus olhos se encontraram com os de Rodrigo, que não pôde deixar de avaliá-la como fêmea. Devia andar lá pelo meio da casa dos trinta, tinha uma graça fanada e romântica de tísica, e seu corpo devia ser branco e frio como um mármore.

A havaneira continuava. Na área, a balbúrdia crescia. Joca Prates passou, metido num velho fraque, e fez um sinal amistoso para Rodrigo.

A música cessou. Ouviram-se palmas isoladas.

6

Alto e rubicundo, as pontas do colarinho duro fincadas na papada, Jacob Spielvogel ergueu-se de sua cadeira, ali na área, abotoou o *smoking* e, com seu jeito desengonçado de biriba, dirigiu-se para o salão, num andar denunciador de sapatos apertados. Tinha a corpulência cinquentona dum granadeiro. Rodrigo mostrou-o ao coronel com um movimento de cabeça, dizendo:

— O avô dele começou a vida na colônia, lá por 1883, abrindo picadas no mato. O Jacob tem hoje uma serraria a vapor. Dizem que é homem que não se aperta por cem contos.

À porta do salão, Spielvogel esbarrou em Cacique Fagundes, e por alguns instantes ficaram ambos a conversar. O cel. Jairo, que acompanhara o teuto-brasileiro com o olhar, murmurou:

— Vejam bem o sentido daquele encontro. Ali está um caboclo que tem nas veias o sangue dum cacique. Descende, portanto, dos verdadeiros donos desta terra. Está agora frente a frente com o colono, um homem louro cujos avós vieram dum outro mundo, duma outra civilização...

O ten. Rubim sentenciou:

— O dono da terra é e será sempre aquele que pela força se apossar dela e pela força a mantiver.

Rodrigo atirou-se para trás na cadeira e sorriu. Não estava disposto a discutir. Chamou o garçom e pediu outra cerveja. A banda atacou uma polca. O coronel começou a marcar o compasso com o pé. Carmem soltou um suspiro, que lhe sacudiu o magro peito. Rodrigo avistou o cel. Aristiliano Trindade sentado a uma das mesas da área, na companhia de alguns de seus apaniguados, e, como o homem naquele instante lhe fizesse um amável cumprimento de cabeça, fingiu não ter percebido nada, baixando disfarçadamente os olhos para o copo. Daí por diante, porém, ficou a lançar repetidos olhares torvos e enviesados na direção do intendente de Santa Fé. Jamais sentira a menor simpatia por aquele tipo. Tudo nele lhe era repugnante: o rosto alongado de cavalo malacara (uma doença de pele lhe punha manchas esbranquiçadas na testa), as mandíbulas largas e quadradas de delinquente... O que mais irritava naquele sacripanta — refletia Rodrigo — era que seus gestos, palavras e atitudes não estavam absolutamente de acordo com o que ele era e fazia. Tinha sempre na beiçola arroxeada de mulato um sorriso hipócrita. Seu ar era obsequioso e sua voz, grave e paternal. Costumava chamar os outros, até os mais velhos, de "meu filho". Isso, porém, era apenas um tênue verniz de superfície. No fundo daquela alma atocaiava-se a hiena. Era sanguinário e cruel, duma crueldade fria e calculada. Já se perdera a conta das pessoas de cujo assassínio ele fora mandante, isso para não falar nos "sustos" que mandava dar em seus desafetos — homéricas sovas de rabo-de-tatu ou espada, que deixavam a vítima estatelada no chão, sangrando... Desde que chegara, Rodrigo evitara encontrar o tiranete de Santa Fé: não fora visitá-lo à Intendência, como sugerira o patife do Amintas; e sempre que o via na rua mudava de calçada ou dobrava esquinas para não se defrontar com ele.

— Conhece o intendente? — perguntou-lhe Jairo.

— Antes não conhecesse — respondeu.

O comandante do Regimento de Infantaria pareceu surpreendido, cofiou os bigodes, indeciso, à espera duma explicação, que Rodrigo não tardou a dar:

— Olhe, coronel, não sei quais são as suas relações com o Titi Trindade. Quaisquer que sejam eu as respeitarei. Mas quero lhe dizer desde já, muito claramente, que não pretendo manter relações de amizade com esse homem cruel, despótico e imoral. A senhora me desculpe, dona Carmem, mas estou dizendo o que sinto e penso.

Jairo pigarreava, muito vermelho, acariciando com a palma da mão a coroa da cabeça.

— Tenho o maior respeito pelos sentimentos alheios — murmurou.

Rodrigo sorriu.

— Ao menos aqui no clube, o Trindade está em minoria — disse ele, tomando da garrafa que o garçom acabava de pôr sobre a mesa e tornando a encher o copo. — Não sei se o senhor já reparou, tenente, que o Clube Comercial é o único lugar neste município onde a oposição ganha a eleição...

Rubim fez um sinal afirmativo.

— Já. Só não pude compreender ainda o mecanismo dessa vitória.

— Muito simples. Federalistas, democratas e republicanos dissidentes se unem para eleger uma diretoria em que não entre nenhum elemento da pandilha do Trindade. Cada eleição aqui dentro é um verdadeiro pleito político, com propaganda antecipada, cabala, discussões e até brigas. Na deste ano, o Trindade quis impor um candidato, o coronel Prates. Ora, o Joca Prates é um cidadão digno, ninguém tem nada contra ele. Mas é partidário da situação, republicano dos quatro costados, diz amém a tudo quanto seu chefe ordena. Nós então levantamos a candidatura do Maneco Macedo, que é maragato, e ganhamos a eleição.

Jairo sacudia lentamente a cabeça.

— Mas ainda não compreendo como foi possível essa vitória.

— Ora, este clube é um grêmio de elite e a elite de Santa Fé está contra a situação. E, depois, aqui dentro não há subprefeitos, delegados e capangas para intimidar a oposição. Na hora da eleição, nossa gente vem de revólver na cintura, disposta a tudo, para encorajar os empregados do comércio e outros eleitores hesitantes. Ah! É preciso também esclarecer que o voto nas eleições do clube é secreto. Foi uma sugestão que o doutor Assis Brasil nos deu, quando andou por aqui. Se não fosse assim, os funcionários municipais não teriam coragem de votar contra a chapa do intendente.

— Muito interessante — exclamou o coronel —, muito interessante!

Rubim brincou com as luvas brancas.

— Tudo isso vem em apoio da minha teoria sobre as elites e as massas — disse. — As elites têm de governar sempre e para isso precisam usar de força. O que dá aos oposicionistas a vitória aqui dentro não é a força do direito, mas o direito da força.

— Perdão! — atalhou-o Rodrigo, empertigando-se na cadeira, como se fosse saltar sobre o outro. — O sufrágio universal aqui dentro é uma realidade.

Rubim procurou acalmá-lo com um gesto.

— Mas tudo isso está certo, matematicamente certo. É um método natural. Não tenho a menor simpatia pelas massas. A massa é feminina e necessita de homens fortes que dominem. Não só necessita como clama por eles. Abra a história e veja. Como foi que vós gaúchos conquistastes e mantivestes estes territórios? Invocando sobre eles o direito divino ou qualquer outro direito? Não. Vós expulsastes os castelhanos a tiro, a ponta de lança e a golpe de espada. É a lei da vida, a moral da águia.

Valia a pena discutir com aquele soldado? — perguntou Rodrigo a si mesmo. Qual! O que valia a pena era terminar aquela cerveja e ir dançar com Flora. Não. Agora dançaria com Ritinha Prates. Depois com a Gioconda. Era bom que Flora esperasse, para não pensar que ele estava morrendo de amores por ela...

7

Jairo pôs a mão no braço de Rodrigo e disse:

— Sou um apaixonado pelo seu estado, doutor. Os senhores tiveram a fortuna de contar aqui com um homem de grande talento e larga visão, o doutor Júlio de Castilhos. Graças a ele e a outros repúblicos a vossa Constituição estadual está cheia da sadia influência positivista, ao contrário da nacional, que não passa duma cópia servil e absurda da norte-americana. O futuro mostrará que os constituintes do Rio Grande é que estão com a verdade, com a boa causa. O senhor leu bem a Constituição de seu estado?

— Claro! — mentiu Rodrigo com veemência.

— Pois eu a conheço melhor do que muito gaúcho — gabou-se o cel. Jairo, olhando rapidamente para a esposa, que lhe seguiu as palavras com atenção. — Conheço igualmente bem a vossa história, meu caro doutor. Sou um rato de arquivo, um estudioso de textos e um observador da sociedade humana.

Fez um gesto largo que abrangia a área.

— E se eu lhe disser que vossa história está toda escrita, em magnífico resumo, na face e nas vidas das gentes que hoje se acham no *réveillon* do Comercial? E se eu vos assegurar que neste clube se agita uma espécie de microcosmo do Rio Grande?

Jairo dirigiu a pergunta aos três interlocutores, olhando alternadamente para cada um deles. Rubim não parecia muito interessado. Carmem olhava para o leque. Jairo apontou discretamente para o cel. Maneco Macedo, que conversava à porta do salão de bilhar com o cel. Pedro Teixeira.

— Ali estão dois representantes do clã pastoril, os senhores de terras e gados, muitos deles descendentes dos primeiros sesmeiros...

— Dois senhores feudais — acrescentou Rodrigo, lembrando-se em tempo de que ele próprio pertencia àquela "nobreza rural".

— São eles que fazem os intendentes, delegados, deputados, senadores, presidentes do estado — continuou Jairo, entusiasmado. — Em suma: é a classe que governa. Ao redor dela vive ou, melhor, vegeta a massa dos servos da terra...

O ten. Rubim puxou a túnica, endireitou o busto, ajeitou o pincenê no nariz e opinou, rápido:

— Como é natural e desejável.

— Lá está o Spielvogel — mostrou Rodrigo —, cujo pai começou a revolução industrial em Santa Fé com o seu moinho d'água...

— Exatamente — disse Jairo. — E ele representa o primeiro passo do colono da picada para a cidade, abandonando a agricultura para se dedicar ao comércio ou à indústria...

À mesa de Titi Trindade alguém disse alguma graça, pois todos desataram a rir estrepitosamente, inclusive o intendente, que dava palmadas repetidas na mesa de ferro, fazendo oscilar copos e garrafas.

— *Le roi s'amuse...* — murmurou Rodrigo.

O cel. Jairo, porém, estava demasiadamente absorvido na sua própria dissertação para prestar atenção ao que quer que fosse.

— Agora veja bem — prosseguiu ele, pegando na lapela de seda do casaco de Rodrigo. — Há um grupo, um importante grupo da população do Rio Grande do Sul que ainda não está representado aqui, que eu saiba... o dos agricultores, o dos pequenos proprietários de terras, em sua maioria descendentes de imigrantes italianos e alemães. É que esses elementos ainda não estão bem incorporados à vossa sociedade. Noutras palavras, preste bem atenção, doutor, noutras palavras: *ainda não entraram no Clube Comercial, onde impera a aristocracia rural!*

Fez uma pausa para ver o efeito de suas palavras no rosto do interlocutor. Rodrigo não tinha pensado ainda naquelas coisas: achava-as, sem a menor dúvida, interessantes. Só lhe parecia que aquele não era o lugar nem a hora para conversar sobre assuntos tão sérios. Estava ansioso por voltar ao salão. Continuar ali seria pura perda de tempo. Agora, porém, embaraçava-o um detalhe. Erguer-se e ir dançar sem pagar a despesa? Não podia fazer isso. Chamar o garçom, meter a mão no bolso e perguntar: "Quanto é?", seria supinamente grosseiro.

Naquele instante Rubim esvaziou o cálice e ergueu-se:

— Se me dão licença...

Bateu os calcanhares, fez uma rápida curvatura e encaminhou-se para o salão.

— Vá bailar, tenente — encorajou-o Jairo, paternal. — Daqui a pouco a Carmem e eu também dançaremos. Quando tocarem uma valsa, não é, minha flor?

Ótima ocasião para eu sair também — pensou Rodrigo. O coronel, porém, de novo se inclinava sobre ele:

— Como eu ia dizendo... Temos agora um segundo grupo, o maior e talvez o mais importante de todos: a população urbana. Olhe lá o senhor Marcelino Veiga. É um representante do comércio, bem como o senhor Spielvogel o é da vossa incipiente indústria, ambos, portanto, burgueses, membros da economia capitalista que só agora começa entre vós... Sim, porque vossa Idade Média, com barões feudais, servos da gleba, artesãos e um regime de trocas é de ontem... De ontem? Qual! Ainda hoje sobrevive e tudo indica que continuará ainda por muito tempo, paralelamente com o surto capitalista. Ah! E não esqueçamos de incluir no grupo urbano as profissões liberais, os advogados, médicos, engenheiros, os funcionários, empregados do comércio e um

singular, pouco numeroso e ainda mal definido proletariado, que irá fatalmente crescendo à medida que os Veigas e Spielvogels forem crescendo em número e prosperidade!
 Jairo Bittencourt passeava o olhar em torno, como à procura de exemplos. Rodrigo pensava em Flora. A orquestra tocava agora um xote. Vinha do salão um ruído ritmado de passos. Alguém perto gritou: "Falta uma hora pro Ano-Novo chegar!". Rodrigo ensaiou um pretexto para fugir, mas o coronel não lhe deu trégua:
 — Há ainda um outro grupo que não está representado neste clube e que talvez não o esteja nem daqui a cem anos, o dos operários. Rubim sorri quando lhe falo nesses párias da sociedade. Acha que seria um erro educar as massas, melhorar-lhes a vida. Mas o doutor deve compreender que nós, os positivistas, somos pela incorporação do proletariado à sociedade ocidental.

8

Rodrigo ansiava por voltar ao salão de baile. No entanto não estava de todo desinteressado da palestra do coronel: sentia até por suas palavras um certo fascínio que talvez viesse não propriamente das coisas que ele dizia, mas sim do modo como as enunciava. Jairo Bittencourt tinha uma voz agradavelmente persuasiva, cheia de interesse humano: era uma voz vibrante e ao mesmo tempo grave, tocada duma afabilidade paternal.
 — Porque — continuou ele — a história para nós positivistas não é essa coisa inexpressiva de três dimensões que se ensina nas escolas. — Ao dizer isso, com ar distraído mas nem por isso menos carinhoso, cobriu com a manopla sardenta e peluda a delicada mão da mulher. — Augusto Comte acrescentou à história a dimensão que lhe faltava.
 — Gosto muito de história, coronel — disse Rodrigo. — No ginásio foi das matérias...
 Teve, porém, de calar-se, pois o outro, que evidentemente não o escutava, interrompeu-o:
 — A propósito, qual é o filósofo de sua predileção?
 — Spencer — mentiu Rodrigo com tão grande convicção que por um momento ele próprio chegou a acreditar no que dizia. Havia lido por alto os *Primeiros princípios*, achando a obra insuportavelmente in-

digesta. Alcides Maya, que pontificava no mundo das letras de Porto Alegre, lançara entre seus discípulos e admiradores o nome de Spencer, que era agora o "filósofo da moda", lido, comentado e discutido nos jornais e nas tertúlias literárias.

O coronel começou a mover a cabeça dum lado para outro, franzindo os lábios com o ar de quem está indeciso quanto a um julgamento.

— Bom... Spencer não está muito longe de Comte. Pelo contrário, muito perto até. Mas, meu caro amigo, por que não ir logo às fontes, por que não procurar logo o papa (se me permite a comparação) em vez de ficar às voltas com bispos, arcebispos e cardeais?

Lançou para a esposa um olhar de ternura. Depois disse:

— O doutor naturalmente já ouviu falar na lei dos três estados...

— Como não! — respondeu Rodrigo. E felicitou-se por ter boa memória. — O estado teológico, o metafísico e o positivo.

Encarou o coronel e pensou: se ele me pede que eu defina esses três estados, estou frito.

— Ótimo! — exclamou Jairo. — Magnífico! Está vendo, Carmem meu bem, ele não é mesmo como eu dizia?

O som da risada equina do Titi Trindade chegou desagradavelmente aos ouvidos de Rodrigo, que pensou: não perdes por esperar, cafajeste. E mentalmente começou a compor um editorial contra o intendente.

— Qual é a atitude do positivista diante do mundo? — perguntou o coronel. E ele mesmo deu a resposta, inclinando-se muito sobre a mesa, como se fosse revelar um grande segredo maçônico: — É estudar a sociedade humana dentro do terceiro estado, o positivo, sujeitá-la a uma observação científica, note bem, *científica*, colocando, digamos, os fatos sociais num microscópio, observando-lhes as leis, analisando-os como hoje se analisa um produto químico, um tecido orgânico ou um raio de luz...

Tornou a olhar para Carmem, que brincava com o leque. E Rodrigo, que a observava, notou que ela respirava com alguma dificuldade. Seria mesmo tísica como se murmurava?

— Essa história que se ensina nas nossas escolas — prosseguiu Jairo, depois de tomar um gole de água mineral — não passa duma sucessão de nomes próprios e datas. É um romance tolo, cujo sentido fica obscuro para o pobre estudante. Mas veio Comte, espremeu todos esses fatos, tirou-lhes o sumo, estabeleceu as bases duma filosofia da história, cujas leis traçou. Ora, o positivismo está baseado na experimentação, na observação. Um fato histórico de hoje ficará claramente explicado se estudarmos a série, a cadeia de fatos que o prendeu. A história, meu caro doutor, explica a história. Meu bem, estou te aborrecendo? — Tornou a acariciar as mãos da mulher. — A pobre da Carmem já me ouviu mil vezes dizer estas coisas. Mas sou um homem muito franco, doutor Rodrigo, e tenho a língua solta porque acho que não há mal nenhum em dizer a gente o que sente e pensa. Algum bem sempre virá disso para a humanidade. Mas, voltando ao nosso assunto, só o método positivo é que nos permitirá analisar os fatos sociais em suas inter-relações. Foi o grande Augusto Comte quem criou essa maravilhosa ciência que é a sociologia. — Fez um gesto largo. — A ciência da sociedade.

A banda rompeu numa valsa. E pela primeira vez, desde que Rodrigo se sentara à mesa, Carmem falou:

— Jairo, estão tocando uma valsa...

Tinha uma voz fina de menina mimosa. A princípio, o marido lançou-lhe um olhar vago de incompreensão. Depois exclamou:

— Ah! É verdade. A nossa valsa. O doutor vai nos dar licença. Garçom! Não senhor, a despesa é minha, quem convidou foi eu. — Deteve o outro, que já tinha levado a mão ao bolso interno do paletó. — Não senhor, absolutamente!

Pagou a despesa. Ergueram-se. Carmem inclinou a cabeça para Rodrigo e saiu a andar, rumo do salão.

— Não parece mesmo um lírio? — murmurou Jairo, acompanhando-a com um olhar amoroso. Num cochicho acrescentou ao ouvido de Rodrigo: — Não repare. Trato minha mulher como se ela fora uma criança. Constituição muito delicada, uma verdadeira sensitiva. A Carmem ainda não se refez do choque da transplantação. O doutor vê, uma orquídea do trópico sofre quando transplantada para um clima frio. Vosso minuano é tenebroso. Se não me transferem daqui para o Rio ou para o Norte, perco a mulher. Coitadinha! Mas, meu caro, havemos de nos encontrar outra vez, este ano ou no próximo.

Soltou a sua risada contagiante.

Carmem parara a meio caminho, voltara-se com um ar de desamparo, e seus grandes olhos pediam socorro.

— Muito obrigado por tudo, coronel.

— Ora, quem agradece sou eu. — Apertou-lhe o braço, depois de fazer um sinal para a mulher. — E acredite que desejo ser seu amigo. E havemos de ser, pois não, pois não. E não leve a mal as loucuras do

Lucas nem as esquisitices do Rubim. Eu lhe afianço que são ambos excelentes rapazes. O Rubim é um talento, o senhor há de ver com o tempo. O outro, ah! o outro é um pândego, mas dono dum belo coração, embora tenha, como dizem os nossos vizinhos castelhanos, *mala cabeza*. Até a vista, doutor.

Deu dois passos na direção da mulher e de súbito voltou-se:

— Ah! E o senhor seu pai? Perdoe-me por não ter perguntado por ele. Veio ao baile?

— Qual! O papai é um bicho de concha. Ficou em casa.

— Excelente cidadão! — exclamou Jairo. — Grande caráter, coração muito bem formado. Afianço-lhe, sob palavra de honra, que sua amizade é das que mais me envaidecem.

Rodrigo não achou o que dizer, limitou-se a sorrir e a sacudir a cabeça afirmativamente. O coronel tomou do braço da esposa e entrou com ela no salão.

A melodia continuava, embaladora: *Quand l'amour meurt*.

9

Dançou aquela valsa com Ritinha Prates, que, apesar de ser pequena e esbelta, lhe pareceu pesada como chumbo. Tinha, porém, olhos lindos, uma boca bem modelada e um jeito suave. Quando a valsa terminou e, de braços dados, começaram a dar voltas ao salão, Rita fez-lhe perguntas sobre Porto Alegre, disse-lhe de seu grande desejo de conhecer a Capital. Ora, isso infelizmente não era assim tão simples porque, além de outras dificuldades, ela enjoava muito quando andava de trem, pois tinha um estômago fraco, como a mamãe...

— E o papai, o senhor sabe, é um caro custo pra gente tirar ele da estância, o que ele quer é ficar lá trabalhando com a peonada, e eu, o senhor sabe, tenho horror lá de fora, tudo tão triste, tão desanimado, que até me dá vontade de chorar, principalmente quando anoitece e as vacas começam a mugir e a gente acende as velas e fica tudo que nem velório e depois todo mundo vai pra cama cedo e a gente tem de dormir, queira ou não queira, porque não se tem nada mais que fazer, e se apaga a luz e pronto...

Rodrigo dançou também com Rita um xote: "Talento e formosura", e quando a banda tocou uma havanera, foi tirar a Mariquinhas

Matos. Dançaram num silêncio solene. E, durante o intervalo entre duas danças, conversaram animadamente. A Gioconda procurou mostrar-se muito culta e manter a palestra num nível elevado. Achava fúteis as moças de Santa Fé: só pensavam em vestidos, festas e bobagens. Ah! Ela tinha verdadeira paixão pela literatura. Lera as obras completas de Pérez Escrich, adorava Eugène Sue, principalmente *Os mistérios de Paris*, e achava Richebourg assim, assim. Ultimamente ficara muito impressionada com *Os miseráveis*, de Victor Hugo. A propósito, como era hipócrita a sociedade que tolerava e até adulava os grandes ladrões, ao passo que levava para as masmorras os miseráveis que roubavam uma côdea de pão para mitigar a fome!

Rodrigo escutava-a com polida atenção, fazendo sinais de aprovação com a cabeça, mas achando a Gioconda supinamente ridícula naquela sua exibição de "cultura". Quando ela lhe deu uma oportunidade, desandou a falar nos seus autores de cabeceira. E atirou sobre a moça um punhado de nomes esmagadores: Taine, Renan, Anatole France, Verlaine, Rostand... A Gioconda sacudia a cabeça, com uma expressão de perplexidade nos olhos aveludados. Não conhecia nenhum daqueles escritores. Que romances tinham escrito? Ah... Espere. Esse Rostand não foi o que escreveu *Os mistérios do Palais Royal*?

— Não — respondeu Rodrigo. — Que eu saiba, Rostand não escreveu nenhum romance.

E quando a banda atacou uma valsa Boston, ele enlaçou a cintura de Gioconda e saíram a rodar majestosamente. Rodrigo procurava Flora com o olhar. Avistou-a nos braços do ten. Rubim. Será que esse sergipano está fazendo a corte a Flora? Sobre que conversarão? Naturalmente o tenente deve falar-lhe em Nietzsche, planos estratégicos e obuses. Um super-homem... com aquela dentuça, aquele queixo sumido, aquela voz de eunuco.

Agora passava por eles enorme, ondulante e esplêndido como um transatlântico em mar grosso, Chiru Mena a gritar:

— Menino, já estou de garrão frouxo de tanto dançar! Dês que o baile começou não refuguei marca!

Rodrigo deixou a Gioconda junto de sua cadeira, fez uma mesura e murmurou uma palavra de agradecimento. Limpando com o lenço o rosto lavado em suor, encaminhava-se de novo para a área quando ouviu um *pst*. Voltou a cabeça e viu que Emerenciana Amaral lhe acenava, chamando-o. Aproximou-se, sorrindo, tomou-lhe da mão nédia e beijou-a:

— Mas então, seu ingrato, não quer mais saber dos velhos, hein? Então chega em Santa Fé e nem vem ver a velha Emerenciana? Está vendo, dona Ibraíma?

Voltou-se para a senhora magra que estava a seu lado, e que por sua vez também sorria para Rodrigo.

— Nem diga isso, dona Emerenciana. Como é que eu havia de me esquecer da senhora?

— Pois é como eu estava dizendo. Não acredito que o Rodrigo seja tão ingrato. Imagine, dona Ibraíma, muitas vezes peguei esse menino no colo e muito doce dei pra ele. Tu te lembras da minha marmelada branca?

— Se me lembro! A melhor marmelada que já comi na minha vida!

Olhando para a amiga, d. Emerenciana explicou:

— O pai dele, o Licurgo, e o meu marido não se dão. Coisas de política. Mas eu sempre digo: que é que nós mulheres temos que ver com as brigas dos homens? E esses meninos — tornou a perguntar, mostrando Rodrigo —, será que os coitadinhos devem pagar pela culpa dos pais?

Rodrigo sorriu. D. Emerenciana falava a linguagem das personagens do folhetim do *Correio do Povo*.

— Acho que a senhora tem toda a razão — disse.

Mudando de tom, a matrona perguntou:

— Como é, quem é a felizarda?

— Que felizarda?

Ela piscou o olho e fez um muxoxo.

— Tu bem que sabes, Rodrigo. A namoradinha...

— Não tenho nenhuma...

— Pensas que eu acredito?

— Palavra de honra.

Num cochicho ela perguntou:

— Que tal a Ritinha?

— Muito bonita, muito prendada...

— E a Flora, hein, a Flora?

— Também muito bonita e muito distinta...

— Por que, então, não vai dançar com ela agora? Olhe lá, a Flora está sem par... Vá!

10

Tomou o braço de Rodrigo e empurrou-o na direção da moça. Meio desconcertado, odiando d. Emerenciana, Rodrigo afastou-se na direção de Flora. Estava claro que iria dançar com ela: apenas havia planejado aquilo para mais tarde, e não era preciso que nenhuma alcoviteira, bigoduda, intrometida viesse...
— A senhorita quer dar-me o prazer?...
Flora ergueu para ele os olhos meio alarmados. Levantou-se, deu dois passos, ajeitando a faixa. A banda tocava agora a "Valsa dos patinadores". Rodrigo tomou-lhe da mão, e passou-lhe o braço em torno da cintura. A delicadeza daquele corpo que carregava, como se fosse de paina, a frágil suavidade daquela mão... Sentiu desejos de cantar, acompanhando a música. Mas conteve-se: aquelas coisas eram impróprias dum baile do Comercial.

Cuca Lopes, que dançava com uma das caboclinhas do Cacique Fagundes, passou por ele e gritou:
— Faltam vinte minutos pro ano que vem!
Rodrigo fez um aceno afirmativo de cabeça e murmurou:
— Esse Cuca!
Lembrou-se, contrariado, de que havia prometido estar em casa um pouco antes da meia-noite, para assistir à entrada do Ano-Novo em companhia da família. Bolas! Seria mil vezes melhor ficar com Flora, para que fosse ela a primeira pessoa a quem ele cumprimentasse em 1910.
— Senhorita Flora, permite que lhe faça um pedido? — perguntou, ao terminar a valsa.
A moça voltou para ele os olhos escuros.
— Que é?
— Que me dê a honra de ser a primeira pessoa a cumprimentá-la no novo ano.
Por um instante Flora nada disse. Depois tornou a olhar para ele com o ar de quem não havia compreendido. E antes que ela dissesse o que quer que fosse, Rodrigo acrescentou:
— Se não a estou molestando, eu lhe pediria também continuássemos a dançar até a meia-noite. Espero que isso não lhe traga nenhum aborrecimento...
Uma vermelhidão cobria as faces e as orelhas de Flora, que caminhava com os olhos postos no soalho.

— Sim? — perguntou ele.
Ela sacudiu a cabeça afirmativamente.
— Sim.
Sentia-se algo de tenso na atmosfera do salão, que o zum-zum das conversas enchia. Pessoas andavam dum lado para outro e muitos homens tiravam o relógio do bolso e ficavam a olhar fixamente para o mostrador. Chiru Mena gesticulava, gritando:
— Aproveitem, moçada, que o 910 vai ser curto. Em maio vem esse tal de cometa e arrebenta o mundo.
Rodrigo sorriu, superior.
— A senhorita acredita que o mundo vai mesmo acabar?
Ela encolheu os ombros.
— Não sei. O papai acha que não.
— Isso não passa de superstição. Este mundo velho tem de continuar. E nós continuaremos com ele. Depois de passar o cometa de Halley havemos de prosseguir fazendo o que sempre fizemos: trabalhar, comer, dormir, sonhar, amar... Por falar nisso, a senhorita já pensou que dentro de alguns meses pode estar noiva e dentro dum ano casada?
— Não senhor.
Diabo! A criaturinha não lhe dava a menor deixa para levar adiante a conversa. Suas respostas eram curtas, quase ríspidas, verdadeiros pontos finais de gelo.
A música recomeçou. Outra valsa. Oh! O "Fremito d'amore". Rodrigo sentia-se feliz. Estava decidido a ficar com Flora até a meia-noite. O velho compreenderia, tia Maria Valéria também... Permaneceria no clube o tempo suficiente para apertar a mão de sua bem-amada e depois correria para casa...
Pelo aspecto de suas caras germânicas e pelo entusiasmo com que dançavam, Jacob Spielvogel e sua *Frau* davam ao baile um ar de *Kerb* colonial, ao passo que Chiru Mena, com suas batidas de calcanhares com esporas hipotéticas e com seu ar de monarca, parecia esforçar-se para transformar o *réveillon* num fandango de terreiro.
Cacique Fagundes valsava com sua patroa, cujos vastos seios parecia carregar penosamente sobre o peito, soprando forte como um touro, o suor a escorrer-lhe em bicas pelo rosto. Aquela hora era grande o número de pares que dançavam. E, quando a música cessou, houve como que um hiato nervoso, pessoas se consultavam com os olhos e muitos tornavam a olhar para os mostradores dos relógios.

11

Maneco Macedo, entalado numa sobrecasaca apertada, disse em voz alta para Cacique Fagundes:
— Daqui a pouco tu entregas a rapadura e quem vai mandar neste potreiro sou eu...
O outro arregaçou os beiços, mostrando os dentes fortes e parelhos:
— Graças a Deus vou largar esta droga na tua cacunda. Tu vais ver com quantos paus se faz uma canoa.
Riram-se.
— Faltam dez minutos — exclamou o Cuca Lopes.
— Doze! — corrigiu-o o Chiru. Aproximaram-se um do outro, cada qual com seu relógio na mão, e ficaram a confabular alegremente.
O ten. Lucas fazia caretas à frente de seu par, uma das filhas de Pedro Teixeira. *André Deed numa de suas hilariantes comédias* — pensou Rodrigo, numa reminiscência da literatura dos programas de cinematógrafo.
Empertigado, o pincenê a relampaguear a cada movimento de cabeça, o ten. Rubim conversava com a Gioconda. Um belo par — pensou Rodrigo. Deviam casar-se e tirar uma cruza entre Perez Escrich e Nietzsche.
Os pares não andavam mais à roda. Alguns estavam parados no meio do salão, outros se separavam, pois as moças saíam à procura dos pais, mulheres buscavam os maridos, pais reuniam os filhos... Cacique Fagundes começou a arrebanhar suas caboclas, levando-as para as proximidades da mãe. Andava azafamado, dum lado para outro, a fazer *cht! cht!*, e como visse que Rodrigo o observava, riu e gritou-lhe:
— Estou parando rodeio no meu gado. O ano que vem já está perto. Dizem que já dobrou a esquina da Casa Sol.
Ao redor de d. Emerenciana reuniam-se aos poucos todos os Amarais machos e fêmeas, à espera do grande momento. O vozerio crescia e a atmosfera parecia carregada de eletricidade.
Rodrigo percebeu que Flora estava inquieta, olhando dum lado para outro, como um coelhinho que em meio da floresta pressente a aproximação do perigo.
— Onde estará a mamãe? — perguntou ela, mais para si mesma que para o par.
— Ali perto da toalete — mostrou Rodrigo. — Não se aflija. Quando chegar a meia-noite hei de levá-la até lá.

Sentiu que estava comovido. Não tirava os olhos de Flora, a qual, entretanto, lhe evitava o olhar, brincando nervosamente com o leque e de quando em quando alisando a faixa. Mas por que será que essa criaturinha não olha pra mim?

— Dois minutos pra meia-noite — gritou alguém.

Erguendo os olhos para o coreto, Rodrigo viu que os músicos se preparavam para tocar. O sarg. Aristotelino, mestre da banda, fez para Rodrigo um sinal amistoso, arreganhando a dentuça clara, num contraste com o rosto pardo. E, quando Rodrigo tornou a baixar a cabeça, surpreendeu Flora a contemplá-lo. E naquela fração de segundo em que os olhos de ambos se encontraram ele teve a certeza de que ela o amava.

— Eu te amo! — murmurou. — Eu te amo! — repetiu em voz mais alta, já com um desejo de dar um passo à frente e tomar Flora nos braços.

Era um momento grave: a entrada dum novo ano. Era um instante de efusão emocional em que todos os excessos deviam ser permitidos... Flora pareceu ficar em pânico. Olhou na direção da mãe, como que em busca de socorro.

Chiru Mena, que se encontrava no meio do salão a olhar para o relógio, deu um pulo e gritou:

— Chegou o bicho!

Da rua vinha agora o pipoquear de tiros de revólver. Dentro do clube começou o caos. A banda rompeu a tocar um galope. Rodrigo tomou com ambas as mãos a mão de Flora e apertou-a.

— Muitas, muitas felicidades — murmurou, engasgado de comoção. — E que o Ano-Novo...

Não terminou a frase, pois Flora puxou a mão bruscamente e voltou-lhe as costas, saindo quase a correr na direção da mãe. E, antes que Rodrigo atinasse com o que devia fazer, Chiru Mena tomou-o nos braços e estreitou-o contra o peito, berrando:

— Feliz Ano-Novo!

E quando Chiru afrouxou o abraço, Rodrigo ficou meio estonteado a procurar Flora no meio da colorida balbúrdia de gente que andava dum lado para outro ao som do galope, a trocar abraços, a dar-se encontrões.

Agora se ouvia um apito prolongado que vinha de longe: era a sereia da serraria do Spielvogel. Fora, os tiros continuavam.

A esposa de Maneco Macedo abraçava e beijava as filhas, enquanto as lágrimas lhe escorriam pelo rosto moreno. Gritavam-se nomes no ar, pessoas procuravam-se com ânsia. Tinha-se a impressão de que o clube havia prendido fogo, pois havia ali mais um ar de catástrofe que de festa. E o ritmo acelerado da música, as pancadas do bombo e o tinir dos pratos agravaram delirantemente aquela confusão de fim de mundo.

— Parece até que o cometa já bateu na Terra! — gritou Cuca ao ouvido de Rodrigo, depois de abraçá-lo.

Flora! Mas onde está a Flora? Rodrigo procurava-a em vão, voltando a cabeça dum lado para outro. No coreto, ainda de dentuça arreganhada, o mestre da banda marcava o compasso do galope com as mãos, como um demônio a reger aquele inferno.

Rodrigo saiu do salão, abriu caminho com dificuldade por entre a multidão que se comprimia, agitada, nos corredores e desceu a escada.

CAPÍTULO VII

I

— Bento! — exclamou, ao chegar à calçada.
— Pronto, patrão!
O caboclo saltou para a boleia.
— Feliz Ano-Novo! Já dei cinco tiros pro ar.
— Feliz Ano-Novo, Bento.
Rodrigo subiu para o carro, repoltreou-se no banco, atirou a cabeça para trás. Estava comovido, e ansioso por chegar ao Sobrado.
— Toca depressa pra casa!
Bento soltou um guincho e fez estalar o chicote. Os cavalos arrancaram.
— Quantos copos de cachaça já bebeste?
O boleeiro voltou a cabeça.
— Uns três. Mas estou firme. Olhe só...
Pôs-se de pé na boleia, num equilíbrio precário.
— Está bom, Bento, senta!
Viam-se muitas pessoas nas calçadas, e de dentro de algumas casas de janelas iluminadas vinha o rumor de vozes festivas.
Rodrigo olhava para as estrelas, pensando alternadamente em Flora e na frase que ia dizer ao velho quando chegasse ao Sobrado. Reconhecia que devia ter ido passar o grande momento na companhia dos seus. Enfim...
Quando o carro defrontava o Hotel dos Viajantes, um desconhecido, emergido duma boca de rua, deu dois passos na direção do meio-fio, tirou o chapéu, ergueu-o no ar e bradou:
— Viva o doutor Rui Barbosa, futuro presidente da República!
Aconteceu, então, algo de brusco e inesperado. Surgiu — Rodrigo não ficou sabendo ao certo de onde — um soldado da guarda municipal. Desembainhou a espada e, sem dizer palavras, desfechou com ela violento golpe no ombro do civilista. Sobressaltado, Rodrigo ergueu-se no carro, que não diminuíra a marcha, e olhou para trás. O policial continuava a espancar o desconhecido, que vociferava: "Socorro! Estão me matando! Socorro!".
— Para, Bento! Para!

Sem esperar que o carro estacasse, Rodrigo saltou para o chão e, antes que o boleeiro tivesse tempo de perceber o que se passava, lançou-se a correr na direção do guarda, que continuava a dar pranchadas no crânio e no tórax do pobre homem, o qual, caído na sarjeta, soltava gemidos lancinantes, enquanto procurava proteger a cabeça e o rosto com os braços e as mãos.

Como um touro açulado por um pano vermelho, Rodrigo atirou-se sobre o agressor com tanta fúria, que ambos tombaram enovelados no chão.

Alguns homens que conversavam à porta do Hotel dos Viajantes retiraram-se apressados para dentro e ficaram a espiar a cena pelo vão da porta. Uma senhora que estava debruçada à sua janela, nas proximidades, prorrompeu em gritos nervosos.

Rodrigo conseguiu dominar o adversário, arrancar-lhe a espada e atirá-la sobre a calçada. Depois plantando solidamente os joelhos no peito do soldado, soqueou-lhe a cara com tanta ferocidade que o sangue começou a escorrer daquele nariz largo e picado de bexigas contra o qual Rodrigo parecia concentrar todo o seu ódio.

Ouviu-se um ruído de patas de cavalo, e um outro guarda municipal, montado num tobiano, surgiu duma rua transversal, de espada desembainhada. Bento, que, de chicote em punho, saltara também do carro e corria a socorrer o amo, gritou:

— Cuidado!

Rodrigo voltou a cabeça e, vendo o guarda montado que se aproximava, ergueu-se, rápido, apanhou a espada e recuou contra uma parede. O soldado que ficara estendido no chão, soergueu-se, tirou o revólver do coldre, ergueu-o e ia alvejar Rodrigo quando Bento, agora a dois passos dele, arrancou-lhe a arma da mão com uma chicotada e, sem perda de tempo, saltou sobre ele, ficando ambos engalfinhados a rolar na sarjeta.

A luz dum lampião caía em cheio sobre a cabeça de Rodrigo.

O policial montado fez estacar o cavalo, apeou e, empunhando a espada, aproximou-se vagarosamente de Rodrigo, que bradou:

— Vem, cachorro!

Pôs-se numa atitude defensiva. O guarda, porém, reconheceu-o e exclamou:

— O doutor Rodrigo! Mas que foi que houve, amigo?

— Não sou amigo de nenhum beleguim!

O policial embainhou a espada, deu mais alguns passos à frente, mas, vendo que o outro continuava em postura belicosa, perguntou:

— Então não se lembra mais de mim? O Gaudêncio...

Rodrigo lembrava-se. Gaudêncio fora peão do Angico, havia alguns anos, e era agora cabo da guarda municipal, homem temido pela sua coragem e pela sua perícia no manejo de arma branca.

Rodrigo arquejava. Não queria conciliação, ardia por continuar a briga, terminar aquilo de maneira mais violenta. O suor escorria-lhe pela testa, pelo rosto, pelo pescoço, pelo tórax. Suas narinas palpitavam. Sua goela estava seca, mas um contentamento feroz enchia-lhe o peito, fazia-lhe vibrar o corpo inteiro.

— Vem! — tornou a provocar.

Agora muitos curiosos olhavam a cena de longe, sem coragem de intervir. Entreviam-se caras por trás de vidraças. Olhos medrosos espiavam por frestas de janelas e portas.

— Prefiro perder um braço a ter que lastimar um filho do coronel Licurgo — disse Gaudêncio.

— Não quero favor de ninguém. Faz de conta que não tenho pai. Sou filho das macegas. Vamos, tira essa espada!

Consciente agora da presença dum público, mais do que nunca Rodrigo sentia o desejo e a necessidade de mostrar-se homem.

Bento e o outro guarda, ainda atracados, rolavam na sarjeta, resfolegando, escabujando, trocando socos. O revólver Nagant do soldado jazia sobre as pedras do calçamento. O espaldeirado continuava deitado no chão em posição fetal, chorando convulsivamente.

O cabo Gaudêncio aproximou-se dos lutadores e, com alguma dificuldade, conseguiu apartá-los.

— Te marquei a cara, milico duma figa — gritou Bento.

E, quando ele se pôs de pé, aproximando-se do lampião, Rodrigo viu a boca do caboclo escancarada num sorriso de satisfação.

— Mas que foi que aconteceu? — perguntou o cabo ao soldado, que se erguia com dificuldade, estonteado, os cabelos caídos sobre os olhos.

Rodrigo vociferou:

— Esse cachorro espaldeirou aquele pobre homem, só porque ele deu um viva ao doutor Rui Barbosa!

Com um lenço a comprimir o nariz, que ainda sangrava, o guarda procurava justificar-se:

— Eu estava mantendo a ordem quando esse moço me atacou de atraição.

— Cala essa boca — gritou Rodrigo.

— Doutor — pediu Gaudêncio. — Me entregue agora essa espada.

— É uma ordem ou um pedido? — perguntou Rodrigo em voz alta, para que todos os circunstantes ouvissem.

— É um pedido.

Rodrigo hesitou ainda por alguns segundos. Depois, com um gesto de desprezo, atirou a espada aos pés do cabo, que se voltou para o homem caído na sarjeta, dizendo:

— Agora, aquele moço tem que ir se apresentar ao delegado.

— Essa é que não! — protestou Rodrigo. — Sou testemunha de que ele não fez nada de mau. Soltou um viva e está no seu direito, porque o Brasil é uma democracia!

Aproximou-se do ferido e, ajudado por Bento, pô-lo de pé. O homem tremia e seu rosto estava lavado em sangue. Tomado de nova fúria, Rodrigo exclamou:

— Vejam o que o beleguim fez neste pobre homem! Isso não pode ficar assim. Vou mover um processo contra o bandido. Que país é este em que a polícia em vez de ser uma garantia de vida é um elemento de terror?

— Moço — murmurou Gaudêncio com voz apertada —, não me desautorize na frente do povo.

Rodrigo e Bento conduziram lentamente o ferido na direção do carro. Vultos apareciam às janelas. Exaltado, Rodrigo discursava, como se estivesse num comício cívico:

— Digam pro Titi Trindade que de agora em diante ele vai encontrar homem pela frente! Estes abusos têm que acabar! Queremos policiais que garantam a tranquilidade pública e não sicários que a perturbem! — Com uma das mãos amparava o desconhecido, com a outra fendia o ar, em gesto largos. — Queremos na Intendência um homem de bem e não um criminoso!

Embriagava-se com as próprias palavras, e sua voz começava a ficar rouca. Depois de acomodar o ferido no banco do carro, desceu para o estribo e dali, como duma tribuna, bradou num desafio:

— Viva o doutor Rui Barbosa!

— Viva! — respondeu num eco o Bento, já do alto da boleia.

Ninguém mais, porém, correspondeu ao viva. As vozes de ambos morreram no ar.

— Viva o civilismo! — gritou ainda Rodrigo, quando o carro se pôs em movimento. — Abaixo a tirania!

Naquele instante, o cabo Gaudêncio, que tornara a montar no seu tobiano, arrancou do revólver e inesperadamente começou a dar tiros para o ar, berrando:

— Viva o marechal Hermes! Viva o Partido Republicano!

Os vultos desapareceram instantaneamente das janelas. E o grupo que se achava à frente do Hotel dos Viajantes se dispersou em pânico.

2

Rodrigo entrou dramaticamente no Sobrado, conduzindo o ferido.

Ao ver o sobrinho com o peitilho da camisa manchado de sangue, o *smoking* sujo de poeira, a gravata fora do lugar, a cabeleira revolta, Maria Valéria levou a mão à boca, num sobressalto que lhe cortou momentaneamente a respiração.

— Que foi isso, menino?

Rodrigo tranquilizou-a com um sorriso. E, quando o pai e o irmão se aproximaram, apreensivos e curiosos, exclamou:

— Entrei o Ano-Novo com o pé direito! Acabo de dar uma sova num guarda municipal.

Contou tudo, exaltado. Depois atirou-se numa poltrona, arrancando a gravata e desabotoando o colarinho. Ficou derreado, ofegante, a olhar do pai para o irmão, enquanto o ferido, ainda amparado por Bento, permanecia no limiar da sala de visitas, a cabeça baixa, ambas as mãos a cobrir o rosto.

— E eu aqui sem saber de nada! — reclamou Toríbio.

Ficou a andar dum lado para outro, soprando forte. Depois plantou-se na frente do irmão e quis saber pormenores da briga. Rodrigo deu-lhos com prazer e por fim, fazendo com a cabeça um sinal na direção de Bento, contou:

— Se não fosse ele, a esta hora decerto eu estava estirado no meio da rua, com cinco balas no peito.

Bento arreganhou os dentes, num lento sorriso de orgulho.

— Isso não pode ficar assim — resmungou Licurgo.

E pôs-se a pigarrear repetidamente, como fazia quando estava irritado ou embaraçado. A pálpebra do olho esquerdo, que ele tinha mais caída que a do direito, começou a tremer.

Rodrigo ergueu-se e tomou-lhe do braço:

— Papai, é como eu lhe disse, precisamos o quanto antes dum jornal pra desancar essa canalha.
Maria Valéria queria saber se o sobrinho estava ferido.
— Qual nada, Dinda! Só um arranhão nas costas da mão.
— Vá então lavar essa cara...
— Não. Primeiro temos que fazer curativos nesse homem...
Puxou afetuosamente o desconhecido pelo cotovelo, fê-lo sentar-se e limpou-lhe a testa com o lenço de seda.
— O lenço novo! — advertiu Maria Valéria.
— Deixe, titia. Não tem importância... Imagine, só porque ele deu um viva ao doutor Rui Barbosa... Em que país estamos? Na Cochinchina?
Bio, que se aproximara também do ferido, disse:
— Puxa, que galo!
E com o dedo mostrava, na coroa da cabeça do paciente, um calombo ao redor do qual o sangue se coagulara.
— A orelha também está cortada... — observou Licurgo. — Que barbaridade!
De novo o desconhecido rompeu a chorar, como se só agora, ante as observações dos outros, avaliasse a extensão e a gravidade de seus ferimentos. Não parecia ser, entretanto, um choro de dor, e sim de autocomiseração.
— Este homem está muito ferido... — declarou Rodrigo, que continuava a passar o lenço no rosto do outro, com um cuidado quase carinhoso.
De braços cruzados e meio encolhida, Maria Valéria olhava a cena com uma expressão que era um misto de pena e repugnância.
— É melhor chamar um doutor... — aconselhou ela.
Bio soltou uma risada.
— A senhora não sabe que seu afilhado é médico?
— Ah! É mesmo...
Rodrigo sorriu.
— Bom, Dinda, embora a senhora não tenha confiança em mim... sou médico. Me traga gaze, atadura, iodo e arnica. Ligeiro!
Maria Valéria saiu a buscar o que o sobrinho pedia.
Toríbio de novo caminhava inquieto dum lado para outro, a coçar-se todo, como que subitamente atacado de urticária. Queria ainda detalhes da briga. Que cara tinha o guarda que começara o "baile"? Quantas pessoas haviam testemunhado o fato? Rodrigo repetiu a his-

tória com minúcia e, ao reproduzir seu diálogo com Gaudêncio, enriqueceu-o com frases que não pronunciara, mas que agora achava devia ter dito.

— Esse patife — disse Licurgo, que fazia um cigarro com mãos nervosas — se revelou depois que entrou pra polícia. Quando era peão do Angico sempre foi de boa paz. Depois que vestiu a farda é que ficou bandido.

— Sua verdadeira natureza só agora veio à tona, papai — observou Rodrigo. — O meio é tudo.

Maria Valéria voltou com os medicamentos e Rodrigo pensou os ferimentos como pôde.

— Como é o seu nome?

— O senhor não me conhece — respondeu o paciente com voz trêmula e débil. — Sou do Passo Fundo. Vim pra trabalhar na fábrica de sabão. Me chamo Francisco Paiva, mas me tratam por Chicuta.

— Por que foi que deu aquele viva?

— Porque sou do doutor Rui Barbosa. Me veio uma vontade e eu gritei...

— Muito bem. Estava no seu direito.

Rodrigo voltou-se para a madrinha:

— Prepare um café bem forte.

Maria Valéria dirigiu-se para a cozinha.

— Que será que vai dizer o Trindade quando souber de tudo? — perguntou Licurgo, batendo o isqueiro para acender o crioulo.

Rodrigo deu de ombros.

— O que eu sei, minha gente — disse ele, passando a atadura ao redor da cabeça de Chicuta —, é que a inana começou mais cedo que eu esperava. O Gaudêncio vai contar tudo ao chefão. A coisa toda valeu como uma declaração de guerra. Gritei bem alto pra todo o mundo ouvir.

Licurgo pitava, puxava seus lentos pigarros, mirando o filho com uma admiração e uma ternura que em vão procurava disfarçar.

Dali a pouco Maria Valéria trouxe o café, que Chicuta bebeu vagarosamente, em goles intercalados de sentidos suspiros.

— O senhor vai voltar pro baile? — perguntou Licurgo.

— Não sei... Talvez.

— O melhor é não sair mais hoje — recomendou a madrinha.

— Agora é que eu preciso sair pra não pensarem que me acovardei.

— Isso, Rodrigo! — exclamou Bio.

— Não convém provocar — aconselhou Licurgo. — Ter coragem e hombridade é uma coisa; mas provocar sem necessidade é outra muito diferente.

Houve um curto silêncio. Maria Valéria olhava fixamente para o sangue que pingara no chão, perto da cadeira do estranho.

— Bento! — gritou Rodrigo. — Leve este cidadão pra casa.

O boleeiro aproximou-se de Chicuta e perguntou:

— Onde é que vassuncê mora?

O outro deu-lhe o endereço.

— Onde está o seu chapéu?

Atarantado, Chicuta olhou em torno. Depois gemeu:

— Acho que ficou lá na sarjeta.

— Não se preocupe — interveio Rodrigo, metendo a mão no bolso e tirando uma cédula de vinte mil-réis, que apresentou ao homem.

Este olhou da nota para seu benfeitor, como se não compreendesse. Por fim balbuciou:

— Não é preciso se incomodar, doutor. Eu...

Seus lábios tremeram.

— Tome. Compre outro chapéu. Apareça amanhã pra gente ver como estão esses ferimentos.

Meteu a cédula no bolso do outro e empurrou-o cordialmente na direção da porta. Chicuta tartamudeava agradecimentos.

— Bento, carregue o seu revólver.

— Já carreguei.

— Muito bem. Fique de olho vivo. O polícia não vai lhe perdoar aquela chicotada.

O caboclo soltou uma risada.

— Foi pra ele não se esquecer mais de mim.

Depois que Bento e Chicuta saíram, Maria Valéria mirou criticamente o afilhado e disse:

— Vinte mil-réis foi demais.

— Ora, titia. Não troco o que me aconteceu hoje por vinte contos de réis. Nem por duzentos!

Olhou para o pai, como a pedir-lhe a aprovação.

Toríbio, que se havia retirado por alguns minutos, voltou com o revólver na mão, fazendo girar o tambor.

— Ué? — fez Maria Valéria, olhando para o sobrinho.

— Um homem prevenido vale por dois...

— Ah! — fez Rodrigo. — Feliz Ano-Novo!

Abraçou a madrinha, o pai e o irmão.

— Onde está o champanha, Bio? Vamos à Viúva Clicquot. Agora mais que nunca, temos razões para comemorar.

Licurgo sentou-se, fumando pensativamente seu cigarro, olhando para Rodrigo com uma ruga de preocupação na testa.

Toríbio foi até o quintal e tirou do fundo do poço o balde dentro do qual havia posto ao entardecer uma garrafa de champanha, para refrescar. Voltando para a sala de visitas, abriu-a. A rolha saltou com um estampido, bateu no teto e caiu sobre um vaso de vidro, produzindo um sonido musical. O líquido espumante jorrou com força contra a cara de Rodrigo, escorreu-lhe pelo colarinho e pelo peitilho da camisa.

— Dizem que é sinal de sorte — sorriu Toríbio.

— Sangue e champanha! — exclamou Rodrigo romanticamente.

— Para mim o ano de 1910 não podia ter começado melhor!

3

O relógio de pêndulo da sala de jantar batia uma hora da madrugada quando os dois irmãos saíram e foram sentar-se num dos bancos da praça, debaixo da figueira grande. Maria Valéria recusara-se a beber champanha; Licurgo tomara apenas um gole para acompanhar o brinde que um dos filhos erguera ao Ano-Novo; Bio contentara-se com uma taça, mas Rodrigo bebera avidamente várias, sem parar, até esvaziar a garrafa. Agora estava tonto, duma tontura aérea e alegre que o fazia confusamente feliz, dando-lhe um desejo de abraçar e beijar toda a gente. Seu raciocínio, porém, continuava claro, duma limpidez surpreendente, o que lhe tornava a embriaguez esquisitamente deliciosa.

— Bio, a vida é boa — disse ao sentar-se repoltreado no banco. Apertou o joelho do irmão, acrescentando: — Imagina o que esta cidadezinha ainda vai ser no futuro... E todo esse progresso pode depender dum homem. E esse homem pode ser o doutor Rodrigo Cambará!

Toríbio havia tirado os pés de dentro dos chinelos e coçava os tornozelos furiosamente, murmurando: "Estes micuins do inferno!". Não parecia, porém, muito interessado nos projetos do irmão.

Rodrigo atirou a cabeça para trás. Por entre os ramos da figueira, vislumbrou no céu uma estrela solitária.

— Vou começar o quanto antes uma campanha pela imprensa contra o Trindade. Já tenho o nome para o meu jornal: *A Farpa*. Que te parece?

Toríbio deixou escapar um ronco que tanto podia ser de reprovação como de aplauso.

— Minha farmácia será a casa dos pobres. Meu consultório estará aberto para a humanidade sofredora. E sabes no que estou pensando agora? Santa Fé não tem hospital... Pois vou abrir uma casa de saúde. Alugo aquele prédio junto à farmácia, mando fazer umas reformas... Que tal? Ah, Bio, não há nada melhor no mundo do que a gente se sentir amado, admirado e respeitado.

— Muito peso em cima dum homem só...

— Qual! É bom.

— Há muitas outras coisas boas além dessas.

— Se há! Milhares, milhões. Viver é bom. Mas a coisa toda não terá nenhum sentido se a gente se contentar com uma vida puramente vegetativa, limitando-se a comer, dormir, amar...

Toríbio soltou uma risada curta e seca:

— Não tenho nada contra essas três coisas.

— Mas um homem não pode viver sem um ideal.

— Xô égua! Vocês doutores complicam tudo.

— Não digas isso! Depois que a gente lê certos livros, os horizontes do espírito se alargam.

— Mas o estômago não encolhe... ou encolhe?

Rodrigo riu da observação do irmão com uma condescendência de mais velho.

— Pensa em todas essas maravilhas do engenho humano: o telefone, o telégrafo, a luz elétrica, o navio a vapor, a estrada de ferro, o microscópio, o automóvel, o aeroplano. Não te esqueças também dos milagres da medicina. Enquanto estamos aqui conversando fiado, em várias partes do mundo, nesta mesma hora homens encurvados sobre seus microscópios e suas mesas de trabalho descobrem drogas que hão de salvar milhares de vidas ou inventam coisas que contribuirão para tornar nossa existência mais fácil, mais confortável e mais bela. Não, Bio, a vida é mais que dormir, comer, amar, ganhar dinheiro...

— Te dou três meses pra mudares de ideia.

Rodrigo entesou o busto.

— Não sejas bobo! Nem trinta anos. Não vou me entregar.

— Espere...

— Por que dizes isso?

— Porque te conheço e conheço Santa Fé. É uma terra de baguais. Aqui nada vinga. Vais acabar perdendo a paciência. O melhor é aproveitar a vida enquanto ela dura. O mais é conversa.

Rodrigo ergueu-se, caminhou até o ponto onde terminava a sombra da figueira, olhou em torno e finalmente fitou o Sobrado.

— A reforma vai começar lá por casa. É preciso mais alegria, mais claridade lá dentro. Uns quadros de arte, uns móveis novos. Estou decidido a casar cedo. O Sobrado necessita urgentemente do riso duma criança.

— Pensas só no riso, te esqueces do choro.

— Monstro! Tudo isso, riso e choro, faz parte da mesma maravilha, do mesmo milagre.

— Estás bêbedo.

— Dentro duma semana chegarão os caixões com os livros, o gramofone e as chapas. As vozes do Caruso, do Amato, da Patti e da Tetrazzini vão encher as velhas salas do Sobrado. Os fantasmas de nossos antepassados serão varridos ao som do *Rigoletto*, de *La bohème*, de *La traviata*!

Levando a mão ao peito num gesto teatral, começou a cantarolar um trecho de *Il trovatore*. Terminou num agudo desafinado, que procurou encobrir com uma risada. Tornou a sentar-se.

— Um dia hei de visitar Paris — prosseguiu, depois de breve silêncio. — Mas enquanto esse dia não chegar, hei de fazer o possível pra trazer um pouco de Paris pra Santa Fé. Tenho uns quinhentos livros franceses. Tomei uma assinatura por dois anos de *L'Illustration*. A França é a minha segunda pátria. Que seria do mundo sem a França? Voltaire, Diderot, Descartes, Montaigne, Chateaubriand, Victor Hugo, Lamartine, Verlaine, Anatole France... — À medida que enumerava esses nomes, ia fazendo os gestos de quem despetala um malmequer. — A flor da raça humana! Ah! Paris... Lá é que está a verdadeira civilização.

Toríbio começou a picar fumo. Rodrigo, que olhava para sua casa, viu sair dela um vulto no qual reconheceu o pai. No silêncio da noite, riscado de quando em quando pelo canto de galos, ouviam-se os passos do velho. Por alguns instantes ficaram ambos em silêncio a acompanhar o vulto com o olhar. Quando o viram dobrar a primeira esquina e entrar na rua dos Farrapos, Toríbio murmurou:

— Vai pra casa da amásia.

A observação chocou um pouco Rodrigo. O assunto para ele era quase tabu.

— Então a história continua?
— Por que não havia de continuar? Esses rabichos duram a vida inteira. E, depois, o velho ainda está no cerne...
— E ele vai todas as noites à casa *dela*?

Um invencível constrangimento, que começara no dia em que Bio lhe revelara a existência daquela ligação, impedia-o de pronunciar o nome de Ismália Caré. Mesmo agora, ao cabo de tantos anos, leituras e experiências, verificava, um pouco decepcionado consigo mesmo, que não podia encarar o assunto com a tolerância mundana dum civilizado.

— Quase todas as noites.
— E quando o velho vai pro Angico?
— A Ismália vai também. Te lembras daquele rancho no fundo da invernada do Boi Osco? Pois é lá que ela mora.
— E a madrinha, que é que diz?
— Nada.
— Mas sabe de tudo, não?
— Claro. O que é que ela não sabe?

Rodrigo sorriu. Afinal de contas devia ser tolerante. O "velho" Licurgo era um homem de carne e osso, como os outros.

Bio acendeu o crioulo. Rodrigo tirou do bolso uma carteira de cigarros, levou um à boca e acendeu-o também na chama do isqueiro.

— Afinal cortaste teu baile pela metade...
— Não tem importância. Me felicito por ter saído exatamente àquela hora. Se tivesse saído dez minutos antes ou dez minutos depois, não tinha tido a oportunidade de dar aquela lição aos capangas do Trindade.

Pensava em Flora, imaginava o que ela ia sentir quando, no dia seguinte, viesse a saber do conflito. Tinha a certeza de que ia crescer ante os olhos da moça.

— Bio, participo-te que dentro de um ano, o mais tardar, me caso com a filha do Aderbal Quadros.
— Então esse negócio está mesmo resolvido?
— Claro!
— Como foi a coisa hoje no baile?
— Não muito bem. Ela está meio arisca.
— Pudera! Santa Fé ainda não esqueceu as tuas farras na Pensão Veneza, as tuas orgias e serenatas com o Neco e o Chiru.
— E contigo.
— Sim, e comigo.

— Mas sou um homem novo.
— Novo? Não acredito. É bem como essa história de Ano-Novo. Só muda o número. No resto, é a mesma coisa de sempre. Não mudaste tanto quanto pensas.
— Mudei, Bio, eu sinto. Na minha profissão, o homem que não conservar uma linha moral rígida está perdido.
— Mas valerá a pena ter linha?
— Naturalmente!
— Xô égua! Porto Alegre e os livros te viraram a cabeça.
— Qual! Me abriram novos horizontes.
— Mas te fecharam muitas portas. O meu consolo é que isso não dura.
Rodrigo tornou a erguer-se, contemplou mais uma vez o céu estrelado, aspirou o cheiro de pão quente que vinha da padaria Estrela-d'Alva, evocando-lhe cenas da infância.
Que fazer agora? Ir para a cama? Cedo demais. De resto, estava demasiadamente excitado para poder dormir.
— Ai vida!
Toríbio tirou o revólver do coldre, apontou-o na direção duma lata que se achava a uns vinte passos da figueira, fez pontaria, detonou e acertou em cheio no alvo.
— Me dá esse revólver — pediu Rodrigo.
Tomou da arma, mirou a mesma lata e atirou: o projétil passou longe do alvo e cravou-se no solo.
— Pontaria mixe!
— Sou um homem civilizado. Não preciso de armas.
— Fia-te à Virgem e não corras... Conheces aquela história de santa Eulália! Diz-que não havia homem no povoado que não andasse armado até os dentes. Duma feita, apareceu por lá um sujeito de boa paz que andava por toda a parte sem um canivete no bolso. As gentes da terra começaram a olhar pra ele atravessado: "Esse camarada está nos provocando". No dia seguinte, o forasteiro estava enterrado no cemitério com dez balas no corpo.
— Bárbaros! — exclamou Rodrigo. — Retardatários!
Como única resposta, Bio tornou a alvejar a lata velha, que saltou com um ruído seco. Depois beijou o revólver e tornou a guardá-lo no coldre.
— O meu melhor amigo — disse. — O que fala a verdade. O tira-cisma.

4

Um vulto aproximava-se.
— Quem será? — perguntou Rodrigo.
— O espanhol.
Don Pepe García abriu os braços e exclamou:
— Ay que lindo! Los dos hermanitos juntos, charlando. Yo creí que era um duelo. Oí los tiros. Qué sucedió?
Abraçou os dois irmãos calorosamente.
— Estávamos exercitando a pontaria...
— Pero no en seres humanos!
— Não — explicou Rodrigo —, numa lata, apenas numa lata velha.
— Por qué no ahorrar las balas para hender cráneos humanos? Para la redención de la humanidad es necesario abatir cráneos, muchos cráneos.

Rodrigo contemplava Pepe García com um interesse afetivo. Gostava daquele tipo descarnado e esguio como o próprio Don Quixote, daquela cara tostada, oblonga e de aspecto dramático, de olhos fundos, negros e vivos, bigodes de guias caídas pelos cantos da boca e cavanhaque pontudo como uma lança. Apreciava-lhe sobretudo a voz rica de inflexões, bem empostada, grave e de colorido teatral, que ele sabia usar com riqueza e propriedade, ajudando-a com gestos de suas mãos esbeltas, que possuíam também uma eloquência própria. Nascido na Espanha, havia trinta e cinco anos, deixara a cidade natal para correr mundo. Viajara — segundo contava — por toda a Europa e depois descera para a América do Sul, pintando retratos e fazendo exposições nas cidades que visitava. Um dia chegou a Santa Fé e, como acontecera a tantos outros estrangeiros — casos de que se orgulhava a crônica local —, tomara-se de amor pelo lugar e resolvera ficar ali por algum tempo. De quando em quando lhe davam a incumbência de pintar o retrato de algum dos estancieiros ricos do município ou de membros de suas famílias. Além disso, dava lições de pintura a Ritinha Prates, o que causava certa estranheza em Santa Fé. (Afinal de contas que luxo é esse duma moça aprender essas bobagens de pintura, quando o importante mesmo pr'uma dona de casa é saber cozinhar, lavar roupa e criar bem os filhos?) Cuca Lopes e outros maldizentes, porém, afirmavam que quem sustentava Don Pepe era a amásia, a viúva Celanira, mulata quituteira proprietária duma casa de tábuas situada no Purgatório. Mandava ela seus moleques — filhos do falecido — vender nas ruas e na estação da estrada de ferro seus famosos quindins, bom-bocados e pastéis. Graças a isso o espanhol se permitia trabalhar muito pouco ou nada, o que lhe dava vagares para levar uma vida boêmia, andar pelos arredores da cidade a pintar paisagens e tipos humanos — quadros que nunca chegava a vender. Gostava de frequentar os salões de bilhar e a Confeitaria Schnitzler, onde fazia eloquentes dissertações contra a burguesia e o clero; Don Pepe García dizia-se anarquista, e anarquista puro, fazia questão de frisar. Gabava-se de possuir um exemplar do famoso e raríssimo panfleto de Bakunin, escrito em código, o *Catecismo revolucionário*, a bíblia dos anarquistas europeus, e dava a entender que estivera metido na conspiração que em 1905 fizera explodir uma bomba na Rambla de las Flores, em Barcelona.

Rodrigo habituara-se a ver em Pepe — apesar de tudo quanto o espanhol pudesse ter de falso — um símbolo das coisas maravilhosas que estavam para além dos horizontes de Santa Fé, do Rio Grande e do Brasil. Don Pepe representava o Velho Mundo; Don Pepe, o boêmio andarilho, era a Aventura; Don Pepe era sobretudo a romântica e trágica Espanha de Don Quixote, de El Greco, de santa Teresa de Ávila, de toureiros, das majas e dos monges. Quando, havia uns quatro anos, Rodrigo fora apresentado ao pintor e lhe perguntara de onde vinha, tivera dele uma resposta enigmática que lhe incendiara a imaginação de vinte anos.

— Sou natural dum quadro de El Greco que se acha na catedral de Halgar. Sou o terceiro monge a contar da esquerda...

Dois anos mais tarde, folheando uma enciclopédia ilustrada, Rodrigo dera com uma reprodução do quadro a que Don Pepe se referira: *O enterro do conde de Orgaz*. Lá estava o terceiro monge, de rosto oblongo, olhos postos misticamente no céu, bigodes negros, cavanhaque pontudo.

Rodrigo vira muitas telas da autoria de Pepe García e admirava-lhe a riqueza sensual do colorido, a precisão do desenho, o raro senso plástico. Fazia pouco mais de ano, o artista escandalizara Santa Fé pintando, numa paródia de Goya, *La mulata vestida* e *La mulata desnuda*, que nada mais eram que sua Celanira, num dos quadros deitada num catre, vestida de azul; noutro, completamente nua, as fartas carnes cor de canela esparramadas na relva, ao pé dum chafariz no qual os santa-fezenses reconheceram, indignados e ofendidos, a bica de onde vinha a água que toda a cidade bebia. Os quadros foram expostos numa vitrina da Casa Sol — que o Veiga cedera depois de muita relutância — mas a exposição não chegara a durar nem meio dia, pois a sociedade de Santa Fé lançara tamanhos protestos, que o delegado de polícia, o façanhudo Laco Madruga, mandara retirar as "imoralidades" da vitrina. O jornal da terra comentara as telas, declarando-as "um clamoroso desrespeito à família santa-fezense", um "verdadeiro atentado ao pudor". O pe. Kolb referira-se ao incidente em sua prédica dominical e, em determinado ponto do sermão, exclamara, com sua voz estrídula de pronunciado sotaque germânico, que aquilo era "uma grossa indecência" — e sublinhara sonoramente cada sílaba de *indecência* com um soco na guarda do púlpito. Durante vários dias, Santa Fé não falara noutro assunto. A todas essas, Don Pepe mantivera-se num silêncio digno, numa indiferença olímpica. Uma tarde, porém, emborrachara-se de vinho Moscatel na Confeitaria Schnitlzler e fizera um verdadeiro comício contra a burguesia, contra o clero e contra Deus.

Terminara trepado numa cadeira, a berrar:

— Filisteus! Filisteus!

Lembrando-se agora dessas coisas, Rodrigo sorria e olhava para Don Pepe, que ali estava na sua eterna roupa preta, de gravata à Lavalière, boina basca de pano negro, os longos pés magros metidos em alpercatas pardas.

— Que fim tiveram os teus famosos quadros?

— Qué cuadros, hijo mío?

— *La mulata vestida* e *La mulata desnuda*?

— Ay! Los quemé.

— Queimou? Mas por quê?

— Porque me dio la gana.

— Foi uma pena.

— No lo creo.

Disse isso e fechou-se num silêncio ressentido. Mas de repente, fixando o olhar em Rodrigo, exclamou com jovialidade:

— Ay que rico estás, Rodrigo, en ese uniforme de gala de la burguesía.

Rodrigo riscou um fósforo e, mostrando o peitilho da camisa, perguntou:

— Te agradam estas condecorações?

— Caray! Qué es eso, hombre?

— Sangue, Don Pepe, sangue.

— Pero de quién?

Toríbio apressou-se a contar a história. À medida que se inteirava dela, Pepe ia ficando tão excitado, que por fim já não tinha mais sossego: andava para diante e para trás, em passos curtos, rápidos e arrastados.

— Muy bien, hijo. Eres muy hombre. Hay que agitar, hay que agitar.

— E isso é apenas o princípio. Daqui por diante, o Trindade vai comer fogo comigo. — Ergueu-se, pegou afetuosamente o braço do espanhol. — Precisamos sacudir esta cidade de seu marasmo, Pepe!

— Claro, hombre!

— Dentro de um mês, o mais tardar, boto o jornal na rua. Vou começar com um artigo de fundo, reduzindo o Trindade a pó de mico. Lançarei também um ataque contra o militarismo. Posso contar com teu apoio?

— Claro, hombre, coño! Me gusta la lucha. Soy como aquél paisano que, cuando llegaba a un país extranjero, preguntaba: "Hay gobierno? Si hay, soy contra!".

Rodrigo de novo olhava para as estrelas.

— Don Pepe, se de repente Deus aparecesse lá em cima e...

O espanhol interrompeu-o:

— Diós no existe.

— Bom, não se trata agora de saber se Ele existe ou não. Vamos supor que exista. Se Ele te dissesse: "Pepe, tens o direito de me fazer um pedido...", que lhe pedirias?

O pintor ergueu a cabeça para o céu:

— Deja el cielo, hombre, no seas cobarde! Eso es lo que quiero: baja a la tierra. No te quedes escondido en tu casa, huyendo a toda responsabilidad. Ven a contemplar las injusticias de la sociedad burguesa, la miseria y el hambre del pueblo, el mercantilismo de tu Iglesia y la hipocresía de tus sacerdotes. Ven a ver el mundo que hiciste!

Rodrigo ria, sacudindo a cabeça. Pepe continuava imóvel, os olhos erguidos para o alto, como a esperar a resposta de Deus.

— Não é isso, Don Pepe! Eu me referia a um pedido mais modesto, que não obrigasse o Criador a mudar Seus hábitos...

O espanhol baixou o olhar para o amigo.

— Bueno, yo le pediría la victoria del anarquismo en el mundo. Pero no creo que el viejito me atendiera. Es un reaccionario!

Deus um reacionário! Rodrigo desatou a rir. Toríbio apenas sorria, meio desatento.

— Vocês até parecem duas crianças...

Quem olhava para o céu agora era Rodrigo.

— Pois eu pediria a Deus — disse ele — uma coisa muito simples e ao mesmo tempo muito grande. Pediria que me desse uma vida longa. O resto ficava por minha conta...

— Y qué quieres hacer con tu vida? — perguntou Don Pepe, num tom austero de inquisidor.

— Uma bela vida...

— Pero qué es una bela vida?

— Uma vida de prazeres e ao mesmo tempo de bondade e beleza.

— Palabras, hombre, palabras, y nada más que palabras. Hay que definir *placer, bondad, belleza.*

— Vocês não vão parar mesmo com essas besteiras?

— Cállate, miserable — resmungou Don Pepe, sem sequer dignar-se olhar para Bio. — Vamos, amigo, hay que definir...

Rodrigo segurou com força ambos os braços do espanhol.

— Precisarei definir a palavra prazer? Quais são as coisas que dão prazer na vida? Amar... comer e beber bem... vestir bem... alegrias espirituais: ouvir boa música, fazer boas ações, ler bons livros, ter bons amigos e, acima de tudo, a sensação de ser querido, admirado, respeitado... Hein, Don Pepe? Preciso continuar definindo?

— Placeres típicamente burgueses...

— Quanto à bondade, ora! Levar uma vida de bondade e beleza significa viver uma vida harmoniosa, que não seja puramente egoísta, uma vida em que caibam pensamentos e atos altruístas, piedade pelos desamparados, pelos fracos e oprimidos. Eu estava ainda há pouco dizendo ao Bio: quero fazer medicina para os pobres, talvez chegue até a fundar um hospital de caridade. Vou também livrar esta cidade do seu tirano. Se fazer essas coisas não é viver em beleza e bondade, então já não sei mais nada!

Calou-se, esperando a aprovação do interlocutor. Este, porém, continuava calado. Meteu a mão no bolso, tirou um pequeno caderno de papel de alcatrão e uma bolsa de fumo, e começou a fazer um cigarro com os dedos longos e nervosos. Rodrigo esperava.

— Então, Don Pepe, estás satisfeito?

O artista olhava na direção da igreja.

— Eres un burgués irremediable, Rodrigo. Tu idea del bienestar social está basada en la caridad, la repugnante caridad cristiana. Coño! Hay que hacer la Revolución y no hospitales de caridad. — Cuspiu no chão com nojo. — La palabra *caridad* me marea.

— No entanto é a mais bela das virtudes cristãs.

— Mierda para el cristianismo.
Rodrigo bateu nas costas do espanhol:
— Teu niilismo é apenas de fachada. Não creio que um homem como tu, um artista de sensibilidade, um pintor, um poeta das cores, possa viver sem uma crença...

Don Pepe enrolou o cigarro, acendeu-o, soltou uma baforada, aproximou-se do outro:

— Quién te dijo que nosotros los anarquistas no tenemos una creencia?
— Qual!
— Sí señor. Como ustedes, católicos, tenemos hasta um credo.
— Parem com esse negócio! — protestou Bio. — Vamos fazer alguma coisa que preste. Que tal se a gente fosse beber umas cervejas na pensão da velha Tucha? Por mim, esta noite eu dormia empernado, pra entrar direito o Ano-Novo.

Ninguém lhe deu atenção. Rodrigo estava interessado no credo de Don Pepe. O espanhol tirou o cigarro da boca, recuou dois passos e, com voz lenta e clara, recitou:

— Creo en el Socialismo revolucionario Todopoderoso, hijo de la Justicia y de la Anarquía, que es y ha sido perseguido por todos los políticos burgueses, y nació en el seno de la Verdad, padeció bajo el poder de todos los Gobiernos, por los que ha sido maltratado y escarnecido y deportado, descendió a los lóbregos calabozos y de ellos ha venido a emancipar al proletariado y está sentado en el corazón de los asociados. Desde allí juzgará a todos sus enemigos. Creo en los grandes principios de la Anarquía, la Federación y el Colectivismo: creo en la Revolución social que ha de redimir a la Humanidad de todos los que la degradan y envilecen. Amén!

— Amém! — repetiu Bio. — Vamos pra pensão.
— E tu, Don Rodrigo, en qué crees? En el Diós Todopoderoso, creador del cielo y de la tierra, en la Santa Madre Iglesia Católica Apostólica Romana?
— E por que não?

Mas intimamente tinha uma convicção que não ousava formular em voz alta: "Eu creio em mim mesmo. Deus que me perdoe, mas eu creio é no doutor Rodrigo Terra Cambará".

Don Pepe tornou a acender o cigarro, que se apagara durante o recitativo do credo anarquista. Deu dois passos à frente, olhou firme para a igreja e berrou:

— Mierda para los curas! Mierda para el Sumo Pontifice!
De trás da Matriz, o eco devolveu-lhe as palavras.
— Xô mico, Don Pepe! — disse Bio. — Pra que essa bobagem? Ninguém está te escutando...
— Pero hay que agitar, hombre. Hay que agitar.

CAPÍTULO VIII

I

Num dos primeiros dias de janeiro, Licurgo Cambará fechou o Sobrado e, como fazia todos os anos, mudou-se com a família e a criadagem para o Angico, onde iam passar o verão. Rodrigo acompanhou-os um pouco contrariado, pois lhe parecia que, depois do desafio que lançara publicamente a Titi Trindade, retirar-se para a estância poderia parecer uma fraqueza, uma espécie de recuo.

— E o jornal, papai? — perguntou na véspera da viagem.
— Tem tempo.
— Mas as eleições estão perto...
— O senhor pode voltar em fins de janeiro e ainda pega um mês inteiro antes do pleito.

Rodrigo calou-se. Não costumava contrariar o pai. Aquela ida para o Angico, porém, era o mesmo que água fria na fervura. Que iriam dizer os amigos que lhe conheciam os planos políticos, as promessas de luta?

Entrou na jardineira de cara sombria. Bio havia partido a cavalo no dia anterior, em companhia do pai.

— Os machos vão a cavalo — dissera ao despedir-se. — As fêmeas, de jardineira.

Rodrigo não gostou da brincadeira. Iniciou a viagem de mau humor. Quando, porém, entraram em pleno campo, começou a melhorar. Olhando para as coxilhas, sob um céu azul e límpido teve tamanha sensação de espaço livre, ar puro e liberdade, que ficou eufórico.

Sim, agora ele via que tinha sido bom virem para a estância. Precisava dum pequeno descanso: estudara demais nos últimos meses do curso. De resto, na solidão amiga do Angico, teria tempo de preparar melhor a campanha, coordenar planos e principalmente ficar a sós consigo mesmo por algum tempo, o que seria benéfico para sua alma. Foi, pois, com resignação que suportou o calor, a poeira e os solavancos da estrada.

Quando se viu à frente da casa da estância a contemplar a campina, redescobriu a terra e ficou comovido. Sentiu-se leve, puro, criança: concluiu que a vida, a verdadeira vida estava no campo. Oh! O ar viciado que se respirava nas grandes cidades, as ruas regurgitantes duma humanidade suarenta e apressada, o cheiro de gás, a fumaça das chaminés, o barulho do tráfego... Não havia nada melhor que estar perto da terra. Apanhou um talo de capim e mordeu-o. Quero-queros guinchavam, e suas vozes desgarradas pareciam tornar mais ampla a amplidão, dar uma perspectiva mais funda à paisagem. Olhou com olhos enamorados as coxilhas dum verde apeluciado, onde as macegas ondulavam, sopradas pelo largo vento que lhe trazia um aroma agreste de mato e grama. Teve, enfim, uma tão plena e tranquila impressão de beleza e paz, que lhe vieram lágrimas aos olhos.

Andou pela cozinha e pelo galpão a abraçar criadas e peões. Deixou de lado as roupas citadinas e vestiu-se à gaúcha, da maneira mais ortodoxa possível, o que deu azo a que Bio observasse:

— Ué? Já chegou o carnaval?

Acompanhou o pai e o irmão nas lidas do campo, procurou provar que não era — como podiam os outros imaginar — um mocinho de cidade, um pelintra que não sabe andar a cavalo e é incapaz de manejar o laço. Por isso, na primeira oportunidade que se lhe apresentou, fez questão de laçar na presença dos companheiros. Teve sorte: pialou com maestria um terneiro. No primeiro rodeio que pararam, foi o mais ativo do grupo, o que mais gritou, o que mais se agitou. Portou-se com tão espalhafatoso entusiasmo, que Bio em certo momento se acercou dele:

— Calma, rapaz. Isto não vai a matar.

Rodrigo voltou para casa, derreado. Comeu abundantemente, caiu na cama como uma pedra e dormiu até às quatro. Ergueu-se com os membros e as costas doloridos e a cabeça pesada, mas, ao entardecer, aceitou o convite de Bio para irem tomar banho na sanga. E, depois de terem nadado por algum tempo, quando já estavam deitados na grama, esperando que o vento lhes secasse os corpos, Rodrigo espreguiçou-se com delícia.

— É bom estar no campo, Bio. Esta, sim, é a verdadeira vida.

— Pensas que estás me contando alguma novidade?

— Claro. Sei que este é o teu chão, que nunca poderias viver como vivi em Porto Alegre, todo o santo dia de colarinho e gravata...

— Se eu tivesse de usar essas coisas, acho que morria sufocado.

Rodrigo soltou um fundo suspiro.

— Como é que há gente que passa a vida inteira metida numa cidade, hein?

De olhos fechados e sorrindo, o outro respondeu:
— Esse teu entusiasmo não dura.
— Por quê?
— Fogo de palha.
Rodrigo ergueu-se, aproximou-se da beira da sanga e ficou a mirar com olhos ternos seu próprio corpo nu que a água espelhava.

2

Rodrigo saboreava o Angico com os cinco sentidos.

Esquecido agora dos perfumes franceses, apreciava discriminadamente os cheiros da estância, chamava para eles a atenção de Bio, e quando este lhe garantia não distingui-los uns dos outros, exclamava com fingida impaciência:

— Estás com o olfato embotado! É preciso ter um nariz civilizado para distinguir os cheiros, perceber suas nuanças... Qual! Não vou gastar pólvora em chimango.

Calava-se, achando que estava pregando no deserto.

Gostava de, pela manhã, aspirar o odor úmido e inocente do sereno, que lhe sugeria um mundo recém-nascido, com as tintas ainda frescas do pincel do Criador. Era, porém, um cheiro que não o predispunha às cogitações sérias, mas apenas ao gozo irresponsável do momento que passa, um cheiro, enfim, que tinha a virtude de lhe devolver, ainda que por um fugidio instante, a adolescência do corpo e do espírito. Já a fragrância do anoitecer, quando a brisa lhe trazia as doces mas profundas emanações de matos e ervas, dava-lhe uma certa tristeza vivida, uma melancolia não raro acentuada pelas cores do crepúsculo, que pareciam ter também um perfume peculiar. E que dizer do aroma azulado da noite? — refletia ele, com o espírito voltado para seus poetas simbolistas — das noites do Angico, cheias de grilos, corujas, morcegos e estrelas? Muitas vezes ficava à frente da casa, conversando com o irmão e com o velho Fandango, atento ao que eles diziam, mas também a farejar, com certa volúpia, o bafo morno que subia do chão, de mistura com um cheiro de grama e de terra ainda quente de sol. O galpão recendia a cinza fria, couro curtido e suor humano mesclado com suor de cavalo. Havia, porém, horas em que cheirava a fogo vivo ou brasa e água fervente. Depois o ar se impregnava da acre fragrância da erva-mate — a do chimarrão novo, que despedia um cheiro verde, e a do chimarrão velho, com o seu cheiro pardo. (Rodrigo gostava de modo especial da emanação que se erguia da terra quando sobre ela caíam as primeiras gotas da chuva.) A cozinha, essa cheirava a charque, linguiça e picumã. O cheiro do leite lembrava-lhe úberes fartos, crianças recém-nascidas, terneiros de focinhos úmidos: era um cheiro que ele também associava ao de esterco, do orvalho matinal e de pelo de vaca. Nunca podia separar o cheiro de queijo da imagem das mãos longas e ossudas de sua madrinha. O de linguiça e cebola trazia-lhe à mente os braços gordos de Laurinda, que tinham também algo a ver com morcilha. O cheiro de lonca evocava-lhe os dedos tostados de Fandango, que muitas vezes o Rodrigo adolescente ficava a contemplar, fascinado, enquanto o velho trançava laços. O cheiro cálido, adocicado e pegajoso de marmelada ou pessegada a ferver em tacho de cobre tinha a virtude milagrosa de, por uma fração de segundo, levá-lo de volta aos dez anos. ("Eu quero a rapa do tacho, Dinda!" "Tira essa mão daí, menino!") O cheiro de fumaça de cigarro de palha e o de sabão preto eram inseparáveis da figura de seu pai.

Se eu fosse músico — pensou Rodrigo num dia em que estava estendido na rede, sob os cinamomos —, havia de compor um poema sinfônico descritivo do Angico.

Começaria com o clarinar dos galos, antes de o sol nascer. Viria depois o mugir das vacas ao amanhecer e a algazarra dos passarinhos nas árvores. E o nitrido dos cavalos e das éguas... O ruído do mastigar dos porcos no quintal... Vozes domésticas: Laurinda a ralhar com as chinocas e negrinhas da cozinha... O cacarejar das galinhas em pânico, perseguidas por algum cachorro... O bambual do fundo do pomar a crepitar, soprado pelo vento... O marulho da água do lajeado... O chuá incessante da cascatinha... O zurrar longo e sincopado do burro-choro... O guincho dos quero-queros... E o piar das aves noturnas, que parecia acentuar ainda mais o silêncio da noite. Não esqueceria as frases que em certas tardes de sol se ouviam à hora lerda da sesta, pronunciadas por Bio ou por seu pai, palavras tão claramente audíveis, que pareciam desenhar-se no ar em caracteres nítidos — "Reponta essa rês daí, Antero!" ou "Não judia desse cavalo, negro sem-vergonha!" — e depois se apagavam de todo, como se nunca tivessem sido pronunciadas. De olhos cerrados, Rodrigo pensava como traduzir em música esses sons, vozes e imagens, e concluía que a parte mais difícil — talvez um andante, um adágio — seria aquela em que o compositor procurasse descrever a impressionante quietude do mato, um silêncio pontilhado e arranhado de pios, bisbilhos, cicios, crepitações, sussurros, marulhos, mas, apesar de tudo isso, sempre e cada vez mais profundamente silêncio.

O pôr do sol do Angico era geralmente espetacular, tomava conta de todo o céu e assumia aspectos fantásticos, principalmente quando havia nuvens. Rodrigo impacientava-se por não ver em Bio o entusiasmo que ele esperava diante dum belo crepúsculo.

— Ora, estou habituado. Pra mim não é mais novidade.

— Animal! És cego ou não tens alma?

Resignava-se a gozar sozinho o quadro. O que havia de notável naquele pôr do sol era, além da riqueza cromática, a duração. Às vezes durante mais duma hora ficava sentado numa cadeira de balanço, à frente da casa, a observar as mutações de cor do céu. Um dia, não se sofreu, montou a cavalo e mandou-se a galope na direção do sol poente, como se esperasse atingi-lo e trazer para casa nas mãos, nos alforjes, nos bolsos, um pouco daquela luminosa beleza.

— Olha, Bio — disse certo anoitecer ao irmão, que a seu lado mastigava placidamente um palito —, olha só aquela cor por baixo da nuvem vermelha... Estás vendo? É verde, parece impossível, mas é verde.

— Xô mico.

— Quanta cor no céu! Vai tomando nota: púrpura, laranja, carmesim... ouro velho... ouro novo... prata... malva... roxo... verde... cor-de-rosa... pardo-avermelhado... azul-desbotado... azul-da-prússia... E aquelas nuvens crespas lá em cima, não te parecem os dorsos dum imenso rebanho de ovelhas? E a nuvem mais escura não será o vulto do pastor?

— Ora, não me amola!

À hora das refeições Rodrigo comia com um apetite voraz. Às vezes Maria Valéria tinha de advertir: "Devagar com o andor, menino. Vais tirar o pai da forca?". Ele sorria, encabulado, sentindo cair-lhe a máscara de civilizado que com tanta faceirice usava desde que chegara. Mas como era possível ter bons modos ante as comidas de Laurinda? Um dia, ao fim dum almoço suculento — iscas de rim grelhadas, feijoada completa, arroz pastoso com galinha, churrasco gordo de ovelha, tudo isso rematado por um prato fundo cheio até as bordas de leite com grãos de milho verde cozido —, lembrou-se dos banquetes de que fora conviva em Porto Alegre, e cujos menus eram escritos em francês. Sim, ele sabia apreciar tanto as delicadezas civilizadas da cozinha francesa como as brutalidades substanciosas da cozinha campeira do Rio Grande!

Assim Rodrigo passava os dias no Angico. E agora, que já provara ao pai, ao irmão, a Fandango e à peonada que sabia andar a cavalo e laçar tão bem quanto eles, podia dar-se ao luxo de descansar e levar a vida flauteada. Não saía mais para o campo com os outros ao raiar do dia. Não acompanhava Fandango no chimarrão das cinco. Dormia até às sete, hora em que saltava da cama para tomar café. Passava o dia em andanças ociosas, dormia sesta larga e à tardinha ia tomar banho na sanga em companhia de Bio. E era sempre com uma antecipação alegre de passageiro de vapor que esperava a hora das refeições.

Tinha também o hábito de caminhar à noite, especialmente quando fazia luar. Pensava muito em Flora, ruminava aventuras amorosas dos tempos de estudante e, nos calores daquele janeiro, já andava a olhar em torno para as chinocas da estância, à procura de alguma que lhe pudesse saciar a fome cada vez mais intensa de mulher.

3

Uma tarde sentou-se no pomar debaixo dum pessegueiro, tirou a faca da bainha, apanhou um pêssego e começou a descascá-lo, pensando na amante que tivera, havia dois anos, em Porto Alegre, uma loura de pele muito alva, cujas coxas tinham uma penugem dourada que lhe lembrava, sempre que as acariciava, a da casca dos pêssegos do Angico. E agora, olhando para os pêssegos, recordava a amante. Riu e como Toríbio se aproximasse, trincando um maracotão que nem se dera o trabalho de descascar, contou-lhe em que estava pensando.

— Como era o nome dela?
— Que importa o nome?
— Que tipo?
— Clara, loura, olho azul, pernas compridas, estrangeira, mulher de classe.

Toríbio sentou-se ao lado do irmão.

— Desse artigo não temos aqui no Angico. O nosso material é aquele...

E, fazendo avançar o lábio inferior, mostrou a rapariguinha que saía da cozinha para dar milho às galinhas. Era uma chinoca de dezesseis anos presumíveis, cabelos negros, pernas curtas e fortes, seios miúdos mas firmes, rosto largo de esquimó, de maçãs salientes e olhos oblíquos. Trazia um vestidinho de chita azul, muito curto, e estava descalça. Rodrigo contemplou-a com um olhar avaliador de macho.

— Quem é?
— A Ondina, filha da Joaninha Caré.
— Quem é o pai?

Bio sacudiu os ombros.

— Ninguém sabe. Nem a Joaninha. O velho Fandango costuma dizer que vaca de rodeio não tem touro certo. A Joaninha tem dormido com quase toda a peonada do Angico.

Rodrigo ficou a chupar um caroço de pêssego e a olhar para a chinoca. Ao redor dela agora as galinhas alvoroçadas bicavam o chão, num atropelo. Ondina era dum moreno acobreado, e o sol da tarde dava-lhe à pele reflexos metálicos. De vez em quando lançava olhares enviesados na direção de Rodrigo e Toríbio, mas seu rosto continuava duro, inexpressivo, bem como as faces das anamitas e cingalesas que Rodrigo tantas vezes vira — com uma leve curiosidade sexual — nas fotografias da Indochina e do Sião reproduzidas em *L'Illustration*. Ondina lembrava-lhe também as minúsculas prostitutas de Cholon, das quais falava Claude Farrère em *Les Civilisés*, que ele lera com delícia aos vinte e um anos.

No dia seguinte, estando já deitado a começar a sesta, ouviu passadas de pés descalços no corredor e imaginou que Ondina cruzava pela sua porta... Entrou-lhe na cabeça uma ideia que o deixou excitado. Desde o dia anterior, a rapariga namorava-o à sua maneira oblíqua e arisca. E ali no silêncio mormacento do quarto e da hora, sentindo nas têmporas as marteladas do sangue, tentou ainda chamar-se à razão. Não podia fazer uma coisa daquelas. Ondina teria quando muito dezesseis anos, e talvez não houvesse ainda conhecido homem. Mas qual! Aquelas rapariguinhas do campo começavam cedo... Não! Positivamente não, Rodrigo. Já teu pai anda metido com uma Caré, não é direito que tu também...

Revolveu-se na cama, sem achar posição cômoda. *"Une jeune fille Anamite se promène dans les rues de Saïgon."* Ora! O melhor é dormir, esquecer, tratar de resolver o problema de outra maneira.

Fechou os olhos e ficou sentindo o surdo pulsar do coração. Mas como lhe seria fácil trazer Ondina para a cama! Fácil? Nem tanto. Não podia esquecer a presença da madrinha, com seu olhar fiscalizador.

Quando, nos tempos de estudante, ele voltava para casa nas férias, a velha redobrava a vigilância em torno das rapariguinhas do Sobrado. "Onde é que vai, sua bruaca?" "Vou levar este jarro d'água no quarto do seu Rodrigo." "Não vai coisa nenhuma, sua assanhada! Deixe que eu levo." E certa madrugada quando, descalço e nas pontas dos pés, ele se dirigia para o quarto duma delas, Dinda lhe surgira de repente no corredor com uma vela acesa na mão: "Ué... Aonde é que vai a esta hora?". Ele balbuciara uma desculpa: "Estou com sede. Vou beber água na cozinha". "Então errou o caminho. A cozinha fica lá do outro lado, sem-vergonha!" E ele voltara para a cama, trêmulo de raiva e despeito.

O melhor mesmo era desistir. No entanto, se a Ondina quisesse, tudo seria tão simples... Havia mil lugares aonde poderiam ir sem que ninguém os visse: o bambual atrás da casa, o mato, o capão da sanga... Bio podia ajudá-lo. Mas ele não queria revelar ao irmão sua fraqueza. Era o diabo. Onde estavam seus propósitos de regeneração? Prometera a si mesmo e dera a entender aos outros que ia criar juízo. Positivamente, dormir com a Ondina seria uma indecência, uma insensatez. Depois, se descobrissem a coisa, que seria dele? Ficaria desmoralizado, perderia toda a autoridade. Era arriscar tudo para conseguir apenas um pouco. Um pouco? Quem sabe? Tornou a fechar os olhos e caiu num torpor do qual passou sem sentir para o sono profundo. Acordou irritado e quando, aquela mesma tarde, se meteu na sanga com o irmão, perguntou com ar casual:

— Já dormiste com a Ondina?

— Ainda não.

— *Ainda* não? Quer dizer que pretendes...

— Como é que vou saber, homem? Tudo depende da hora, do jeito, da disposição...

Bio não tinha problemas. Comia quando tinha fome: quando não tinha, nem pensava em comida. Costumava dizer que o alimento melhor é sempre aquele que está no prato.

— Será que ela já... — Rodrigo hesitou, com pudor de dizer claramente o verbo. Usou um eufemismo bíblico — ... já conheceu homem?

— Como é que vou saber? Não sou fiscal.

Dizendo isso, Toríbio deu um mergulho e emergiu alguns metros adiante, bufando e cuspindo, com o cabelo colado à testa, os olhos piscos. Acocorado à beira da sanga, Rodrigo estava absorto em seus pensamentos. O outro, que agora nadava serenamente, em largas braçadas, gritou:

— Por que não experimentas?
— Não me interessa.
— Ha-ha!
E não falaram mais no assunto.

4

Uma tarde, à hora da sesta, Rodrigo viu Ondina descer sozinha a coxilha, equilibrando na cabeça um cesto de roupa suja. O coração começou a bater-lhe com mais força. Esperou um instante, olhou cuidadosamente em torno e, como não avistasse ninguém, saiu a andar atrás da rapariga. Quando estavam ambos lá embaixo na canhada, num ponto donde não podiam ser vistos por quem se achasse à frente da casa, aproximou-se da menina e fez: *psiu!*
Ondina parou, voltou lentamente a cabeça, mas em seguida tornou a olhar para a frente e continuou a andar, apressando o passo.
— Escuta aqui, Ondina...
Rodrigo sentiu as próprias palavras como que voltarem para ele e caírem-lhe frias no rosto. O que estava fazendo parecia-lhe ao mesmo tempo ridículo e excitante. Agora era tarde demais para desistir. Iria até o fim, mesmo que lhe surgissem pela frente o pai, a tia e toda a peonada do Angico, mesmo que se erguessem do cemitério todos os seus parentes e contraparentes mortos e viessem em bando suplicar-lhe que não fizesse aquilo. A chinoca continuava a andar em passo acelerado, aproximando-se cada vez mais do mato. Isso mesmo que eu quero — pensava ele. — Isso mesmo que eu quero.
— Ondina, olha aqui!
Ela parou, depôs o cesto no chão e, sem olhar para o homem, apanhou um talo de grama e começou mordiscá-lo com seus dentes miúdos.
— Vamos ali pro mato.
Ela se encolheu toda. Rodrigo apanhou com uma das mãos o cesto de roupa e com a outra segurou com força o braço da chinoca, puxando-a na direção do mato. Ela se deixou levar docilmente.

5

Eram seis da tarde quando Toríbio e Rodrigo desceram para o banho.
— Que é que tens? — perguntou o primeiro.
— Nada.
— Algum bicho te mordeu.
— Por quê?
— Ora, te conheço bem.

Rodrigo não sabia se devia ou não contar ao irmão o que se passara entre ele e Ondina. Estava certo de que o outro ia gozar sua fraqueza. Precisava, porém, desabafar, e Bio era a única pessoa com quem se podia abrir.
— Aconteceu uma coisa horrível. Levei a Ondina pro mato à hora da sesta.

Por alguns segundos Toríbio nada disse. Depois, dando um pontapé num seixo do caminho, perguntou:
— Que tem isso de tão horrível?
— Ela era virgem!
— E daí? Todas as mulheres nascem virgens.
— Bio, estou falando sério.
— Eu também.
— Mas que é que vai acontecer agora? E se ela fica grávida?
— Não há de ser a primeira nem a última.

Rodrigo estava revoltado. Aquele cinismo cruel, aquela indiferença ante um assunto tão sério, fizeram que, pelo menos por um curto instante, ele pudesse transferir para o outro toda a indignidade de seu ato. A sensação de culpa, porém, continuava a pesar-lhe dum modo que ele *queria* achar insuportável.

Não havia ele lido e amado a *Ressurreição* de Tolstói? Não falara muitas vezes nos humilhados, nos ofendidos, nos desprotegidos da sorte, prometendo a si mesmo ser seu paladino, seu templário? Apesar de todos esses propósitos, havia desonrado uma pobre menina de dezesseis anos! E a ideia de que um filho — um filho de sua carne e de seu sangue — pudesse nascer dela, enchia-o dum temor mesclado de repugnância. E nessa repugnância descobria, decepcionado, um sentimento de aristocracia, uma consciência de casta. Era-lhe friamente desagradável a ideia de que o sangue dos Cambarás, senhores do Sobrado e do Angico, pudesse misturar-se com o dos Carés.

Como se estivesse a ler-lhe os pensamentos, Toríbio troçou:

— Essa história de gostar das Carés parece que está na massa do nosso sangue, hein?

Rodrigo não respondeu. Fechou-se num silêncio casmurro e assim acompanhou o irmão até a beira da sanga. Despiram-se. Toríbio apanhou uma pedra e jogou-a no poço. Rodrigo sentou-se, enlaçou os joelhos com os braços e ficou a olhar pensativamente para a água.

Vendo-o apreensivo, o outro pousou-lhe a mão no ombro:

— Não há de ser nada. Ela pode não pegar filho.

— E se... pegar? — perguntou Rodrigo, usando o verbo com alguma relutância.

— A criança nasce, cresce e vive como qualquer outra.

— Mas eu me refiro ao lado moral da questão.

— Que lado moral, homem?

— Bem sabes o que eu quero dizer.

— Ora, tu não estás preocupado com o lado moral. O que tens é medo que o velho e a titia descubram a patifaria.

Rodrigo sentiu as orelhas em fogo. Mais uma vez se via desmascarado. Bio era diabólico, botava o dedo direitinho em suas feridas, com olho de mestre. Mas nem por isso Rodrigo queria admitir que seus remorsos eram puro medo, pois se fossem, então ele não passaria dum miserável, dum pulha e de nada lhe teriam servido os anos passados no ginásio e na academia, de nada lhe teriam valido os muitos livros que lera nem os protestos de nobreza e decência que fizera. Tinha suficiente hombridade para enfrentar o pai e assumir a responsabilidade de seu ato. O que ele sentia mesmo — queria convencer-se disso — era pena da rapariguinha.

— Mas eu desonrei a menina! — exclamou.

Mal, porém, pronunciara a palavra *desonrei*, sentiu o que ela tinha de literário, de falso.

— Acho que os Carés nem sabem o que é *honra* — disse Toríbio, estendendo-se no chão e apoiando a cabeça sobre as mãos trançadas. — Olha, a mãe de Ondina tem oito filhos e nunca se casou. Até hoje, que eu saiba, ninguém se lembrou de perguntar quem são os pais das crianças.

— Mas é isso que me revolta, Bio! — exclamou Rodrigo, pondo-se de pé bruscamente. — Por que é que a virgindade numa moça branca e rica pode ser mais preciosa que a duma coitadinha como a Ondina?

— Ué, rapaz! Estás falando como se fosse eu que tivesse feito mal pra ela...

— Eu sei. O culpado sou eu, e isso é que me atormenta.

O que realmente o preocupava — reconhecia ele, muito a contragosto, era ter de enfrentar o pai e a tia, caso estes viessem a saber do que se passara. Era-lhe detestável a ideia de cair do pedestal que com tanto cuidado erguera e em cima do qual se sentia tão bem.

— Vais te habituar... — sorriu Toríbio. — Te lembras do Mané Bigode? Tinha dez mortes na consciência, se é que o homem tinha consciência. Um dia perguntei: "Mané, me diz uma coisa. Que é que a gente sente quando mata um homem?". Ele coçou a cabeça, me olhou com aqueles olhos de peixe morto e respondeu: "Pois menino, o primeiro homem que matei meio que me embrulhou o estombo. Fiquei louco de remorso, jurei que nunca mais puxava de arma. Mas qual! Um dia tive de encostar o cano do revólver na paleta doutro cabra e incendiar ele por dentro. Não sou bandido, sou um homem de bem. Mas porém não tenho sorte. Onde vou, sempre me provocam e eu tenho que me defender. Vassuncê compreende... Assim fui sendo obrigado a despachar outros. Depois do terceiro, me acostumbrei. Hoje acho que até gosto da coisa". — Bio soltou uma risada. — Tu também vais te "acostumbrar". Não penses que a Ondina será a última. Elas provocam, rapaz, e a gente tem que se defender.

— Cínico!

— Vamos cair n'água antes que anoiteça.

6

Naquela noite, Rodrigo não pôde dormir. Achava o quarto quente e abafado, sentia um peso no peito. Ficou por muito tempo a revolver-se na cama. Depois acendeu uma vela e olhou o relógio. Onze e vinte. Ergueu-se e saiu a caminhar pela frente da casa, sob os cinamomos. Era uma noite clara, de lua minguante, e a solidão das campinas deu-lhe uma vaga, indefinível sensação de angústia. Pensou em Ondina, no mal que lhe fizera, e veio-lhe um agudo sentimento de remorso, esquisitamente temperado pela lembrança do prazer que a rapariga lhe proporcionara.

Engraçado — refletiu — como a gente se lembra de certos detalhes sem importância. Por exemplo, aqueles chapéus-de-cobra que ambos haviam esmagado no mato ao se deitarem...

Caminhava dum lado para outro, em passadas lentas, fumando cigarro sobre cigarro. Por fim, foi buscar uma rede, armou-a entre duas árvores, deitou-se nela e resolveu passar ali o resto da noite. Começou a balouçar-se de leve, os pensamentos embalados por aquele ritmo de berço. Cerrou os olhos. Viu-se na calçada da rua do Comércio, de espada em punho, a bradar para o guarda municipal: "Vem, cachorro", sob os olhares de espectadores invisíveis... Depois estava a dançar com Flora, apertando-lhe os seios contra o peitilho da camisa manchada de sangue... "Eres muy hombre", dizia-lhe Don Pepe sob a figueira... Um dólmã azul-ferrete, uma voz aflautada: "Uma profunda convicção filosófica amparada por uma longa experiência". Idiota! Vem, cachorro!... *Viens, mon amour*... Mélanie de camisola cor-de-rosa... *Viens, mon jou-jou... Mais cette tache sur ta chemise... qu'est-ce que c'est que ça? Mon dieu! Tu es blessé? Oui, je suis blessé d'amour. Elle s'appelle Flora. Un joli nom.*

Um estalido despertou Rodrigo de seu devaneio. Abriu os olhos, soergueu-se na rede e olhou em torno. Ninguém. Quem sabe se Ondina me viu sair e veio para cá? Essa esperança alterou-lhe subitamente o ritmo da respiração. Se ela aparecesse, podia trazê-la para a rede: precisava de alguma coisa que o ajudasse a passar aquela noite de insônia. Estupidez, pura estupidez! Como podia conciliar seu remorso e seu arrependimento com tal desejo? O homem é um animal ilógico, um feixe de contradições. O melhor mesmo é dormir.

"Sossegue o pito e durma!", gritou Maria Valéria em seu pensamento. Magra, alta, ereta, com uma vela na mão, no meio do corredor do Sobrado. "Sossegue o pito e durma!"

Grilos trilavam. Um morcego saiu do beiral da casa, voejou por um instante por entre as árvores e depois se sumiu na escuridão. Aquelas aves sempre causavam a Rodrigo um medroso mal-estar. Laurinda contara-lhe histórias de morcegos que à noite entravam nas casas para sugar o sangue das pessoas adormecidas. Maldita Laurinda! Os "causos" da mulata lhe haviam injetado no sangue o veneno de muitas superstições. Assobiar de noite é chamar cobra. Galo que canta fora de hora: moça roubada. Noite de sexta-feira, lobisomem na rua. De pouco lhe servira o antídoto da experiência adulta e da cultura. O efeito do veneno continuava a fazer-se sentir.

Rodrigo acendeu outro cigarro. Mas que era a moral senão também uma superstição? O homem não podia viver sem mitos. Inventava-os para depois escravizar-se a eles. (Bonita frase, belo assunto para um artigo.) Seu pai tinha o mito da honra, o mito do "fio de barba é docu-

mento". Havia o tremendo mito da virgindade da mulher. O da cavalaria rio-grandense, que Garibaldi considerava a mais guapa do mundo...
Cerrou os olhos e imaginou Flora deitada a seu lado, a cabeça pousada em seu ombro, os cabelos recendendo a jasmim. Felicitou-se por não ter para com ela nenhum pensamento lúbrico. No fim de contas não sou nenhuma besta — refletiu, sonolento. Sou capaz de sentimentos puros. Atirou longe o cigarro e enrodilhou-se, procurando uma posição cômoda.

7

Acordou com o sol na cara e não ficou sabendo ao certo se havia dormido ou não durante a noite. Se dormira, fora um sono agitado de febre, cheio de sonhos em torno duma ideia fixa: estava sempre a explicar ao pai que nada tinha a ver com Ismaliondina Caré, pois o filho que ela trazia no ventre era de outro... Lembrava-se também de que se vira, com pesada sensação de culpa, diante dum tribunal que o acusava de ter enterrado uma criança viva, mas uma criança que era ao mesmo tempo uma raiz, uma cobra... Santo Deus, que sonho confuso e aflitivo!

— Venha tomar café, seu preguiçoso! — gritou Maria Valéria, que surgira à porta da casa.

Rodrigo atirou os pés para fora da rede e por algum tempo ficou estremunhado, os cotovelos apoiados nos joelhos, o queixo no côncavo das mãos.

— Por que dormiu aí fora?
— Porque me deu gana.

Bocejou.

— Um bicho cabeludo podia lhe cair na cara.
— Ora!
— Venha tomar café. Faz horas que seu pai e seu irmão saíram pro campo.
— E eu com isso? — perguntou ele de mau humor, pondo-se de pé.

Maria Valéria deu-lhe uma palmada nas nádegas.

— O que você merecia era um boa sova de chinela.

Rodrigo lavou o rosto, escovou os dentes, penteou-se, namorou-se por um instante no espelho e por fim foi sentar-se à mesa. Ondina entrou com o bule de café e a panela de leite.

— Não se usa dar bom-dia pras pessoas? — repreendeu-a Maria Valéria.

Rodrigo escrutou o rosto da madrinha e concluiu, aliviado: ela não desconfia de nada.

Ao retirar-se da sala, Ondina lançou para o rapaz um rápido olhar dissimulado.

Rodrigo tomou apenas uma xícara de café preto e acendeu um cigarro. Estava sem fome, a cabeça oca, as pálpebras pesadas.

— Não vieram os jornais, Dinda?

— Ainda não.

— Estou aflito por saber o que está se passando por esse mundo velho.

— Pra quê?

Rodrigo sorriu. Segundo a filosofia de sua madrinha, "O mundo não é de nossa conta: que cada um cuide de sua vida e deixe a dos outros".

— Estou interessado por notícias da campanha civilista. Por mim, eu já estava na cidade em plena luta. Se não fosse o papai...

— Seu pai sabe o que faz.

Rodrigo ergueu-se.

— Coma ao menos um bolinho de coalhada, menino.

— Estou sem fome.

— Está sentindo alguma coisa? Que foi que houve?

— Não houve nada. Não passei bem a noite.

Maria Valéria lançou-lhe um olhar oblíquo e foi cuidar de seus quefazeres.

Rodrigo apanhou um livro — *Le Disciple*, de Paul Bourget —, abriu-o e sentou-se na cadeira de balanço. Não conseguiu, porém, concentrar a atenção no que lia. Fechou o volume com impaciência e saiu a caminhar pelo campo, falando em voz alta para si mesmo, procurando convencer-se de que tudo estava bem e de que o simples fato de ele ter levado para o mato uma bugrinha, alterando-lhe levemente a anatomia, não podia de maneira alguma arruinar sua vida, sua carreira. Se pudesse, seria o mais colossal dos absurdos!

Afinal de contas sou ou não o mesmo Rodrigo Cambará de anteontem? E ao perguntar-se isso, aspirava com força o ar fino da manhã. Vou ou não abrir um consultório e dedicar boa parte de meu tempo a ajudar os pobres? Sou ou não sou um homem profundamente bom e justo? Quem estiver sem pecado que me atire a primeira pedra! Quem ousará levantar o braço contra mim? Papai, o amante da Ismália? Quem?

Estava tudo bem, concluiu, parado no topo duma coxilha, sentindo no rosto a fresca brisa da manhã. Dentro de poucos dias voltaria para a cidade e Ondina seria uma apagada lembrança do passado. Se ela aparecesse grávida... Bom, mas não era quase uma tradição no Angico não terem os filhos das Carés pais certos? Ora, o conde Tolstói é o conde Tolstói e eu sou eu. Romance é uma coisa, vida é outra muito diferente. E, meu caro doutor Rodrigo, há momentos em que precisamos ter a coragem de ser cruéis e empedernidos, em benefício dum bem maior. O essencial, meu amigo, é não reincidir no erro. Faz de conta que a Ondina morreu, sumiu-se, nunca existiu. Prometo a mim mesmo que não me meterei mais com essa rapariga nem que ela me venha suplicar de joelhos.

Voltou para casa, assobiando.

Almoçou com grande apetite e, quando Ondina entrava com os pratos, nem sequer olhava para ela. Falou-se à mesa nas eleições que se aproximavam. Licurgo achava que podiam lançar o primeiro número do jornal em meados de fevereiro.

— Não fica perto demais das eleições? — perguntou Rodrigo.

O pai, que ia levar à boca o garfo com um naco de churrasco passado na farinha, deteve-se e respondeu com uma pergunta:

— Mas o senhor então está convencido mesmo que com o seu jornal pode mudar a situação?

— Como!? — exclamou Rodrigo, subitamente agastado.

— Fazer que toda essa gente de Santa Fé que vai votar no marechal mude de opinião e vote no doutor Rui?

— Claro que estou. Se não estivesse, o jornal nasceria morto.

— Não se iluda, meu filho. Nenhum jornal tem essa força.

— Isso é pessimismo, papai.

— Não sou pessimista. É que sei ver as coisas como elas são. Mas faça o seu jornal, vale a pena, precisamos ter um órgão da oposição em Santa Fé.

Rodrigo fizera uma bolinha com miolo de pão e agora brincava com ela, de olhos baixos, pensativo.

— Retire os pratos! — gritou Maria Valéria para uma das chinocas que serviam a mesa.

— Quanto o senhor acha que precisamos gastar com o jornal?

— Não sei, papai — respondeu Rodrigo, sem erguer os olhos.

Estava descoroçoado. O pessimismo do pai deixara-o gelado.

— A primeira coisa que temos que fazer é comprar uma tipografia.

Dizem que o Mendanha quer vender a dele. Precisamos também de papel, de um ou dois tipógrafos...

Ficaram a fazer planos, a esmiuçar detalhes, e com isso Rodrigo aos poucos se foi reanimando. Quando veio a sobremesa, estava de novo entusiasmado:

— Pode ser que *A Farpa* não dê nenhum voto para o doutor Rui Barbosa, mas uma coisa lhe garanto: vai fazer época, e o lombo do Trindade vai arder.

Licurgo sorriu, partiu um marmelo cozido e deitou os pedaços no prato de leite.

— Vocês vão mas é botar dinheiro fora — disse Maria Valéria. E em seguida, como quem lava as mãos: — Enfim, não é da minha conta e o dinheiro não é meu...

Toríbio ergueu os olhos do prato de leite:

— Dinheiro foi feito pra isso mesmo, titia.

— Não concordo com o senhor — interveio Licurgo, limpando os lábios na fímbria da toalha. — Não se deve botar dinheiro fora. Mas considero bem empregado o que se gastar com um jornal pra atacar aquela corja.

Rodrigo lançou para o pai um cálido olhar de agradecimento.

À hora da sesta, deitou-se e ficou a fumar. Fazia muito calor e as moscas o importunavam. Quedou-se numa modorra pesada, a ouvir os ruídos de fora — um cachorro latindo longe, o rechinar duma carreta — e houve um momento em que acompanhou com o olhar os movimentos duma lagartixa na parede caiada. Pela porta aberta enxergava o corredor sombrio. Por que deixara a porta aberta, contra seu hábito? Para entrar a aragem.... Mentes, velhaco! Deixaste a porta aberta na esperança de que a Ondina passe no corredor, olhe para dentro e... Mentes, velhaco! Para mim Ondina morreu. Daqui por diante tudo vai mudar. Mentes, velhaco!

Fechou os olhos, mas, ouvindo estalar o soalho, abriu-os imediatamente, focou-os no vão da porta e ficou à espera... O silêncio, entretanto, continuava.

Dorme, homem, dorme e esquece. Revolveu-se e acabou ficando numa posição de onde podia ver quem passasse no corredor.

O melhor era fechar a porta e tudo ficaria resolvido. Ergueu-se em pensamento, bateu com a porta, voltou para a cama. Na realidade, porém, continuou de olhos abertos, com o desejo a pôr-lhe um calor latejante no corpo.

Acendeu outro cigarro, pôs-se a olhar a fumaça que subia para o teto. O melhor mesmo é ir embora pra cidade o quanto antes... Está na hora da luta. Não posso perder mais tempo no Angico. Nem ficar fazendo essas bobagens...

Ali estava a solução. Ir embora... Jogou longe o cigarro, fechou os olhos e procurou dormir. Ouviu passos leves no corredor. Ou seria ilusão? Ondina passou pela frente da porta, devagarinho, lançou para dentro do quarto um olhar furtivo e desapareceu. Pouco depois tornou a passar. Rodrigo fez *psiu!* A rapariga parou, voltou a cabeça para todos os lados, hesitou por um instante e por fim entrou.

— Fecha a porta — sussurrou ele.

8

Nos dias que se seguiram, muitas vezes teve a chinoca à hora da sesta. Uma tarde saía pela porta dos fundos para ir ao encontro dela, atrás do bambual, quando Laurinda, que estava no pomar, pondo tripas a secar, lhe disse:

— Então já vai fazer safadeza com a Ondina?

Rodrigo estacou, num sobressalto:

— Que bobagem é essa! — reagiu ele, com uma indignação que estava longe de ser fingida. — Que é que tu pensas que eu sou?

— Um safado igual aos outros.

A princípio Rodrigo quis continuar negando, depois achou melhor mudar de tática.

— Que é que tu queres? Se sou safado a culpa é tua. Te lembras das patifarias do Malasartes que tu nos contavas?

A mulata desatou a rir, e suas bochechas lustrosas tremeram. Rodrigo olhou em torno para ver se alguém os escutava. E, depois de certificar-se que não havia ninguém nas proximidades, acercou-se da cozinheira.

— Se não contares nada pra ninguém, te dou um presente bonito.

— Contar pra quê? Que é que ganho com isso? Sina de Caré fêmea é dormir com Cambará macho. Não quero presente nenhum, não me vendo.

E como Rodrigo a enlaçasse num abraço carinhoso, ela se desvencilhou com um repelão.

— Vá embora duma vez, não deixe a china esperar. Ela tem outros que atender.
— Hein?
— Ué... Tu não sabia que tinha sócio nessa história?
— Sócio?
— Sócio, sim senhor. O Bio é um deles.
— Mentira!
— Se encontravam no matinho da sanga. O outro é o Quincas.

O Quincas era um dos peões mais jovens do Angico. Rodrigo estava de cara no chão, ferido no seu amor-próprio, desconcertado por uma aviltante sensação de logro.

— Estás falando a verdade?
— Por esta luz que me alumeia.
— Mas como é que sabes? Quem foi que te contou?
— Ninguém. Eu vi. Não sou cega e não nasci ontem. Mas por que tu está com essa cara de defunto? Será que também já pegou rabicho pela Caresinha?
— Rabicho coisa nenhuma! É que nessas coisas não admito sociedade.

Deu um pontapé num pêssego que jazia no chão, e voltou para dentro de casa, pisando duro. Agora, sim, Ondina estava morta. A bruaquinha! Enganando-o com o Bio e com um peão! Tudo aquilo era sujo, indecente, ridículo, principalmente ridículo. Bem feito, para não seres bobo. Andavas com escrúpulos, perdeste uma noite de sono, meteste até o conde Tolstói no assunto e no entanto a chinoca te engana!

Com um sentimento de frustração fechou-se no quarto, abriu um livro e tentou ler. Não conseguiu. Começou a fazer planos, a compor mentalmente o primeiro artigo de fundo contra o Trindade e sua camarilha. Por um instante concentrou toda a sua raiva no intendente de Santa Fé.

À hora do banho, desceu para a sanga ao lado de Bio, calado e carrancudo.

Depois de se despirem, sentaram-se à beira do poço. Rodrigo olhou para o irmão.

— Traidor! Sei de tudo.

O outro desatou a rir.

— Quem foi que te contou?
— A Laurinda.
— Pois ela me pegou no sufragante.

— Podias ao menos ter me contado...

Bio deu uma sonora palmada nas costas do irmão.

— É bom aprenderes a não confiar muito em mulheres. São todas iguais.

Rodrigo olhava para a água, pensando em Flora.

— Não, Bio, há mulheres decentes. Nós é que somos uns porcos.

Era-lhe agradável assumir aquela atitude de autorrecriminação.

— Não digas asneiras. Vamos cair n'água.

— Escuta, a Ondina te disse alguma coisa a meu respeito?

— Não. O bom é que ela nunca fala.

— E tu sabes que o Quincas também anda com ela?

— Só o Quincas? O Antero também.

— O negro Antero!

— O negro Antero. É pra aprenderes, rapaz. E tu pensavas que eras o único, o queridinho, o preferido!

Para disfarçar seu embaraço, Rodrigo começou a assobiar. Depois soltou um fundo suspiro é refletiu filosoficamente: "Pelo menos agora estou livre de todo o remorso, isento de qualquer responsabilidade".

9

Um próprio vindo da cidade trouxe um pacote de jornais, que Rodrigo abriu sofregamente. Destruiu sem ler os números de *A Voz da Serra* — que outra coisa não eram senão o eco desagradável da voz servil do rábula Amintas, a cantar loas ao Trindade, ao mal. Hermes e ao "glorioso Partido Republicano" — e deitou-se na rede, deliciado, com um maço de exemplares do *Correio do Povo*. Leu-os metodicamente, começando pelo número mais atrasado, que era o de 5 de janeiro, e concentrou-se nas notícias políticas. A campanha presidencial prosseguia. Os telegramas do Rio transcreviam a plataforma do candidato civilista e resumiam uma verrina do *Correio da Manhã* contra o marechal.

E naquele mesmo dia, quando se achavam todos reunidos ainda ao redor da mesa do jantar, depois de retirados os pratos, Rodrigo foi buscar os jornais a fim de ler para a tia, o pai, o irmão e Fandango as principais notícias que tivera o cuidado de assinalar.

— Vou começar por uma que não é de política mas que me pareceu fascinante. Prestem bem atenção.

A luz do lampião caía sobre a página rósea do jornal estendido sobre a mesa. Sentada muito tesa, Maria Valéria remexia num cesto de costura. Licurgo foi sentar-se na cadeira de balanço, tendo presos nos lábios o grosso cigarro de palha e, a um canto da boca, um palito. O velho Fandango alisava uma palha com a lâmina da faca, e Bio, que nunca fumava na frente do pai, jiboiava sonolento em sua cadeira.

— O artigo intitula-se "Aeroplanos contra dirigíveis" — disse Rodrigo. Leu com voz pausada e clara:

Desde que a navegação aérea entrou numa fase mais positiva, e foi assim realizando rápidos progressos, pensou-se logo no proveito que a arte da guerra poderia tirar dela. Todas as opiniões foram logo partidárias do dirigível, principalmente pela maior capacidade de transporte que ele apresenta. Mas agora, depois das performances da semana histórica de Reims e da grande proeza de Blériot, transpondo a Mancha [...]

Ergueu os olhos e esclareceu:
— A Mancha é o canal que separa a Inglaterra do continente europeu. Deve ter mais de quatro léguas de largura...
— A la fresca! — exclamou Fandango. — E esse sujeito atravessou essas quatro léguas avoando?
Rodrigo sacudiu a cabeça afirmativamente.
— Não acredito — declarou o velho.
— Mas está aqui no jornal.
— É invenção.
Rodrigo prosseguiu:

[...] parece que não são os dirigíveis, mas sim os aeroplanos os que se consideram mais utilizáveis na guerra.

Usar aeroplanos na guerra? Fandango estava escandalizado.
— É uma indecência, uma traição — disse ele. — Homem deve brigar contra homem, de frente.
Licurgo sacudia a cabeça, concordando.
— Indecência por indecência — opinou Maria Valéria, que cerzia um pé de meia —, a guerra não é lá pra que se diga.
— Mas guerras sempre houve — disse Toríbio. — Guerra é divertimento de homem.

— Pra mim é uma barbaridade — retrucou ela, ajeitando os óculos no nariz.
— Ah! — exclamou Rodrigo. — Temos aqui uma notícia especial. Prestem atenção: *Em Saint-Cyr o aeronauta Santos Dumont caiu duma altura de vinte e cinco metros, recebendo escoriações nas pernas e na cabeça.*
— Bem feito! — resmungou Fandango. — É pra ele não se meter a avoar como passarinho. Esses estrangeiros são mui sotretas.
— Santos Dumont não é estrangeiro, Fandango. É o nosso patrício que inventou o aeroplano.
— Podia empregar su tiempo inventando una cosa mejor. Por exemplo, uma porteira que se gritasse na frente dela e a bicha se abrisse sem ser preciso a gente descer a hacer fuerza.
Licurgo sorriu. Maria Valéria meneou a cabeça.
— Quanto mais coisas inventam, mais difícil se torna a vida. É bem como dizia a finada Bibiana...
Toríbio levantou-se, saiu da sala e foi para a frente da casa fazer um cigarro. Rodrigo esfregou as mãos numa antecipação:
— Agora vamos às notícias da política. Preparem-se para ouvir boas. Papai, temos aqui um comentário da plataforma que o nosso candidato leu no dia 16 deste mês, no Rio. Escutem:

Sua profissão de fé foi um rebate de perigo à volta do terror militar que originou a Convenção de Agosto, a qual desprezou tudo, estabelecendo como seu objeto exclusivo um movimento de reação contra o militarismo renascente, sendo o programa da atualidade a consolidação da ordem civil.

Licurgo escutava, de testa franzida. Fandango aproximara-se mais de Rodrigo, a boca entreaberta, a mão posta em concha atrás da orelha.

Preconiza a necessidade da reforma da Constituição. Declara-se infenso ao intervencionismo do presidente da República nos estados.

— Muito bem! — exclamou Licurgo.
— *Propõe o melhoramento do ensino secundário, a remodelação do ensino jurídico,* et cetera e tal... esta parte não interessa muito... agora deixem ver onde está um trecho de escachar... ta-ta-ta — *combate a publicidade do voto a descoberto, que representa a intimidação e o suborno...* não é isso... ah! aqui está.
Aproximou mais a cadeira da mesa.

— *Referindo-se ao Exército e à Armada, lembra os serviços que lhe prestou em 95 e 98...*
— Eu me lembro muito bem — resmungou Licurgo.

Entretanto, a sua estima por elas não é um vil sentimento de ambiciosos cortesãos e sicofantas da força. Acrescenta que essa estima é um sentimento veraz e livre de patriota e que está na mesma proporção do horror que lhe inspira o militarismo.

— Muito bem! — exclamou Licurgo.
Teve um acesso de tosse que durou por alguns segundos. Maria Valéria murmurou para o sobrinho:
— Enquanto ele não deixar de fumar, não sara dessa tosse.
Quando viu o pai de novo calmo, a acender o cigarro que se apagara, Rodrigo prosseguiu:
— *Diz ver na candidatura militar banidas a organização, a disciplina, a legalidade.*
Neste ponto Rodrigo não estava mais a ler um comentário de jornal para membros de sua família, mas sim no alto duma tribuna, a falar às massas.

Diz que sua plataforma é o grito duma consciência, a síntese duma carreira, o eco da vida e o perfil dum homem que apela para as forças populares e para os elementos nacionais da opinião, ao passo que o Dr. Nilo Peçanha traz a seu lado a reação oficial que apoia um sinistro cortejo de violências odiosas, que compra consciências pela derrubada administrativa, pela insolência policial, que intimida a imprensa, que derrama sangue em Barbacena, que ameaça com mazorcas, com carrancas de estado de sítio, com bravatas de vitória da candidatura marechalícia, seja como for, aconteça o que aconteça, custe o que custar.

Rodrigo deu uma forte palmada na mesa. O lampião oscilou.
— Que é isso, menino? — censurou-o Maria Valéria.
— Dinda, este é o nosso homem, o nosso candidato. Se o Brasil não eleger Rui Barbosa a 1º de março, então tudo estará perdido, o país cairá nas mãos dos militares e a República de Castilhos será transformada numa ditadura nefasta.
Licurgo sacudia a cabeça afirmativamente.

— Xô égua! — disse Fandango. — Quem proclamou a República não foi um milico?

— Agora vejam esta beleza — continuou Rodrigo.

Rio 16 — O "Correio da Manhã" publicou hoje um violento artigo editorial de ataque ao Marechal Hermes da Fonseca. Diz esse jornal que a candidatura do marechal tem o aspecto criminoso e repulsivo de um conluio entre uma parte do Exército e os politiqueiros mais torpes e ladrões do País, a começar pelo Senador Silvério Nery.

Acrescenta o "Correio da Manhã" que na consciência entorpecida do Marechal Hermes não há sequer um movimento de revolta contra o ultraje que lhe atiram os monarquistas, os quais aderem à sua candidatura pela certeza em que estão de que ele trairá a República.

— Apoiado! — exclamou Licurgo. — É o que eu vivo dizendo: os monarquistas vão aproveitar a ocasião pra puxar brasa pra sua sardinha. Ah! Se o doutor Júlio de Castilhos estivesse vivo, a coisa mudava de figura.

Diz ainda a mesma folha que é tal a impopularidade do Marechal Hermes, que ele não é capaz de passar pela Avenida Central e pela Rua do Ouvidor, depois das 5 da tarde com medo de ser vaiado.

Rodrigo ergueu-se tão bruscamente, que a cadeira tombou para trás.

— Papai, não sei que é que estou fazendo aqui parado no Angico comendo e dormindo sesta larga. Tenho a impressão de que desertei dum posto de combate. Pior que isso: nem cheguei a assumir esse posto. Quero que o senhor me dê licença pra voltar pra cidade o quanto antes.

Licurgo mirou-o por alguns instantes, através da espessa fumaça do cigarro.

— O senhor tem a minha licença. Pode ir quando achar conveniente.

— Vou amanhã.

— Ué! Pra que tanta pressa? — estranhou Maria Valéria.

Fandango soltou a sua risadinha rouca:

— Ele vai salvar a República.

CAPÍTULO IX

I

Rodrigo voltou para a cidade nos primeiros dias de fevereiro. Maria Valéria acompanhou-o, alegando que "se eu não vou junto, esse menino é capaz de prender fogo no Sobrado".
Levou consigo Laurinda e um bom sortimento de linguiça, charque e queijo.
Rodrigo teve a alegria de encontrar no porão da casa seus quatro caixões. Mandou trazê-los para o escritório e chamou o Chiru.
— Me ajuda a desencaixotar as coisas.
O amigo arregaçou as mangas, tirou os sapatos e as meias.
Rodrigo apontou para o caixão maior.
— Que é que tem dentro?
— Livros.
Chiru atirou-se ao trabalho de machadinha em punho, e bufando, gemendo, imprecando, rompeu as tábuas do caixão, tirou os jornais velhos que o forravam e depois, passando a manga da camisa pela testa suada, voltou-se para o amigo.
— E agora?
— Por onde começamos?
— Por aquele ali.
— Agora vamos tirar os livros de dentro.
— Pra botar naquelas prateleiras?
Fez com a cabeça um sinal na direção do armário vazio.
— Adivinhaste. Que talento, Chiru, que gênio! Mas vai abrindo os outros caixões, enquanto eu tiro os livros deste...
— A mim me toca a parte mais dura.
— Quem te mandou ser um hércules? Trabalha que no fim terás a tua recompensa. Sou generoso.
Pôs-se a tirar os livros do caixão. Pegava-os com um cuidado carinhoso, como se fossem joias delicadas e raras ou crianças recém-nascidas. Ali estavam as obras completas de Balzac, em edições de 1860. Rodrigo folheava-as, passava os dedos pelo papel amarelento e roído de traça, cheirava as páginas, acariciava os dorsos dos volumes e a seguir depunha-os no chão, pensando: "É melhor primeiro tirar todos

os livros dos caixões pra depois arrumá-los no armário". Apanhou uma edição da *Divina comédia* com ilustrações de Doré.

— Vem cá ver que maravilha, Chiru. — O outro aproximou-se com a machadinha na mão. — Olha só estas gravuras. Não achas um colosso? São do grande Doré.

O outro lançou para o livro um olhar rápido e indiferente, por cima do ombro do amigo, e voltou para o trabalho, com a camisa já empapada de suor.

Rodrigo pôs Dante no soalho ao lado de Balzac e continuou a esvaziar o caixão, de onde tirou as obras completas de Victor Hugo, três romances de d'Annunzio em italiano, uma tradução espanhola da obra de Carlyle sobre a Revolução Francesa...

— Ah! O meu inefável narigudo! — exclamou, ao manusear um exemplar da edição *princeps* de *Cyrano de Bergerac*. Leu um trecho ao acaso, esmerando-se na pronúncia.

— Que tal, Chiru?

— Não entendo!

— Ah, o francês! Isto que é língua, menino. Tem tudo: graça, precisão, riqueza, música, dignidade...

Tirou do caixão a *Histoire des girondins*, de Lamartine, *A velhice do padre eterno*, de Guerra Junqueiro, alguns volumes de Nietzsche e Taine, *Le Rouge et le noir*, de Stendhal, o *Paraíso perdido*, de Milton — ai, que grande cacete! —, três romances de Eça de Queiroz, a coleção completa de *As farpas*...

— Meu querido Eça, meu bom Ramalho, fizeram boa viagem? Esperem um pouco, tenham paciência. Deixem-me pôr em ordem esta livraria, montar o consultório, começar o jornal. Teremos depois muitos vagares para conversar. Ah! Schopenhauer! Não tens razão, *mon vieux*, a mulher é a obra-prima da Criação. Boa tarde, *Herr* Goethe! Talvez seja esta a primeira vez que teu Fausto, tua Margarida e o teu sutil satanás respiram o ar de Santa Fé. E tu, Heine? Não, tu já andaste por aqui. Encontrei na água-furtada um velho volume que pertenceu ao doutor Winter...

— Abri mais um — gritou Chiru, tirando a camisa.

Mesmo sem ter terminado de esvaziar o primeiro caixão, Rodrigo correu para o segundo, pois avistara nele as alegres capas dos livros a que chamava "minha brigada ligeira". Eram romances galantes de bulevar, histórias fescenínas do Quartier Latin... Lá estavam as novelas de Willy: *La Môme picrate*, *Maîtresse d'esthètes*, *Un Petit Vieux Bien Pro-*

pre; a *Éducation du prince*, de Maurice Dounay, e *Leur Beau Physique*, de Henri Lavedan.

— Agora vamos abrir o caixão maior. É lá que está o gramofone.

— O gramofone? Vamos a ele!

— Devagar, seu bruto, senão quebras o aparelho. Olha que as chapas também estão aí dentro.

Chiru moderou o ímpeto. Aberto o caixão, Rodrigo afastou o amigo.

— Isto requer mão civilizada e olho de conhecedor.

Trouxe para fora, primeiro, a grande campânula esmaltada, azul e creme. Depois, com o auxílio do amigo, retirou o corpo do gramofone e colocou-o em cima da mesa. Foi tirando dentre a palha, com muito cuidado, as caixas de papelão que continham os discos. Abriu a primeira.

— Isto é uma preciosidade, Chiru. As melhores chapas dos mais famosos cantores do mundo.

Começou a examinar os discos, tirando-os de seus envelopes de papel pardo.

As árias de Caruso! Chiru aproximou-se e olhou. Na parte superior do rótulo vermelho via-se a marca registrada do produto: um *fox-terrier* branco diante da campânula dum fonógrafo, a escutar; por baixo, estas palavras: *His Masters Voice*...

— *Vesti la giubba*. É formidável, Chiru, e o Caruso canta isto como ninguém. Ah! O *Sonho de Manon*... O *Racconto di Rodolfo*... A grande ária de *Aida*... O *Cielo e mar* da Gioconda... O "M'Appari", da *Marta*.

À medida que lia os títulos, Rodrigo trauteava a melodia correspondente. De súbito franziu o cenho. Um disco rachado! Leu o rótulo: *Di quella pira*, por Enrico Caruso.

— Cachorros! — exclamou, indignado. — Cornos duma figa, filhos duma grandessíssima... — Soltou o palavrão com raiva. — Então esses animais não veem o que está escrito no caixão. *Frágil! Frágil!* — Apontava para o letreiro. — Mas não sabem ler. São analfabetos, irresponsáveis. Este país está perdido. Canalha! Logo este disco, a ária do tenor, *Madre infelice, corro a salvarti*. É quando Manrico descobre que a cigana que está sendo queimada viva é mãe dele... No fim tem um agudo espetacular como só o Caruso sabe dar. Não, seu Chiru, essa gente só à bala, só à bala...

Andava dum lado para outro, furioso, com o disco rachado na mão.

— Logo o *Di quella pira*! Vou escrever um artigo n'*A Farpa* e arrasar com a Compagnie Auxiliaire.

Sua fúria redobrou quando viu o que estava gravado na outra face do disco:

— O *Miserere*! Logo o *Miserere*! Miseráveis! Cretinos! O Brasil não tem mais compostura. Só o marechal Hermes. É o que este país merece.

Sentou-se, ofegante. Chiru voltara-lhe as costas e terminava de abrir o terceiro caixão.

— Que é isso? — perguntou, depois de arrancar a tampa.

— Conservas, animal, não estás vendo?

— Pra quê?

— Pra que haviam de ser? Pra comer, homem. Vai tirando isso pra fora.

Chiru obedeceu. Começou por uma dúzia de pequenas latas ovais, com o letreiro escrito em língua estrangeira.

— Que droga é esta?

— Caviar. Papa mui fina, come-se com pão. Regado com champanha fica uma delícia.

Chiru retirou do caixão e amontoou no soalho dúzias de latas de salsichas de Viena, de atum, de sardinhas portuguesas, de patê de *foie gras*, de *maquereau*, de azeitonas espanholas; caixas de passas de uva de Málaga e de frutas cristalizadas; potes de mostarda, vidros de picles e de molho inglês.

— Mas isto deve ter custado uma fortuna...

— Dinheiro foi feito para se gastar.

Chiru olhou para o amigo, coçou a cabelama loura que lhe cobria o peito e disse:

— Nasceste empelicado. Tens pai alcaide que vai te dar uma farmácia, montar um consultório, custear um jornal e ainda por cima te deixa fazer estas extravagâncias... Escuta aqui, quanto vai custar toda essa brincadeira?

— Sem contar o que temos de pagar pela farmácia, o velho me deu vinte contos pro resto. É pra começar a vida. Posso gastar como bem entender.

Chiru passou a mão pela cabeleira.

— Com esse dinheiro eu estava feito.

— Que farias com ele?

— Eu? Não trabalhava mais.

— Mas nunca trabalhaste na tua vida, homem de Deus!

Chiru sentou-se nas bordas do caixão e começou a mexer os dedos dos pés.

— Por falar em dinheiro, Rodrigo, estou com um plano supimpa. Nunca ouviste falar no tesouro dos jesuítas?
— Claro que ouvi, mas acho que é pura fantasia.
— Fantasia qual nada! Conheci um índio velho que me deu o roteiro do tesouro. Está num subterrâneo debaixo da igreja de São Miguel.
— Não mintas, Chiru.
— Por Deus Nosso Senhor!
— Está bem. Mas me passa aquela caixa de chapas.
Chiru fez o que o amigo lhe pedia.
— Vou arranjar um vaqueano de confiança, compro umas pás e picaretas, e me toco pra São Miguel.
— Quando?
— Logo que achar um sócio que entre com o capital.
— Estás falando sério?
— Natural. Esse é o grande sonho da minha vida.
— De quanto precisas?
— Duns duzentos mil-réis...
— Podes contar com o dinheiro.
— Palavra?
— Palavra. Mas vamos continuar o trabalho.
Chiru estava radiante.
— Tens cinquenta por cento nos lucros da expedição.
— O que quer dizer que não tenho nada. Cinquenta por cento de zero é zero mesmo.
— Se não acreditas, por que vais entrar com o dinheiro?
— Pra te livrar dessa mania. Quero que te convenças de que não existe tesouro nenhum, voltes pra casa e sossegues o pito.
Chiru nada disse. Continuou a empilhar no chão as latas de conservas.
Rodrigo␣sorria, olhando os títulos dos discos. Tetrazzini no *Vissi d'arte* e uma ária de *L'Africana*... Tita Rufo no *Rigoletto*... Tamagno — que voz cavalar! — no *Otelo*... A *ouverture* do *Egmont*, de Beethoven. Ah! Uma musiquinha leve: *Loin du Bal*.
— Vamos experimentar o gramofone! Deixa isso aí, Chiru. Senta e fica quieto.
Atarraxou a campânula na caixa do gramofone, ajustou uma agulha no diafragma, deu manivela, colocou uma chapa sobre o prato e pô-lo a girar. Depois fez a agulha descer para as bordas do disco e empurrou

de leve o diafragma... Ouviu-se um chiado forte, seguido dum acorde orquestral. A voz de Caruso encheu a sala:

Recitar, mentre preso dal delirio

Rodrigo sentiu um calafrio. Sentou-se e cerrou os olhos, murmurando:
— Garganta de ouro!
Chiru falou:
— Mas como será que essa droga...
— Cala a boca, burro!
A gargalhada do tenor jorrou da campânula, vibrante.

Tu sei pagliaccio!

Rodrigo sentia-se no paraíso.
Quando a ária do Canio terminou, tocou *La donna è mobile*. E explicou:
— Quem canta é o Duque de Mântua, um estroina que tem muitas amantes. Está dizendo que *La donna è mobile qual piuma al vento*, a mulher é leviana como uma pluma ao vento. O safado! Na ópera ele acaba mandando raptar a filha do bobo da corte, do Rigoletto. Ah! Chiru! Não há nada como uma boa noitada de ópera!
Quando o duque de Mântua soltou o agudo final, Chiru perguntou:
— Aquele negócio dos duzentos mil-réis é sério mesmo?
— Acaso serei homem de duas palavras?
Chiru esfregou as mãos, animado:
— E agora? Vamos abrir o último caixão?
— Não. Ali estão os meus livros de medicina e os meus ferros. Vou deixar pra mais tarde, quando o consultório estiver montado. Agora te convido pra tomar uma cervejinha no Schnitzler.
— Vamos embora!
Chiru enfiou as meias, os sapatos e a camisa. Rodrigo vestiu o casaco e apanhou o chapéu. Saíram.
Maria Valéria apareceu à porta do escritório, olhou para os livros e latas amontoados no chão e resmungou:
— Eu bem sabia que esse negócio ia estourar nas minhas costas.

2

Uma tardinha, após o banho, Rodrigo vestiu uma roupa de linho branco, e ficou muito tempo diante do espelho a dar cuidadosamente o nó na gravata preta com ferraduras vermelhas e brancas. Depois entrou na carro que o esperava de tolda arriada à frente do Sobrado e disse ao boleeiro:
— Vamos dar um passeio pela cidade. Passe primeiro pela Intendência. Mas, devagarinho, Bento, pra canalha ver que não fugimos.

O boleeiro pôs o carro em movimento. Passaram em cadência de enterro pela frente do edifício municipal, a cuja porta se achava um guarda, no seu uniforme de zuarte, a aba do quepe puxada sombriamente sobre os olhos, as mãos pousadas no copo do espadagão. Rodrigo encarou-o com uma firmeza provocadora, e Bento fez o mesmo. Naquele momento o tesoureiro do município botou a cabeça para fora de sua janela e Rodrigo dirigiu-lhe um olhar hostil, exclamando: "Capacho!". O homem sorriu amarelo.

O carro entrou na rua do Comércio. Os cavalos marchavam faceiros, e seus cascos produziam um alegre clop-clop nas pedras do calçamento.

Amintas Camacho estava parado a uma esquina. Ao avistar Rodrigo, ficou todo perturbado, sem saber onde pôr as mãos. Acabou levando uma delas à aba do chapéu e terminou soltando um boa-tarde automático. Rodrigo fez uma careta de nojo e virou-lhe a cara. Se esse molusco tivesse um pingo de vergonha, não me cumprimentaria mais.

Em breve, porém, esqueceu o Amintas e pôs-se a pensar em Flora. O principal objetivo daquele giro era passar pela casa dela.

— Mais devagar, Bento — recomendou, quando o carro estava a uma dezena de metros da residência de Aderbal Quadros.

Ficou decepcionado ao verificar que todas as janelas do casarão se achavam fechadas. Tirou um cigarro do bolso e acendeu-o.

— Dê uma volta à praça.

Acenou para o cel. Pedro Teixeira, que estava sentado numa cadeira à frente de sua casa, tomando chimarrão.

— Como le vai? — gritou o estancieiro. — Como le tratam as moças?
— Muito bem, coronel! Recomendações à família.

Ritinha Prates achava-se debruçada à sua janela. Rodrigo fez-lhe um cumprimento derramado, a que a moça respondeu com um tímido aceno de cabeça.

E justamente quando o carro tornava a passar pela frente da casa dos Quadros, Flora saía pela porta central e fazia menção de atravessar a rua. Rodrigo sentiu que as batidas de seu coração se aceleravam. Como é que meu coração pulsa normalmente quando brigo com os beleguins do Trindade e agora dispersa, medroso, só porque avista essa menina? Tirou o chapéu. Flora sorriu. Mil vezes mais bonita que a Ritinha! Que dentes! Que porte! Que distinção!... Soergueu-se, voltou-se para trás e verificou, radiante, que, parada à beira da calçada, Flora o seguia com o olhar. Ao ver, porém, que estava sendo observada, baixou a cabeça, atravessou a rua apressadamente e entrou no prédio fronteiro. Rodrigo tornou a sentar-se, feliz, assobiando uma valsa vienense. Estava ainda sorrindo quando passou pela frente da casa de Terézio Matos. Lá estava a Gioconda, como uma pintura emoldurada pelos caixilhos da janela.

— Boa tarde!

Ela sacudiu a cabeça e imediatamente armou o lendário sorriso.

Bastava que eu fizesse um sinal com o dedo — refletiu ele com orgulhosa satisfação — pra essa bichinha vir correndo...

À porta da barbearia, Neco Rosa ergueu os braços:

— Então? Não conhece mais os pobres?

— Para, Bento.

O boleeiro fez o carro estacar. O barbeiro aproximou-se, trepou no estribo e abraçou Rodrigo.

— Esta semana tomo conta da farmácia e monto o consultório. Estou ansioso por fazer alguma coisa.

— E o jornal, homem de Deus, quando é que sai esse jornal encantado?

— Não saiu ainda porque tenho encontrado certas dificuldades. O Mendanha nem queria nos vender a tipografia. Mas eu apertei o cachorro contra a parede, abotoei-o e disse: "Ou tu me vendes essa droga ou te quebro a cara". Ele afrouxou. Mas o tipógrafo não quis ficar comigo. O Trindade andou se metendo na história, disse pro rapaz: "Se você trabalhar no jornal do doutor Rodrigo, mando lhe dar uma sumanta de espada".

— E agora?

— Preciso arranjar o quanto antes alguém que entenda de tipografia.

— E o Pepe... já falaste com ele? Parece que o castelhano entende do riscado.

— Aí está uma ideia! Se vires esse animal, manda-o ao Sobrado.

Neco acariciou as costeletas, olhou para os lados e murmurou:

— Sabes da última? Me contaram que o tal de Dente Seco já chegou.
— Que Dente Seco?
— Ora, homem, já te falei nele. É um bandido famoso da Soledade. Tem dez ou onze mortes na cacunda. O Trindade mandou buscar o bicho pra assustar o eleitorado da oposição. Parece que vão correr o interior do município. E a todas essas, nós não fazemos nada!
— É preciso lançar o quanto antes o jornal.
Despediu-se de Neco, que saltou para o chão, gritando:
— Adeus, pombinho!
Rodrigo olhou para a própria roupa. Maldita poeira de Santa Fé! Pusera aquela roupa de linho branco, limpíssima, havia menos de meia hora e ela já estava tomando uns tons rosados... Era preciso calçar as ruas transversais e reformar o pavimento da rua do Comércio. Em suma: era urgente derrubar o Trindade!

3

Na manhã do dia seguinte mandou um próprio ao Angico com um bilhete:

Papai: Por aqui vai tudo sem novidade. O Freitas quer entregar a farmácia o quanto antes, e eu não sei o que fazer com relação ao dinheiro. Se o senhor pudesse vir agora resolver o assunto, eu lhe ficaria muito grato. Um abraço do filho que muito o estima e respeita. Rodrigo.

Saiu por volta das dez horas, entrou num depósito de móveis e adquiriu dois dos maiores *bureaux* que encontrou: um para seu escritório no Sobrado e o outro para o consultório. Na Livraria e Papelaria Brasil comprou um monumental tinteiro de bronze lavrado, com base de granito negro — o artigo mais caro da casa —, dois finos corta-papéis, lápis pretos e bicolores, caixas de penas de aço, prensas de mata-borrão, envelopes, vidros de tinta, blocos de papel de carta. ("Prefiro de linho. Tem? Ponha três. Não! Seis.") Encomendou três centos de cartões de visita e cinquenta blocos de papel para receitas. O papeleiro estava radiante. "Pois não, doutor, com o maior prazer. Estamos aqui para servir a freguesia."

— Ah! Quero ver cestas para papéis usados...
— Temos aqui um artigo muito chique, de madeira de lei, com desenhos a fogo.
— Está bem. Fico com duas.

Tinha a volúpia de comprar. Nunca perguntava pelos preços e achava que regatear era a maior das indignidades. Jamais contava o troco que lhe davam, e deixara, entre os garçons dos cafés e restaurantes que frequentara em Porto Alegre, a reputação de ser o mais generoso dos distribuidores de gorjetas.

Saiu da papelaria e entrou na Farmácia Popular, cujo proprietário, o Freitas, um homenzinho triste e calvo, era natural de Alegrete e sofria de bronquite asmática.

— Então, seu Freitas, quando é que ultimamos o negócio?
— Quanto mais cedo, melhor, doutor.

A farmácia estava situada na quadra do Sobrado, à esquina da rua do Comércio com a do Poncho Verde. Muito conveniente — refletiu Rodrigo —, fico com o consultório praticamente em casa.

— Eu disse ao seu pai que meu estoque anda aí pelos vinte contos — explicou o Freitas. — Mas precisamos dar um balanço pra ver a importância exata. O doutor vai mandar alguma pessoa pra fiscalizar o inventário ou vem pessoalmente?

Num assomo de entusiasmo, Rodrigo respondeu:
— Venho pessoalmente.
— Quando é que podemos começar?
— Amanhã mesmo. Quero resolver logo este assunto pra iniciar a clínica.
— Está bem. Podemos começar às sete da manhã... ou é muito cedo?
— Cedo coisa nenhuma! Sou um grande madrugador.

No dia seguinte, porém, só acordou às oito e, depois de tomar descansadamente seu café, chegou à farmácia às nove.

— Tive um contratempo — inventou, antes mesmo de dar os bons-dias ao farmacêutico. — Das sete às oito e meia atendi um próprio que veio do Angico.

O Freitas puxava melancolicamente os suspensórios, de boca entreaberta, respirando com dificuldade.

— Eu vou dizendo o nome dos remédios — propôs —, a quantidade em estoque, o preço, e o doutor vai tomando nota. Está bem?
— Perfeitamente.

Rodrigo tirou o casaco, sentou-se a uma pequena mesa, sobre a qual havia um caderno de papel almaço pautado, tinta, caneta e mata-borrão.

— Pode ir cantando! — exclamou, jovial.

Freitas subiu penosamente a escada e tirou da prateleira um frasco de remédio, aproximando-o dos olhos.

— Quatro vidros de Emulsão de Scott.

Disse o preço da unidade. Rodrigo tomou nota e em seguida fez a multiplicação.

— Adiante!

— Dois de Salsaparrilha.

Rodrigo assobiava, baixinho, namorando a própria caligrafia.

— Cinco vidros de Maravilha Curativa do doutor Humphreys.

Para que dizer que é do dr. Humphreys? — refletiu Rodrigo. Não escreveu nem o nome do remédio por extenso. Pôs apenas Marav. Curat. Estamos às portas das eleições e eu aqui, como um simples caixeiro, a tomar nota de nomes e preços de drogas. Não é mesmo um despautério? Por que me meti nisto?

— Desculpe, seu Freitas. Que foi que o senhor disse?

— Três vidros de Bálsamo Alemão.

— Ah!

Rodrigo trabalhou durante quarenta minutos. Tinha começado com letra caprichosa, mas agora já escrevia em garranchos que nem ele mesmo conseguia entender. Passou o indicador entre o colarinho e o pescoço.

— Está quente, não?

— Regular — respondeu o farmacêutico. — Dois vidros de Elixir de Nogueira.

Rodrigo ergueu-se. Consultou o relógio, gritou pelo auxiliar da farmácia, o Ludovico, um menino de doze anos, feio e retaco, de rosto comprido, a lembrar o focinho dum bicho que Rodrigo não conseguiu identificar.

— Menino, vá me comprar uma cerveja bem fresquinha ali no Schnitzler. Ligeiro!

Deu dinheiro ao guri, que saiu a correr, voltando pouco depois com a garrafa.

— Toma um pouco, seu Freitas?

— Não, obrigado. Tenho o fígado meio bichado.

Rodrigo despejou a cerveja no copo graduado que o rapaz trouxera do laboratório, e bebeu-a dum sorvo só. Tornou a encher o copo e a esvaziá-lo com a mesma sofreguidão.

— Podemos continuar? — perguntou o farmacêutico, puxando os tirantes do suspensório.

O calor aumentava. Rodrigo estava irritado. Bocejou, olhando novamente para o relógio:

— Não. Vamos deixar pra depois. Tenho agora um compromisso. Até logo.

Mandou chamar o Chiru ao Sobrado.

— Queres ganhar uns trinta mil-réis na moleza?
— Como?
— Ajudando o Freitas a dar balanço na farmácia. Vais como meu representante.
— Quanto tempo leva esse negócio?
— Um dia no máximo.
— Aceito.
— Podes então começar hoje de tarde.

Dois dias depois, Licurgo voltou do Angico para efetivar a transação. O inventário acusava uma existência de pouco mais de dezoito contos. Licurgo passou o dinheiro para as mãos do farmacêutico. Naquele mesmo dia chamou Rodrigo ao escritório e entregou-lhe uma chave.

— A farmácia é sua.

Comovido, o rapaz pegou a mão do pai e beijou-a. Licurgo pigarreou, embaraçado.

— Que bobagem é essa, meu filho?

E depois:

— Quem é que vai tomar conta do laboratório?
— O Gabriel. É um moço muito direito e um bom prático. O Freitas diz que ele sabe aviar receitas melhor que o Zago.

Licurgo suspirou:

— Pois é, parece que está tudo arrumado. Desejo que o senhor seja feliz.

Caminhou para o *bureau* de Rodrigo, que substituíra sua escrivaninha.

— Parece que o senhor me expulsou do escritório, não?
— Ora, papai. Esse *bureau é* mais seu que meu. Botei todos os seus papéis na gaveta da esquerda.

— Está bem.
Licurgo olhou em torno. Demorou o olhar por alguns segundos no armário de livros. Passou a mão pelo vistoso tinteiro.
— Se o senhor não der ponto, não é por falta de material. Tem tudo do bom e do melhor.
— E por tudo isso eu lhe estou muito grato. Farei o possível para merecer todas essas...
Ia dizer *gentilezas*, mas achou impróprio. Ocorreu-lhe favores e também não gostou. Calou-se. E, como Licurgo também nada dissesse, quedaram-se ambos em silêncio. E Rodrigo observou que a pálpebra do olho esquerdo do pai tremia, sinal de que ele estava comovido.

CAPÍTULO X

I

O *Correio do Povo* de 13 de fevereiro noticiava que o mal. Hermes da Fonseca chegara a Porto Alegre, tendo sido recebido festivamente. Um dos oradores que o saudaram, falando em nome do operariado, dissera que a espada do marechal, que tanto atemorizava os civilistas, havia de converter-se num ramo de flores, síntese da aspiração mais elevada dos povos à paz. O préstito do candidato oficial estacionara à frente do prédio de *A Federação*, sendo Hermes da Fonseca acolhido por uma salva de palmas, enquanto, das sacadas, senhoras e senhoritas atiravam sobre ele rosas e jasmins.

Rodrigo leu a notícia com impaciente má vontade.

— Deviam mas era atirar trampa na cabeça desse farsante!

Naquele dia foi procurado por Don Pepe.

— Neco me ha dicho...

— Pois é, Pepe, preciso muito de ti. Alguma vez em tu perra vida trabalhaste em tipografia?

O espanhol fez um gesto largo.

— Pues claro, hombre! He sido tipógrafo en Bilbao, en um periódico anarquista clandestino.

Rodrigo deu uma palmada nas costas do amigo.

— Pois foi o céu que te enviou.

— O el infierno.

— Não interessa. O importante é que vieste. Preciso botar o meu jornal na rua amanhã. O marechal vai passar por aqui lá pelo dia 19. Quero que *A Farpa* esteja na rua quando esse palhaço chegar...

— Bueno...

— Vamos pôr mãos à obra. Eu escrevo e tu compões e imprimes. Que tal?

— Pues...

— Pago-te bem. Deixo o ordenado a teu critério. Quanto queres?

— Hombre, no soy mercenario. Trabajaré por amor a la lucha. Y por la amistad.

— Feito!

Instalaram as oficinas d'*A Farpa* — uma caixa de tipos, uma prensa de provas e um prelo — na parte do porão que ficava por baixo da sala de visitas. A luz entrava por uma janela lateral e pelos olhos de boi que respiravam para a rua.

— Eis a nossa barricada! — disse Rodrigo, entregando a oficina ao espanhol. — Fica te entretendo por aí com essas bugigangas, enquanto eu vou lá pra cima escrever o editorial.

2

Subiu para o escritório, arregaçou as mangas da camisa, experimentou a pena, olhou para as tiras de papel que pusera sobre o *bureau* e começou a escrever:

> Surge "A Farpa" à luz da publicidade num dos momentos mais dramáticos da história da nacionalidade brasileira. Diremos sem eufemismos ou meias palavras que este hebdomadário se propõe, antes de mais nada, ser a livre tribuna dos oprimidos contra os opressores, da justiça contra o arbítrio, do direito contra a força, da fraternidade contra o banditismo. Isto vale dizer que "A Farpa" é um jornal de oposição, uma bandarilha colorida e aguçada a espicaçar constantemente os flancos do touro cruel e brutal do situacionismo!

Releu o que havia escrito, acendeu um cigarro, satisfeito consigo mesmo. Imaginou a cara do Trindade ao ler o primeiro número do jornal. Molhou a pena na tinta (ah, como um tinteiro de bronze e granito melhora o estilo!) e prosseguiu:

> Santa Fé, onde há tantos anos a liberdade tem sido amordaçada, o direito espezinhado e a justiça broncamente substituída pelo mandonismo, terá neste semanário político e literário uma voz corajosa, clara e candente, a clamar pelos direitos dos espoliados e pelas reivindicações dos desprotegidos da sorte. Fiel aos princípios do mais puro republicanismo, "A Farpa" pugnará na presente campanha presidencial pela candidatura civilista, recomendando o grande, o imenso, o imortal Rui Barbosa, o gênio da raça, ao eleitorado livre de Santa Fé, do Rio Grande e do Brasil!

Basta — disse para si mesmo. — É bom que seja uma coisa curta pro castelhano compor em tipo graúdo, com cercadura. Levantou-se, foi até a janela lateral da sala de visitas, meteu a cabeça para fora e gritou:

— Pepito!

Quando o outro apareceu, disse:

— Escuta só.

Leu-lhe com voz vibrante o que havia escrito. Ao terminar, baixou os olhos para Don Pepe, que cofiava o cavanhaque com sua longa mão ossuda de Quixote.

— Que tal?

— Muy débil.

Rodrigo deu uma palmada no peitoral da janela.

— Por que débil?

— Hay que poner más vitriolo en tus frases, hombre. Hay que agitar!

— Que mais queres?

— Más pasión, más sangre.

— O sangue virá depois. Toma. Compõe isso, que agora vou arrasar o Trindade num artigo especial.

Entregou as tiras a Don Pepe e voltou a sentar-se à mesa. Estava com calor e com sede. Pensou em sair, tomar uma bebida fresca no Schnitzler, ou então algo de forte que lhe desse mais fogo às ideias e ao estilo. Boa sugestão... Foi até o guarda-comida da sala de jantar, apanhou uma garrafa de conhaque, encheu um cálice, bebeu-o dum sorvo, voltou para o *bureau*, pegou a caneta e escreveu o título do artigo. "Perfil dum tirano". Começou com o escorço biográfico em que contava a origem duvidosa do intendente de Santa Fé. Depois enumerou seus crimes, crueldade e desmandos, terminando assim:

> E hoje aí está ele, o malacara cínico, empoleirado na cadeira de intendente, como um reizinho num trono, César de paródia, Napoleão de opereta. Pensará o sátrapa que se sumiram da face da Terra os homens de coragem, inteligência e dignidade?

E quando, momentos depois, Licurgo entrou no escritório, Rodrigo leu-lhe em voz alta o que acabara de escrever. O velho escutou em silêncio e não fez nenhum comentário.

— Então, papai? Gostou?

Licurgo tirou da boca o cigarro, tornou a enrolá-lo lentamente e só depois de soltar uma longa baforada é que falou.

— Meu filho, sei que sou um homem ignorante. Posso não ter muitas luzes, mas tenho alguma experiência. Acho que o senhor se excedeu nesse artigo.

Rodrigo ergueu-se da cadeira.

— Mas numa questão como esta, papai, não pode haver meias medidas e meias palavras.

— Quem está com a boa causa não precisa ofender ninguém. O seu jornal deve ser um jornal de princípios e não de ataques pessoais. Não provoque os outros sem necessidade. Critique as pessoas quando elas procederem mal. Mas deixe a vida particular do indivíduo de lado...

Uma ideia passou rápida pelo espírito de Rodrigo: o velho tem medo que, em represálias, *A Voz da Serra* mexa em sua vida privada, trazendo à luz o caso da Ismália.

— Então o senhor acha...

— Acho que deve modificar a linguagem. Não quero que digam que estamos provocando barulho. Temos o direito de escrever o que pensamos e de lutar pelas nossas ideias. Mas não devemos ofender os outros. E depois, nem todos os que vão votar no marechal é porque são patifes ou covardes. O senhor sabe disso.

— Bom, se essa é a sua opinião... — murmurou Rodrigo, com a sensação de haver recebido uma ducha fria na cabeça.

— Essa é a minha opinião. E acho que também é a sua. Pense bem.

3

Quando o pai se retirou, Rodrigo tomou da pena e cravou-a com raiva no pano do *bureau*, partindo-a. Foi até a janela, respirou com força, murmurou um par de palavrões e tornou a sentar-se. Como era possível fazer um jornal vibrante sem ataques pessoais? No entanto, sabia que o pai estava com a razão, era exatamente isso que o enfurecia.

— Laurinda! — gritou.

A mulata apareceu.

— Me traga qualquer coisa pra beber. Estou com sede.

— Pensa que não tenho mais que fazer?

— Um refresco! Minha cabeça está fervendo.

Laurinda trouxe uma limonada, que Rodrigo bebeu sofregamente, com muito ruído.

— Será que este calor não vai parar?
— Não sei, menino. Não sou Deus.
— Ai que saudade do banho na sanga!

Tirou impetuosamente a camisa, jogou-a ao chão, amassou com fúria as tiras de papel em que havia traçado o perfil do tirano, e jogou-as no cesto. Colocou uma pena nova na caneta, mergulhou-a no tinteiro e ficou pensando no que ia escrever. Por fim, bocejando, contrariado e infeliz, começou:

"A Farpa" não foi fundada para ofender quem quer que seja. Nossos objetivos são os mais elevados. De resto, como poderíamos nós censurar os que nos atacam em nossa fé política, se nós mesmos não respeitamos as convicções alheias? Este semanário pretende manter-se no nível superior do bom jornalismo e jamais descerá ao terreno mesquinho e lamacento das retaliações pessoais. Será, antes de mais nada, uma tribuna limpa e justa, sempre aberta aos que tiverem fome e sede de justiça.

— Laurinda, me traz outra limonada — gritou.

E, como não obtivesse resposta, esqueceu-se do que pedira.

Releu o que havia escrito, franziu os lábios. Uma droga. Uma redação de colegial.

Repoltreou-se, recostou a cabeça no respaldo da cadeira e ficou olhando para o teto. O suor escorria-lhe pelo torso em grossas bagas.

Quando o espanhol voltou com a primeira prova de parte do editorial, Rodrigo leu em voz alta, mas sem o menor entusiasmo, o que acabara de escrever.

— Hombre, qué sucedió? — perguntou Pepe, num sussurro teatral. — Te has achicado? Te has acobardado? Coño!

Rodrigo contou-lhe a conversa que tivera com o pai. Depois, erguendo-se brusco, agarrou as lapelas do casaco do pintor e perguntou:

— Fala com sinceridade, Pepito, será que o velho tem mesmo razão?

— Pero no se trata de tener razón, hombre, sino pasión. — Berrou: — Pasión! Hay que agitar. Sin pasión no se puede hacer nada. Si vas a escribir cositas templadas como esas, entonces para qué mantener un periódico?

— Isso, Pepe, isso mesmo. Pra que fazer um jornal se a gente não pode dizer tudo que pensa, tudo que sente, hein? É preciso sacudir esta cidade adormecida e acobardada!

Sentou-se sobre a mesa e ficou olhando pensativamente para a cesta de papéis. De súbito inclinou-se sobre ela, apanhou as tiras que amarrotara, alisou-as sobre a mesma com a palma da mão e entregou-as ao amigo:

— Compõe esta verrina. Vou desobedecer a meu pai mas obedecer à minha consciência. E seja o que Deus quiser. Amanhã, quando o jornal estiver na rua, o papai terá que se render diante do fato consumado!

Pepe olhou longa e apaixonadamente para Rodrigo.

— Bendita sea la madre que te parió, hijo mío!

Fez meia-volta e saiu da sala nos seus passos leves e curtos de toureiro.

4

Ao descer ao porão, cerca das cinco da tarde, Rodrigo verificou decepcionado que Pepe mal havia terminado a composição do editorial e do "Perfil dum tirano".

— Só uma página pronta. E o jornal tem que sair amanhã sem falta!

— Soy un ser humano, no un dínamo. No puedo hacer milagros.

Sobre uma mesinha tosca de pinho, erguiam-se numa pilha os livros que Rodrigo trouxera de sua biblioteca e nos quais marcara os trechos que deviam ser transcritos n'*A Farpa*. "Pra encher linguiça, sabes, Pepito?" Eram: uma das *Canções sem metro*, de Raul Pompeia; um poema de Guerra Junqueiro sobre a história; uma pequena fábula de Coelho Neto e versículos de *Assim falava Zaratustra*.

— E ainda temos mais isto — disse Rodrigo, mostrando as tiras que trazia.

Era um artigo doutrinário, "O verdadeiro conceito de democracia", e uma página humorística em que, sob o pseudônimo de *Fra Diavolo*, ridicularizava o Amintas e o delegado de polícia.

— Neste passo, *A Farpa* só pode aparecer depois d'amanhã. Que droga!

Inclinado sobre a caixa de tipos, sempre de boina na cabeça, Don Pepe limitou-se a encolher os ombros.

— Ah! — exclamou Rodrigo, dando uma palmada na testa. — Espere, que já volto.

Atirou os originais em cima da mesa, saiu apressado e voltou meia hora depois, trazendo pelo braço um mulato lívido, com grandes olhos brilhantes de tuberculoso.

— Don Pepe, este moço é um tipógrafo competente. Trabalhava pro Mendanha e agora vai nos ajudar.

O espanhol mal se dignou a lançar para o recém-chegado um olhar perfunctório.

— Mas doutor... — balbuciou o tipógrafo.

— Já sei. O Trindade ameaçou você. Mas não tenha medo, que não vai lhe acontecer nada. Dou-lhe a minha palavra de honra.

— Não é por mim, doutor, mas acontece que tenho mulher e filhos...

— Já lhe disse que o Titi Trindade não vai ficar sabendo de nada. Vamos, tire o casaco e comece logo a trabalhar. Estamos atrasados.

O homem continuou imóvel onde estava, os braços caídos. De repente frechou na direção da porta. Rodrigo, porém, barrou-lhe o caminho.

— Alto lá! Daqui você não sai vivo.

Tirou da cintura o revólver de cabo de madrepérola e apontou-o para o mulato, que estacou, os olhos esbugalhados fitos no cano da arma, os beiços trêmulos, o suor a pingar-lhe da testa.

— Hay que agitar.

Meu Deus, como é que posso fazer uma coisa destas — pensava Rodrigo, sentindo, com uma agudeza cada vez maior, o grotesco da situação.

Guardou o revólver, acercou-se do mulato e pousou-lhe fraternalmente a mão no ombro.

— Vamos, companheiro. Não precisamos brigar. Trabalhe só hoje... Pago-lhe duzentos mil-réis, o que você não ganhava num mês com o Mendanha!

— Não é questão de dinheiro, doutor — choramingou o outro —, é que o coronel me chamou na Intendência e me disse que se eu ficasse trabalhando com o senhor, ele...

Calou-se, engasgado. Rodrigo cresceu sobre o outro.

— Estamos num país livre, onde cada qual faz o que bem entende. E você vai trabalhar por bem ou por mal.

Sorria interiormente da incoerência entre suas palavras e seus atos, achando, porém, a coisa toda mais divertida que séria. Pegou um dos livros e meteu-o nas mãos do tipógrafo.

— Comece por aqui.

O mulato tirou o casaco, arregaçou as mangas, fungando e ainda trêmulo, e pôs-se a trabalhar.

— Hay un espacio en blanco en la primera página.

Rodrigo olhou por cima do ombro do espanhol e resolveu:

— Ponha isto dentro dum quadrado.

Rabiscou num pedaço de papel:

Dr. Rodrigo Terra Cambará. Formado pela Faculdade de Medicina de Porto Alegre. Clínica Geral. Consultório: Farmácia Popular, das 3 às 6 da tarde. Grátis aos pobres.

Pepe leu o anúncio e fez uma careta de náusea.

— La repulsiva caridad cristiana.

O tipógrafo trabalhava em silêncio, e houve um minuto em que Rodrigo e o pintor ficaram a observar o mulato, fascinados pela rapidez com que ele compunha. Seus dedos alongados moviam-se numa dança ágil e graciosa sobre os caixotins dos tipos.

Trabalharam até o escurecer.

— Tengo hambre — disse Pepe a Rodrigo, no momento em que este acendeu a lâmpada de acetilene.

— Vocês vão comer aqui. Já mandei buscar o jantar.

Quando a comida chegou, o artista pôs seu prato em cima do volume de Nietzsche e comeu ali de pé, teso e digno, ao passo que o tipógrafo, sentado num mocho, olhava com uma tristeza resignada de presidiário para seu bife.

— Não há de ser nada — murmurou Rodrigo, aproximando-se dele. — Fui obrigado a usar a violência porque se trata duma boa causa. Você então não quer que seus filhos cresçam livres e felizes numa terra de justiça e liberdade? Ou prefere que eles se criem sem espinha dorsal e passem a vida lambendo as botas do Trindade?

O mulato ergueu para ele os olhos assustados.

— Eu não me meto em política, doutor.

— Não se trata de política, homem, mas da dignidade humana.

— O que eu sei é que vou pagar caro por esta brincadeira.

— Já lhe disse que ninguém ficará sabendo que você trabalhou pra nós.

— Ora, não falta quem vá contar ao coronel...

Rodrigo fez um gesto de impaciência.

5

Às nove da noite a composição estava pronta, as páginas armadas, as provas revisadas.

— Toca a imprimir, Pepito!

Quando o primeiro número d'*A Farpa* saiu do prelo, Rodrigo trouxe-o para perto da lâmpada e começou a examiná-lo avidamente!

— Está um colosso! Vai ser um sucesso!

O espanhol, que acionava o prelo com o rosto banhado em suor e os olhos incendiados, exclamou:

— Ay, madrecita mía! Las cosas que he hecho en mi perra vida!

Tiraram-se quinhentos exemplares.

— Mandamos uns cem para os distritos — decidiu Rodrigo —, uns cinquenta para Cruz Alta, outros cinquenta para Passo Fundo e o resto distribuímos na cidade.

Mandou Bento buscar Chiru e Neco. Quando estes chegaram, alguns minutos depois, pôs-se a confabular com os amigos.

— Como é que vamos fazer a distribuição?

— O Trindade sabe que o jornal está por sair — disse Chiru — e deve andar de olho vivo. A coisa não vai ser fácil. Quem sair distribuindo *A Farpa* tem que ir armado e disposto a tudo.

— Naturalmente — replicou Rodrigo. — Mas tive uma ideia... Se sairmos a fazer a distribuição agora, aposto como pegamos a capangada do Titi dormindo...

— Hay que hacer eso a la luz meridiana — bravateou Pepe.

Rodrigo, porém, já tinha seu plano formado:

— Botamos os jornais no meu carro e saímos os quatro pelas ruas principais, metendo *A Farpa* por baixo de cada porta. — Consultou o relógio. — Faltam dez pra meia-noite. Às doze em ponto começamos... Estás armado, Chiru?

— Claro.

— E tu, Pepe?

— Mi arma es mi personalidad, son mis convicciones.

A todas essas, o mulato continuava sentado a um canto, os ombros caídos, as mãos a escudar os olhos. Ao vê-lo, Rodrigo, que o havia esquecido por completo, exclamou:

— O nosso amigo tipógrafo!

Tirou da carteira duas cédulas de cinquenta mil-réis e meteu-as no bolso do outro.

— Só vai servir pra pagar o meu enterro, doutor. Sou um homem morto.

— Morto qual nada! De agora em diante você vai ficar sob a minha proteção. Não se mexa daí... Não! O melhor é ir pra cima. Vamos!

Tomou o braço do mulato e puxou-o consigo, rumo dos fundos da casa. Andava no ar um cheiro familiar de pão quente, que Rodrigo aspirou com delícia. Trepou na cerca que separava o Sobrado da padaria.

— Ó Chico!

O padeiro apareceu.

— Sô Rodrigo, então, que é que há de novo?

— Me dá dois pães bem quentinhos.

Chico Pão afastou-se num marche-marche solícito, entrou em casa e voltou pouco depois com quatro pães embrulhados em papel pardo.

— Quanto é, Chico?

— Ora, havia de ter graça...

Rodrigo tirou do bolso um exemplar d'*A Farpa* e deu-o ao vizinho:

— Pois te pago com o primeiro número do meu jornal. Também quentinho do forno. Vais ser o primeiro a ler o grande órgão. Boa noite!

Saltou para o chão, tornou a segurar o braço do tipógrafo e arrastou-o até a cozinha. Bateu à porta do quarto de Laurinda e acordou-a, gritando:

— Vem me fazer um café!

A mulata apareceu, estremunhada. "Este corno malcriado sem-vergonha, tirando a gente da cama a esta hora", e caminhou às tontas para o fogão.

— Paciência, Laurinda. É pro bem da pátria e da humanidade. — Deu-lhe uma palmada cordial nas nádegas. — Vem fazer um café pro nosso amigo Gutenberg.

Sorriu, apontando para o tipógrafo.

— Meu nome é Camilo.

— Um café bem quentinho, Laurinda.

Desfez o embrulho, cortou um pão pelo meio, barrou uma das metades de manteiga e comeu-a sofregamente.

— Não deixe o Camilo sair enquanto eu não voltar.

Laurinda respondeu-lhe com um bocejo.

À frente do Sobrado, Rodrigo reuniu-se aos companheiros, que já tinham subido para o carro com a pilha de jornais.

— Toca, Bento. Devagar. Vamos começar pela casa do Alvarino Amaral. Chiru, tu vais pela direita. E tu, Pepito, pela esquerda. Não gastem pólvora em chimango. O Pitombo, por exemplo, não merece receber o nosso órgão. Neco, tu ficas comigo.

A distribuição foi feita em pouco mais de meia hora, sem o menor incidente, e Rodrigo teve o cuidado de fazer que todos os figurões da terra recebessem um exemplar d'*A Farpa*.

Ao voltar ao Sobrado, entregou o tipógrafo aos cuidados de Chiru, Pepe e Neco:

— Levem agora o nosso amigo pra casa. E vocês também podem ir. Amanhã nos encontraremos na farmácia às oito. Está combinado?

Esfregou as mãos, radiante:

— A coisa toda correu melhor do que eu esperava!

6

Entrou no Sobrado trauteando uma valsa. No patamar da escada, no andar superior, apareceu-lhe o vulto de Maria Valéria, com uma vela acesa na mão.

— Seu pai perguntou onde você tinha ido.
— Andamos distribuindo o jornal pela cidade, Dinda.
— Você anda mas é procurando sarna pra se coçar.

Como única resposta Rodrigo sorriu, aproximando-se da tia, e beijou-lhe a testa. Depois entrou no quarto, riscou um fósforo, acendeu o lampião sobre a mesinha de cabeceira, escancarou as janelas que davam para a rua, despiu-se por completo e atirou-se na cama. Estava cansado e feliz. Entregou-se à recordação das coisas que fizera nas últimas vinte e quatro horas...

Desobedeci a meu próprio pai, lancei uma colossal provocação ao situacionismo; mexi, enfim, num ninho de marimbondos... Estamos em minoria absoluta. Eles podem assaltar o Sobrado e massacrar seus moradores. Podem mandar seus beleguins atacar-me numa esquina à noite. E no município inteiro não haverá quem ouse protestar contra essas violências, pois quem erguer a voz será também esmagado. O próprio cel. Jairo, com todos os seus protestos de amizade, dirá que como militar tem que ficar neutro na questão...

Tudo isso, longe de deixar Rodrigo amedrontado, dava-lhe uma alegria nervosa que lhe roubava o sono, tornando-lhe difícil o ficar deitado, apesar da canseira que lhe moía o corpo. Desejava com ansiedade a vinda do novo dia, a fim de poder tomar o pulso da cidade, auscultar aquele coração débil, meio morto, que, com toda a certeza, ia começar a pulsar furiosamente depois que seus habitantes lessem *A Farpa*. Que batesse de susto, de alegria, ou surpresa, mas que pulsasse, isso era o essencial, que mandasse, através de suas veias e artérias, um sangue vivo, quente, turbulento, capaz de desentorpecer-lhe os membros...

Rodrigo respirou fundo, passou as mãos cariciosamente pelo tórax inflado e depois pelos músculos do braço. Era bom viver, e a melhor maneira de provar a si mesmo e aos outros que estava vivo era amando e lutando. Imaginou o que Flora ia sentir quando lesse *A Farpa*. Santo Deus! Acho que nestas últimas doze horas não pensei uma única vez na minha querida...

Veio-lhe à mente a presença do tipógrafo com tanta nitidez, que teve a impressão de sentir-lhe até o cheiro. Como foi que tive a coragem de ameaçar com o revólver aquele pobre-diabo? As coisas que a gente faz num impulso, sem pensar! Isso prova que ainda não me conheço direito...

Apagou a luz.

Il faut cultiver notre jardin. *Oui*, M. Voltaire, mas que devo fazer se uma cobra venenosa entra no meu jardim? Segurar a jararaca candidamente, *mon cher Candide*, e beijar-lhe a boca? Não. *Écraser l'infâme*, isso sim, pau na cabeça dela. O Titi Trindade é a jararaca do meu jardim. E, no fim de contas, prezados leitores d'*A Farpa*, é necessário que os bons sejam também fortes e tenham coragem de ser violentos e até cruéis quando essa violência e essa crueldade forem necessárias para o bem-estar da comunidade!

Ouviu o relógio grande da sala de jantar bater uma hora, uma e meia, duas... Revolvia-se na cama, irritado por não poder conciliar o sono. Pôs-se de pé num pulo, andou um pouco às cegas pelo quarto escuro, pensando vagamente em tomar um soporífero. Depois atirou-se na cama de bruços, agarrando o travesseiro com ambas as mãos, e ficou nessa posição até adormecer.

CAPÍTULO XI

I

Acordou às dez da manhã seguinte e, ao descer para o café, verificou com certo alívio que o pai já havia saído.

Foi até a farmácia e encontrou o prático debruçado sobre o balcão, tomando um mate.

— Bom dia, Gabriel.

O empregado perfilou-se, meio desconcertado, sem saber o que fazer com a cuia.

— Bom dia, doutor.

Rodrigo bateu-lhe afetuosamente no ombro.

— Bom proveito. Também aceito um chimarrão.

Gabriel Luigi sorriu. Era um rapaz de vinte anos, alto e espigado, de cabelos crespos e castanhos. Tinha uma fisionomia plácida e algo de fraternalmente aliciante nos olhos cor de mel queimado. Filho de colonos italianos de Garibaldina, deixara a casa paterna aos quinze anos para tentar a vida em Santa Fé. O Freitas, tomado de simpatia pelo menino, transformara-o num excelente prático de farmácia.

Rodrigo entrou no consultório, que ainda cheirava a tinta fresca, sentou-se à mesa, segurou com ambas as mãos o corta-papel de marfim lavrado e passeou o olhar em torno. Lá estavam, nas prateleiras do armário, os tratados de medicina com suas lombadas severas. Contra a parede, sob a janela que dava para a rua, havia um divã coberto de oleado preto. A um canto branquejava a mesa de operações, com um balde de metal ao lado. Num pequeno armário todo de vidro, reluziam, frios e assépticos, os instrumentos cirúrgicos.

Rodrigo olhava para todas essas coisas com uma certa perplexidade, como se não soubesse por que ou para que estavam ali. Folheou um bloco de papéis de receita que tinham seu nome no cabeçalho, e sorriu. Sim, era médico e pretendia levar a sério a profissão, cumprir à risca o voto de Esculápio. Mas o que o interessava no momento — empurrando a medicina para um plano inferior — era sua luta contra o Trindade.

Pôs-se a tamborilar na mesa com a ponta do corta-papel. Estava ansioso por saber da reação da cidade ao primeiro número d'*A Farpa*. Mas por onde andará essa gente que não aparece?

O prático entrou com a cuia e entregou-a a Rodrigo.
— Então, Gabriel, que é que há de novo?
— Nada que eu saiba, doutor.
Rodrigo deu um chupão na bomba.
— Não ouviu falar nada sobre o jornal?
— Que jornal?
Os olhos do farmacêutico eram límpidos e puros como os duma criança. Rodrigo sorriu para disfarçar seu desapontamento.
— O Chiru não apareceu ainda?
— Não senhor.
Devolveu a cuia ao prático, ergueu-se e foi até a porta da farmácia. Naquele instante, o Cuca Lopes chegava.
— Menino — despejou ele, logo ao entrar, atirando-se numa cadeira. — O Trindade está fulo de raiva.
Os olhos de Rodrigo brilharam.
— Então o touro já sentiu a farpa no lombo?
— Diz-que está lá na Intendência, caminhando dum lado pra outro, botando a boca no mundo.
— Quem foi que te contou?
— Um primo meu que é oficial de justiça. — Cuca fez uma pausa, passou o lenço encardido pela testa, olhou firme para Rodrigo e murmurou:
— Mas tu é um bicho, hein? É preciso ter caracu pra fazer o que fizeste.
— Tragam um mate pro Cuca!
Poucos minutos depois apareceu o Chiru, também esbaforido, com quase um palmo de lenço encarnado a pender-lhe do bolso superior do casaco.
— Foi uma bomba! Pior que o cometa. O Amintas, vi ele ind'agorinha, chega a estar verde de raiva.
Contou detalhes. O delegado de polícia ameaçava céus e terra: ia mandar empastelar a redação d'*A Farpa*, dar uma sova em Pepe García, chamar o diretor do jornal à responsabilidade...
— Eles que venham! — exclamou Rodrigo, batendo no cabo do revólver que trazia à cintura.
A cuia andou a roda. Cuca estava tão excitado, que não podia parar no mesmo lugar. Rodopiava como uma piorra, cheirava a ponta dos dedos e de instante a instante exclamava:
— Este nosso Rodrigo é mesmo um bicharedo!
Chiru lançou-lhe um olhar enviesado e rosnou:
— Cala a boca, Cuca. Quem te vê pensa que és nosso amigo. Todo

o mundo sabe que não passas dum xereta safado, um leva e traz que acende uma vela a Deus e outra ao diabo!

Cuca Lopes recuou três passos, num movimento rítmico que foi quase uma figura de balé.

— Eu, Chiru!? — gritou, espalmando as mãos sobre o peito. — Que injustiça! Sou amigo do Rodrigo até debaixo d'água, não é, Rodrigo? Sempre fui, sempre serei.

— Te conheço bem das casas velhas... — replicou Chiru.

— Vamos, rapazes — apaziguou-os o dono da farmácia. — Nada de briguinhas! Precisamos estar unidos pra enfrentar a canalha.

Cuca recostou-se no balcão, vexado.

— Esse Chiru sempre foi um ingrato. Não é de hoje...

— Toma mais um mate, Cuca — convidou Rodrigo. — O Chiru está brincando.

— Não, muitas gracias. Preciso ir andando. Até logo, Rodrigo, conta sempre comigo.

Saiu para o sol. O fundilho de suas calças de brim pardo reluzia. Em duas largas passadas, Chiru aproximou-se da porta e bradou:

— Vai agora beber água na orelha do Titi, sem-vergonha!

Cuca voltou a cabeça, pôs a língua para fora e depois continuou a andar, rua do Comércio abaixo.

Don Pepe apareceu por volta das onze. Os outros o miraram interrogadoramente.

— Então? Que é que se conta por aí?

O pintor sentou-se, tirou a boina e passou os dedos por entre as melenas.

— Estoy muy fatigado.

— Mas não ouviste comentar nada, homem? — indagou Chiru. — É impossível!

— He oído dos o tres comentarios.

— Favoráveis? Desfavoráveis? Desembucha!

— Ay que ver primero quién los hace...

— Deixa de conversa e conta logo tudo.

Pepe ergueu os olhos.

— Por ejemplo, hablé com tu papá...

Rodrigo aproximou-se, curioso.

— Ele já leu?

— Creo que sí.
— Homem de Deus, que foi que ele disse?
— Nada. Cerrado como una tumba.
— Ora! Está claro que o papai não gostou do tom do jornal. Mas agora é tarde pra voltar atrás. — Sorriu. — Parece mentira, mas o primeiro que vou enfrentar por causa d'*A Farpa* não vai ser o Trindade nem o Amintas nem o Madruga, mas sim o meu próprio pai...
— No te achiques, hijo.

2

À hora do almoço, Rodrigo foi o último a sentar à mesa. Aproximou-se de Licurgo e beijou-lhe a mão.
— A bênção, papai.
O velho não disse o costumeiro "Deus te abençoe, meu filho". Apenas pigarreou e ficou a olhar para o prato, Rodrigo beijou a testa da madrinha e sentou-se em silêncio. Maria Valéria começou a servir. Durante dez minutos nenhum outro ruído se ouviu na sala de jantar além do tique-taque do relógio de pêndulo, das batidas dos talheres nos pratos e de um que outro pigarro seco de Licurgo.
Até quando ele vai ficar assim? — perguntou Rodrigo a si mesmo.
O velho, porém, não tardou a falar.
— Li o seu jornal.
Rodrigo depôs o garfo sobre o prato, encarou o pai, esperando que ele continuasse. Licurgo passou o guardanapo pelos lábios:
— O senhor, então, não quis seguir o meu conselho...
— Sei que não procedi direito. Mas meu desejo de luta era tão grande, que me deixei levar por um impulso...
— Pois fez muito mal, e agora tem que aguentar as consequências.
— Nunca pretendi fugir à responsabilidade!
— O Trindade pode processar o senhor por crime de calúnia.
— Mas não se trata de nenhuma calúnia. Tudo o que escrevi sobre ele é verdade.
— O senhor tem provas?
— São coisas que todo o mundo sabe.
— Mas na hora de depor perante os tribunais, não aparece ninguém, todos se acobardam.

— Todos menos eu.

De olhos postos no prato, Maria Valéria comia no mais absoluto silêncio. Não olhava para o pai nem para o filho: era como se estivesse sozinha à mesa.

Houve uma nova pausa, prolongada e tensa.

Rodrigo amassava com o garfo uma batata, pensando no que devia dizer. Sentia-se infeliz. Era-lhe insuportável a ideia de que o velho pudesse estar zangado com ele.

— E agora, que é que o senhor acha que devo fazer? — perguntou com buscada humildade.

Sem fitar o filho, Licurgo respondeu:

— Continuar com o jornal pra não dizerem que o senhor se acobardou. E não andar mais por aí de noite sozinho. O Trindade é capaz de tudo. Um homem precisa ter coragem, mas não deve ser temerário. Ande sempre armado, mas, por amor de Deus — acrescentou, alteando subitamente a voz e batendo com o punho cerrado na mesa —, não provoque os outros sem necessidade!

Afastou o prato num gesto brusco.

— Se um filho meu fosse um cobarde, claro que eu ficava envergonhado. Mas não pense que estou contente por ter um filho desordeiro!

Rodrigo ficou vermelho. Quis continuar a comer mas não pôde. O alimento como que se lhe trancava na garganta, descia-lhe a custo pelo esôfago, caindo-lhe no estômago quase como um peso de pedra.

— O senhor sabe que não sou nenhum desordeiro.

— Não é, mas se portou como se fosse.

Entrou a negra Paula com uma travessa de arroz com galinha.

— Não quero mais nada — disse Licurgo.

— Eu também não.

— Leve esse prato pra cozinha.

A preta obedeceu.

Que me resta fazer? — refletia Rodrigo. Imaginou uma solução dramática. "Pois bem, papai. Acho que sou demais nesta casa. Não quero que o senhor, o Bio e a madrinha venham a sofrer as consequências dos meus atos. Vou fazer uma declaração pública dizendo que eu, só eu sou responsável pelo que *A Farpa* publicou. Adeus, papai. Adeus, Dinda." Viu mentalmente a cena. Ergueu-se da mesa, subiu ao quarto, arrumou as malas, deixou o Sobrado e mudou-se para o Hotel dos Viajantes. Dias depois, apareceu-lhe o Bio. "Que história é essa, homem? O velho anda triste, não come, não dorme, só fala em ti.

Volta pra casa. Ele mandou pedir desculpas pelo que te disse. Vem, não sejas bobo." "Não, mano, é ainda muito cedo, a minha ferida ainda está sangrando. Deixa o velho sofrer um pouco."

— Papai — exclamou, com voz quebrada pela emoção —, sei que fiz mal em não seguir o seu conselho. Mas, por favor, me diga agora francamente o que é que devo fazer. Não quero que ninguém sofra por causa de meu... de minha...

Calou-se. O velho começou a palitar os dentes e seu rosto refletia uma tristeza preguiçosa e oblíqua de caboclo.

— O senhor sabe o que aconteceu pr'aquele moço que le ajudou a fazer o jornal?

Rodrigo teve um sobressalto:

— O tipógrafo? Não.

— Foi esbordoado hoje de manhã por dois policiais. Ficou atirado no barro, numa rua do Purgatório.

— Não me disseram nada! Quem foi que lhe contou?

— Ninguém me contou. Eu ia passando a cavalo e vi o homem caído. Eu mesmo levei ele pra casa...

Rodrigo respirava com dificuldade, a indignação a encher-lhe sufocadoramente o peito. Ergueu-se.

— Aonde vai?

— Preciso ir ver esse pobre homem.

— O doutor Matias já fez os curativos nele.

— Mas eu não posso deixar de ir vê-lo.

— Se eu fosse o senhor, nem entrava naquela casa. O homem me disse que foi obrigado a trabalhar contra a vontade. Contou até que o senhor ameaçou ele com um revólver... É verdade?

— É.

Maria Valéria olhou vivamente para o sobrinho. Rodrigo sentia-se aniquilado.

Sentou-se e por alguns segundos permaneceu calado, de olhos baixos. Depois perguntou:

— Os ferimentos são graves?

— Talvez não sejam coisas de matar, mas leves não são. O senhor sabe como é que a polícia age.

Rodrigo amarfanhava o guardanapo na mão crispada. Pensava na cara pálida e assustada do tipógrafo, lembrava-se da desagradável impressão de fragilidade que tivera ao segurar-lhe o braço magro... Miseráveis! Covardes! Surrarem um pobre homem fraco e doente...

Licurgo pigarreou.
— Não vai comer mais nada, menino? — perguntou Maria Valéria. Rodrigo sacudiu negativamente a cabeça. Levantou-se e deixou a sala em passo acelerado.

3

Subiu para a água-furtada. Escancarou a janela, sentou no peitoril e ficou a olhar distraidamente para as copas do arvoredo da praça. Mundo absurdo! Um homem bem-intencionado ergue-se corajosamente para lutar contra o erro, a violência e a injustiça e no processo mesmo dessa luta fere inadvertidamente um inocente...

Tentou fumar. O cigarro, porém, lhe soube mal. Jogou-o fora, irritado. Pôs-se a assobiar algo sem melodia. Olhou a lombada dos livros, apanhou um velho volume e abriu-o ao acaso. Poemas de Heine em alemão. Na margem superior duma das primeiras páginas, estava escrito um nome em tinta desbotada: *Gertrude Weil*. Quem seria? Mas que importa? Quem sou eu? Que sou eu? Apenas um vaidoso, um feixe de apetites e contradições? Um homem decente? Um farsante? Que devo fazer? Voltar atrás ou continuar lutando? Claro que vou continuar! O tipógrafo tuberculoso não será a última vítima desses bandidos. (Vou mandar à casa dele um envelope com duzentos mil-réis dentro.) Outras cabeças rolarão... Talvez a minha. *Andrea Chénier* ao pé da guilhotina...

Olhou para a campânula do velho fonógrafo. Precisava ouvir um pouco de música. Algo de forte, para reanimá-lo. Tamagno numa das árias de *Andrea Chénier*. Caruso na *Celeste Aida*...

Tirou o casaco, fechou a porta, apanhou um livro ao acaso e estendeu-se no catre. O melhor mesmo é dormir, deixar que as águas agitadas serenem e toda a sujeira caia no fundo. Lembrou-se duma peça de Ibsen que lera havia pouco: *O inimigo do povo*. O doutor Stockmann estava com a verdade, por isso não trepidara em ficar sozinho contra o resto da população de sua cidade. Se fosse necessário ele, Rodrigo Cambará, ficaria sozinho contra toda Santa Fé. Inclusive contra meu pai — murmurou, sentindo ainda o travo amargo de seu ressentimento para com o velho. Leu uma página inteira sem compreender nada. Os olhos seguiam as palavras, mas a atenção estava nos pensamentos e estes corriam num tumulto.

Com o livro pousado sobre o peito, Rodrigo modorrava, olhando fixamente para um desenho que a umidade traçara na parede e que lhe lembrava a representação dum rio num mapa. O rio Amazonas — dizia d. Malvina — é o rio mais caudaloso do mundo velho sem porteira — exclamou Liroca. A ordem dos fatores não altera o produto — insistia a mestra, riscando algarismos e figuras geométricas no quadro-negro. A hipotenusa e o cateto... o catete era um bicho... Não irás ao Catete, marechal... Escreverei um artigo de fundo no próximo número provando por $a + b$ que a hipotenusa não irá ao cateto...

Dormiu um sono profundo. Acordou duas horas mais tarde, banhado em suor. Deixou o catre, aturdido, caminhou às tontas ao redor da água-furtada e, por alguns segundos, não atinou com a razão por que estava ali. De repente lhe veio à mente a lembrança desagradável do seu diálogo com o pai à hora do almoço. Que bom se tudo tivesse sido um sonho!

4

Por volta das cinco da tarde, Rodrigo foi chamado ao escritório, onde encontrou o pai em companhia de Joca Prates e Pedro Teixeira. Cumprimentou estes últimos com certa reserva, pois num relance compreendeu que — republicanos e íntimos de Titi Trindade — ali estavam em cumprimento duma missão política. De resto, a cara sombria do velho era um indício de que algo desagradável se estava passando.

— Sente-se.

— Estou bem de pé, papai.

Licurgo procurou resumir a situação. O cel. Prates e o cel. Teixeira tinham vindo em nome do intendente...

— Não senhor — explicou Joca Prates. — Nós não viemos propriamente em nome do coronel Trindade. Viemos em nosso nome...

— Pois é — interrompeu-o Licurgo, impaciente, olhando para o filho. — O que sei é que querem que o senhor pare com seus ataques à situação.

Pela maneira como o pai resumira o caso, Rodrigo sentiu que ele repudiava aquela tentativa de conciliação.

— Isto é... — disse Joca Prates, brincando com a corrente do relógio — nós somos amigos do Curgo e do senhor, doutor Rodrigo, não queremos que esse negócio continue assim, porque pode acabar mal...

Rodrigo sorriu.

— E o que é que o senhor chama de "acabar mal?"

— Ora, acabar em briga, em vias de fato, não é, coronel?

Joca Prates voltou os olhos para o companheiro, que sacudiu lentamente a cabeça.

Houve uma curta pausa. Licurgo olhava fixamente para o retrato de Júlio de Castilhos. Rodrigo continuava de pé, a encarar com firmeza Joca Prates, que se remexeu na cadeira.

— O coronel Trindade até não queria que nós viéssemos aqui. Os senhores sabem, ele é um homem violento. Mas eu insisti. Ora, que diabo, pensei, no final de contas o Curgo também é republicano... não custa falar... pois é... às vezes falando a gente arranja as coisas, não é coronel?

Com as mãos trançadas sobre o ventre, os olhos pesados como se ainda não tivessem espantado o torpor da sesta, Pedro Teixeira tornou a sacudir a cabeça, num sonolento acordo.

— Devo esclarecer aos senhores que meu pai nada tem a ver com o que escrevi n'*A Farpa*. A responsabilidade total é minha, só minha. Papai até reprovou a linguagem que usei...

Licurgo interveio:

— Não reprovei coisa nenhuma! O que o senhor fez está muito benfeito e agora não voltamos atrás.

Fitou um olhar duro nos visitantes e acrescentou:

— Podem dizer isso a quem interessar.

— É o diabo — murmurou Joca Prates. — Nós queríamos evitar que essa história azedasse. Sei como são essas coisas. Pode dar em droga...

— Pode até correr sangue — reforçou Pedro Teixeira.

Rodrigo sorriu.

— Sangue? Há muito tempo que corre sangue impunemente neste município, cavalheiros. Se os senhores têm boa memória, devem estar lembrados do que aconteceu ao Tito Chaves. O sangue desse moço empapou o barro da rua Voluntários da Pátria. Ninguém me contou: eu vi. Inda hoje de manhã os beleguins do Trindade quase mataram a espadaços um pobre tipógrafo que teve a audácia de me ajudar a compor o jornal. E é para o povo ficar sabendo dessas barbaridades e de muitas outras que eu fundei *A Farpa* e hei de mantê-la até o dia em que nossa gente crie vergonha e ponha o Titi para fora da Intendência a toque de caixa!

Estava vermelho, excitado, com vontade de levar longe, muito longe, aquele destampatório. O pai, porém, cortou-lhe a palavra com um gesto. Os dois visitantes consultaram-se com o olhar. Joca Prates cuspiu na escarradeira, limpou os lábios com o lenço e murmurou:

— É o diabo...

Fez-se um silêncio de constrangimento.

— Com boa vontade tudo pode se arranjar — tentou ainda o pai de Ritinha.

Licurgo estava sentado numa posição rígida, as mãos a segurar com força as guardas da cadeira. Seu rosto era a máscara mesma da obstinação.

— No sábado vai aparecer *A Voz da Serra* — contou Joca Prates.

— E eles vão le atacar forte, Curgo.

— Que ataquem!

— E ao senhor também, doutor.

— Não estou esperando outra coisa.

— Mas é que a gente podia dar um jeito... Somos todos republicanos. Essas brigas de família só trazem vantagens pros maragatos.

— Agora é tarde demais — disse Licurgo.

Os visitantes levantaram-se pesadamente, com a relutância de quem ainda não considera dita a última palavra.

— Bom, se a coisa é assim, nós vamos embora, não é compadre?

Licurgo acompanhou-os até a porta.

— Quero que vassuncê compreenda, Curgo — começou Joca Prates, quando já estava no vestíbulo.

— Eu compreendo muito bem, Joca. Mas não tem jeito.

Com certa impaciência foi empurrando o outro na direção da escada. Pedro Teixeira já estava na calçada e começava a fazer um crioulo.

— Vassuncê é um homem impossível — murmurou Joca Prates, sacudindo lentamente a cabeça. No meio da escada voltou-se ainda:

— Se o doutor Júlio de Castilhos estivesse vivo, nada disso acontecia.

As palavras que Licurgo Cambará disse a seguir não foram propriamente articuladas: foram escarradas para baixo, com raiva surda:

— Se o doutor Júlio de Castilhos estivesse vivo, esse sacripanta do Trindade não estava na Intendência. Estava mas era na cadeia!

5

Rodrigo tomou um banho rápido, meteu-se numa roupa de linho branco, levou um bom tempo diante do espelho a dar o nó na gravata e depois, assobiando a ária do Conde Danilo, d'*A viúva alegre*, embebeu o lenço em perfume e ajeitou-o no bolso superior do paletó. Estava de novo alegre, a cabeça leve, o peito desoprimido. As palavras do pai soavam-lhe alvissareiramente na memória. *Não reprovei coisa nenhuma. O que o senhor fez está muito benfeito.* Isso significa que ele fez as pazes comigo, que estou perdoado. Papai é um homem imprevisível. À hora do almoço me chama de desordeiro: agora me apoia em toda a linha... Seja como for, é melhor assim. Fico sem remorsos.

— Aonde vai a esta hora? — perguntou Maria Valéria.

— Dar uma volta. Estou ansioso por saber qual foi a reação da cidade ao primeiro número d'*A Farpa*.

Ela mirou o afilhado de alto a baixo.

— Não sei de quem foi que você herdou essa faceirice.

— Não herdei de ninguém. É minha mesmo. Até logo.

Desceu os degraus, lépido. Na calçada parou, olhou na direção da Intendência e sorriu. O sobrado e o paço municipal estavam frente a frente, pareciam medir-se de longe como duas cidadelas adversas.

Entrou na Estrela-d'Alva, abraçou Chico Pão, perguntou-lhe se tinha gostado d'*A Farpa* e, antes que o homem tivesse tempo de gaguejar seus elogios, saiu por outra porta, entrando em seguida em sua farmácia. Ludovico, o aprendiz, estava recostado no balcão, lendo o *Almanaque de Ayer*. Ergueu os olhos assustados e Rodrigo então descobriu com que bicho o rapaz se parecia.

— Como vais, ratão-do-banhado?

Ludovico sorriu, encafifado. Temendo que ele não tivesse gostado da brincadeira, Rodrigo tirou do bolso um patacão, gritou: — Toma! — e atirou a moeda para o guri, que a apanhou no ar.

— Como vai o movimento, Gabriel?

O prático, metido num guarda-pó branco muito asseado, respondeu:

— A féria de hoje vai ser boa, doutor.

Rodrigo olhou em torno e viu alguns claros nas prateleiras.

— Precisamos ver as nossas faltas.

— Por falar nisso, chegou ontem um viajante da Drogaria Inglesa.

— Pois quando o homem aparecer, faz os pedidos. Tu entendes disso melhor que eu.

Leu no rosto do outro a satisfação que essas palavras lhe causavam.

— Precisamos criar aqui uma seção de perfumaria. Olha, Gabriel, vai hoje ou amanhã lá no Pitombo e encomenda um balcão novo, com frente de vidro, assim como uma vitrina, compreendes? É pra botar os perfumes. Mas quem vai fazer os pedidos sou eu. Em matéria de perfumaria sou doutor.

Abriu a caixa, tirou dela um chumaço de cédulas e, sem contá-las, meteu-as no bolso.

— Sabes duma coisa, Gabriel? Vou mandar buscar de Porto Alegre uma caixa registradora.

Percebeu que o prático não sabia de que se tratava.

— Nunca viste? É uma máquina pra guardar dinheiro. Aperta-se nuns botões pra marcar a importância da venda, depois se torce uma manivela e a gaveta se abre automaticamente.

— Veja só...

— Nossa farmácia vai ser a primeira casa comercial de Santa Fé a ter uma registradora. Estamos no século xx, Gabriel. O século do progresso!

O prático escutava-o, com uma luz de afeição quase filial a animar-lhe os olhos pueris.

— Bom. Se alguém perguntar por mim, diz que fui até o Schnitzler.

Ganhou a calçada e começou a descer a rua.

À primeira esquina encontrou o Liroca, que o envolveu num abraço.

— Li o teu jornal, Rodrigo — disse ele, grave e afetuoso. — Está bom, muito bom, especial! Teus escritos até me lembraram os do conselheiro Gaspar Martins. É bem como dizia o finado meu pai: "A quem Deus promete não falta".

— Ó Liroca, não me podias fazer elogio maior!

O narigão de José Lírio reluzia, pontilhado de cravos.

— Agora tu precisas te cuidar muito — segredou, com ar de conspirador. — Essa gente é capaz de tudo.

Rodrigo ia continuar seu caminho, mas o outro segurou-lhe o braço.

— Não quero ser importuno, mas quando é que me arranjas aquele negócio?

— Que negócio?

— A minha volta ao Sobrado.

— Já está quase arranjado — mentiu. — Não te aflijas. É questão de dias...

As feições de Liroca, de ordinário fixas numa expressão de rabugice, adoçaram-se.

— Deus te pague!

E, enquanto Rodrigo se afastava, já completamente esquecido dele, José Lírio ficou a resmungar elogios ao amigo, ali parado à esquina, com o lenço encarnado a esvoaçar à brisa da tarde.

À frente da Confeitaria Schnitzler, Rodrigo encontrou o ten. Rubim Veloso, de braços abertos. Estava à paisana, os lábios arregaçados num sorriso que lhe descobria toda a dentuça.

— Ah! O homem do dia. Venha de lá um abraço!

Rodrigo estava surpreendido ante aquela inesperada cordialidade. Depois do baile de 31 de dezembro encontrara o ten. Rubim uma única vez e recebera dele um cumprimento seco.

— Sabe que li seu jornal. Está esplêndido!

— Pensei que, como partidário do marechal...

O outro atalhou-o:

— Não se trata do marechal Hermes nem do senador Rui Barbosa. O que vejo n'*A Farpa* é, antes de tudo, a voz dum homem que ergue a luva do desafio e faz isso com inteligência, coragem e altivez. Sim senhor, meus parabéns!

6

Entraram na confeitaria, sentaram-se a uma mesa. A dentuça do tenente continuava exposta.

— O mundo é dos fortes, da águia e não do cordeiro. Mas vamos tomar alguma coisa!

Marta Schnitzler aproximou-se. Estava vestida de branco e seus cabelos recendiam a macela. Rodrigo aspirou o perfume da alemãzinha e teve o desejo de enlaçar-lhe a cintura, sentá-la sobre os joelhos, beijar-lhe a boca, manipular-lhe os seios. Pediram cervejas.

— Há homens que se exprimem através da arte — disse Rubim, tirando o pincenê, bafejando as lentes e limpando-as com o lenço.

À paisana, seu todo de boneco desengonçado ficava ainda mais acentuado.

— Um quadro — continuou o oficial —, uma escultura, uma sinfonia... Mas há outros que se exprimem na luta, na ação. Um ato de coragem e hombridade vale tanto quanto a *Odisseia* de Homero, o *Davi* de Miguel Ângelo ou a *Patética* de Beethoven. César, Napoleão,

Bismarck são artistas a seu modo. O clã do cordeiro objetará que, para eles atingirem a glória, será necessário morrer muita gente. Mas que importa a morte de alguns milhares ou milhões de seres humanos num mundo que está cada vez mais atravancado? Qual é o destino das massas senão trabalhar e morrer a fim de permitir a floração dos super-homens? A Revolução Francesa com toda a sua sangueira está plenamente justificada por ter tornado possível Napoleão Bonaparte. Napoleão está completamente redimido de qualquer pecado por ter tornado possível o nacionalismo. E não é só isso. Os maiores acontecimentos do século xix devem-se a Napoleão!

Marta trouxe as cervejas.

— À sua saúde, doutor Rodrigo!

— Não me chame de doutor, senão serei obrigado a chamar você de tenente.

— Seja! À sua saúde, Rodrigo!

Rubim bebeu com gosto e lambeu a espuma que lhe ficara nos lábios.

— Agora vou lhe fazer uma confissão... — disse. — Na noite em que nos conhecemos lá no clube, não gostei de sua cara...

— Ah... sim? Mas por quê?

A Rodrigo era difícil acreditar que alguém pudesse não gostar dele.

— Ora, pareceu-me um desses muitos moços bonitos, *enfants gâtés*, filhinhos de papai que se adornam dum diploma e vêm parasitar à sombra das tradições da família...

Rodrigo escutava, sorrindo, enquanto com a ponta da unha do indicador raspava o rótulo úmido da garrafa.

— E eis que de repente surge *A Farpa*. Agora estou ansioso por ver a réplica. Calculo que o revide seja mais feroz que o ataque.

— Eu também. *A Voz* vai aparecer sábado.

— Depois vou esperar ansioso a sua tréplica.

— E como acha que vai terminar tudo isso?

— À bala! — exclamou Rubim, desatando numa gargalhada assustadora que fez avançar o limpa-trilhos da dentadura, crescer as bochechas, dando-lhe ao rosto um ar entre imbecil e simpático de boneco de ventríloquo.

O acesso de riso convulsivo durou alguns segundos.

— Não sabe se o coronel Jairo leu o meu jornal?

Rubim tornou a encher o copo.

— Leu.

— Que foi que achou?

— Ora, você sabe, o coronel não é bem deste mundo. É um homem culto, de coração puro. Vive nas esferas positivistas com aquela tolice da religião da humanidade, a acreditar em coisas que não existem nem podem existir. Não tem os pés bem plantados na terra. Pois o homem leu o jornal, olhou para mim, mordeu os bigodes e disse: "Esse rapaz tem mesmo fibra e talento. Mas o ataque me parece um tanto forte...".

— Um tanto?

Rubim desatou nova gargalhada. Rodrigo mirava-o, fascinado por aquela fealdade paradoxalmente sedutora.

— Devo fazer uma restrição. Não. Muitas restrições. O que admiro em você é o espírito combativo, a coragem de se rebelar contra a situação, estando, como está, numa minoria, não direi esmagadora, mas, com mais precisão, esmagável. Mas não concordo com certos termos de seu editorial. Refiro-me àquela história de *opressor* e *oprimido*, et cetera. O homem fraco não merece viver. Não vale a pena quebrar lança por ele.

Rodrigo sorria. Não estava disposto a discutir. A admiração do tenente pela sua coragem bastava-lhe. No momento nem chegava a desejar que o outro estivesse de acordo com todas as suas ideias.

— Bem, enfim cada qual pensa a seu modo...

— Você mesmo no fundo concordará comigo. Há de chegar a hora em que o que vale mesmo é a ação, a violência e não essa conversa fiada sobre direitos, justiça e não sei mais o quê.

Em pensamento Rodrigo viu-se de revólver em punho a intimidar o tipógrafo.

— Não creio...

No balcão onde estava embrulhando uma cuca, Júlio Schnitzler fez-lhe um sinal amistoso. Rodrigo notou com satisfação que Marta o namorava, postada à porta que dava para a cozinha, de onde vinha um agradável cheiro de molho de manteiga.

Rubim baixou a voz, olhou o interlocutor bem nos olhos e disse:

— Vou lhe fazer outra confissão, e esta a maior de todas. Quer saber qual é a paixão dominante da minha vida? A política.

— Engraçado... Pensei que fosse a carreira das armas.

— Também é. Não vê que ambas têm uma analogia profunda?

— Como?

— Ambas dão aquilo que mais ambiciono: força, poder, a volúpia de mandar, conduzir homens. Outra coisa não desejam todos esses políticos pequenos e grandes, esses chefetes distritais, municipais, estaduais e federais. No entanto, vivem a falar em direito, justiça e democracia, pura conversa fiada para iludir o eleitorado, porque, na verdade, o que querem mesmo é poder discricionário. É ou não é?

— Não é bem assim...

Rodrigo cocava a alemãzinha.

Rubim tornou a encher o copo e a enxugá-lo em seguida, num largo sorvo. Tocou o peito do outro com o indicador entesado.

— É por isso que gosto do senador Pinheiro Machado. Sabe o que quer, não esconde objetivos e porta-se de acordo com suas ideias. Conhece aquela sua frase: "Para governar este país não é preciso surrar, basta erguer o rebenque"?

— Não acredito que o senador tenha dito isso.

— Pois eu acredito. O estilo é dele. Pinheiro Machado é um nietzschiano que provavelmente nunca leu Nietzsche. É a grande figura do teatro político do Brasil, a força por trás do trono.

— Um Metternich guasca? Um Talleyrand dos pampas? Um Maquiavel serrano?

— Nada disso! Por que buscar símiles estrangeiros? Sejamos nacionalistas. Nossa mania de imitação faz com que os argentinos nos chamem de macaquitos. — Mudou de tom. — Por falar nisso, estou convencido de que uma guerra entre o Brasil e a Argentina é inevitável, questão apenas de tempo...

— Ora, tenente, não vejo razão...

— E será preciso razão para começar uma guerra?

— Bom, por algum motivo as guerras começam...

— Diga-me uma coisa: quando dois tigres se defrontam e agridem na floresta, há alguma *razão* para isso?

— Mas o caso é diferente.

— Não se iluda. O Brasil e a Argentina são as duas potências mais fortes da América do Sul e portanto adversários naturais, competidores natos... Uma guerra entre ambos é uma fatalidade e, se a coisa é assim, o melhor é que comecemos desde já a pensar realisticamente. Tivemos há pouco um atrito por causa das Missões. Outros virão... E eu lhe asseguro que o Exército não está dormindo.

Tirou um lápis do bolso e esboçou um mapa da América do Sul no mármore da mesa.

— Olhe, aqui está o Brasil, aqui a Argentina. É possível que eles invadam por ali... Na primeira fase da campanha, tudo indica que eles nos levarão de roldão até, digamos, Santa Catarina ou Paraná... É aí que nossa contraofensiva começará para só terminar em Buenos Aires. Nosso potencial humano é maior, nossos recursos econômicos mais largos.

Entrou em detalhes técnicos. A atenção de Rodrigo já não seguia mais as palavras do oficial. Não estava interessado naquela guerra hipotética entre a Argentina e o Brasil, mas sim em sua guerra particular contra Titi Trindade e seus asseclas. E naquele exato instante estava interessado também em Marta, que não tirava os olhos dele e, muito corada, lhe sorria um sorriso entre tímido e provocante.

— Menina, outra cerveja! — gritou Rubim.

E prosseguiu em sua ofensiva rumo de Buenos Aires. Marta aproximou-se para pôr a nova garrafa sobre a mesa. Rodrigo baixou os olhos para os tornozelos da rapariga, imaginando as pernas e as coxas que a saia escondia.

— Desafio a que me contestem! — exclamou o tenente de artilharia. — Os limites do Brasil devem ir no mínimo até a margem esquerda do rio da Prata. No mínimo! Foi um erro histórico entregar a Colônia do Sacramento aos castelhanos!

Naquele momento Pepe García entrou no café e Rodrigo chamou-o.

— Senta, homem. Já conhecias o tenente Rubim Veloso?

Don Pepe olhou para o oficial e inclinou de leve a cabeça.

— Que é feito de ti? Estava com medo que te tivessem prendido... ou assassinado.

O pintor estava sério. Olhou para os lados, com ar misterioso.

— Creo que me siguen, hijo.

— Quem?

— No sé. Es un presentimiento...

— Estás com medo?

— Miedo, yo? No me conoces.

— Toma alguma cousa.

O espanhol pediu um cálice de conhaque, bebeu e limpou os bigodes com a manga do casaco.

— El miedo es un preconcepto burgués!

Voltou-se para Rubim, e encarou-o firme.

— No tengo el más mínimo placer en conocerlo, capitán!

CAPÍTULO XII

I

Sábado pela manhã, Chiru entrou intempestivamente no Sobrado com um número d'*A Voz da Serra* na mão.
— Olha só o que o canalha escreveu!
Bufava, furioso, passando atabalhoadamente o lenço pela cara gotejante de suor. Rodrigo pegou o jornal com sofreguidão. O ataque vinha na primeira página: era um editorial composto em tipo negrito com cercadura dupla. O título, em caracteres maiúsculos e grossos, era: "Sepulcro caiado".
— Te prepara, menino — disse Chiru —, porque a coisa é braba.
À simples leitura do cabeçalho, Rodrigo sentiu montar-lhe no peito uma raiva destruidora que o deixou estonteado, anuviando-lhe os olhos, impedindo-o de ler com clareza. Entrou no escritório e disse ao amigo com voz fosca:
— Fecha essa porta.
Chiru obedeceu. Rodrigo sentou-se ao *bureau* e leu o editorial — a primeira vez com açodamento e um ódio surdo, sem entender muito bem o que lia, pois a cada momento sua atenção fugia do artigo e ele ficava a imaginar coisas excitantes — dar uma sova no Amintas... entrar na Intendência, ir direito ao gabinete do Titi, segurá-lo pela lapela do casaco e partir-lhe a cara... correr à redação d'*A Voz* e quebrar tudo, vidros, móveis, máquinas, cabeças...
Leu o artigo duas vezes. Era duma torpeza sem par. A verrina era tão vil, tão sórdida, que chegava a cheirar mal.

De onde partem as pedradas traiçoeiras que pretendem atingir o honrado governo deste município? De alguma casa que não tem telhado de vidro? Não. Elas partem duma casa vulnerabilíssima, do Sobrado dos Cambarás, sepulcro caiado, mansão do vício, da iniquidade, da desídia e da podridão; duma casa que, para usarmos a imagem do grande Guerra Junqueiro, é sinistra e suja como o lençol das velhas prostitutas; duma casa cujo chefe, em vez de dar-se o respeito que se exige de todo o cidadão digno desse título, afronta nossa sociedade vivendo amancebado com uma mulher por ele teúda e manteúda, a quem instalou numa casa à Rua dos Farrapos, como é de todos sabido e notório. É lá que ele passa muitas de suas noites em orgias inconfessáveis.

Do meio para o fim, o artigo assumia um tom sarcástico.

E agora que já demos ao pai o que ele merecia, vamos ao filho. Não gastaremos muita cera com tão ruim defunto. Que importância pode ter o Dr. Rodrigo Cambará (ai, doutor da mula ruça!) esse mocinho pelintra que pensa conquistar Santa Fé com sua "formidável" inteligência e seus dotes físicos? Ai, Rodriguinho! Onde foi que compraste tuas botininhas de cano de camurça? E as tuas águas de cheiro? Quem confeccionou essas roupinhas que te fazem o "dândi" mais completo de Santa Fé? Teria sido o Salomão Padilha, teu amiguinho particular? Dizem que trouxeste de Porto Alegre muitos caixões com bugigangas, e que entre estas veio um gramofone, com chapas de Caruso. Será que o grande tenor canta a famosa canção intitulada "Ismália Caré"? O estribilho é assim:

Ai Licurgo Cambará,
Ai Licurgo Cambaré,
Onde está, onde estará
A tua Ismália Caré?

Ouvimos também dizer que o "dândi" trouxe muitos vinhos e conservas estrangeiras. Decerto tudo isso é para as orgias do Sobrado, em que tomam parte ele, o pai, o irmão e outros cafajestes que infestam a nossa cidade.

Como tudo aquilo era abjeto, barato, indigno!
Rodrigo ergueu-se, brusco, foi até uma das janelas, olhou na direção da Intendência e começou a soltar impropérios.
Voltou-se para o amigo.
— Depois disso, Chiru, só à bala — disse com voz apertada. — É a única resposta.
— Calma, menino!
— Envolverem nisso meu pai, minha casa, minha família — vociferou, apanhando de novo o jornal. — Escuta só. *Ai, Rodriguinho!* Me

tratando como se eu fosse um efeminado. Me comparando com o Salomão. Só à bala, Chiru.

— Não te precipites. Não caias na armadilha que te prepararam. Calma, calma.

Rodrigo, porém, não lhe dava atenção. Desferiu um pontapé na cesta de papel e virou-a.

— Será que o papai já leu essa sujeira?

— Se não leu, vai ler...

— E a titia? Que é que a Dinda vai dizer de tudo isso?

— É o diabo...

Rodrigo estava ferido. Esperava dos inimigos muitos insultos. Imaginara-os, porém, de outra natureza. Preferia que o Amintas lhe tivesse dito os nomes mais sujos do dicionário, mas que o houvesse tratado de homem para homem. No entanto o cafajeste fizera humorismo, como se ele, Rodrigo Cambará, fosse um menino de colégio e ainda por cima um maricas!

Atirou-se numa cadeira e ali ficou a olhar fixamente para Chiru.

— Com que cara vou aparecer pro papai? Me diga, com que cara?

Naquele instante a porta abriu-se e Licurgo entrou. O filho pôs-se de pé como um autômato, voltando os olhos instintivamente para o jornal.

Licurgo, que fizera o mesmo, murmurou:

— Já li.

Sentou-se e começou a fazer um cigarro. Suas mãos estavam um tanto trêmulas. Por alguns segundos ninguém falou.

— Me dê o fogo, Chiru.

Chiru apalpou os bolsos, atrapalhado, e levou um tempão para encontrar os fósforos. Licurgo acendeu o cigarro.

— Eu sabia que eles iam me atacar por esse lado. A culpa é nossa: foi o seu jornal que começou os ataques pessoais, meu filho.

Rodrigo olhava para o chão, de crista caída. Queria dizer alguma coisa, pedir perdão ao pai ou blasfemar, mas não conseguia arrancar nada do peito.

— Não tenho do que me envergonhar — disse Licurgo, depois de algum tempo. — Nem tenho que dar satisfações a ninguém.

Os outros continuavam calados. Erguendo os olhos para o filho, o senhor do Sobrado perguntou:

— Quando é que vai sair o próximo número do jornal?

Era a última coisa que Rodrigo esperava ouvir.

— Não sei... Talvez amanhã.

— Então precisamos começar a trabalhar desde já.

Rodrigo bravateou:

— Antes de preparar o segundo número d'*A Farpa*, acho que devia sair e quebrar a cara do Amintas.

Licurgo sacudiu a cabeça, numa lenta mas obstinada negativa.

— Não, meu filho. Essas coisas a gente não faz assim. A esta hora o canalha deve estar fechado em casa, com guardas na porta, e quando sair pra rua há de ser com um batalhão atrás. Já lhe disse mais duma vez que não confunda coragem com temeridade. Pra gente ganhar uma batalha é preciso chegar vivo ao fim.

— Isso, coronel! — exclamou Chiru. — Isso!

Voltou-se para Rodrigo:

— Vamos, homem. Começa a escrever, senão eles vão pensar que nos acovardamos. Aproveita enquanto a coisa está quente.

— Vai então chamar o Pepe. Temos que começar agora mesmo.

Compunha mentalmente frases tremendas para arrasar o Trindade e o Amintas.

Chiru retirou-se. Rodrigo teve ímpetos de abraçar o pai, mas não ousou o gesto. Como achasse que devia dizer alguma coisa, balbuciou com afetuosa humildade:

— O senhor então me autoriza a continuar?

Licurgo falou sem olhar para o filho.

— Quando se pega na rabiça do arado, deve-se ir até o fim do rego.

2

Quando se viu a sós no escritório, Rodrigo escancarou as janelas e pôs a funcionar o gramofone. Caruso encheu a sala com sua voz vibrante e metálica. Era a grande ária de *Radamés*. Rodrigo acendeu apressadamente um cigarro, sentou-se ao *bureau*, mudou a pena da caneta e tirou da gaveta algumas tiras de papel em branco. Tinha já achado a forma que ia dar à sua resposta ao cachorro do Amintas. Escreveu o título: "Carta aberta a um crápula". Apanhou *A Voz da Serra* e releu, agora com mais calma, o editorial. Viu em pensamento a cara pálida do rábula, chegou até a sentir o cheiro enjoativo do perfume que ele usava, e mentalmente esbofeteou-o muitas vezes, com a palma e as costas da mão, como se estivesse a lavar a tapas aquelas bochechas repulsivas. Ficou, depois, a escutar o tenor, pensando vagamente em faraós, pirâmides, guerreiros...

O que sentia agora era uma raiva fria e fina, de mistura com a sensação de haver sido vítima duma formidável injustiça. De certo modo julgava-se inatacável ou pelo menos invulnerável. Quando lançara *A Farpa*, estava decidido a manter-se sereno, viesse o que viesse, fosse qual fosse a linguagem de seus inimigos no revide. No entanto, o editorial do crápula — era forçoso confessar — fizera-o perder as estribeiras, tocando-o fundo. Agora, à ideia de que Flora já tivesse lido aqueles insultos imundos à sua pessoa, a seu pai, a seu irmão, à sua casa — sim, porque aquilo atingia até tia Maria Valéria! —, ele compreendia que a coisa chegara a um ponto em que tinha de passar do terreno da palavra escrita para o da reação física. No entanto *A Farpa* precisava sair, para que a população de Santa Fé visse que ele não recuara e estava disposto a tudo.

O tenor aproximava-se da frase final. Rodrigo levantou-se, como se a ele e não a Caruso competisse arrancar do peito um si natural. *Un trono vicino al ciel!* — cantou Radamés. O copo vazio, em cima do *bureau*, vibrou. A voz de Caruso sumiu-se, ficando apenas o chiado da agulha a rascar no disco. Rodrigo fez parar o gramofone, voltou para a mesa e começou a carta:

Pústula: Quando Deus, num momento infeliz de mau humor, resolveu criar-te, viu logo que não eras digno dum ventre de mulher, e por isso te fez nascer numa cloaca, como produto do viscoso conúbio entre uma ameba disentérica e um verme recém-cevado no cadáver dum chacal.

Releu o período, achou que estava bem, e continuou:

És um aborto langanhento, e o simples fato de existires constitui um formidável insulto ao gênero humano. Pretendeste atingir com tua baba ofídica minha casa, minha família, minha pessoa, mas o que fizeste, molusco, foi apenas cuspir para o céu: a podridão que jorrou de tua pena mercenária, caiu-te inteira e fedorenta nessa cara ridícula de funâmbulo.

Ergueu-se, ficou a caminhar na sala dum lado para outro, com o papel na mão, mordendo freneticamente a ponta da caneta. Aquilo estava ainda fraco. Era preciso ferir o outro mais fundo. Sentou-se de novo e escreveu:

> Perguntas onde comprei as minhas botinas de cano de camurça. Eu te direi, antes de mais nada, que as comprei com dinheiro limpo, honestamente ganho, e não com dinheiro sujo, roubado aos cofres públicos, como é o com que te paga o Titi Trindade, teu patrão. E sabes para que as comprei? Foi para te aplicar um pontapé no traseiro na primeira oportunidade em que te encontrar, seja onde for, estejas com quem estiveres. Porque se a um macho se bate na cara, a um invertido se bate no rabo!

— Aqui está o que eu queria! — exclamou, dando uma palmada na mesa.

Quando Don Pepe chegou, já sem casaco e de mangas arregaçadas, Rodrigo mostrou-lhe o que acabara de escrever.

— Precioso, hijito, precioso. Ahora, a trabajar y a trabajar.
— Precisamos lançar *A Farpa* amanhã.
— Imposible. Estoy solo.
— Desta vez vamos publicar o jornal só com duas páginas. É por causa do efeito moral. Tem de sair logo, pra coisa não esfriar. Começa a compor esta carta aberta. Vamos, desce pra oficina. Vou agora dar a dose do Trindade.

3

À tardinha daquele mesmo dia, Neco entrou no Sobrado e com ares misteriosos arrastou Rodrigo para a janela, mostrando-lhe um homem que estava parado na calçada fronteira.

— Sabes quem é aquele cabra?
— Não.
— O Dente Seco.
— Opa!

Rodrigo debruçou-se à janela para olhar melhor, já com um desejo formigante de interpelar o forasteiro. Neco, porém, puxou-o para trás, fazendo com que ambos ficassem a observar o gaúcho dum ângulo de onde não pudessem ser vistos por ele.

— Sabes o que me aconteceu? Pois o bandido hoje me entra todo pimpão na barbearia, pendura o chapéu no cabide e senta-se na cadeira. Eu, que não conhecia o bicho, perguntei: "Cabelo ou barba?". Ele respondeu seco: "Barba". Olhei pra cabeleira dele e fiquei com vontade de meter a tesoura. O bicho é guedelhudo, Rodrigo, os cabelos dele dão pra fazer trança. Comecei a examinar a cara do homem pelo espelho. Ele viu que eu estava olhando e perguntou: "Sabe quem sou eu?". Respondi que não. E o homem: "Me chamo Silvino Neves, mas me tratam por Dente Seco".

— E tu, que disseste?

— Ora, fiquei mais pra lá que mais pra cá, e achei melhor dizer que já conhecia ele de nome. Ensaboei a cara do cabra e indaguei assim com ar de quem não quer nada: "Ainda que mal pergunte, que é que o patrício anda fazendo por estas bandas?". E tu sabes o que foi que ele respondeu? "Vim fazer um servicinho pro coronel Trindade." Comecei a passar a navalha no assentador. "Que servicinho?" E ele, mais que depressa: "Dar um susto nuns mocinhos bonitos". E meio que riu. Quando eu já estava barbeando o bandido, ele revirou os olhos pra cima, viu o meu lenço colorido e disse: "Pelo que vejo, o amigo é maragato, não?". "Dos quatro costados", respondi. "Pois então me faça essa barba direito, senão nos estranhamos."

— E tu... fizeste direito?

Rodrigo não tirava os olhos de Dente Seco, que continuava no mesmo lugar, picando fumo com uma faca de lâmina larga, e a olhar sempre fixamente para o Sobrado.

— Naturalmente — respondeu Neco. — Mas quando passei a navalha nos gargomilos do homem me veio uma ideia. Se eu aperto o fio agora, talvez salve a vida de muita gente, talvez salve até a vida do Rodrigo. Palavra de honra, bandido não sou, mas que senti cócegas nos dedos, isso senti. E tu sabes duma coisa, menino? O diabo parece que adivinhou meus pensamentos e perguntou: "Vassuncê já degolou alguém?". Respondi que não. "Pois então não sabe o que perdeu."

Rodrigo observava o bandido. Era um homem de meia-idade, baixo e fino de corpo. Estava de chapéu de barbicacho, camisa branca, lenço verde ao pescoço, bombachas de riscado e botas muito sujas. Como ele erguesse a cabeça para olhar a água-furtada, Rodrigo pôde ver-lhe melhor o rosto triangular e acobreado, de bigodes espessos e negros que lembravam fumo em rama e lhe escorriam pelos cantos da boca com as pontas quase a tocarem os lóbulos das orelhas.

— Esse cachorro está me provocando... — murmurou Rodrigo, por entre dentes. — Decerto pensa que vai me assustar. Acho melhor ir perguntar o que ele quer...

Fez menção de sair da sala, mas Neco segurou-o pelo braço e, como naquele instante Licurgo entrasse, o barbeiro pô-lo ao corrente do que se passava.

— Fique quieto, meu filho. O que eles querem é que o senhor aceite a provocação pra le matarem e depois dizerem que foram agredidos.

Dente Seco botou a faca na bainha, tirou a palha de trás da orelha, pôs nela o fumo picado, enrolou o crioulo, ficou por algum tempo batendo o isqueiro e, aceso o cigarro, saiu a andar lentamente na direção da Intendência.

4

Às oito da noite o cel. Jairo Bittencourt desceu dum carro à frente do Sobrado e bateu na porta. Conduzido para a sala de visitas, à presença de Licurgo e Rodrigo, colocou sobre o consolo o pacote que trazia e foi logo dizendo, na sua maneira pomposa mas calidamente cordial:

— Vim apresentar meus respeitos aos queridos amigos e renovar meus protestos de amizade...

E como pai e filho nada dissessem, prosseguiu:

— O ataque de que fostes alvo é duma mesquinhez sem limites. Como militar não me é lícito tomar partido em questões políticas. Mas acontece, caros amigos, que quando entrei para o Exército ninguém me exigiu que abdicasse dos direitos de cidadão, nem dos sentimentos de fraternidade, de dignidade, de justiça, de... — ergueu a mão e começou a abri-la e fechá-la, como se quisesse apanhar no ar a palavra arisca — de... enfim, de solidariedade social. E como cidadão, como ser humano, não posso deixar de lançar meu protesto contra a maneira brutal e injusta como o jornal da situação atacou esta família e esta casa.

Licurgo estava tão constrangido, que pigarreava repetidamente, olhando para o bico das próprias botinas.

— Posso garantir-vos que meu protesto não é platônico, pois acabo de enviar uma carta enérgica, embora vazada em termos decorosos, ao redator d'*A Voz da Serra*, protestando contra sua linguagem e suas calúnias.

— Muito obrigado — disse Rodrigo —, sua amizade muito nos desvanece.

Como os três estivessem ainda de pé, Licurgo convidou:

— Sente-se, coronel.

Jairo Bittencourt sentou-se, trançou as pernas, tirou do bolso um lenço e passou-o pelo rosto. Olhou longa e afetuosamente para Rodrigo:

— O meu prezado amigo é duma combatividade e duma coragem admiráveis.

— É bondade sua...

Erguendo a mão sardenta e rosada, o militar segurou o braço de Rodrigo, que se conservava de pé, ao lado de sua cadeira.

— Se permite que um homem mais velho que o senhor e naturalmente mais experimentado, embora não mais culto nem mais talentoso, lhe faça uma observação...

— Faça, coronel.

— Promete que não me vai levar a mal?

— Ora, por quem é!

— Eu diria que lhe está faltando ainda uma orientação doutrinária... O amigo tem o sentimento da justiça social. O que lhe falta é uma base ideológica sólida. Perdoe a franqueza.

— Talvez... O coronel naturalmente está falando como positivista convicto...

— Naturalmente! E que melhor base existe para uma ação social que o positivismo?

Fez um gesto largo de apóstolo jovial. Depois, ergueu-se e apanhou o pacote que deixara em cima do consolo, sob o grande espelho. Tirou o invólucro de papel pardo e aproximou-se de Rodrigo com um livro na mão.

— Vou lhe pedir um favor, um grande, imenso favor. — Bateu na capa do volume. — Leia isto quando tiver tempo. *Système de politique positive*, de Augusto Comte. É um livro básico. Leia e medite. Não me conformo com a ideia de que um moço esclarecido e combativo como o senhor fique por mais tempo divorciado da boa causa.

— Mas coronel...

— Eu sei o que vai dizer. Mas não diga nada antes de ler a obra. Se depois de chegar à última página não estiver ainda convencido das verdades que o livro encerra... paciência. Mas leia *quand même*.

— Está bom — disse Rodrigo, folheando distraidamente o volume. E mentiu: — Vou começar hoje mesmo.

Jairo tornou a sentar-se.

— Mas então — perguntou —, depois do ataque que sofreram, qual vai ser a vossa atitude?

— Vamos contra-atacar.

— Se me permite a pergunta, em que termos?

— Nos mais violentos. Quer ouvir o editorial que escrevi?

O militar fez um sinal afirmativo. Rodrigo tirou do bolso uma prova da carta aberta e começou a lê-la com veemência. De quando em quando erguia os olhos para observar as reações do outro. O rosto do coronel, de ordinário rosado, foi ficando aos poucos cor de lacre. Quando Rodrigo chegou ao final do artigo, Jairo Bittencourt pôs-se de pé bruscamente.

— Mas é uma barbaridade! — Voltou-se para Licurgo. — E o senhor vai permitir que se publique isso?

— Por que não? O Rodrigo é maior e sabe o que faz.

Como que aturdido, o positivista olhava do pai para o filho.

— Mas depois disso, senhores, não pode haver mais argumentos senão a violência, a agressão física!

Rodrigo encarava o visitante em silêncio, gozando o efeito que a carta aberta produzira nele. Jairo segurou-o pelos ombros e sacudiu-o.

— Em nome de tudo quanto é mais sagrado, peço-lhe que não publique essa carta!

— O artigo que escrevi contra o Trindade é um pouquinho mais violento... *Assassino* é a palavra menos ofensiva que usei.

— Por favor! Terminemos com isso enquanto é tempo. Essa polêmica pode ter consequências trágicas não só para esta casa como para toda a família santa-fezense.

— Agora é tarde, coronel. O jornal está pronto e vai ser distribuído amanhã à porta da Matriz, na hora da missa.

— Mas é um acinte.

— Exatamente. Nós queremos que seja isso mesmo: um acinte.

O comandante do Regimento de Infantaria ofegava, e em suas narinas esvoaçaram pelinhos fulvos. Seus olhos claros fitavam ora o rosto de Rodrigo, que sorria, ora o de Licurgo, que continuava taciturno. Por fim o militar tornou a sentar-se, desta vez pesadamente, como num dramático final de ato, e ficou por muitos segundos em silêncio, a olhar para o soalho. Depois, com voz mais calma:

— Se o senhor quer realmente servir sua terra e sua gente, não é essa a orientação que deve dar à campanha. As ofensas pessoais não conduzem a parte nenhuma a não ser à violência e à destruição. O que precisamos é construir e não destruir.

— Eu pretendo também construir, coronel. O senhor acha possível plantar alguma coisa útil num terreno cheio de ervas daninhas? O que estou fazendo é arrancar essas ervas. É duro, perigoso e cruel, mas necessário.

— Mas acontece que estais em absoluta minoria! Sabeis disso melhor que eu. O intendente é senhor de baraço e cutelo. Olhe, não quero ser veículo de boatos nem de intrigas, mas pessoa de muita responsabilidade me assegurou que o delegado de polícia mandou vir de fora um indivíduo de maus antecedentes, um capanga...

— Eu sei. Por sinal hoje à tardinha ele estava parado ali na calçada fronteira, olhando para o Sobrado.

O coronel meneou a cabeça lentamente.

— Tudo isso é puro desperdício de energia, puro malbaratar de coragem e ímpeto combativo. É uma atitude suicida, doutor Rodrigo, e eu não posso permitir que amigos queridos se lancem assim para a morte.

Levantou-se com o ar de quem ia fazer algo de violento e definitivo. Licurgo, que passara todo o tempo a pontilhar a conversa com seus pigarros secos, perguntou:

— O senhor, então, como autoridade militar, vai proibir que o jornal de meu filho saia?

— Absolutamente! Seria outro ato de violência não só inconstitucional como também contrário às minhas convicções políticas e filosóficas.

Deixou cair os braços e soltou um prolongado suspiro.

— Enfim, fiz o que pude, cumpri o meu dever. E agora, se me dão licença, retiro-me. Meus respeitos à senhora dona Maria Valéria.

Apertou a mão de Licurgo. Rodrigo tomou-lhe cordialmente o braço e levou-o até a porta.

— Não quero que vá embora zangado comigo, coronel... Peço-lhe que compreenda a minha situação...

O militar sorriu.

— Também já tive vinte e quatro anos, meu amigo.

Rodrigo percebeu que Jairo estava comovido. Pararam no meio da calçada.

— E não se aflija, coronel. Não vai me acontecer nada.

— E que é que lhe dá tanta certeza disso?

— Um pressentimento, algo que não sei explicar. No fundo sou um otimista incorrigível. Sempre fui. Acho que não se fabricou ainda a bala que há de me matar.

Pensou em que naquele mesmo momento podia ser alvejado por alguém que estivesse atocaiado nas sombras da praça, e essa possibilidade de perigo produziu-lhe uma estranha sensação de gozo.

Abraçaram-se. E quando o coronel já estava a atravessar a rua, Rodrigo gritou-lhe:

— Precisamos qualquer noite destas fazer uma tertúlia aqui em casa, comer um caviarzinho com champanha e ouvir boa música. E meus respeitos à esposa, coronel!

Quando o outro se sumiu entre as sombras do arvoredo, Rodrigo ficou ainda por algum tempo a contemplar as estrelas.

CAPÍTULO XIII

I

Na manhã seguinte, pouco antes das dez horas, deixou o Sobrado e atravessou a rua em passadas vagarosas, na direção da Matriz, cujos sinos badalavam anunciando que a missa ia começar. Caminhava com uma lentidão calculada, atento às pessoas que àquela hora se dirigiam para o templo ou passeavam pelas redondezas, num ócio domingueiro. Tinha vestido pela primeira vez uma muito bem cortada roupa de tussor de seda — coisa que até então ninguém vira em Santa Fé —, calçava sapatos de verniz de bico fino e levava na cabeça, que mantinha altivamente erguida, uma palheta de copa baixa e aba curta e espessa. Estava de rosto recém-escanhoado (o Neco viera ao Sobrado às sete da manhã, para barbeá-lo) e passara alguns minutos diante do espelho a escolher uma gravata que combinasse com o tom de palha da fatiota.

Avistou Emerenciana Amaral, que caminhava penosamente entre duas filhas, e sorriu para ela, tirando o chapéu. Cumprimentou também Maneco Macedo, que descia de seu carro à frente da igreja. Queria que todos o vissem alegre e sereno, para ficarem sabendo que a lama jogada contra ele pelo escriba do Trindade não o atingira. Parou um instante na calçada fronteira à Matriz e ficou a olhar as pessoas que entravam. Tirou do bolso o relógio: faltavam ainda cinco minutos para começar a missa. Decidiu — e essa decisão lhe deu uma cócega de antecipação parecida com a que sentia quando, nos tempos de menino, aproveitava os silêncios da sesta para ir furtivamente à despensa roubar bom-bocados —, decidiu passar pela Intendência antes de entrar na igreja. Pôs-se em movimento e, quando estava já na metade da quadra, avistou Laco Madruga, que caminhava na mesma direção mas em sentido oposto. Era a primeira vez que encontrava um de seus inimigos frente a frente, depois que atirara a primeira farpa. O delegado de polícia estava vestido de preto e, como era seu hábito, caminhava de cabeça baixa, a aba do chapéu de feltro puxada sobre os olhos, as mãos às costas, segurando a grossa bengala de castão de prata. Um soldado da Guarda Municipal seguia-o, armado de espada e Nagant, e também com a aba do quepe caída sobre a testa. Instintivamente Rodrigo levou a mão à altura do rim direito e apalpou o cabo do revólver. Começou a assobiar automaticamente a havaneira da *Carmen*. Achava-se agora a poucos passos do famigerado Madruga, o terror de Santa Fé! Murmurava-se que fora ele próprio quem degolara o Tito Chaves. Canalha!

O cap. Madruga ergueu os olhos e fitou-os em Rodrigo, que o encarou firme. Aconteceu, então, algo de inesperado. O delegado fez avançar o braço esquerdo, cuja mão segurava a bengala, e com o indicador da mão direita bateu na aba do chapéu, dizendo claramente: "Bom dia!". Rodrigo sentiu um súbito calor nas faces e quedou-se por um instante confuso. Teve pena do animal e ao mesmo tempo desejou cuspir-lhe na cara.

Vá a gente entender as pessoas! Quando imaginei que ia me meter a bengala na cabeça, o homem me deseja bom dia!

Continuou a andar, mas com a cadência dos passos alterada. E, à medida que se afastava do delegado, ia sendo invadido por um sentimento de despeito, pois já agora lhe parecia que a atitude benévola do cap. Madruga dava a entender que o bandido não o tratava como homem, mas sim como um menino a cujas má-criações não se deve dar muita importância.

Cachorro! — murmurou. — Depois de tudo o que eu disse, ainda me cumprimenta! É o cúmulo do rebaixamento!

Parou diante do edifício da Intendência, já agora sem saber ao certo se havia ou não, na confusão do momento, correspondido ao cumprimento do facínora. A dúvida embaraçosa picou-o por alguns instantes.

Os sinos silenciaram. Rodrigo voltou apressado para a igreja, entrou e assistiu à missa até o fim, suspirando com impaciência durante o longo e fastidioso sermão do pe. Kolb.

À medida que se aproximava o fim do culto, sentia sua ansiedade aumentar. Que iria acontecer quando se pusessem a distribuir o jornal? Talvez os capangas de Trindade andassem pelos arredores e o tiroteio começasse ali mesmo, na frente da igreja, o que seria desastroso, pois havia mulheres e crianças na missa. Eu devia ter escolhido outro lugar e outra hora... Diabo!

2

Quando a missa terminou e os fiéis começaram a sair, Rodrigo postou-se do lado de fora da porta do templo, no alto dos degraus, de onde avistou logo o Chiru, que começava a distribuir *A Farpa*, gritando e fazendo largos gestos de camelô. Maneco Macedo e Joca Prates receberam seus exemplares: o primeiro, sorrindo, o segundo de cenho fechado. Outras pessoas, no estonteamento da surpresa, pegavam automaticamente a folha que Chiru lhes dava e muitos, depois de verem do que se tratava, amassavam o jornal e o lançavam na sarjeta. Rodrigo não podia perceber se faziam isso com raiva ou apenas com medo de serem apanhados pela gente de Titi com aquela coisa comprometedora na mão. No meio da rua, Bento também andava ativo na distribuição, ao mesmo passo que, parado a uma esquina, Don Pepe atacava todos que por ali passavam e metia-lhes nas mãos ou debaixo dos braços, meio à força, um, dois ou mais exemplares do jornal, gritando:

— Edición especial de *La Farpa*, matutino independiente! Vamos, señores, que esto es grátis. Hay que agitar!

Muitos passavam de largo: outros pegavam a folha e paravam para ler os cabeçalhos. Alguns até pareciam ensaiar protestos. O vento fazia esvoaçar os jornais que juncavam as calçadas e o pavimento da rua. Rodrigo avistou, sob as árvores da praça, o Neco Rosa no momento em que ele metia à força debaixo do sovaco de Arrigo Cervi um jornal dobrado. Várias mulheres à frente da igreja puseram-se a falar nervosamente e Rodrigo entreouviu algumas das palavras que diziam — *ligeiro... vamos embora... vai haver briga... Nossa Senhora... onde está o teu pai?* As caboclinhas do cel. Cacique desceram os degraus em fila indiana, todas vestidas de branco. Rodrigo tirou o chapéu, num prolongado cumprimento que pretendia abranger toda a família Fagundes. O cel. Cacique parou e sua face lustrosa e gorda alargou-se ainda mais num sorriso.

— Que negócio é esse?

— Começou a inana, coronel! É a edição especial d'*A Farpa*.

— O senhor tem tutano mesmo, moço!

Rodrigo viu quando Chiru fez menção de entregar um exemplar d'*A Farpa* a Cuca Lopes, que sacudia as mãos e a cabeça em frenéticos gestos negativos. E, como o outro procurasse meter-lhe à força o jornal no bolso, Cuca saiu quase a correr na direção da praça, em cuja calçada foi atacado pelo Neco, de quem se esquivou, quebrando o corpo e embarafustando em ritmo de fuga por entre plátanos e cinamomos.

Rodrigo contemplava a cena, exaltado. Lá ia a Ritinha Prates, ao lado dos pais. O ten. Lucas a seguia de pequena distância, metido no seu uniforme de gala. Os lenços vermelhos que drapejavam como pendões de guerra nos pescoços de Chiru e Neco; o vestido azul-elétrico da Gioconda; a sombrinha verde de Ritinha; as calças de garança do tenente de obuseiros; o vaivém das gentes nas ruas e calçadas, num movimento multicor de calidoscópio; o repicar dos sinos, que parecia emprestar uma certa iridescência à dourada claridade da manhã — tudo isso, sob o vasto e límpido azul do céu, dava à cena um ar festivo de feira.

Rodrigo sorriu ao avistar Salomão Padilha, que, de fraque cor de café com leite, calças e chapéu da mesma cor, passava rebolando a bengala de junco e as ancas. O pelintra! O sem-vergonha! O cara-dura!

Dentro de poucos minutos a rua e a calçada fronteiras ao templo ficaram quase desertas. Don Pepe, Chiru e Neco aproximaram-se do amigo, de mãos vazias e caras radiantes.

— Magnífico, pessoal! — elogiou-os Rodrigo. — Serviço muito limpo.

— Estou admirado de não ter aparecido nenhum beleguim — comentou Chiru.

— Dei um jornal pro capitão Madruga — gabou-se Neco.

E Chiru:

— Meti um no bolso do juiz de comarca.

Don Pepe sorria silencioso.

— E tu, homem?

O espanhol perfilou-se.

— He tenido el gran placer de regalar a don Kolb, el cura, un ejemplar del periódico. Lo echó lejos, me miró con un santo horror, como si yo fuera el propio Satanás, y me dijo algo en alemán. Creo que ofendió a mi madre.

Rodrigo atravessou a rua e continuou a andar na direção da rua do Comércio. Como os companheiros fizessem menção de segui-lo, deteve-os com um gesto.

— Fiquem aqui. Vou descer a rua sozinho. Não quero que pensem que ando cercado de capangas.

Os outros obedeceram, contrariados. E, quando Rodrigo já se afastara deles uns dez passos, Chiru gritou:

— Te cuida, homem! — E em tom mais baixo: — Esse menino se arrisca demais.

3

Àquela hora viam-se muitas pessoas às janelas, pois era hábito dos moradores da rua do Comércio virem todos os domingos assistir à passagem dos que voltavam da missa. Rodrigo cumprimentava amavelmente os conhecidos. Notava com satisfação que era olhado dum modo todo especial e sabia que, depois que passava, as comadres ficavam a fazer comentários. Era o homem do dia. Fizera o que até então ninguém tivera a coragem de fazer em Santa Fé: atacara de frente e de rijo o sátrapa municipal e sua camarilha. Ah! Era uma pena que Flora tivesse ido passar o resto do verão numa das estâncias do pai, pois lhe seria muito agradável ir agora até a casa dela... Em todo o caso prolongaria a caminhada até o Schnitzler e entraria para tomar uma cerveja fresca ou um Fernet.

— Bom dia!

Tirou o chapéu ao defrontar a residência do Marcelino Veiga, que estava debruçado à janela. Pareceu-lhe que o homem respondia ao cumprimento com certa relutância e sem a habitual cordialidade. Será que esse cachorro está com medo de se comprometer? Teve ímpetos de parar e gritar: "Não preciso de teu cumprimento! Por que não o cortas duma vez? Comigo não há meias medidas, quero tudo claro!".

Continuou, porém, a andar, sorrindo com superioridade e lamentando que houvesse em Santa Fé tantos homens indecisos, incapazes dum gesto de coragem cívica, de desprendimento, de...

Avistou o Dente Seco, de rebenque na mão, encostado na porta da Farmácia Humanidade... Ai, ai, ai... Vamos ter barulho. Instintivamente apalpou o revólver e a seguir desabotoou o casaco. A prudência me manda atravessar a rua, mudar de calçada... Mas a prudência que vá pro diabo. Não vou dar a ninguém o gostinho de dizer que tive medo.

Havia à frente da farmácia um pequeno grupo de homens que fumavam e palestravam. Ao verem Rodrigo aproximar-se, mudaram imediatamente de atitude: ficaram numa imobilidade e num silêncio tensos, a olhar alternadamente do moço do Sobrado para o capanga do Trindade.

Rodrigo passou pela frente do caboclo a passo lento. Que boa cara para uma bofetada — pensou, ao lançar para o outro um olhar enviesado. Ali estava o tipo clássico do bandido: melenudo, as mandíbulas quadradas, os olhos estreitos, a bigodeira basta... Rodrigo não pôde deixar de sentir certo mal-estar ao cruzar tão perto daquele homem que fora chamado a Santa Fé "para assustar uns mocinhos".

Estava já distante de Dente Seco uns cinco passos quando ouviu uma voz em falsete:

— Ai-ai, mamãe! Que rica mocinha!

Foi como se lhe tivessem chicoteado a cara. Voltou-se, brusco, e olhou. De mãos na cintura, agora no meio da calçada, o capanga contemplava-o, rindo provocadoramente.

— Falou comigo?

— Falei — retrucou o bandido. — Quer me arranhar o papo, guri?

Sem dizer palavra, Rodrigo avançou... Viu o cabra dar dois passos à retaguarda e erguer o rebenque. Saltou para um lado, mas não pôde esquivar-se de todo ao golpe, que lhe arrancou o chapéu, atingindo-lhe de refilão o braço esquerdo. Dente Seco tornou a golpear, de novo Rodrigo quebrou o corpo. A sola do rebenque, porém, mordeu-lhe a ponta da orelha e caiu-lhe em cheio no ombro. Com um vigor que a raiva duplicara, Rodrigo atracou-se com o bandido, agarrou com ambas as mãos a haste do rebenque e arrebatou-o com tão furioso repelão, que quase tombou de costas. E, durante a fração de segundo em que ele ficou a debater-se para manter o equilíbrio, o outro levou a mão à cintura e arrancou o revólver. Rodrigo, entretanto, não lhe deu tempo de fazer mais nada. Segurando o rebenque pela ponta, desferiu com o cabo um golpe seco no pulso do capanga, que deixou cair a arma. E, quando o viu inclinar-se para apanhá-la, cerrou os dentes e, cego de ódio, golpeou-lhe violentamente a nuca com a argola do rebenque. O cabra caiu de borco, sem soltar um ai.

O grupo que se havia dispersado quando a briga começara, tomou a reunir-se. Rodrigo atirou o rebenque na sarjeta, apanhou o chapéu, enfiou-o na cabeça, e pôs-se a limpar as mãos no lenço com um cuidado exagerado.

Sentiu que lhe seguravam o braço. Olhou. Era o ten. Lucas, que lhe perguntava, aflito: "Que foi que houve? Estás ferido?".

Fez um sinal com a cabeça, mostrando o homem que continuava estendido na calçada, imóvel. Depois voltou-se e começou a caminhar, rumo do Sobrado. Naquele momento surgiam curiosos de todos os lados: pessoas saíam de suas casas e se aglomeravam, já numa algazarra, ao redor de Dente Seco. Rodrigo ouvia palavras soltas: *tará morto?... amem um médico... Baridade!*

Estarei pálido? Ou vermelho? Apalpou o cabo do revólver. Sentia como que uma cinta de ferro a apertar-lhe o peito, dificultando-lhe a respiração. As pernas, porém, estavam firmes. Aos poucos começou a ficar tomado de uma satisfação selvagem, que lhe dava uma vontade de gritar coisas para as pessoas que se achavam às janelas ou que passavam por ele na calçada. Parou a uma esquina e olhou para trás. Havia agora à frente da Farmácia Humanidade uma pequena multidão. Nas proximidades da praça, encontrou Chiru, Neco e Don Pepe, que sabiam já do conflito e queriam pormenores. Rodrigo resumiu dramaticamente a situação:

— Deixei o Dente Seco estirado na calçada na frente da farmácia do Zago.

Entrou calmamente no Sobrado e contou ao pai e à tia, já mais exaltado, o que acontecera. Tirou da carteira um cigarro e acendeu-o, verificando, com profunda satisfação, que suas mãos não tremiam.

— O homem ficou muito ferido? — indagou Licurgo, apreensivo.

Fingindo uma indiferença que estava longe de sentir, Rodrigo respondeu:

— Não tenho a menor ideia.

4

— Não me olhe com essa cara, Dinda! — exclamou quando, ao erguer os olhos, viu Maria Valéria plantada em sua frente, com os braços cruzados.

— Ué? Que cara!

— A senhora parece que ainda não se convenceu de que não sou mais criança. Está aí me olhando como se eu tivesse feito uma travessura.

— E não fez? Então andar de aloites na rua com um bandido é coisa que se faça?

— Fui provocado.

— Por que não voltou pra casa depois da missa? Por que foi se mostrar na rua do Comércio?

Licurgo andava dum lado para outro, mastigando nervosamente a ponta do cigarro apagado. Maria Valéria foi até a cozinha, de onde voltou pouco depois com uma xícara de café.

— Tome.

— Não estou nervoso. Olhe.

Espalmou a mão no ar para mostrar a firmeza dos dedos.

— Mesmo que não esteja, café sempre é bom. Tome duma vez.

Rodrigo segurou a xícara e bebeu um gole.
— Hum! Está amargo.
— Assim é melhor.

Bebeu com certa relutância, fazendo caretas, bem como nos tempos de menino, quando a madrinha o obrigava a tomar óleo de rícino, seguido de café amargo "pra tirar o gosto ruim da boca".

— Não está lastimado?

— Não — respondeu Rodrigo com o laconismo de quem queria cortar o assunto.

A ponta da orelha esquerda agora lhe ardia, como se estivesse queimada. Cachorro! Não me arrependo do que fiz. Os bandidos vão ver, duma vez por todas, com quem estão tratando.

O relógio da sala de jantar começou a bater as doze badaladas do meio-dia.

— O almoço está pronto — anunciou Maria Valéria.

— Ora! — exclamou Licurgo, agastado. — Numa hora destas quem é que vai pensar em comida? Sabe lá o que aconteceu praquele homem...

Só então é que passou pela cabeça de Rodrigo a ideia de que podia ter matado o capanga. Isso lhe deu uma tão desagradável sensação de frio interior e náusea, que por um instante teve a impressão de que ia regurgitar o café. Lembrava-se de ter batido na nuca do caboclo com o cabo do rebenque, de ferro maciço, munido duma argola também de ferro... Recordou, com um calafrio, o ruído fofo que o golpe produzira... Mas não... Não dei com tanta violência que pudesse... Qual! Não adiantava querer iludir-se. Sabia que tinha golpeado Dente Seco com a força que lhe vinha da raiva... Santo Deus! Se matei o cabra, estou perdido.

Pôs-se de pé bruscamente.

— Papai, preciso ir ver se o homem já voltou a si...

Licurgo olhou para o filho com ar autoritário.

— Ninguém me sai desta casa. Fique sentado e espere.

— O senhor se esquece de que sou médico.

— Mas não é o único na cidade.

— O meu dever era ter ficado lá pra medicar a criatura.

— E por que não ficou?

Rodrigo não achou resposta. Via agora como tinha procedido mal. Em vez de mandar carregar o caboclo para dentro da farmácia, tratando de reanimá-lo — recriminava-se ele —, assumira uma "atitude heroica", só porque havia uma plateia e ele queria proporcionar ao público o espetáculo de sua coragem, de seu sangue-frio, de seu *aplomb*. Pouco lhe importara a vida daquele ser humano (um facínora, sim, mas uma criatura de Deus), pois o dr. Rodrigo Terra Cambará só tivera olhos e cuidados para seu penacho!

Por um instante os dois homens mediram-se com o olhar. Rodrigo de repente percebeu que, pela primeira vez em sua vida, acendera um cigarro diante do pai. Jogou-o na escarradeira e, sem dizer palavra, entrou no escritório, fechando a porta à chave.

5

Sentado ao pé do gramofone, a olhar fixamente para a campânula, Rodrigo debatia-se numa confusão de sentimentos. Ora se arrependia do que havia feito — a começar pela provocação que lançara a Trindade e sua grei e que redundara naquele conflito com Dente Seco —, ora procurava convencer-se de que procedera com acerto e de que as coisas não podiam ter se passado de outra maneira. Devia ele, na frente de tanta gente, "pagar um vale" e continuar a andar indiferente, quando o cabra lhe atirara em rosto uma frase gaiata em que sua masculinidade era posta em dúvida? Claro que não. Por outro lado, a ideia de ter matado um homem enchia-o dum frio horror, duma sombria sensação de culpa. Era como se, de repente, em sua vida se tivesse feito um hiato, um vácuo medonho dentro do qual só ouvia o latejar medroso do próprio sangue...

Assassino. Eu, um assassino. Nunca esperei que isso me pudesse acontecer. Meu nome nos jornais, em todos os jornais do país. Estão vendo aquele sujeito que ali vai? É o doutor Rodrigo Cambará. Matou um homem. Foi absolvido, mas o remorso está acabando com ele aos poucos. Não tem ainda trinta anos, mas está com a cabeça completamente branca.

Adeus, Flora! Adeus, belos planos! Adeus, música! Adeus, livros! Adeus, carreira! Adeus, tudo! É estúpido, estúpido, estúpido... Ficou olhando para o chão, a repetir a palavra, obstinadamente, e a sacudir a cabeça.

De súbito veio-lhe uma esperança. E se o homem não morreu? Claro. Como é que posso ter como certa uma coisa que pode *não ter acontecido*? Em sua mente soou uma voz... "Esses golpes na nuca são sempre fatais." Imaginou o dr. Matias a escrever o atestado de óbito: *Causa mortis, fratura na base do crânio produzida por um instrumento*... O corpo do Dente Seco velado na Intendência, com todas as honras. O bandido apresentado a Santa Fé, ao Rio Grande do Sul e ao Brasil como um mártir republicano. A exploração que o Titi Trindade ia fazer de tudo aquilo... O que o pulha do Amintas ia escrever n'*A Voz*... A lama que outra vez iam jogar sobre o Sobrado e os Cambarás... Corja! Deu um murro na guarda da cadeira e procurou encher-se dum sentimento de indignação suficientemente forte para afogar o próprio remorso. E se o capanga tivesse conseguido me meter uma bala na cabeça? Quem ficaria caído na calçada era eu...

Em sua mente um quadro delineou-se, nítido: o cadáver de Rodrigo Cambará estendido sobre a mesa da sala de jantar, entre quatro velas acesas, cercado de parentes e amigos que lhe choravam a morte, enquanto o Pitombo em sua oficina batia os pregos do esquife em que haviam de enterrar o moço do Sobrado. Vinte e quatro anos... Na flor da idade... Que banditismo!

Levantou-se, num acesso de autocomiseração.

Sim, eu podia estar morto. Sejamos lógicos e não apenas sentimentais. Compare-se a vida do Dente Seco com a minha. Dum lado, um bandido que cometeu vários crimes, cortou muitas vidas, um assalariado, um homem bronco e cruel, socialmente inútil. Do outro, um cidadão de bons sentimentos, nobre e caridoso, culto e cheio de belos planos de trabalho...

Mas a verdade é que ele estava vivo, ao passo que o outro... Tornou a sentar-se. Beber um cálice de conhaque? Sim. Ia fazer-lhe bem, muito bem. O remédio era embriagar-se e esquecer aqueles pensamentos negros. Pensou em Deus. Deus era o Supremo Juiz. Deus via tudo. Deus era justo.

Desabotoou o colarinho, desfez o nó da gravata e achou-se supinamente ridículo naquela fatiota de tussor de seda. *Ai, Rodriguinho, quem confeccionou essas roupinhas que te fazem o "dândi" mais completo de Santa Fé?* Cachorros! Provocaram um homem e o resultado está aí...

Olhou para o armário de livros, para as lombadas de couro com letras douradas. Aqueles autores queridos eram testemunhas silenciosas de que a vida com que ele sonhara nada tinha a ver com os Amintas, os Trindades, os Madrugas e os Dentes Secos. Era, antes, uma vida de bondade e harmonia. (Pero hay que definir, hijito!) Desejava construir e não destruir, curar e não ferir.

— É o Destino — murmurou. — O Destino que nos arrasta, queiramos ou não...

Ouviu vozes na sala vizinha. Pouco depois, duas batidas à porta. Seu coação disparou. Decerto alguém chegara para contar-lhe que Dente Seco estava morto. Deu alguns passos e abriu a porta. O ten. Lucas entrou e caiu-lhe nos braços.

— Antes de mais nada, parabéns pelo golpe de mestre. Foi a briga mais rápida que vi em toda a minha vida. Sim senhor, golpe de mestre. E que calma, rapaz, que linha!

Lucas Araújo atirou o quepe para cima do *bureau*, recuou dois passos e olhou Rodrigo de alto a baixo.

— Sim senhor! Meus parabéns!

O outro olhava-o sem compreender. Mal pôde balbuciar:

— Então... e o homem?

Naquele instante entrou Licurgo, seguido de Maria Valéria, e os três ficaram a olhar num silêncio interrogador para o tenente de obuseiros.

— Levamos o bicho pra dentro da farmácia e chamamos o doutor Matias. Mas que cara, seu Rodrigo! É de tirar o sono de qualquer. Nunca vi bigodeira como aquela...

— Por amor de Deus, tenente! O homem morreu ou não morreu?

Lucas soltou uma risada.

— Morreu coisa nenhuma! Aquele tipo só com obus!

— Já voltou a si?

— Quando saí de lá, estava começando a gemer e a resmungar.

— Que é que o doutor diz?

— Diz que o que salvou o cabra foi ele ser guedelhudo. A cabeleira amorteceu o golpe.

Rodrigo soltou um assobio. Uma grande sensação de alívio amolentava-lhe o corpo e desoprimia o peito. Teve vontade de rir e ao mesmo tempo de chorar. Sentou-se pesadamente.

— Dinda, nos traga um conhaque.

Enxugou a testa que um suor frio umedecia.

— O ferimento é sério? — indagou Licurgo.

— Brincadeira não é... — respondeu Lucas. — Diz o médico que por uns dias o homem tem de ficar na cama. Mas vai sarar. Não quebrou nada. Só ficou com um galo quase do tamanho dum ovo de galinha.

Rodrigo lançou para o tenente um olhar de agradecimento, como se ele tivesse acabado de salvar-lhe a vida.

Maria Valéria entrou trazendo numa bandeja a garrafa de conhaque e três cálices, que Rodrigo encheu. (Engraçado, logo agora que tudo passou é que minha mão está tremendo.)

— Vamos beber um brinde, tenente.

Lucas Araújo ergueu o cálice:

— Ao doutor Rodrigo Cambará, com votos para que sua boa estrela jamais se apague, e para que Deus lhe conserve o olho vivo, o pé ligeiro e a mão firme.

Rodrigo gostou do brinde. Sentia uma alegria mole e boba de convalescente.

Licurgo não quis beber. Estava visivelmente apreensivo.

— Mas será mesmo que o ferimento do homem não é sério? Ouvi dizer que esses golpes de cabeça às vezes na hora parecem sem importância, mas depois...

— Ora, papai! — exclamou Rodrigo, tomando a encher os cálices. — Não devemos ser pessimistas. À tua saúde, Lucas!

Tornaram a beber.

— Não se assuste, coronel — disse o tenente de obuseiros, voltando-se para o dono da casa. — Esses caboclos têm fôlego de gato. Vai ver como dentro de dois dias o Dente Seco está de pé.

— Está de pé — completou Maria Valéria — e vai acabar dando um tiro no Rodrigo. Era melhor que tivesse morrido.

— Nem diga isso, Dinda! Queria que eu fosse um assassino?

— Morrido de morte natural... — corrigiu-se ela. — Ou então que nunca tivesse nascido.

— Sua tia tem razão — murmurou Licurgo. — Daqui por diante o senhor tem que se cuidar muito. Homens como o Dente Seco são vingativos.

— Mas não há nada que possa com uma boa estrela — observou o oficial.

Licurgo sacudiu a cabeça.

— Não acredito nessas coisas.

Houve um curto silêncio, ao cabo do qual Maria Valéria se voltou para o cunhado.

— Meia hora depois do meio-dia. Posso servir o almoço?

— Pode.

— O tenente almoça conosco — disse Rodrigo, passando o braço sobre os ombros do amigo.

— E por que não?

— Para comemorar, tomaremos um bom Médoc.
— Santas palavras!

E então, perplexos, Maria Valéria e Licurgo viram o tenente de obuseiros gritar "Allez houp!" — como os artistas de circo de cavalinhos —, dar uma corrida, virar uma cambalhota e depois fazer uma mesura, atirando beijos para um público imaginário. Rodrigo sorriu, mas o rosto do pai e o da tia permaneceram sérios. No de Licurgo havia um ar taciturno de reprovação. No de Maria Valéria, um meio sorriso de tolerância, que, traduzido em palavras, queria dizer: "Coitado, é louco".

Chiru apareceu à hora em que se servia a sobremesa. Despejou as novidades: Dente Seco havia sido levado em braços à casa do Madruga, onde estava hospedado. O Titi Trindade bufava de raiva e falava em represálias. A cidade inteira vibrava com o incidente e Rodrigo era o herói do dia.

6

Às três da tarde, depois duma sesta em que não conseguira pregar olho, Rodrigo botou o chapéu na cabeça e o revólver na cintura, e foi até a farmácia, a qual, de acordo com o convênio feito com Zago, estava aberta àquele domingo. À porta da padaria, Chico Pão, os olhos meio anuviados, abraçou efusivamente o amigo, gaguejando protestos de solidariedade. Na farmácia, o prático pareceu espantado de vê-lo.

— Então, Gabriel velho, que é que há de novo?
— Muita coisa, doutor.
— Conte lá!
— Estão dizendo que vão atacar o Sobrado.
— Conversas, Gabriel, cão que ladra não morde.
— E que vão também atacar a farmácia e quebrar tudo.
— E tu acreditas nisso?

Gabriel engoliu em seco.

— Acredito. Não foi um nem dois que me disseram. Ind'agorinha o Cuca Lopes andou por aqui...
— O Cuca é um boateiro.
— O doutor Matias também me contou que estão falando em toda a cidade que o assalto vai ser hoje de noite.

— Qual!

Rodrigo entrou assobiando no consultório. Sentou-se à mesa, pegou um lápis, pôs-se a fazer rabiscos no bloco de receituário, onde escreveu muitas vezes, em letras de imprensa, o nome da namorada.

Tirou do bolso o termômetro de ouro — presente de sua madrinha — e ficou a olhar fixamente para ele. Seu primeiro e mais importante cliente havia sido sua própria terra natal, que sofria de marasmo crônico e pavores noturnos. Quem estava com febre, e febre alta, era Santa Fé. Ele, Rodrigo Cambará, havia provocado essa febre. A cidade saíra de seu torpor, a cidade delirava. Ele sentia isso no ar, no jeito como as pessoas o fitavam na rua... Depois do almoço aparecera no Sobrado o Neco, que lhe transmitira impressões colhidas em rodas da Confeitaria Schnitzler e à porta do Comercial. Diziam-se frases como estas: "O Rodrigo é um bichão. É preciso ter tutano pra enfrentar o Dente Seco... Só a cara do bicho é de matar a gente de susto". "E sabem da melhor? Ele estava armado e nem encostou o dedo no revólver." Murmurava-se até que alguém ouvira a Gioconda dizer — e de todas as frases era essa a que mais lisonjeava Rodrigo — "Isso é que é homem".

Rodrigo sorria, olhando para o termômetro, quando o Cuca irrompeu no consultório:

— Sabes da última? O Dente Seco já está de pé.

— Não imaginas como essa notícia me alegra...

— Me contaram que ele jurou que vai te matar.

— Que esperavas que ele fizesse, depois do que aconteceu? Que me desse beijinhos?

Cuca aproximou-se do amigo e sussurrou:

— Pessoa muito chegada ao Titi me garantiu que eles vão atacar o Sobrado hoje de noite. Já estão reunindo gente da Intendência. Te conto isso, Rodrigo, porque sou teu amigo.

— Está bom, Cuca. Muito obrigado pela informação. Mas não acredito.

Durante o resto da tarde, porém, continuaram a chegar à farmácia pessoas que repetiam a advertência. A cidade estava cheia de boatos. Afirmava-se que quem ia comandar o ataque era o próprio cap. Madruga. Um amigo chegou a aconselhar:

— Pelas dúvidas o melhor é fechar a farmácia, não acha?

— A farmácia continuará aberta até a hora de costume — replicou Rodrigo.

Ao chegar a casa, encontrou o pai no escritório.
— Estão falando que a canalha vai atacar o Sobrado — disse o Velho.
— O senhor acredita nisso?
— Essa gente é capaz de tudo.
— Acha, então, que devemos nos preparar?
— Acho.
Rodrigo chamou Bento.
— Bata na casa do Marcelino Veiga e peça para ele nos vender quatro caixas de balas de revólver calibre trinta e oito. Tome o dinheiro.
O boleeiro já estava na calçada quando Rodrigo lhe gritou da janela:
— Traga dez!
Pensou: o Marcelino vai logo contar ao Trindade que estamos nos preparando... Esfregou as mãos, satisfeito. Começava a acreditar na possibilidade do ataque, e isso lhe dava uma exaltação guerreira. Era preciso, porém, que a corja do Trindade e toda Santa Fé ficassem sabendo que ali no Sobrado ninguém estava atemorizado. Pôs o gramofone a funcionar, e por muito tempo as pessoas que passavam na rua ouviram a voz de Caruso, de Amato e da Melba, a cantar árias vibrantes.
— Não seria bom mandar a madrinha e a Laurinda pra casa da tia Vanja? — perguntou Rodrigo ao pai.
Antes que este tivesse tempo de responder, Maria Valéria protestou:
— Daqui ninguém me tira. Havia de ter graça. Se pude aguentar o sítio de 95, por que é que hei de fugir agora?
Essas palavras encerraram a questão. Rodrigo beijou a testa da madrinha e foi azeitar o revólver.
À tardinha tiveram uma surpresa agradável. Toríbio apeou do cavalo no quintal do Sobrado e entrou pela cozinha como um furacão.
— Me prepara um mate, Laurinda — gritou ao passar pela mulata.
Beijou a mão do pai, abraçou o irmão e foi logo reclamando:
— Egoísta! Como é que não mandaste me avisar de nada? Quando li o artigo da *Voz* o sangue me ferveu. Dei seis tiros num tronco de corticeira pra aliviar o peito. Nas Três Forquilhas me contaram hoje do teu pega com o tal de Dente Seco. É verdade?
Rodrigo contou-lhe a história com pormenores.
— A todas essas eu lá na estância, marcando terneiro e botando creolina em bicheira... Vocês me fazem cada uma!
Maria Valéria entrou nesse momento e, vendo Toríbio, exclamou:
— Chii... Era o que faltava. Chegou o capitão Rompe-Ferro. Vá lavar essa cara, menino!

7

Durante o jantar Rodrigo narrou animadamente a Toríbio os últimos acontecimentos. Depois da sobremesa, mostrou-lhe o último número d'*A Farpa*, que o irmão leu, às gargalhadas, sob o olhar desaprovador do pai.

Pouco antes das oito horas começaram a chegar os amigos. O primeiro foi o Chiru Mena, de bombachas, botas e esporas, revólver e adaga na cintura, um largo chapelão com barbicacho na cabeça e um pala atirado sobre o ombro.

— Ué! — exclamou Maria Valéria. — Vai viajar?

Um tanto desconcertado, Chiru retrucou:

— Nunca se sabe, dona. A gente tem que estar preparado pra tudo.

Pouco depois chegou o Neco Rosa, também armado de pistola e faca e trazendo o violão a tiracolo. Pepe García não tardou a aparecer; vinha como de costume sem um canivete no bolso. Tirou a boina, dobrou-a, meteu-a no bolso e, aproximando-se grave de Rodrigo, cochichou:

— He oído decir que el ataque está aplazado para la media noche en punto. La cosa es seria, hijito.

Rodrigo sorriu e deu-lhe uma palmada amistosa no ombro.

— Entra, Pepito, e fica à vontade.

Era como se estivesse recebendo amigos para uma festa. Maria Valéria olhava para os recém-chegados com uma pontinha de má vontade. Ao vê-los entrar para a sala de visitas, lançava-lhes olhares fiscalizadores para os pés, a ver se não estavam sujos de barro ou esterco.

Às oito em ponto, Cacique Fagundes apareceu, chamou Rodrigo à parte e disse que trazia um recado. Alvarino Amaral mandava dizer que, apesar de não manter relações de amizade com Licurgo, estava disposto a vir com os filhos machos ajudar a defender o Sobrado contra a corja do Trindade.

— Espere aí, coronel, que eu vou dizer ao papai.

Licurgo escutou o recado de seu desafeto com a fisionomia impassível. Por fim resmungou:

— Não acredito que ele tenha coragem de entrar no Sobrado.

— Papai, o senhor deve compreender que a intenção do homem é boa.

— Somos inimigos e eu não posso me esquecer que ele já atirou contra esta casa. Não me falem mais nisso!

Rodrigo voltou ao emissário.

— O Velho não aceita o oferecimento, coronel. O senhor conhece o papai. É um homem muito difícil. — Pegou no braço do caboclo. — Escute. Conte a coisa com jeito ao Alvarino, diga que eu compreendo o gesto dele e estou muito grato...

Cacique Fagundes encolheu os ombros.

— Em todo o caso, dei o recado.

Saiu para levar a resposta ao Alvarino Amaral e voltou pouco depois para ficar. Entrou no momento mesmo em que chegava ao Sobrado um grupo: o cel. Maneco Macedo com seus seis filhos, o mais moço dos quais tinha apenas dezessete anos. Estavam armados de revólver e faca, e traziam lenços vermelhos amarrados ao pescoço. Comovido ante aquele quadro, Rodrigo recebeu-os com efusão, abraçando todos os Macedos, cujo chefe exclamou:

— Não quisemos perder esta festa. Foi por isso que viemos sem convite.

Desataram todos a rir. Rodrigo correu para a madrinha:

— Mande preparar um mate e uns cafezinhos, Dinda.

Maria Valéria, que pelo vão da porta olhava fixamente para as botas dos recém-chegados, murmurou:

— Isto até parece velório.

— Se for velório de alguém — retrucou Rodrigo —, que seja do Trindade.

Licurgo conversava com o Cacique e Maneco Macedo, e seu semblante continuava anuviado. Discutiam as probabilidades daquele ataque, no qual o cel. Fagundes absolutamente não acreditava ("Só se o Titi estiver louco varrido") e sobre o qual Licurgo manifestava suas dúvidas.

— Mas se vierem — concluiu Maneco Macedo — vão encontrar com quem tratar.

Rodrigo mandou fechar todas as janelas do andar inferior. Reuniu depois os amigos e disse-lhes de onde deviam atirar no caso de ser a casa assaltada. Era-lhe agradável assumir aqueles ares de comandante. Ouvidas as instruções de combate, os homens se dividiram em dois grupos. No escritório ficaram os mais velhos. Na sala de jantar, os mais moços. Vieram duas cuias e o chimarrão correu ambas as rodas.

Chiru e Bio trocaram bravatas. Don Pepe recordou suas negras noites de conspirador em cidades da Espanha. Alguém pediu a Neco que cantasse, e o barbeiro, não se fazendo rogar, tirou uns acordes do violão, limpou a garganta e cantou a "Margarida vai à fonte".

O tempo passava. Por volta das nove e meia, Rodrigo subiu à água-

-furtada e de lá ficou a espreitar a praça. Pareceu-lhe ver movimentos suspeitos à frente da Intendência, um entrar e sair de gente. Um vulto moveu-se na calçada fronteira ao Sobrado e depois se diluiu nas sombras do arvoredo. A rua do Comércio àquela hora estava completamente deserta. A notícia do assalto espalhara-se por toda a cidade: era natural que ninguém ousasse sair de casa depois do escurecer, temendo as balas perdidas.

    Rodrigo atirou as pernas por cima do peitoril da janela e começou a caminhar sobre o telhado, achando saborosa aquela sensação de perigo iminente: podia escorregar e cair... podia ser alvejado por algum inimigo atocaiado nas sombras da praça. Lembrou-se das histórias que se contavam em torno do cerco do Sobrado, em 95. Olhou instintivamente para a torre da igreja. A silhueta do galo do cata-vento recortava-se, negra e nítida, contra o azul-violeta do céu. Uma brisa fresca, que recendia a campo noturno, bafejou-lhe a face. Acendeu um cigarro, ergueu a cabeça e quedou-se a olhar para as estrelas, tirando um prazer esquisitamente vertiginoso da ideia de estar se oferecendo como alvo ao inimigo invisível. Era quase o mesmo que caminhar sobre um fio de arame estendido entre a água-furtada e a torre da Matriz... E de súbito, no campo de sua memória, armou-se um remoto circo: a japonesinha, de para-sol colorido na mão, equilibrava-se no arame... Ah, as paixões da adolescência!...

    Voltou para a água-furtada e depois desceu. Neco cantava "A casa branca da serra".

    Bio bocejou.

— Acho que esses calças-frouxas ficaram com medo de nos atacar.

— São quase dez horas... — disse alguém.

Naquele instante bateram à porta da frente. Neco Rosa calou-se. Fez-se um silêncio repentino. Bio quis abrir a janela, mas Rodrigo deteve-o.

— Espera. Pode ser uma cilada. Deixa que eu vou ver.

Dirigiu-se para o vestíbulo, de revólver na mão, desceu os degraus, parou junto da porta e esperou. Tornaram a bater: duas pancadas fortes e distintas.

— Quem é?

— Sou eu.

— Eu quem?

— O Liroca.

Rodrigo abriu a porta e deixou o amigo entrar.

— Homem de Deus! Que foi que te aconteceu?

— Faz duas horas que estou escondido ali na praça, falando sozinho, numa luta de consciência. Entro ou não entro? Se não entro, podem pensar que sou um ingrato que abandona os amigos na hora amarga. Se entro, o Licurgo pode me botar pra rua com um pontapé no rabo. É uma situação horrorosa, Rodrigo.

— Vamos subir...

Liroca segurou com força o braço do outro.

— Não. Tens que primeiro arranjar o consentimento do teu pai. Sem isso não entro. Mas se ele não me deixar entrar, palavra que fico deitado na porta, como um cachorro escorraçado. E quando a capangada do Trindade chegar, vão me furar o corpo à bala, me deixar que nem paliteiro.

Rodrigo subiu, chamou o pai à parte e pô-lo ao corrente da situação. Licurgo mordeu a ponta do cigarro por alguns segundos, sem dizer palavra.

Depois:

— É preciso não ter nenhum amor-próprio pra fazer uma coisa dessas.

— Ora, papai, tenha pena do homem. Faz anos que ele anda rondando o Sobrado. O Liroca é uma boa alma. Se cometeu algum erro, está arrependido...

— E o senhor pensa que eu estou satisfeito por ver toda essa gente de lenço vermelho dentro da minha casa? Em 95 eles estavam do lado de fora atirando contra nós, contra mim, contra sua mãe, contra sua tia, contra seu irmão, contra o senhor, contra os meus amigos. Pensa que m'esqueci?

Rodrigo reprimiu a custo um suspiro de impaciência.

— Mas o senhor se esquece que os que hoje vão atirar contra o Sobrado e contra nós estão do lado de fora e não têm lenço vermelho no pescoço!

Licurgo engoliu em seco. Rodrigo pôs-lhe afetuosamente a mão no ombro e, com voz macia e persuasiva:

— Deixe o Liroca entrar — pediu. — Eu respondo por ele. Vai ficar quietinho num canto sem incomodar ninguém. Eu lhe garanto que será o dia mais feliz da vida dele.

Por um instante Licurgo permaneceu mudo. Depois, olhando para o filho, resmungou:

— Está bem. Mande o homem entrar. Mas não me faça apertar a mão dele.

Rodrigo correu a buscar Liroca, que entrou de chapéu na mão, arrastando os pés, murmurando boas-noites desajeitados para todos, sem olhar direito para ninguém.

— Não se preocupe com o papai — sussurrou-lhe Rodrigo ao ouvido. — Faz de conta que ele não está aqui. Essas coisas se resolvem devagarinho.

Liroca sentou-se a um canto, com o chapéu sobre os joelhos, e, quando Maria Valéria atravessou a sala, tesa, sem sequer olhar para o recém-vindo, este soltou um fundo suspiro. E como todos ali soubessem de sua antiga "paixa" pela cunhada de Licurgo, houve risinhos abafados, troca de sinais gaiatos, piscadelas.

8

Quando o relógio de pêndulo deu onze badaladas, Toríbio achou que os capangas do Trindade não viriam mais.

— Está muito abafado aqui dentro, pessoal. Vamos abrir as janelas.

Sem esperar a aprovação do pai ou do irmão, escancarou as janelas da sala de visitas e debruçou-se para fora, bem no instante em que subia da rua um tropel em cadência militar.

Rodrigo precipitou-se para a janela e viu com surpresa que um pelotão de soldados do Exército fazia alto à frente do Sobrado. Um superior no qual reconheceu o ten. Lucas começou a dar vozes de comando e a soldadesca formou diante da casa numa fileira singela, ali ficando em posição de descanso.

— Lucas! — gritou Rodrigo. — Que história é essa?

Lá debaixo, o tenente de obuseiros respondeu:

— Não se impressione. São ordens do coronel Jairo. Daqui a pouco ele estará aqui.

Licurgo, que também se aproximara da janela, resmungou:

— Minha casa cercada de soldados... Era só o que faltava.

Poucos minutos depois o cel. Jairo Bittencourt entrava apressadamente no Sobrado. Estava de uniforme cáqui, com o rosto mais rosado que de costume. Fechou-se com Licurgo e Rodrigo no escritório:

— Quando me informaram que o intendente pretendia assaltar esta casa para empastelar a redação d'*A Farpa*, tomei todas as precauções para evitar a hecatombe!

Parou e tomou fôlego.

— Faz exatamente duas horas e quarenta minutos que tenho um pelotão de armas embaladas, de prontidão ali na rua do Poncho Verde.

Licurgo, que o mirava, sério, disse com pachorra:

— Não era preciso se incomodar, coronel.

— Até a última hora duvidei que o coronel Trindade tivesse coragem de levar a cabo essa barbaridade. Por fim fui pessoalmente verificar o que havia. Pois bem. Os boatos se confirmavam. O homem estava com toda a Polícia Municipal e mais um grupo de capangas preparados para o assalto. Tivemos uma altercação. O intendente quis me amedrontar, dizendo que eu não tinha direito de me meter em política. Ameaçou de me denunciar ao ministro da Guerra, de passar um telegrama ao presidente do estado, queixar-se ao marechal Hermes e não sei mais o quê. Perdi a calma e gritei-lhe um par de verdades que tinha atravessadas na garganta há muito tempo.

Sentou-se e, com voz mais calma, pediu:

— Um copo d'água, por favor.

— Que tal um conhaque, coronel?

— Não. Água.

Rodrigo saiu do escritório e voltou trazendo a água, que Jairo bebeu dum sorvo só. Depois de passar o lenço pelos lábios e pelos bigodes, continuou:

— E disse-lhe mais: "Se vossência persistir nessa loucura e atirar seus apaniguados contra o Sobrado, dou-lhe a minha palavra de cidadão e de soldado como nenhum deles voltará vivo!". "Mas isso é uma arbitrariedade!", gritou ele. E eu respondi: "Para preservar vidas humanas sou capaz de cometer todas as arbitrariedades e de passar por cima de todas as leis!".

— Magnífico, coronel!

— Ah! E disse-lhe mais: "Mande o seu capanga Dente Seco embora daqui o quanto antes! Sei para que o senhor mandou buscá-lo. E desde já eu o responsabilizo pelo que possa acontecer ao doutor Rodrigo Cambará e seus parentes e amigos".

Calou-se. Um pingo de suor caiu-lhe do queixo na túnica. Rodrigo aproximou-se do militar e apertou-lhe a mão num agradecimento silencioso.

— Pode mandar embora os seus amigos. Meus soldados ficarão montando guarda ao Sobrado até o amanhecer.

— Não carece — disse Licurgo.

— Não poderei dormir tranquilo se eles não ficarem.

Jairo Bittencourt ergueu-se e caminhou para o gramofone, sorrindo.

— Então este é o famoso aparelho que o amigo mandou buscar?

— É um primor, coronel. Quer ouvir alguma coisa?

— Não. Obrigado. Fica para outra ocasião. Preciso voltar a casa. A Carmem está sozinha e preocupadíssima, a coitadinha!

— Mas ouça só uma chapa...

— Está bem.

Rodrigo pôs o gramofone a funcionar. Os primeiros acordes da *ouverture* de *Egmont* encheram a sala. O coronel deixou escapar um suspiro de satisfação.

— A música, a divina música! Como é que pode haver gente no mundo que não compreenda nem ame a arte? Quando ouço música, comovo-me a ponto de me virem lágrimas aos olhos. O que está faltando à humanidade, meu caro doutor Rodrigo, é uma religião. Fé, fé e amor é o que necessita este velho mundo cansado!

Licurgo pitava calmamente, olhando para o oficial com olhos apertados e cépticos.

Na sala contígua, Maria Valéria aproximou-se de Bio:

— Tocarem música a esta hora da noite! Estão doidos varridos...

Don Pepe, que bebera com Toríbio toda uma garrafa de caninha, acercou-se da janela, lançou um olhar sobranceiro para os soldados e, fitando depois a igreja, bradou:

— Clero y ejército! Los dos aliados de la burguesía! Me cago en la leche de la madre de todos los militares, de todos los curas, de todos los burgueses!

Após uma curta pausa, acrescentou:

— Me cago en la leche de mi propia madre!

Voltou a cabeça e baixou a voz, respeitosamente.

— Con el perdón de usted, doña Maria Valéria...

CAPÍTULO XIV

I

Dias depois, encontrando Chiru e Neco na farmácia, à hora do chimarrão matinal, Rodrigo fez com ambos um exame da situação. A intervenção decidida do cel. Jairo dera novo rumo aos acontecimentos. Dali por diante, Aristiliano Trindade teria de andar com mais cuidado, e rigorosamente dentro da lei. Constava que mandara Dente Seco de volta para Soledade: havia quem afirmasse ter visto o capanga, com a cabeça envolta em ataduras, entrar numa diligência que deixara a cidade uma daquelas madrugadas.

— Ganhamos a primeira batalha! — exclamou Rodrigo jovialmente sentado no *bureau* do consultório. — Ataquei o situacionismo, disse horrores do intendente, do delegado e de toda a sua camarilha. Mandam buscar um bandido pra me assustar e eu deixo o cabra estirado na calçada, sem sentidos. O Trindade planeja um assalto ao Sobrado e o coronel Jairo intervém, dando claramente a entender que está do nosso lado, isto é, do lado do direito, da razão, da justiça...

— E agora?

Rodrigo apanhou a espátula e premiu-lhe a ponta contra o ventre de Chiru.

— Agora chegamos ao ponto que eu desejava. Minha intenção nunca foi provocar barulho, mas botar as coisas nos seus devidos lugares. Descobri as baterias, mostrei que não tenho medo e, principalmente, provei ao povo da minha terra que é possível ir contra a situação sem perigo de perder a vida ou ser espaldeirado na rua pela polícia. Em última análise, apliquei no eleitorado indeciso uma injeção de óleo canforado. Pois bem. De hoje em diante *A Farpa* mudará de tom, transformando-se de jornal de ataques pessoais em jornal puramente doutrinário. Vou dar a essa corja uma lição de elegância moral!

— Que história é essa? — perguntou Neco Rosa.

— Quinta-feira que vem, o marechal chega com sua comitiva. Nesse dia vou fazer sair mais um número d'*A Farpa*, e o editorial será uma saudação cordial ao candidato militarista.

— Saudação? — estranhou Chiru.

— Saudação. Vou elogiar o homem, porque no fim de contas o Hermes parece um sujeito bem-intencionado...
Neco tirou a bomba da boca.
— Estás louco?
Rodrigo sorriu:
— Nunca estive tão bom do juízo em toda a minha vida.
Chiru fungava, o cenho cerrado:
— O marechal não passa dum boneco manejado pelo Pinheiro Machado, que não é trigo limpo.
— Sabes duma coisa, Chiru? Tenho um fraco pelo senador...
— Não diga isso! O Pinheiro é a asa-negra do Brasil. Quero ver a caveira dele, pra felicidade da nossa terra.
— Bom, não vamos discutir esse assunto agora. Mas, voltando ao editorial, farei ver aos leitores que não estamos fanatizados pela causa civilista e sabemos reconhecer também o mérito de nossos adversários. Está claro que no fim do artigo puxo brasa pro nosso assado, provo por $a + b$ que o senador Rui Barbosa é superior ao marechal. Mas provo com ideias, com fatos e não com adjetivos apaixonados.
Efetivamente, no dia em que o mal. Hermes da Fonseca chegou a Santa Fé, *A Farpa* foi distribuída pela manhã por toda a cidade. Trazia na primeira página, dentro de vistosa cercadura, um editorial cujo fecho rezava:

> Bem-vindo, pois, seja o ilustre candidato oficial à cidade de Santa Fé, que saberá recebê-lo de braços abertos e um sorriso amigo nos lábios, embora seu coração palpite de admiração e simpatia pelo candidato civilista, para o qual está reservando seus votos, no próximo e grandioso pleito de primeiro de março!

2

O trem que conduzia o mal. Hermes da Fonseca e sua comitiva chegou a Santa Fé às onze da manhã e foi esperado na estação da estrada de ferro pelos representantes militares, que envergavam uniformes de gala, e pelas autoridades civis, à frente das quais se achava o cel. Aristiliano Trindade, muito pouco à vontade dentro dum apertado fraque preto. Na plataforma transbordante de gente, a banda de música do

Regimento de Infantaria tocava dobrados. No largo estavam formados os trezentos e tantos alunos do Colégio Elementar David Canabarro, que agitaram bandeirinhas e soltaram vivas quando o marechal apareceu à porta da estação.

A pedido do intendente as casas comerciais haviam cerrado suas portas, e o nordeste que soprava aquela manhã bulia com as bandeiras hasteadas à frente da Casa Sol, da Repartição dos Correios e Telégrafos, do Clube Comercial e do Centro Republicano.

O jornal da situação, aparecido na véspera, informara que o marechal passaria o resto daquele dia em Santa Fé, continuando a viagem para Cruz Alta na manhã seguinte. No salão nobre da Intendência haveria, com início à uma hora, grande banquete de cento e vinte talheres, em homenagem ao "futuro presidente da República", o qual, "após o ágape", se recolheria a "seus aposentos, para um merecido repouso". Às cinco da tarde, S. Exa. visitaria os quartéis e o Centro Republicano, onde lhe seria oferecida uma taça de champanha. À noite estaria presente ao "comício-monstro a realizar-se em sua honra à frente do paço municipal".

Faltava um quarto para o meio-dia quando o carro da Intendência, de tolda arriada, chegou à praça da Matriz, conduzindo Hermes da Fonseca ladeado pelo cel. Trindade e pelo cel. Prates. O marechal estava à paisana, numa roupa cor de chumbo, e trazia na cabeça um chapéu do Panamá.

A gente do Sobrado — menos Licurgo, que se fechara no quarto, birrento, "para não ver a cara do sargentão" — debruçou-se às janelas da sala de visitas. Olhando para o rosto corado do candidato militarista, com o seu volumoso nariz adunco, Toríbio murmurou:

— Eta bichinho bem feio!

Da janela, Maria Valéria retrucou:

— O doutor Rui não é nenhuma beldade.

— Quem tem talento não carece de formosura, titia.

No momento em que o carro defrontava o Sobrado, Joca Prates murmurou qualquer coisa ao ouvido do marechal, que voltou a cabeça para a direita, na direção dos irmãos Cambarás, e tirou o chapéu. Sua calva reluziu ao sol.

— Bom dia, filho da mãe... — murmurou Toríbio por entre dentes.

Num assomo de cordialidade, Rodrigo fez um largo aceno para o visitante.

Pouco depois do carro oficial, desfilou pela frente do Sobrado a banda de música militar, tocando "O general Oyama", o dobrado predileto de Rodrigo. O negro Sérgio marchava na vanguarda dos músicos, soltando foguetes, que acendia em tições conduzidos pelos moleques que o acolitavam.

A melodia vibrante espraiava-se no ar, e não só as superfícies polidas dos instrumentos de metal refletiam a claridade da manhã como também suas rútilas vozes reverberavam festivamente naquele largo cheio de ecos.

O nordeste fazia girar o galo do cata-vento da torre. As copas do arvoredo da praça agitavam-se, num verde movimento de água. De cada lado da porta central da Intendência, a bandeira nacional e a do Rio Grande drapejavam alegremente. Os rojões explodiam como tiros de canhão. As narinas dilatadas, a respiração já meio opressa, Rodrigo ia sendo aos poucos tomado dum entusiasmo marcial. Tudo aquilo — o esfuziar e o estrugir dos foguetes, a música, as bandeiras, o vento, o sol, os uniformes flamantes, o faiscar dos metais —, tudo aquilo lhe sugeria guerra e heroísmo. E um passado inteiro feito de textos e gravuras escolares, discursos patrióticos, romances de capa e espada, hinos, heróis, mártires, clarinadas, apoteoses; todo um passado de mitos que Rodrigo julgava mortos, ergueu-se como um vagalhão e arrebatou-o, atirando-o, por um mágico segundo, às praias da infância. Lomas Valentinas... Riachuelo... Itororó... Quem for brasileiro que me siga!... Com a cavalaria dos farrapos conquistarei o mundo!... Tiradentes esquartejado... Frei Caneca... Ana Néri... Felipe Camarão... O estudante alsaciano batendo no peito: a França está aqui dentro!... O tamborzinho inglês que não sabia tocar retirada... Ó auriverde pendão de minha terra, que a brisa do Brasil beija e balança!

Rodrigo estava inquieto. Queria aproveitar a presença do marechal para fazer alguma coisa, e começava a irritar-se porque não conseguia descobrir o que era. Tinha energias de sobra para gastar, e no entanto ali estava à janela, inerte. Não se conformava com a ideia de não participar — fosse como fosse — daquele momento cívico. Arrependia-se de não ter mandado imprimir boletins com frases anti-hermistas, para distribuir agora ali na praça, às barbas do candidato oficial.

3

Don Pepe entrou no Sobrado em grande agitação e puxou Rodrigo para um canto.

— Qué oportunidad, hijo, qué oportunidad! Una bombita, no más que una bombita chiquitita y, ay madre de mi alma, que hermoso espectáculo.

Rodrigo sorria. Os ardores niilistas do espanhol o divertiam.

O pintor estava a andar para diante e para trás, nos seus passinhos nervosos.

— Es que estoy perdido en esta miserable ciudad, hombre. Estoy ablandado, no hago nada. Sabes lo que decía Bakunin del verdadero anarquista?

Ah! O grande Bakunin escrevera em seu *Catecismo* que o revolucionário não deve ter interesses pessoais nem sentimentos nem propriedade. Deve concentrar-se num único pensamento: a Revolução. Um único alvo deve preocupá-lo: a destruição. Despreza a moral, pois para ele é moral tudo quanto possa favorecer a Revolução. Entre o verdadeiro anarquista e a sociedade existe uma luta de morte, um ódio irreconciliável. Ele deve estar sempre pronto a morrer, a suportar mil torturas e a matar com suas próprias mãos todos quantos ponham obstáculos à Revolução. Toda a afeição deve ser-lhe estranha, pois os sentimentos dessa natureza podem às vezes deter-lhe o braço.

— Mas como explicas — perguntou Rodrigo — que o grande Tolstói seja anarquista e pregue o amor como a lei suprema da vida?

— Tolstói es un anarquista moderado. Yo soy un anarquista exaltado. — Depois duma pausa reflexiva, ajuntou: — Pero hay que respectar al viejito, coño!

Sentou-se dramaticamente no sofá.

— Ay! Una bombita, no más que una bombita...

— Vamos tomar alguma coisa, Pepito?

— Sí. Soda cáustica.

Bio foi buscar as garrafas de cerveja que havia posto a refrescar dentro do poço. Encheram os copos, fizeram um brinde ao candidato civilista e à sua próxima vitória. Com os bigodes coroados de espuma, as magras pernas estendidas, Don Pepe tomou a palavra e procurou provar aos amigos que, em última análise, o assassínio político devia ser considerado também como uma das belas-artes. Ah! Os formosos atentados da França! Vaillant, fazendo jus a seu nome, atirara uma bomba no Parlamento. Caserio abatera em Lyon, a golpes de punhal, o presidente Sadi Carnot. Os mais lindos atentados do mundo, porém, eram os russos! Alexandre II fora vitimado por uma bomba niilista em 1881... Exaltado, o espanhol pintava o quadro. As ruas de Moscou sob um céu funéreo, de chumbo e bistre... O czar passando no seu carro, cercado de cossacos... De repente, surge o anarquista, precipita-se para o meio da rua com um objeto negro apertado contra o peito e lança-se aos pés dos cavalos... Um clarão, uma explosão medonha e o czar lá se vai pelos ares, com carruagem, cavalo, niilista e tudo!

Em 1902 os anarquistas russos liquidaram Bobollepot, ministro da Instrução. Em 1903, Bogdanovich, governador militar de Ufa. Em 1905 tombara o grão-duque Sérgio, comandante militar de Moscou. E Pepe ia pronunciando os nomes das vítimas com o mesmo prazer com que um guloso mencionaria pratos esquisitos: Bobikof, Boguslawsky, Sipiaguin... Governadores, ministros, grão-duques, reis... Que safra magnífica! O pintor lambia os beiços.

— Y qué hago yo, señores, qué hago yo? Puf! Bebo cerveza en Santa Fé con dos representantes de la burguesía!

Olhou desconsolado para o copo vazio, que Toríbio se apressou a encher.

— Está bem, Don Pepe — disse Rodrigo, sorrindo. — Presta um serviço à pátria e à humanidade. Assassina o Titi Trindade.

O espanhol olhou firme para o amigo, o cenho franzido. Depois fez uma careta de repugnância.

— Trinidad? Trinidad es indigno de la lámina de mi puñal!

Rodrigo desatou a rir, pois sabia que o punhal de Pepe García, bem como suas bombas, tinha uma existência puramente imaginária.

4

Aquela noite Rodrigo foi com Toríbio, Chiru e Neco sentar-se debaixo da figueira da praça, a fim de observar o comício mais de perto. Uma grande multidão aglomerava-se à frente da Intendência, que tinha as janelas e portas escancaradas, e todas as dependências iluminadas. Era uma noite de lua nova, e os lampiões que o negro Sérgio acendera ao anoitecer, mal alumiavam a cena com sua luz escassa e amarelenta.

De vez em quando foguetes subiam, zunindo, e espocavam no alto, em relâmpagos seguidos de estrondos que o eco duplicava. Um que outro viva se erguia no meio do povo.

Uma multidão humana — refletiu Rodrigo — não diferia muito dum rebanho de carneiros fácil de conduzir. Mais uma vez lhe veio, profundíssima, a orgulhosa certeza de não ter nenhuma vocação para carneiro. A simples ideia de estar ali protegido pela sombra da figueira, a espiar clandestinamente o comício, dava-lhe uma vil sensação de inferioridade.

Pouco antes das nove horas, o grupo que havia pouco saíra do Centro Republicano, puxado pela banda de música militar e carregando bandeiras e fachos acesos, chegava à praça e, depois de passar sob vivas e estampidos de foguetes pela quadra do Sobrado e pela da Matriz, fez alto diante do paço.

Contemplando a turbamulta, aquela aglomeração de vultos escuros sem fisionomias (aqui e ali se vislumbrava um que outro semblante ao clarão dum archote), Rodrigo murmurava: "Pura Idade Média... Pura Idade Média". Pensou em autos de fé, câmaras de tortura, tribunais inquisitoriais... E por alguns instantes brincou com uma ideia que lhe produziu uma sensação de vácuo na boca do estômago. Precipitar-se a correr, entrar na Intendência, aproximar-se duma das janelas e dali fazer um discurso-relâmpago contra o marechal... Imaginou a reação do povo, a fúria do Trindade e seus asseclas, o tumulto, a confusão... Isso lhe deu um prazer tão intimamente intenso, que foi quase como se tivesse posto a ideia em prática.

Uma pancada de bombo. A música cessou. Ergueram-se novos vivas, a que o povo respondeu num coro roufenho. E quando Hermes da Fonseca apareceu à janela, acompanhado de Aristiliano Trindade, o povo rompeu em aplausos e aclamações, enquanto a banda atacava o Hino Nacional.

Discursou em primeiro lugar o promotor público, saudando o homenageado em nome do intendente e da população do município. Falou a seguir Amintas Camacho, como porta-voz da mocidade santa-fezense. O marechal foi o último orador da noite. Leu o discurso em voz tão baixa, que Rodrigo e os amigos quase nada puderam ouvir.

— Xô mico! — exclamou Toríbio.

Rodrigo estava agora fechado num silêncio soturno. Sentia-se roubado, diminuído por não estar participando positiva ou negativamente do comício. Arrependia-se de ter tratado tão bem no seu editorial o candidato militarista. Devia, isso sim, ter aproveitado a oportunidade para arrasá-lo. Maldito sentimentalismo!

— Depois duma bambochata dessas — disse Toríbio, quando a multidão começou a dispersar-se —, só uma boa farra!

— Ideia-mãe! — aprovou o Neco. — Vamos até a Pensão Veneza. Que tal, Rodrigo?

— Não contem comigo. Já disse que não tenciono ir mais a esses lugares.

Chiru, vezado em assumir ares paternais, interveio:

— Não. Ir à pensão é perigoso. Muitos desses hermistas que saíram do comício na certa vão também pra lá, se embebedam e acabam nos provocando.

— Pois se provocarem, se briga — simplificou Bio.

— Não é negócio. Tenho outra ideia. Vamos buscar umas raparigas e umas cervejas e tocamos pra casa do Saturno. Me passa aí vinte mil-réis.

Rodrigo meteu a mão no bolso, meio contrariado, e tirou a carteira.

— Mas não contem comigo — repetiu, dando o dinheiro ao amigo.

— E agora? — Chiru olhou para Neco. — Que raparigas tu achas que devemos levar?

O barbeiro refletiu por alguns segundos.

— Tem a Deá, a china Amândia, a Ruiva...

— Está bem. Somos três.

— Falta uma. Vamos levar a Morena pro Rodrigo.

— Já disse que não vou — repetiu este último, mas já com menos ênfase.

Aqueles nomes de mulher haviam-lhe soado aos ouvidos como uma música cheia de inesperadas promessas.

Toríbio tomou-lhe o braço e puxou-o consigo.

— Vamos, homem, não sejas bobo.

Rodrigo deixou-se levar. Que diabo! Não podia ir dormir àquela hora... Não estava disposto a ler nem a ouvir música. Ficar caminhando à toa e sozinho pela cidade, como um cachorro sem dono? No fim de contas...

— Que tal é a Morena? — indagou.

Chiru passou-lhe o braço sobre os ombros e começou a contar-lhe maravilhas da rapariga. Tinha um sinal na cara, uns vinte anos, era boa de peitos, boa de ancas, assim com um jeito de castelhana, mas crioula de Santa Fé. Rodrigo velho, prata da casa, um peixão!

5

No princípio da segunda quinzena daquele fevereiro, chegou a Santa Fé um grupo de cinco membros influentes do Partido Democrático de Cruz Alta, que foram logo procurar Licurgo e Rodrigo, com os quais confabularam longamente, tratando de conseguir que ambos se filiassem ao novo partido que Assis Brasil lançara de maneira tão espetacular na famosa convenção de Santa Maria, em 1908. Licurgo repeliu a sugestão, alegando que era castilhista e que castilhista pretendia continuar até o fim.

— Mas pense bem, coronel, o doutor Assis Brasil também continua castilhista. O Partido Democrático nada mais é que o Republicano passado a limpo!

Licurgo, porém, manteve-se irredutível. Quanto a Rodrigo, declarou que acompanharia o pai aonde quer que ele fosse.

— Bom — disse por fim um dos democratas —, já que essa questão está encerrada, vamos tratar da propaganda civilista em Santa Fé. Estamos às portas das eleições e temos que fazer alguma coisa enquanto é tempo.

Combinaram realizar um comício em praça pública naquela mesma semana, e irem depois em caravana visitar vários distritos, especialmente as colônias de Garibaldina e Nova Pomerânia.

Licurgo não escondia seu pessimismo. Achava agora que fazer propaganda do candidato civilista em Santa Fé era puro desperdício de tempo, energia e dinheiro. Estava convencido de que a eleição, como de costume, seria uma fraude e o candidato oficial sairia vitorioso por grande maioria de votos. Entretanto, como prova de sua boa vontade, estava disposto a contribuir com dinheiro para custear as caravanas.

O comício dos civilistas em Santa Fé realizou-se à noite, à frente do Sobrado, de cuja sacada Rodrigo e dois outros oradores dirigiram a palavra a um público entusiasta mas escasso. Nessa noite, temendo que o intendente mandasse dissolver o comício à bala — como se murmurava —, o cel. Jairo mandara patrulhas do Exército, montadas e armadas de mosquetões, rondar a praça desde o anoitecer até as primeiras horas da madrugada.

No dia seguinte Rodrigo acompanhou os democratas de Cruz Alta numa excursão pelo interior do município. Achou penosa a viagem de jardineira por aquelas estradas esbarrancadas e poeirentas. Em Garibaldina conseguiram para o comício uma assistência de quinze pessoas. Postado na boleia da jardineira, em vão Rodrigo no seu discurso invocou Garibaldi, o guerreiro de dois mundos, Garibaldi, o campeão da liberdade, que passara por aquelas campinas em sua prodigiosa aventura libertária. Falou também em Dante, em Mazzini e até no papa. Recitou trechos literários em italiano, enquanto o suor lhe escorria pelo corpo todo e ele sonhava com um banho e uma larga sesta em cama limpa. Via a seu redor as faces vermelhas dos colonos, que o escutavam com a mão em pala sobre os olhos, por causa da claridade do sol a pino. Era domingo e haviam aproveitado a hora da saída da missa para realizar o comício. Terminado este, Rodrigo visitou um dos maiorais da terra, o velho Lunardi, cujo filho, o Marco, havia sido seu colega de escola primária em Santa Fé. Tratou de saber com quantos votos podia o senador Rui Barbosa contar ali em Garibaldina. O velho desiludiu-os. Talvez na colônia o candidato civilista não conseguisse um único voto. Rodrigo voltou-se para o amigo de infância:

— Nem o teu, Marco?

O outro sacudiu negativamente a cabeça.

— Nem o meu.

— Mas por quê, homem?

— Se nós votamos contra o governo — justificou-se o rapaz —, o subdelegado persegue a gente, carrega nos impostos. Ninguém quer ser prejudicado.

— Mas é um absurdo! — exclamou Rodrigo, batendo com o punho na mesa. — Estamos num país livre em que cada cidadão pode e deve votar em quem bem entender!

Marco sorriu. Era um homem troncudo e atlético, de quase dois metros de altura. Os cabelos bronzeados coroavam-lhe a face duma simpatia aliciante, em que a tez cor de tijolo contrastava agradavelmente com os olhos azuis. Desde menino Rodrigo sentia uma grande atração por aquele "gringuinho" com o qual tantas vezes jogara sapata e bandeira à frente do Sobrado. O velho Lunardi mandara-o aprender as primeiras letras em Santa Fé, visto que não havia escolas em Garibaldina. Agora, homem-feito, auxiliava o pai no trabalho da lavoura, cujos produtos levava periodicamente à sede do município, para vender. Mas seu grande sonho — contara ele um dia a Rodrigo — era montar na cidade uma fábrica de massas alimentícias.

— Marco — disse-lhe Rodrigo, quando pôde falar a sós com o amigo —, estou desapontado contigo.

O colono ficou silencioso, de cabeça baixa, e pôs-se a riscar o chão com a ponta do pé descalço. Tinha uma voz macia, duma doçura que estava em desacordo com sua estatura física.

— Pois é...

— Que diabo! Dependia de vocês todos se unirem e resolverem falar grosso. Que era que o Trindade ia fazer? Aumentar os impostos é ilegal. Mandar a polícia espingardear os colonos? Claro que ele não chegaria a esse extremo. Vocês são como bois, que não têm consciência da própria força e se deixam levar por qualquer criança!

Marco Lunardi fitou em Rodrigo os olhos claros, e com sua voz mansa, cheia de esses chiantes e apertados de vêneto, replicou:

— Boi não vota nem paga imposto.

Rodrigo deu-lhe uma palmada no ombro e disse com afetuosa energia:

— Pois tenho pena de ti e da tua raça. Fica aguentando a canga. E adeus! Temos ainda hoje um comício em Nova Pomerânia.

6

Na colônia alemã não tiveram melhor sorte. O comício realizou-se à noite, no salão do clube ginástico, e a ele compareceram umas duas dúzias de colonos. Em seu discurso Rodrigo fez o elogio dos alemães que haviam deixado a mãe pátria por motivos políticos, emigrando para o Brasil em busca dum ambiente de maior liberdade. "Pois agora, senhores, chegou a oportunidade de os netos e bisnetos desses pioneiros provarem os frutos deliciosos dessa liberdade, no exercício livre do voto." Traçou o perfil biográfico do candidato civilista — o homem mais culto e inteligente do Brasil, e que fala alemão como um berlinense —, disse do sentido de sua candidatura e dos benefícios que sua vitória poderia trazer para os elementos estrangeiros radicados no Rio Grande. Enquanto falava, de vez em quando lançava um rápido olhar para o retrato do imperador Guilherme II que, dum quadro pendurado na parede, parecia mirá-lo com desconfiada hostilidade, ora para o busto em gesso de Bismarck, empinado sobre um aparador. Os aplausos dos colonos não foram muito calorosos. E quando, naquela mesma noite, Rodrigo e os companheiros de caravana procuraram um dos membros mais influentes da colônia, o Jacob Kunz — velho baixo e barbudo como um gnomo —, tiveram de recorrer a um intérprete para se entenderem com ele. Kunz recusou-se terminantemente a fazer o que quer que fosse em favor do candidato civilista. Batendo na mesa com o punho e sem tirar da boca seu cachimbo de louça, declarou que ele e toda a família votavam com o governo, sempre com o governo, e que jamais se meteriam em política.

O intérprete, José Kern, um rapaz duns vinte e poucos anos, de pescoço taurino e sobrancelhas cor de palha, muito espessas e híspidas, desempenhou suas funções com desembaraço. Tinha um pequeno negócio em Nova Pomerânia, onde era geralmente estimado.

— Não podemos contar nem com o voto do amigo? — perguntou-lhe Rodrigo.

Kern sacudiu a cabeça negativamente.

— Eu também voto com o governo.

Rodrigo impacientou-se:

— Isto até parece epidemia! Em Garibaldina foi a mesma coisa. E o senhor, seu Kern, que parece um moço instruído, não se sente diminuído por ser obrigado a votar contra a sua consciência?

— Consciência é uma palavra, doutor, e eu não me fio muito em palavras.

Rodrigo fuzilou para ele um olhar rancoroso. O outro prosseguiu:

— Sei o que faço e o que quero. O mais não me interessa.

— Mas que é que o senhor quer? Ser deputado?

José Kern fitou nele os olhos frios.

— Quem sabe?

Rodrigo teve ímpetos de esbofetear o insolente. Com o propósito de ofendê-lo, meteu ostensivamente a mão no bolso.

— Quanto lhe devo?

— Nada. Não sou intérprete profissional, mas negociante de secos e molhados.

Rodrigo voltou para Santa Fé não só decepcionado com as colônias como também alarmado ante o que vira em Nova Pomerânia, onde eram poucos os que falavam o português. O velho Kunz estava no Brasil havia mais de cinquenta anos e parecia não saber uma palavra de nossa língua. A única escola da colônia tinha um professor alemão que não ensinava o português. De suas paredes, como na sociedade de ginástica, pendiam retratos de Guilherme II e de Bismarck. Os padres — tanto o católico como o protestante — pregavam os sermões em alemão.

E na calma do Sobrado, relembrando incidentes da excursão ao quarto distrito — onde tiveram de fazer um comício-relâmpago, de revólveres em punho, ameaçados como estavam pelo subdelegado e seus capangas —, Rodrigo ruminava principalmente sua conversa com Marco Lunardi e José Kern.

Deplorava a situação de Marco, mas compreendia e perdoava o gringo. Quanto mais, porém, pensava em Kern, mais insuportável e arrogante achava sua atitude. Lambote!

Sentou-se à mesa e escreveu um artigo sobre os perigos da colonização alemã. Condenou o governo pelo abandono em que deixava, sem professores nem escolas, esses núcleos de origem germânica que (nunca se sabe o que vai acontecer) poderiam transformar-se em verdadeiros cavalos de Troia. Terminou assim:

> Para que não se diga que ando enxergando fantasmas e, qual novo Quixote, transformando o moinho d'água do velho Spielvogel em guerreiros fabulosos, transcrevo um trecho tirado do livro "A arcádia da Alemanha", de Leyser, e citado na obra "Contrastes e confrontos", do eminente escritor Euclides da Cunha. Ei-lo: "Hoje, nestas províncias (Paraná, Santa Catarina e Rio Grande do Sul) cerca de 30% dos habitantes são germanos ou seus descendentes; e, por certo, nos pertence o futuro dessa parte do mundo. De feito, ali, no Brasil meridional, há paragens ricas e salubres, onde os alemães podem conservar a nacionalidade, e um glorioso futuro se antolha a tudo o que se compreende na palavra 'germanismus'".

7

Foi, pois, com pessimismo que Rodrigo viu aproximar-se o dia das eleições. Os jornais traziam notícias de distúrbios nas ruas de Porto Alegre, onde civilistas e hermistas trocavam sopapos e bengaladas.

Ali em Santa Fé o governo fazia preparativos para a luta eleitoral. Cuca Lopes viera esbaforido ao Sobrado contar que vira o Dente Seco entrar na Intendência, a cabeça ainda envolta em ataduras. E não estava só: iam com ele uns dois ou três tipos de má catadura, armados até os dentes. A coisa está feia, menino!

Chegavam diariamente à cidade grupos de cavaleiros, vindos do interior do município. Eram caboclos bem montados que percorriam as ruas fazendo grande estardalhaço, os rebenques erguidos, as abas dos sombreros quebradas na frente, os palas ondulando ao vento. Passavam pelo Sobrado soltando vivas ao Partido Republicano, ao cel. Trindade, ao dr. Borges de Medeiros, ao dr. Carlos Barbosa e, eventualmente, ao mal. Hermes. Apeavam à frente da Intendência, onde a maioria ficava hospedada. Da janela de sua casa, Rodrigo via essas cavalgatas e murmurava, indignado:

— Isto é um país de botocudos. Só à bala!

Sua indignação subiu ao auge quando um dia, perto das onze da manhã, os peões de Trindade trouxeram para a praça grandes quartos de reses e puseram-se a fazer fogo debaixo da figueira, dentro duma longa vala rasa. Churrasco para a capangada! — compreendeu Rodrigo. E teve gana de gritar desaforos.

Pouco antes do meio-dia começaram a aparecer os caboclos e se foram sentando ou deitando à larga sombra da figueira. Um deles se pôs a tocar cordeona e, dentro em pouco, dois cabras começaram a trovar. Um deles cantou:

> *Eu me chamo Antônio Almeida,*
> *Do Jari sou natural.*
> *E cá estou em Santa Fé*
> *Pra votar no Marechal*

— Oigalê bichinho bom, seu! — gritou um bigodudo que picava fumo recostado ao tronco da grande árvore. A gaita chorou sozinha por algum tempo. Por fim outro caboclo soltou a voz:

> *Pra votar no Marechal*
> *Foi que vim de Santa Rosa,*
> *Ai que surra vamos dar*
> *Nesse tal de Rui Barbosa!*

Rodrigo arrastou o gramofone para perto da janela e fê-lo funcionar. E Caruso, cantando o *Che gelida manina*, entrou também no torneio de trovadores.

8

O dia 1º de março amanheceu sombrio e abafado. Rodrigo havia sido indicado pela oposição para fiscal duma das mesas eleitorais. Pôs o revólver na cintura, uma caixa de balas no bolso e encaminhou-se para seu posto, no salão nobre do Centro Republicano. A chamada dos eleitores começou às sete da manhã. Plantados junto da porta, os capangas do Trindade ofereciam cédulas com o nome dos candidatos oficiais a todos os eleitores que entravam. Estes, em sua quase totalidade, tomavam docilmente dos papeluchos e depositavam-nos na urna, depois de assinar a autêntica. Os que se recusavam a isso tinham os nomes acintosamente anotados. De raro em raro aparecia um maragato de lenço "colorado" no pescoço, trazendo já na mão sua chapa, que metia na urna com ar altivo e quase provocador.

Rodrigo estava deprimido. Deve ser o calor — concluiu, tirando o casaco e desabotoando o colarinho. Passou o lenço pelo rosto e pensou em que tinha de passar o dia inteiro ali naquela sala desagradável que tresandava a sarro de cigarro crioulo e a suor humano.

O mesário que fazia a chamada gritou:

— Arnesto Tavare Nune.

Apareceu um homenzinho baixo, de ar bisonho.

— Protesto, senhor presidente! — bradou Rodrigo.

— Por quê?

— Este sujeito é um impostor. Ernesto Tavares Nunes já morreu.

O presidente dirigiu-se ao eleitor.

— Como é o seu nome?

O homem olhou primeiro para Rodrigo, hesitante, depois para a cédula que um capanga lhe havia posto nas mãos, e finalmente balbuciou, visivelmente embaraçado:

— Arnesto Tavare Nune.

Rodrigo pôs-se de pé.

— Apelo para os membros da mesa e para os senhores aqui presentes que sabem tão bem quanto eu que Ernesto Tavares Nunes está morto e enterrado!

Fez-se um silêncio.

— Vamos ao cemitério — convidou Rodrigo — e eu lhes mostrarei o túmulo desse cidadão.

O presidente da mesa coçou a cabeça com a ponta da caneta.

— Doutor Rodrigo, nós não temos tempo pra essas coisas, e mesmo a lei não nos autoriza...
— Ora, quem quer falar em lei! Vamos ao registro de óbitos, então.
— O homem vai votar e o senhor depois lavra o seu protesto.
— A velha história! Meu protesto não será levado em conta! É a indecência de sempre!
— Assine seu nome aqui — disse o presidente ao eleitor.
— Continuem a farsa! — gritou Rodrigo. Sentou-se, indignado, pegou um lápis e começou a escrever numa folha de papel todos os palavrões que sentia ímpetos de atirar na cara do presidente da mesa e na dos fiscais hermistas.

Ao meio-dia Bento apareceu, trazendo-lhe um prato de comida e uma garrafa de cerveja. Contou que a coisa ia muito mal para os civilistas na maioria das mesas.
— Lastimaram um homem — sussurrou o caboclo ao ouvido do patrão.
— Quem?
— Um filho do Maneco Vieira. Quiseram obrigar o rapaz a pegar uma chapa do marechal, ele se incomodou, disse uns desaforos e então fechou o tempo.
— Está muito ferido?
— Bastantinho.
Rodrigo largou o talher e afastou o prato.
— Com essa gente, só à bala! — disse em voz alta, lançando olhares torvos na direção dos outros componentes da mesa, que também comiam ao pé da urna.
Acendeu um cigarro, ficou a fumar e a caminhar dum lado para outro, sentindo mais que nunca o calor, a pressão atmosférica, o desejo de ir embora e a miséria de tudo aquilo.
À tarde, Chiru veio anunciar-lhe a chegada de eleitores pica-paus que haviam votado pela manhã em Cruz Alta e que agora estavam votando pela segunda vez na mesa instalada no edifício da Intendência.
— Dizem que no interior do município houve barulho feio — acrescentou.
Eleitores continuavam a chegar ao Centro Republicano. Pelo que Rodrigo observara, os civilistas ali estavam apenas com uns escassos cinco por cento da votação, e esse talvez fosse um cálculo otimista.

— Só há um lugar onde vamos vencer — disse a Chiru. — É no terceiro distrito.

O terceiro distrito era uma espécie de feudo dos Macedos. Lá Rui Barbosa teria maioria absoluta, pois nele votariam todos os Macedos, que não eram poucos, e mais seus numerosos peões, capatazes, posteiros, agregados e amigos.

— Mas aposto que os hermistas vão dar um jeito de anular essa mesa — retrucou Rodrigo.

Depois de encerrada a votação, lavrou seu protesto, assinou a ata, com uma violenta ressalva, e ergueu-se para sair. O presidente da mesa estendeu-lhe a mão. Rodrigo murmurou apenas "Passe bem", voltou-lhe as costas e se foi. Estava cansado, desiludido e triste. Ansiava por um banho, mas um banho que não só lhe lavasse o corpo como também a alma.

Seguiu rua do Comércio acima, rumo do Sobrado. Viam-se nas calçadas grupos que comentavam animadamente as eleições. Um céu baixo de sépia pesava sobre a cidade, e andava na atmosfera carregada de eletricidade um prenúncio de tempestade e desastre. Por que será que Santa Fé não tem ainda uma fábrica de gelo? — pensava Rodrigo. Por que será que não tem luz elétrica? Por que será que ainda não criou vergonha?

Concluiu que não valia a pena sacrificar-se por aquele burgo podre. Os santa-fezenses simplesmente não queriam ser salvos...

Entrou no Sobrado. Maria Valéria veio a seu encontro:

— Graças a Deus você chegou! Já estava começando a ficar assustada. Ainda bem que não lhe aconteceu nada.

— Quem foi que lhe disse? Me aconteceu tudo. Acabo de me desiludir da política, da minha terra, da minha gente e de mim mesmo.

— Pois não é sem tempo. Agora sossegue o pito e cuide da sua vida.

— É o que vou fazer. Papai já chegou?

— Já. Na mesa que ele fiscalizou, correu tudo em ordem.

— E o Bio?

— Ainda não veio.

Rodrigo apanhou o sabonete e uma toalha, entrou no quarto de banho, despiu-se e tomou uma prolongada ducha fria. Estava a enxugar-se quando Toríbio entrou e despejou a notícia:

— Houve barulho no terceiro distrito e mataram um filho do Maneco Macedo!

Por alguns segundos Rodrigo quedou-se mudo, de boca entreaberta, a olhar estupidamente para o irmão.

— Qual deles? — perguntou por fim.

— O mais moço.

Rodrigo sentou-se num mocho e ali ficou, enrolado na toalha, os olhos fitos no chão, o ritmo da respiração alterada, e já começando a sentir de novo o suor escorrer-lhe pelo corpo.

Bio tirou a roupa e foi para baixo do chuveiro.

— Houve um tiroteio brabo — contou. — O Trindade sabia que o marechal ia perder a eleição no terceiro distrito e mandou pra lá a capangada. Quando a votação acabou, quiseram roubar a urna. Foi aí que começou o cu de boi.

De olhos fechados, Bio recebia o jorro d'água em pleno rosto. Rodrigo estava tão cansado e deprimido, que parecia ter perdido a capacidade de indignar-se.

Toríbio fechou a torneira.

— Morreram também dois dos capangas. E sabes quem era um deles? O teu amigo, o Dente Seco. Caiu abraçado com a urna.

9

Às nove horas Licurgo Cambará e os filhos tomaram o carro e dirigiram-se para a casa dos Macedos, onde estava sendo velado o corpo do caçula da família. A noite continuava abafada, o ar parado. A cidade fervilhava de boatos sombrios. Murmurava-se que Titi Trindade, em represália pela morte de seus cabos eleitorais, ia atacar à bala a casa dos Macedos.

No carro, os três Cambarás deixavam-se levar em silêncio. Licurgo pigarreava, com uma insistência que já começava a irritar o filho mais moço.

Os lampiões alumiavam lobregamente a rua. Rodrigo sentiu saudade de Porto Alegre, de teatros, cafés, cabarés e pândegas. Pensou em Paris e decidiu que em princípios de 1911 estaria dentro dum fiacre, rodando pelo Bois de Boulogne. Se Hermes fosse eleito, passaria quatro anos na Europa...

Ao passar pela frente da casa de Aderbal Quadros, olhou melancolicamente para as janelas cerradas (haverá no mundo coisa mais triste que uma casa fechada?) e sentiu saudade da Flora. Ah, o bem que lhe faria agora o contato de suas mãos frescas em sua testa escaldante. Será mesmo que estou febril? Devia ter tirado a temperatura antes de sair...

Ao dobrarem a esquina, já na praça, avistaram o palacete dos Macedos com panos negros à porta. Rodrigo sentiu algo de opressivo no peito. Detestava velórios, luto, choro — tudo, enfim, quanto se relacionasse com morte.

O carro parou. Os Cambarás desceram e entraram na casa mortuária. Os corredores escuros estavam apinhados de gente. Os homens em sua maioria traziam lenços vermelhos amarrados ao pescoço, o ar cheirava a flor e a cera derretida. Duma peça dos fundos, vinham soluços entrecortados de mulher.

Seguido de Toríbio, Licurgo abriu caminho na direção do quarto do casal Macedo. Rodrigo parou à porta da sala onde estava o cadáver, com um lenço encarnado a tapar-lhe o rosto. Suas mãos amarradas destacavam-se, lívidas, contra a roupa preta. Os bicos das botinas novas sobressaíam entre as rosas vermelhas que lhe cobriam os pés.

Alguém tocou no braço de Rodrigo e murmurou-lhe ao ouvido:

— Que barbaridade! O rapaz estava já caído no chão com uma bala no peito, botando sangue pela boca, quando viu o Dente Seco sair correndo com a urna na mão. Não teve dúvida. Prendeu fogo, e o caboclo testavilhou... Veja só. Um menino de dezessete anos. Morreu como um homem.

Morreu por mim — pensou Rodrigo. Dente Seco tinha jurado me matar...

Era-lhe esquisito e dolorosamente enternecedor chegar à conclusão de que o Macedinho morrera para salvá-lo. Teve ímpetos de beijar o defunto. De repente um soluço rebentou-lhe no peito e, escondendo o rosto nas mãos, rompeu a chorar convulsivamente.

10

Naquela madrugada o temporal desabou. Às dez da manhã, à hora do enterro, caía ainda um chuvisqueiro miúdo, que ameaçava prolongar-se. Não foi possível convencer a família do morto de que o ataúde devia ser conduzido no carro fúnebre. Os Macedos fizeram questão de levá-lo a pulso até o cemitério, e era com relutância, quase com hostilidade, que aqui e ali cediam uma alça do caixão a alguma pessoa estranha à família.

A pedido de amigos, Rodrigo fez um pequeno discurso no cemitério, antes de descerem o caixão à cova. Vituperou os assassinos, elogiou o morto, jurou que seu sacrifício não seria esquecido. Enquanto falava, a chuva empapava-lhe as roupas e a cabeça descoberta, escorrendo-lhe pelo rosto de mistura com as lágrimas.

Os Cambarás voltaram de carro para o Sobrado, molhados até os ossos, calados e abatidos. E naquela noite e nas três seguintes permaneceram até madrugada alta na casa dos Macedos, na vã tentativa de confortá-los. Licurgo limitava-se a ficar sentado ao lado do chefe da família, pitando cigarro sobre cigarro, sem dizer palavra. Toríbio em vão procurava conversar com os rapazes, que se mantinham num silêncio de pedra. Rodrigo, junto da mãe do morto, chorava com ela, receitava-lhe calmantes, dava-lhe remédios na boca, como a uma criança.

Certa manhã, quatro dias depois do enterro, apareceu um novo número d'*A Voz da Serra*, trazendo um artigo em que o conflito do terceiro distrito era interpretado como *uma cilada armada pelos mazorqueiros Macedos, que, vendo seu candidato derrotado, procuraram perturbar a ordem, não trepidando em ir até o assassinato!*

Boatos negros começaram a circular pela cidade. Afirmava-se que os Macedos se preparavam para exigir de Amintas Camacho uma satisfação. Dizia-se: "Se é verdade, vai correr muito sangue, porque o Amintas tem as costas quentes". Pouco depois do meio-dia, alguém contou na roda de chimarrão da farmácia do Zago que os Macedos estavam-se armando (tinham até mandado buscar três peões da estância) para ir àquela tarde empastelar *A Voz* e dar uma sumanta em seu diretor.

Licurgo e Rodrigo correram à casa dos Macedos e, verificando que eles pretendiam mesmo atacar a redação do jornal situacionista, procuraram dissuadi-los disso.

— É uma loucura, Maneco — disse Licurgo —, vassuncês estão em minoria, vão ser massacrados.

— Que m'importa? Esse negócio não pode ficar assim. É uma vergonha.

Por fim, impaciente, esgotados os argumentos, Licurgo exclamou:
— Pois se vassuncês vão, nós vamos também!

Rodrigo, porém, telefonou ao cel. Jairo e pediu-lhe o auxílio.

O comandante do Regimento de Infantaria apressou-se a vir à casa de Maneco Macedo. Fechou-se com ele num quarto e, após um colóquio que durou quase uma hora, arrancou-lhe a promessa, sob palavra de honra, de não levar adiante seu propósito. Depois que o comandante se retirou, Maneco olhou para Licurgo.

— Estou desmoralizado. Mataram meu filho e eu aqui parado, fechado dentro de casa, sem fazer nada.

Rodrigo tentou consolá-lo. Todo o mundo sabia que os Macedos tinham reagido com hombridade à agressão, e uma das provas disso era que dois dos bandidos do Trindade haviam ficado estendidos no chão, sem vida.

— Mas essa cachorrada escreveu aquelas sujeiras no jornal!

Rodrigo voltou para casa e redigiu um telegrama de protesto, que devia ser dirigido ao presidente da República, narrando os acontecimentos do terceiro distrito, acusando o Trindade e seu delegado de polícia como responsáveis pelo conflito, e exigindo justiça. Saiu depois de casa em casa a colher assinaturas para o memorial. Todos os federalistas assinaram sem hesitar; alguns republicanos dissidentes fizeram o mesmo, mas muitos foram os que se esquivaram, usando de subterfúgios ou dizendo claramente que não queriam meter-se naquele embrulho. Ao fim do dia o telegrama contava apenas com quarenta e três assinaturas. Rodrigo, que esperara conseguir no mínimo cento e cinquenta, estava desapontado. Santa Fé era um caso perdido.

Decidiu imprimir um número especial d'*A Farpa*. Sentou-se à mesa e redigiu um manifesto ao povo de sua terra, dando a verdadeira versão da "tragédia do terceiro distrito" e concitando os conterrâneos a reagir por todos os meios — primeiro pelos legais e depois, se falhassem estes, pelos ilegais — contra aquela situação vergonhosa que os aviltava, pondo em constante perigo a vida dos homens livres do município. Num outro artigo atacou o governo, que fraudara as eleições, acusou o intendente e o delegado de polícia, e lançou sobre o Amintas — "capacho imundo, escriba crapuloso" — uma nova rajada de insultos.

Chamou Pepe García e fê-lo compor e imprimir às pressas o número especial. E, pronta a edição, estava a pique de telefonar para Chiru e Neco, pedindo-lhes viessem ajudá-lo na distribuição, quando Toríbio interveio:

— Não! Agora a coisa é comigo. Que diabo! Vocês nunca deixam nada pra mim. Quem vai distribuir o teu pasquim sou eu, não de carro, que não sou maricas, mas a cavalo e em plena luz do dia. Mas fecha essa boca, não digas nada pro papai nem pra titia, senão eles me estragam a festa.

Vestiu a melhor bombacha, amarrou um lenço de seda branca no pescoço, botou o revólver na cintura, montou no bragado, apanhou um monte de jornais e saiu a distribuí-los. Começou pela rua do Comércio. Fazia o cavalo subir nas calçadas, aproximava-se das janelas abertas e atirava para dentro de cada casa um exemplar da folha. Na rua entregava-os a amigos, conhecidos e desconhecidos. Fazia isso com tamanha decisão, com tão turbulenta energia, que os outros nem sabiam como recusar. E quando alguém lhe dizia ou fazia que não, Bio perseguia-o, chegava a meter-lhe o cavalo em cima, gritando: "Pega o jornal, molenga!". E assim foi descendo em zigue-zague a rua principal. À frente da Casa Sol uns três republicanos conversavam com Marcelino Veiga. Toríbio aproximou-se do grupo, exclamando jovialmente: "Olha A *Farpa*, minha gente!". Houve murmúrios de protesto no grupo e, como Bio insistisse em dar-lhes o jornal, os homens lhe viraram a cara. Vendo, porém, que o cavalo subia para a calçada, embarafustaram quase em pânico pra dentro da loja. "Fugindo, covardes!" Toríbio impeliu o bragado loja adentro e pôs-se a atirar jornais a torto e a direito, gritando e rindo no meio do susto de empregados e fregueses, enquanto as patas e ancas do animal iam derrubando caixas e sacos, fazendo grandes queijos caírem das prateleiras e saírem rolando pelo soalho, e tombando, numa barulheira que agravava a confusão, panelas, canecos, latas e garrafas. Glorioso, Toríbio saiu por outra porta e prosseguiu na tarefa. Ao chegar à praça Ipiranga, aproximou-se da casa de Titi Trindade e jogou para dentro, através duma janela aberta, um maço de jornais. Depois enfiou pela rua Voluntários da Pátria, sempre em zigue-zague, e, ao cruzar a esquina da rua do Poncho Verde, avistou o Amintas, que caminhava na calçada oposta. Fez o cavalo atravessar a rua a trote e gritou: "Para aí, cachorro! Tenho um presente pra ti!". Ao avistar Toríbio Cambará, o redator d'*A Voz* recuou alguns passos e encostou-se na parede, amarelo de pavor. Toríbio entregou-lhe um jornal, que ele apanhou automaticamente, os olhos muito arregalados e turvos de medo fitos no rosto do cavaleiro. O bragado estava a encostar o focinho na cara do rábula. "Não tenhas medo que não vou te fazer nada, miserável! Não costumo surrar em fêmea." Meteu os calcanhares nos flancos do animal e gritou: "Vamos embora, bragado velho, porque isto aqui está fedendo!".

Ao chegar ao Sobrado, encontrou o pai de cara amarrada.

— Já fiquei sabendo das suas estrepolias. O Veiga me telefonou fazendo queixa do senhor.

Toríbio nada disse. E Rodrigo, que se achava presente, percebeu imediatamente que o Velho não estava muito disposto a repreender o filho.

Por alguns instantes nenhum dos três falou. Por fim, Licurgo tirou do bolso um pedaço de fumo em rama e começou a picá-lo. Olhando para Bio, disse:

— O senhor e eu não temos mais nada que fazer na cidade. Já votamos, já cumprimos a nossa obrigação. Vamos voltar amanhã pro Angico. E o senhor, seu Rodrigo, comece também a cuidar da sua vida, que já não é sem tempo.

FIM DO PRIMEIRO TOMO

Cronologia

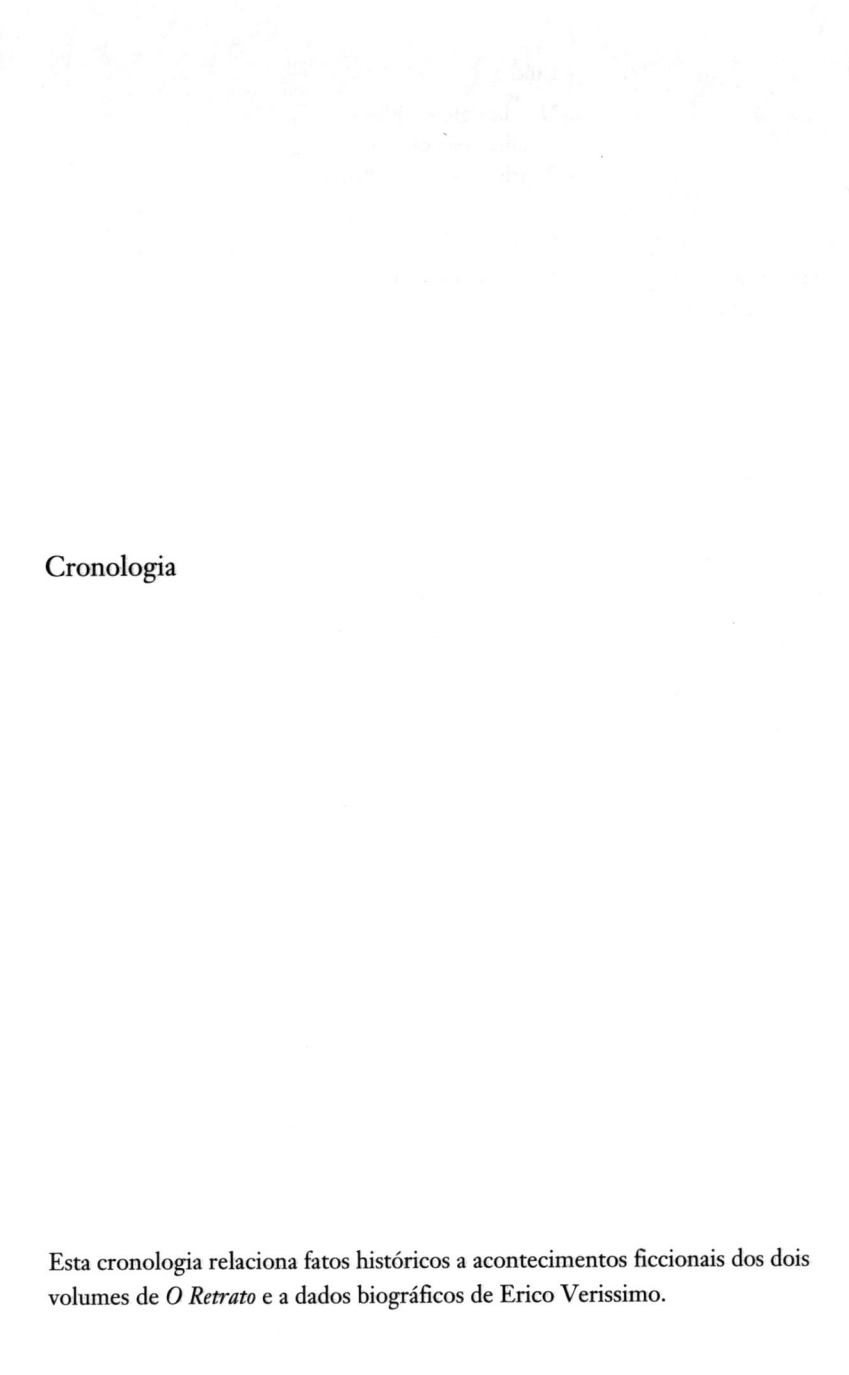

Esta cronologia relaciona fatos históricos a acontecimentos ficcionais dos dois volumes de *O Retrato* e a dados biográficos de Erico Verissimo.

Chantecler

1890
Nascimento de Flora
Quadros, esposa de
Rodrigo Terra Cambará.

1895
Termina a Revolução
Federalista no Rio
Grande do Sul.

1895
Nascimento de Toni
Weber em Viena,
Áustria.

1897
Guerra de Canudos. O
Exército e tropas das
polícias estaduais
massacram os sertanejos.

1898
Os Estados Unidos
declaram guerra à
Espanha pelo controle
de Cuba.
Campos Sales assume
a presidência.
Borges de Medeiros
assume pela primeira
vez o governo do Rio
Grande do Sul.

1898
Morte de Alice Terra
Cambará, mãe de
Rodrigo e Toríbio.

1902
Rodrigues Alves assume
a presidência.
Euclides da Cunha
publica *Os sertões*.

1903
Júlio de Castilhos
morre em Porto Alegre,
durante operação na
garganta.

1904-1905
Conflito entre a Rússia e o Japão.

1905
Primeira tentativa de revolução na Rússia, com severa repressão.

1906
Afonso Pena assume a presidência. Início da política café com leite, em que representantes das oligarquias paulistas e mineiras se alternam no poder. No Rio Grande do Sul cria-se uma Federação Operária, e ocorrem manifestações e greves. Em Paris, Santos Dumont realiza o voo com o *14-bis* no campo de Bagatelle.

1910
Pinheiro Machado, no auge de seu prestígio nacional, articula a candidatura de Hermes da Fonseca, sobrinho do marechal Deodoro, para a presidência da República. Contra essa candidatura, Rui Barbosa arma a campanha civilista, de grande repercussão. Hermes da Fonseca sai vencedor. Em Paris, em 7 de fevereiro, estreia a peça

1909
Em 20 de dezembro, Rodrigo Terra Cambará, formado pela Faculdade de Medicina de Porto Alegre, chega a Santa Fé.

1910
Dr. Rodrigo começa a exercer a profissão ao abrir a Farmácia Popular e o consultório. Em 12 de maio, Rodrigo oficializa o noivado com Flora Quadros. Aparição do cometa Halley durante a madrugada. O senador Pinheiro Machado visita Santa Fé. É recebido por Licurgo Cambará no Sobrado e fala do futuro

1905
Em 17 de dezembro, na cidade de Cruz Alta, nasce Erico Lopes Verissimo, filho de Sebastião Verissimo da Fonseca e Abegahy Lopes Verissimo.

1908
Nasce Ênio, irmão de Erico.

1909
Erico fica gravemente doente e chega a ser desenganado pelos médicos. Mas salva-se graças ao tratamento do dr. Olinto de Oliveira.

1910
O menino Erico Verissimo, com 5 anos, fica a espiar da janela da sua casa o cometa Halley, que luzia no céu sobre uma fábrica de massas alimentícias, "anunciando o fim do mundo".

347

Chantecler, de Edmond Rostand, que dá nome ao episódio do romance.
Revolução Mexicana. O episódio tem repercussão mundial. Na Irlanda, rebelião pela independência. Em 15 de novembro o marechal Hermes assume a presidência. Pouco tempo depois, eclode a chamada Revolta da Chibata, liderada por João Cândido, em que marinheiros rebelam-se contra os castigos corporais.

político de Rodrigo. Em junho, morte de Fandango, capataz centenário da família Terra Cambará. Em outubro e novembro, o artista espanhol anarquista Don Pepe García pinta o Retrato.

A sombra do anjo

1912
Em Pelotas, Simões Lopes Neto publica *Contos gauchescos*. Movimentos armados e religiosos agitam o planalto de Santa Catarina.

1911
Nascimento de Floriano Cambará, filho primogênito de Rodrigo e Flora. Rodrigo é eleito presidente do Clube Comercial. Aparece o primeiro automóvel em Santa Fé.

1912
Erico Verissimo frequenta, simultaneamente, o Colégio Elementar Venâncio Aires e a aula mista particular da professora Margarida Pardelhas, em Cruz Alta.

1913
Borges de Medeiros assume mais um mandato do governo do Rio Grande do Sul. Simões Lopes Neto publica *Lendas do Sul*. Começa em Santa Catarina a Guerra do Contestado, que opõe o Exército, milícias armadas pela Estrada de Ferro e os sertanejos rebelados.

1914
Em julho, início da Primeira Guerra Mundial.

1915
No Rio de Janeiro, Pinheiro Machado articula a candidatura de Hermes da Fonseca para o Senado do Rio Grande. Em 3 de julho, Borges de Medeiros passa o governo do estado a Salvador Pinheiro Machado, irmão do senador e veterano militar republicano. Em 14 de julho há um grande comício em Porto Alegre, contra a candidatura de Hermes. A repressão feita pela Brigada Militar deixa cinco mortos e dezenas de feridos.
Hermes vence a eleição,

1913
Nascimento de Alice Quadros Cambará, filha de Rodrigo e Flora.

1915
Em maio, uma família de músicos austríacos, a Família Filarmônica, chega a Santa Fé.
A guerra na Europa impede o retorno dos estrangeiros à Áustria. Rodrigo apaixona-se por Toni Weber e os dois iniciam um romance.
Ao descobrir-se grávida de Rodrigo, Toni Weber fica noiva, a contragosto, de outro homem e comete suicídio pouco tempo depois. Rodrigo, em crise, vai para o Angico.

mas não assume, e vai para a Europa.
Em Santa Catarina, a Guerra do Contestado chega ao auge. Depois declina, com a derrota dos sertanejos.
Em 8 de setembro, o senador Pinheiro Machado é assassinado no Rio de Janeiro. O assassino se justifica apelando para os acontecimentos de 14 de julho em Porto Alegre.

Rosa-dos-Ventos

1945
A pressão oposicionista sobre Getulio Vargas se fortalece com o fim da Segunda Guerra Mundial. As manobras políticas de Vargas não são suficientes para mantê-lo no poder e, em 30 de outubro de 1945, em meio a um golpe de Estado, ele renuncia e vai para São Borja, sua terra natal.

1945
A ação desta parte começa em novembro de 1945 com a caracterização de Rodrigo Terra Cambará, político aliado de Vargas, segundo as vozes de várias personagens. Vindo do Rio de Janeiro, após a deposição de Getulio Vargas, ele se encontra novamente em Santa Fé, idoso e doente, sofrendo do coração.

Uma vela pro Negrinho

1945
Fim da Segunda Guerra Mundial e do Estado Novo.
Campanha eleitoral de redemocratização política brasileira.
Libertado Luiz Carlos Prestes, o Partido Comunista se reorganiza e sai da clandestinidade.

1945
O escritor Floriano Cambará, de volta a Santa Fé, reflete sobre a desagregação do clã familiar durante os anos de permanência no Rio de Janeiro.
Floriano relembra suas viagens aos Estados Unidos durante a guerra, a explosão da primeira bomba atômica na cidade japonesa de Hiroshima. Seu irmão Eduardo, comunista, organiza comícios em Santa Fé.

1945
Em outubro, Erico volta ao Brasil com a família, depois de uma temporada dando aulas em universidades norte-americanas.

Crônica biográfica

Erico Verissimo começou a escrever *O Retrato* em 1950, e o romance foi publicado num volume único em 1951. É um momento de contradições: Getulio Vargas é deposto, porém, apeado do poder, encilha-o novamente, desta vez nos braços de uma eleição popular. No romance, a família Terra Cambará volta a Santa Fé sem as galas do poder para um ajuste de contas familiar, à beira do leito do patriarca, o dr. Rodrigo.

Essa contradição se espelha em *O Retrato*, que apresenta uma estrutura bipartida: nas partes que evocam 45, a queda se faz presente. Eduardo, o jovem comunista filho de Rodrigo, vê sua cidade do alto, a bordo de um aeroplano que tem o nome do mundo: *Rosa-dos-Ventos*. Floriano, o mais velho, chega à cidade para o encontro com a Dinda, Maria Valéria, sua tia-avó, que possui um baú onde estão guardados todos os segredos da casa — veio dele a inspiração do próprio romance. Ao mesmo tempo, *O Retrato* evoca a ascensão de Rodrigo Terra Cambará ao plano político local, mas já voltado ao nacional pela presença e bênção do senador Pinheiro Machado, um dos tantos gaúchos investidos do estilo caudilhesco a se impor na política nacional. Diante do destino de Vargas, *O Retrato* assume a condição de reconstituição, reflexão e vaticínio, o que revela a fina sensibilidade do pensador Erico Verissimo.

Em *Solo de clarineta*, seu livro de memórias, Erico diz que concebeu o personagem do dr. Rodrigo como uma pessoa que leva seu clã rústico ao destino da urbanização — sentimento brasileiro naquele fim de Segunda Guerra e de Estado Novo. O escritor revela que a inspiração de Rodrigo também lhe veio do pai — pelo que teve ("amor à vida, generosidade, vaidade à flor da pele") e pelo que não teve ("beleza, ambição política"), mas neste caso atribuindo ao personagem as lacunas do pai.

Erico escreveu quase toda a primeira parte de *O tempo e o vento* — *O Continente* — em seu escritório na Editora Globo, no centro de Porto Alegre. A todo momento era incomodado por telefonemas e por visitas que o procuravam pelas mais variadas razões: literárias ou de natureza pessoal. Já *O Retrato* coincide com o momento em que ele se profissionaliza mais como escritor, diminuindo o ritmo de trabalho na editora. Começa a escrever na praia de Torres, durante o verão de 1950, e continua em sua casa, na rua Felipe de Oliveira, improvisando um escritório na sala de jantar.

O fato de já ser nascido na época em que se passa a ação mais remota desta parte de *O tempo e o vento* (1910 a 1915) ajudou na composição da obra, mas também trabalhou contra Erico. Em seus livros de memórias ele declara que suas lembranças pessoais e as semelhanças dos personagens com familiares e conhecidos (como no caso do dr. Rodrigo e de seu pai) a toda hora ameaçavam "invadir" a obra, atrapalhando-o, pois punham em risco a espontaneidade da ficção.

É evidente a marca de *O retrato de Dorian Gray*, de Oscar Wilde, leitura obrigatória daqueles tempos, no retrato do dr. Rodrigo feito por Don Pepe. Contudo, se na novela de Wilde a figura do quadro se degrada, aqui o retrato do jovem caudilho emergente guarda o frescor da impavidez de sua alma, enquanto o personagem se perde e se esmaece em suas contradições.

Erico Verissimo nasceu em Cruz Alta (RS), em 1905, e faleceu em Porto Alegre, em 1975. Na juventude, foi bancário e sócio de uma farmácia. Em 1931 casou-se com Mafalda Halfen von Volpe, com quem teve os filhos Clarissa e Luis Fernando. Sua estreia literária foi na *Revista do Globo*, com o conto "Ladrão de gado". A partir de 1930, já radicado em Porto Alegre, tornou-se redator da revista. Depois, foi secretário do Departamento Editorial da Livraria do Globo e também conselheiro editorial, até o fim da vida.

A década de 30 marca a ascensão literária do escritor. Em 1932 ele publica o primeiro livro de contos, *Fantoches*, e em 1933 o primeiro romance, *Clarissa*, inaugurando um grupo de personagens que acompanharia boa parte de sua obra. Em 1938, tem seu primeiro grande sucesso: *Olhai os lírios do campo*. O livro marca o reconhecimento de Erico no país inteiro e em seguida internacionalmente, com a edição de seus romances em vários países: Estados Unidos, Inglaterra, França, Itália, Argentina, Espanha, México, Alemanha, Holanda, Noruega, Japão, Hungria, Indonésia, Polônia, Romênia, Rússia, Suécia, Tchecoslováquia e Finlândia. Erico escreve também livros infantis, como *Os três porquinhos pobres*, *O urso com música na barriga*, *As aventuras do avião vermelho* e *A vida do elefante Basílio*.

Em 1941 faz uma viagem de três meses aos Estados Unidos a convite do Departamento de Estado norte-americano. A estada resulta na obra *Gato preto em campo de neve*, o primeiro de uma série de livros de viagens. Em 1943, dá aulas na Universidade de Berkeley. Volta ao Brasil em 1945, no fim da Segunda Guerra Mundial e do Estado Novo. Em 1953 vai mais uma vez aos Estados Unidos, como diretor do Departamento de Assuntos Culturais da União Pan-Americana, secretaria da Organização dos Estados Americanos (OEA).

Em 1947 Erico Verissimo começa a escrever a trilogia *O tempo e o vento*, cuja publicação só termina em 1962. Recebe vários prêmios, como o Jabuti e o Pen Club. Em 1965 publica *O senhor embaixador*, ambientado num hipotético país do Caribe que lembra Cuba. Em 1967 é a vez de *O prisioneiro*, parábola sobre a intervenção dos Estados Unidos no Vietnã. Em plena ditadura, lança *Incidente em Antares* (1971), crítica ao regime militar. Em 1973 sai o primeiro volume de *Solo de clarineta*, seu livro de memórias. Morre em 1975, quando terminava o segundo volume, publicado postumamente.

Obras de Erico Verissimo

Fantoches [1932]
Clarissa [1933]
Música ao longe [1934]
Caminhos cruzados [1935]
Um lugar ao sol [1936]
Olhai os lírios do campo [1938]
Saga [1940]
Gato preto em campo de neve [narrativa de viagem, 1941]
O resto é silêncio [1943]
Breve história da literatura brasileira [ensaio, 1944]
A volta do gato preto [narrativa de viagem, 1946]
As mãos de meu filho [1948]
Noite [1954]
México [narrativa de viagem, 1957]
O senhor embaixador [1965]
O prisioneiro [1967]
Israel em abril [narrativa de viagem, 1969]
Um certo capitão Rodrigo [1970]
Ana Terra [1971]
Incidente em Antares [1971]
Um certo Henrique Bertaso [biografia, 1972]
Solo de clarineta [memórias, 2 volumes, 1973, 1976]

O TEMPO E O VENTO

Parte I: *O Continente* [2 volumes, 1949]
Parte II: *O Retrato* [2 volumes, 1951]
Parte III: *O arquipélago* [3 volumes, 1961-1962]

OBRA INFANTOJUVENIL

A vida de Joana D'Arc [1935]
Meu ABC [1936]
Rosa Maria no castelo encantado [1936]
Os três porquinhos pobres [1936]
As aventuras do avião vermelho [1936]
As aventuras de Tibicuera [1937]
O urso com música na barriga [1938]
Outra vez os três porquinhos [1939]
Aventuras no mundo da higiene [1939]
A vida do elefante Basílio [1939]
Viagem à aurora do mundo [1939]
Gente e bichos [1956]

Copyright © 2004 by Herdeiros de Erico Verissimo
Texto fixado pelo Acervo Literário de Erico Verissimo (PUC-RS) com base na edição princeps, *sob coordenação de Maria da Glória Bordini.*

Grafia atualizada segundo o Acordo Ortográfico da Língua Portuguesa de 1990, que entrou em vigor no Brasil em 2009.

CAPA E PROJETO GRÁFICO Raul Loureiro

FOTO DE CAPA Leonid Streliaev

FOTO DE ERICO VERISSIMO Leonid Streliaev, *c.* 1973

SUPERVISÃO EDITORIAL Flávio Aguiar

CRÔNICA BIOGRÁFICA E CRONOLOGIA Flávio Aguiar

PESQUISA Anita de Moraes

PREPARAÇÃO Maria Cecília Caropreso

REVISÃO Otacílio Nunes e Isabel Jorge Cury

ATUALIZAÇÃO ORTOGRÁFICA Página Viva

Os personagens e as situações desta obra são reais apenas no universo da ficção; não se referem a pessoas e fatos concretos, e sobre eles não emitem opinião.

1ª edição, 1948 (26 reimpressões)
2ª edição, 2002
3ª edição, 2004 (12 reimpressões)

Dados Internacionais de Catalogação na Publicação (CIP)
(Câmara Brasileira do Livro, SP, Brasil)

Verissimo, Erico, 1905-1975.
    O tempo e o vento, parte II : O Retrato, vol. 1 /
Erico Verissimo ; ilustrações Paulo von Poser ; prefácio Marco
Antonio Villa. — 3. ed. — São Paulo : Companhia das Letras, 2004.

    ISBN 978-85-359-1585-3 (COLEÇÃO)
    ISBN 978-85-359-0563-2

    1. Romance brasileiro I. Poser, Paulo von.
II.Título. III. Título: O Retrato, vol. 1.

04-7025   CDD-869.93

Índice para catálogo sistemático:
1. Romances : Literatura brasileira 869.93

[2016]
Todos os direitos desta edição reservados à
EDITORA SCHWARCZ S.A.
Rua Bandeira Paulista 702 cj. 32
04532-002 – São Paulo – SP
Telefone: (11) 3707-3500
Fax: (11) 3707-3501
www.companhiadasletras.com.br
www.blogdacompanhia.com.br
facebook.com/companhiadasletras
instagram.com/companhiadasletras
twitter.com/cialetras

Esta obra foi composta em Janson
por Osmane Garcia Filho e impressa
pela RR Donnelley em ofsete
sobre papel pólen soft da Suzano Papel
e Celulose para a Editora Schwarcz
em novembro de 2016

A marca FSC® é a garantia de que a madeira utilizada na fabricação do papel deste livro provém de florestas que foram gerenciadas de maneira ambientalmente correta, socialmente justa e economicamente viável, além de outras fontes de origem controlada.